临时保镖

绿野千鹤 著

江苏凤凰文艺出版社
JIANGSU PHOENIX LITERATURE AND
ART PUBLISHING

绿野千鹤 作品

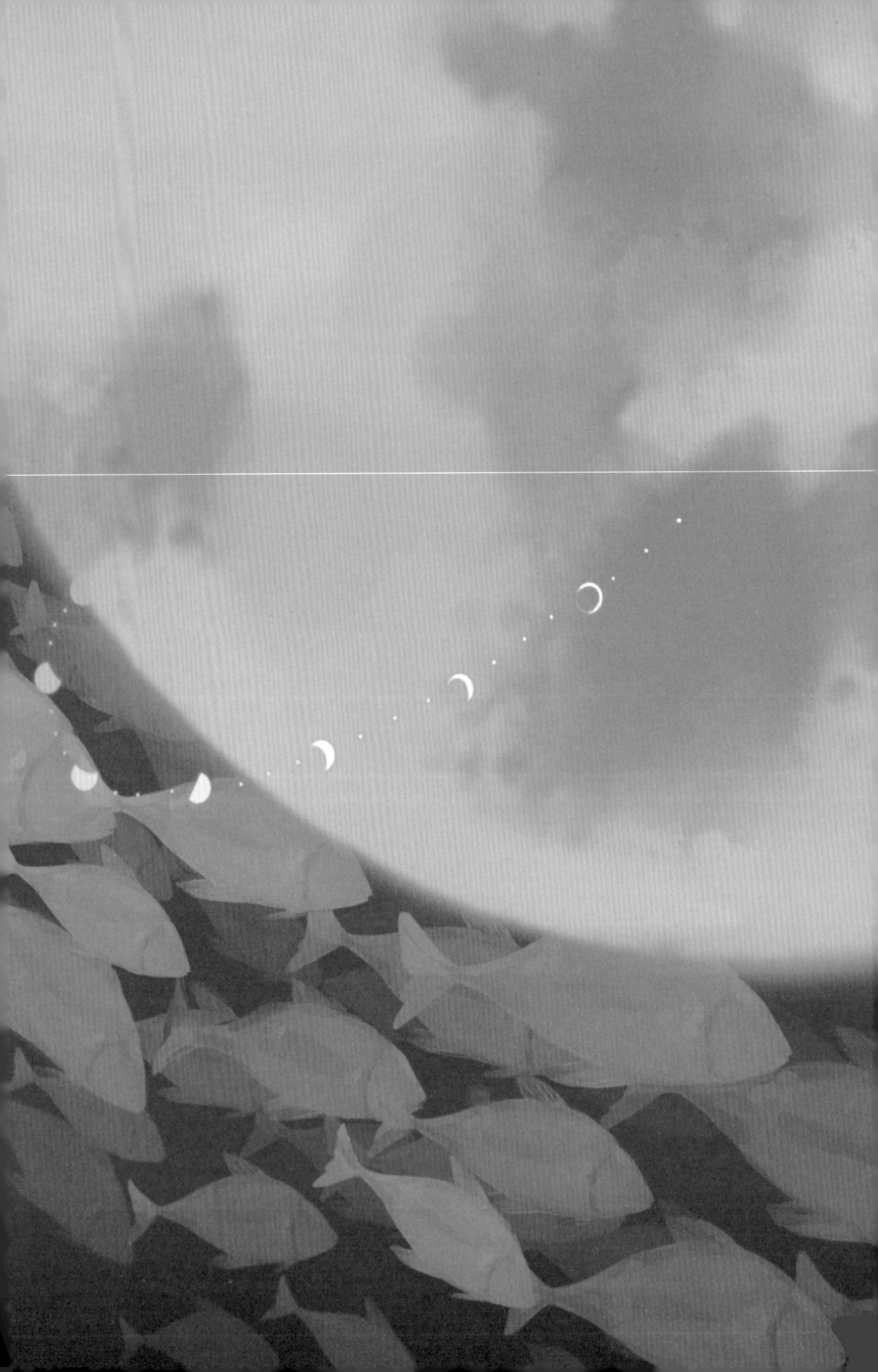

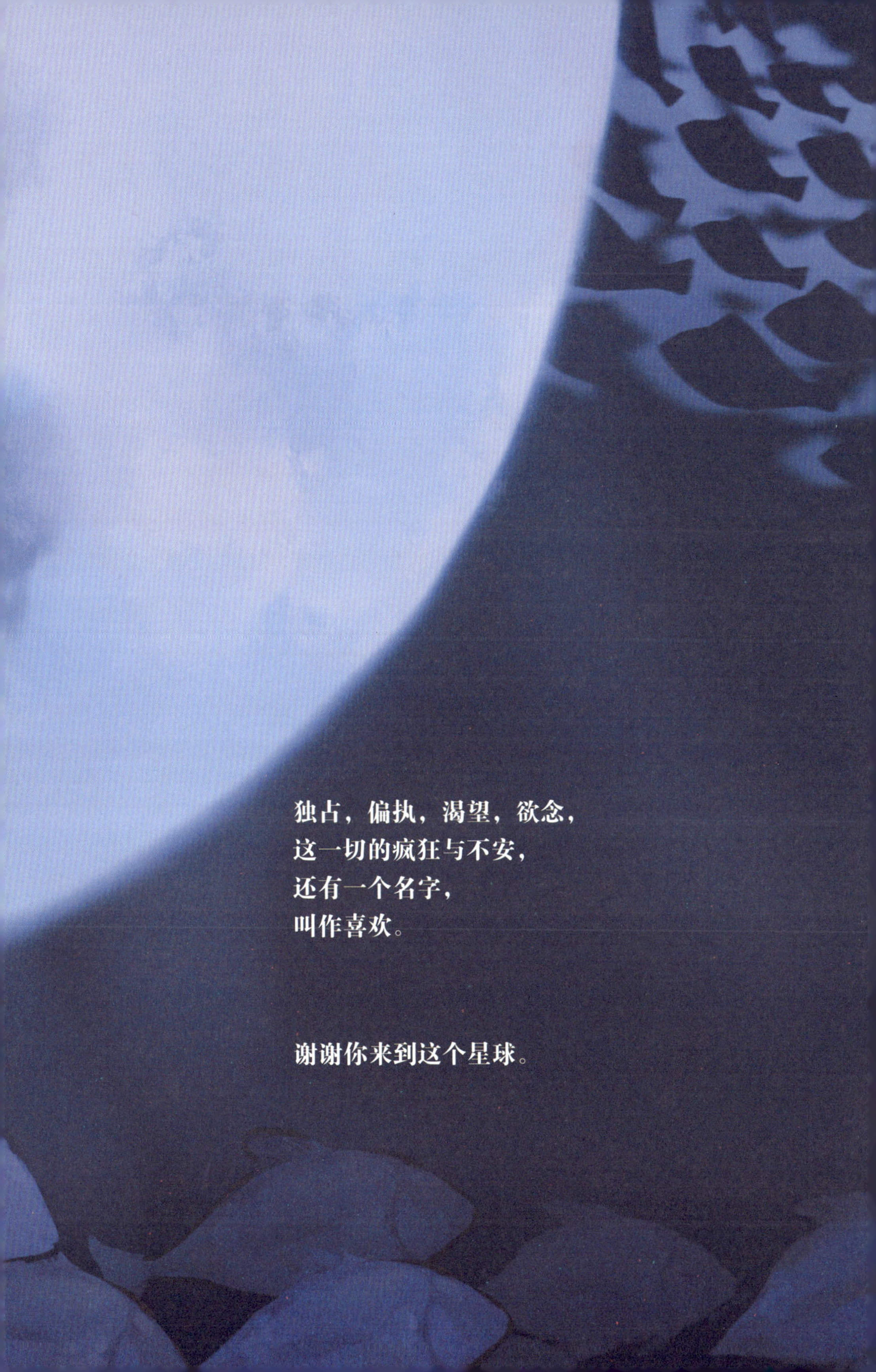

独占，偏执，渴望，欲念，
这一切的疯狂与不安，
还有一个名字，
叫作喜欢。

谢谢你来到这个星球。

目录

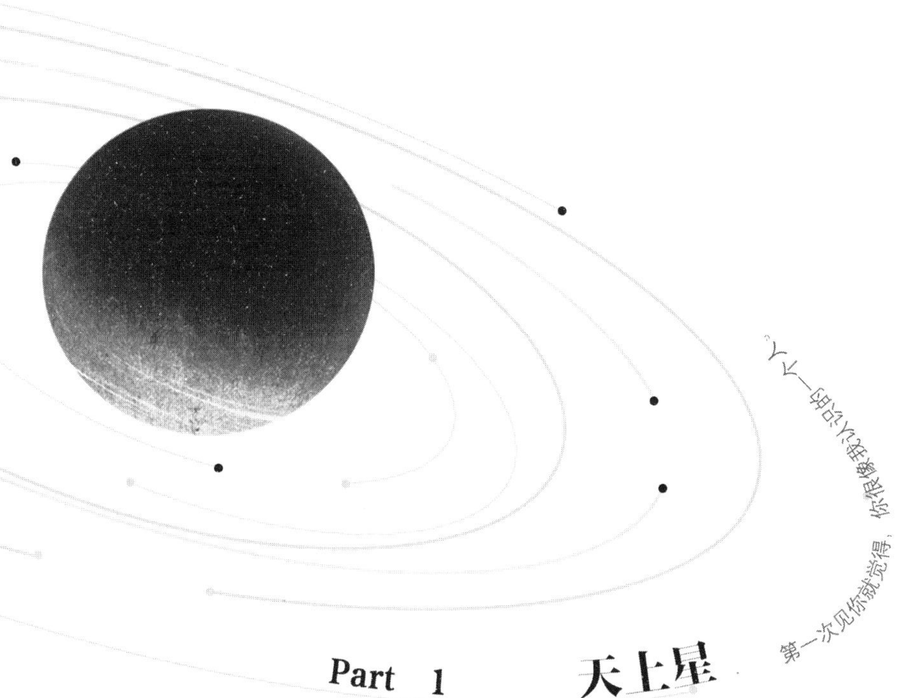

Part 1 天上星

第一次见你就觉得，你很像我说的一个人。

第一章

老城区南北向的路，总有那么一两条比较冷清，特别是五金杂货店聚集的地方，连阳光都吝啬往这里多照。

穿着包臀裙、小西装的年轻姑娘，小心翼翼地踩着高跟鞋，在人行道坑坑洼洼的水泥地砖上艰难行走。一不小心踩到块儿活动的，噗地滋出一股污水来，把近乎透明的肉色丝袜生生染成了黑秋裤。她掏出一张纸巾，一边擦一边欲哭无泪地四下环顾，终于瞧见了两家五金店中间夹着的那个小门脸——海豹特种家政。

因为前段时间规范市容市貌，家政公司的门头跟周围五金店一模一样——都是红底大金字，难找得很。姑娘不放心地拿起手机，再确认一遍："张阿姨，确定是 82 号吗？"

"没错，老板是个光头，你进去就瞧见了。"

屋里亮着一盏冷冰冰的白炽灯，墙边堆着破旧的沙发和颜色暗沉的柜台。一颗光秃秃的圆脑袋从柜台后面冒出来，吓人一跳。

戴着大金链子、核桃手串的壮汉，正是张阿姨口中的光头老板，看到有顾客来，立时起身打招呼："您好，需要什么服务？"

姑娘战战兢兢地靠近，左看右看也没瞧见个价目表，只有玻璃框里泛黄的营业执照还能证明其合法性。

"听说……你们这里，有私人保镖项目？"

正是放学时间，幼儿园门前沸反盈天的，接孩子的家长、追逐打闹的孩子、门外吆喝着卖炸串的小贩，是这一带居民区独特的风景线。可惜懂得欣赏的人并不多，对面楼上的大妈显然不在此列，推开窗户伸长脖子啐了一口："叽喳满地跑，长大要乞讨！”

“你才要乞讨呢！”圆滚滚的小胖子不服气，站到蘑菇凳上蹦跳着跟老太太对着吵，然而人小吨位大，塑料蘑菇凳子经受不住，咔嚓一声折了腿。

“哎哟！”几名看到的家长惊呼出声，没等小胖子跟大地贴脸，就被一只有力的胳膊抄抱了起来。

那是一名极为英俊的青年，穿着干净的白T恤、运动裤，身上系着一条滑稽的粉蓝色围裙，正是这幼儿园里唯一的男老师翟辰。

围裙兜里的手机叮叮当当一通乱响，翟辰把小胖子夹到胳膊底下，随手接起了电话：“喂，周大胖……我？我正收拾一个小胖子，别说，跟你还挺像，就差个秃瓢了。”

说着，把小胖子递给来接人的胖子奶奶，顺手在那毛茸茸的西瓜头上胡噜了一把。

“这会儿啊？没问题，等着，我马上过去。”

脱下围裙，把手机揣进裤兜里，笑眯眯地看向身边的女老师。嘴角往一边勾的男人穿围裙时看起来很无害，脱掉围裙就莫名带了些痞气。

“你有事的话就先走吧，没几个孩子，我来送就好。”女老师红了脸，不等他开口就主动揽下了活儿。

谢过好心的同事，翟辰冲玩具区打了个响指：“檬檬，走了！”

秋千上孤零零地坐着个小小的孩子，与周遭热闹的氛围格格不入，听到翟辰叫他，乖乖地跳下秋千。翟辰挑起黑色双肩包的一条背带甩到肩膀上，牵起小孩子的手走出幼儿园。

“舅舅，你又要去搬砖吗？”檬檬仰起头瞅他，显然这种早退不是第一次了。

“是啊，你先去方舅舅那里待会儿，我晚点去接你。”翟辰低头看看走路有点喘的孩子，一把拎起来扛到肩上。

檬檬赶紧扶住舅舅的脑袋，勉强在肩头坐稳，老气横秋地叹了口气：“就不能提前打个招呼吗？我心脏病都要被你吓出来了。”

“嘿，就是练练你的胆，让什么都吓不到你，好预防心脏病发作。”

对于强词夺理的舅舅，无力反抗的小朋友只能使劲翻了个白眼。

两人晃晃悠悠地穿过一条街，走到了市公安局门口，蓝底白字的标牌显眼无比，充满了为人民服务的正义气息，一看就是个放置儿童的安全场所。

翟辰把小外甥放下来，踢踢他的小屁股示意他快进去。

小朋友拍拍裤子，耷拉着脑袋往里走，迎面撞上个穿警服的："警察叔叔，我走丢了。"

此时，把孩子弄丢的无良舅舅，已经吹着口哨拐过了街角，默数五下，接起了警局打来的电话："对，我是他舅舅。哎哟，真是不好意思啊，警察同志，我这会儿在高速上呢，正往回赶，麻烦您先看着点，我马上……"

话没说完，那边隔着老远传来一声咆哮："翟辰，你给我等着！"

把手机挪远一点，伸出小拇指掏掏耳朵，翟舅舅毫不犹豫地挂了电话，一只手插兜，另一只手拽着肩上的背带，径直往那条五金店聚集的路上走去。

姑娘坐在店里唯一的高脚椅上，看着沙发上的两位保镖候选人：满身油污、凶神恶煞的壮汉，眼神飘忽、弹着刀片的小流氓。

"那个，周老板，我是被前男友纠缠，就想找个人接送我上下班，不是要卸他胳膊腿的。"

这里莫不是拿人钱财，替人消灾的那种道上的店？看到光头老板皱起眉头，她更加紧张了，抓起自己的包就想走。

"什么生意啊？"清朗悦耳带着几分懒洋洋的声音从店门口传来。抬头看去，那人像一道误闯进来的阳光，把昏暗陈旧的店面都给照亮了。

客户小姐刚刚抬起的身子瞬间坐了回去。

"辰哥！"沙发上的壮汉和流氓立时站起身来打招呼。

"你俩也在啊。"翟辰应了一声，把肩上的包扔到沙发上，随手端起周老板刚泡好的铁观音咕嘟咕嘟喝了个精光。

光头胖子瞪了他一眼，对高脚椅上的姑娘介绍："这是我们的王牌，您要是看不上那俩，要不考虑一下他？"

"他也是？可他看起来……"姑娘不可思议地打量着眼前这个干净清瘦的男人，说他是个大学生都有人信，怎么可能是私人保镖，还是王牌？

翟辰看到那姑娘的神情就知道是怎么回事，这种客户他见得多了，也不在意，把周老板那喝得只剩下茶叶的杯子放回去："看起来不像保镖，更像特工是不是？实不相瞒，我以前在中情局干过。"

冷静随性的语气，莫名让人信服，姑娘听得一愣一愣的。

"少扯淡，好好说，"周老板摸摸自己光溜溜的脑袋，觉得自己早晚得被这群浑蛋气得再秃一层，"李小姐，是这样，他比较特别，以往的单子从来没有失过手，价钱也是最高的。您要只是想找个人陪上下班，我建议还是……”

“多少钱？”李小姐打断了老板试图推销沙发上两位的行为，直接问价。

“当然，比正规的保镖公司还是要便宜不少的，”周胖子转了一下自己手腕上的核桃串，“一天四千，8 小时全方位保护，相当于一个小时只要五百！”

听到这个价，姑娘的脸色变了变，目光在翟辰的脸上打量半晌，不好意思地说：“我能一天只雇用两个小时吗，就上班和下班这一会儿，先用一个星期。”

声音越说越小，最后几如蚊声。

店里静了几秒钟，翟辰坐到沙发扶手上，随手抢了“流氓”手里的刀片把玩：“成啊，一周七千，新客户给你算个折扣，五千块钱吧。”

姑娘喜出望外地抬起头来：“行！”

交定金、做登记期间，翟辰跟姑娘聊了聊，大致明白是怎么回事了。

这姑娘叫李婷，在写字楼里上班的小白领，有个偏执狂前男友，两星期前分的手。起初闹得要死要活的，因为姑娘态度坚决，这人就开始疯狂跟踪，上班堵、下班截。最近几天越发不像话，蹲在停车场强行要上她的车，甚至动手打了她。

李婷吓坏了，但没有那么多钱雇用职业保镖，听说这里有普通人也雇得起的特殊家政服务，就想来碰碰运气。

“这种浑蛋，打一顿就安生了。”满身机油的壮汉嗤笑一声，从老板那儿顺了根烟，冲翟辰抬抬下巴，便大步离开了。

“胖哥，辰哥，我也走了啊。”小流氓笑嘻嘻地蹿起来，一溜烟儿跑了。

李婷偷瞄那两人的背影，好奇地问翟辰：“为什么你是最贵的呀？”

“这还用问吗？”翟辰把合同推到客户面前，递给她一支笔，“因为我帅啊。”

签名的手抖了一下，把“婷”字的最后一笔拉得老长。

“那个，能从今天开始吗？”李婷攥着提包，遮住丝袜上的泥点子，“我是翘班过来的，还得回公司打卡。”

“能行吗？”周老板没有立刻答应，而是看向了翟辰。

翟辰把沙发上的黑色双肩包拎起来，甩到肩上拍了拍：“行啊，怎么不行，我带着家伙呢。”

李婷一直提起的心顿时放了下来，不愧是王牌保镖，连专业工具都随身携带，听起来叮咣响，也不知道是双节棍还是折叠刀。

公司在离这里几站地的商业区，两人坐上了晚高峰的公交。两节式大公交，跟地铁一样座少站位多，车厢里人挤人，几乎要把人挤成照片。翟辰让李婷站到靠边的地方，自己单手撑在车壁上，将一切的拥挤和咸猪手挡在身后。

“谢谢。”离得如此近，能闻到男人身上清爽的肥皂香，李婷忍不住红了脸。

“谢什么，这是服务标准。”翟辰根本没看她，目光若有似无地在周围的人群中巡视，以防可疑的人靠近。

李婷的公司在一栋高档写字楼里，这里是高科技产业孵化区和金融街的交会处，无数的网络公司、金融公司位于其中。黑金色的全玻璃外观，富丽堂皇的挑空大堂，无处不彰显着此处的寸土寸金。

“你在什么公司？”翟辰随手在前台抽了张导航图，随着李婷进了电梯。

“标点地图。”李婷提起公司的名字，克制不住地露出笑来。标点地图是三年前上架的一款手机应用，因其超级优越的性能和不同于其他地图的多种玩法，迅速风靡全国，如今已经成为几乎人人都用的地图。

“好公司啊。”翟辰将导航图折起来装进口袋，抬手按下 23 楼的按键。

没等李婷问他怎么知道楼层，电梯里瞬间挤进来一群人。虽然是下班时间，许多公司晚上都是要加班的，辛勤的白领们也只能匆匆下楼吃顿饭，便要再次回到岗位上。

电梯里大部分人都西装革履的，穿着 T 恤、运动裤的翟辰则显得十分突兀，但没人会把他当成送外卖的，睥睨众生的辰哥看起来更像是网络公司穿着随性的 CEO。

标点公司占据了整个 23 层，所有的装潢都与其他楼层不同，出了电梯还有一道需要刷指纹才能进的玻璃门。翟辰让客户进去打卡，自己在电梯口欣赏独特的星空地砖。深蓝近黑的大理石砖，镶嵌了细碎的光点，与日升月落墙纸相映成趣。

消防通道被圈在了玻璃门内，对于进不去公司的路人很不友好。

这公司似乎还没有下班，等了半晌，才有一名年轻男子走出来，熨烫妥帖的衬衫是跟地砖同色的星空蓝，手臂上搭着一件质感极佳的西装外套。

“高总！”急匆匆跑出来的李婷似乎没料到男子还没下去，缩着脑袋打了个招呼。

“嗯。”年轻男人冷淡地应了一声，没给李婷一个正眼，率先走进了电梯。

翟辰想跟着进去，被李婷一把拉住了，忍不住朝电梯关合的缝隙里又看了一眼："这么帅的领导，你也怕跟他同乘啊？"

"人家可是正儿八经的高富帅，高岭之花攀折不起，往跟前凑除了挨训，没别的好处。"李婷把头摇成了拨浪鼓，坚持要等下一班电梯。

大楼的停车场在地下一层，翟辰感觉到自己的客户在进入停车场的瞬间就开始紧张，示意她走在自己身后："车钥匙给我。"

找到李婷那辆二手白色小车，翟辰按了一下开锁遥控，伸手去拉车门。

"他是谁？"车后面的暗影处突然蹿出个男人，指着翟辰大声质问，脖子上青筋紧绷，似乎随时要扑过来咬人，"这才几天，你就找新男人了？"

翟辰迅速锁了车，退开几步，挡在李婷身前，上下看看对方，啧了一声："这就是你前男友？眼仁白多黑少，淫邪之相啊。"

"我去你大爷……"本就目眦欲裂的前男友瞬间被激怒了，摸了块砖头就要给这满嘴放炮的小白脸开瓢。

保镖不都是安全第一吗？怎么还有激怒对方这种操作？李婷吓得尖叫出声，抱着头往一边躲。

翟辰侧身避开这毫无章法的一击，伸手从背包里摸了个东西，把李婷和前男友都惊住了。不是双节棍，也不是折叠刀，而是一个手臂长的便携式氧气瓶。

保镖先生不慌不忙地扣到脸上连吸了几口："不好意思，身体弱，缺氧。"

找一个带着氧气瓶、分分钟缺氧要挂的人来充保镖，前男友几乎笑出声，不等他吸完，照着那张俊脸一砖头拍了过去。

翟辰取下氧气瓶，以快到几乎看不清的动作扔回包里，单手扣住对方的手腕，反拧过来，一个过肩摔，像扔麻袋一样将人摔到了地上。

"……"

那根本不是正常人能做出来的动作。

李婷张大了嘴巴，说不出半个字来。

同样愣住的，还有站在两排车外目睹了全程的高总。

第二章

一切发生得太快，等震起的灰尘重新落地，被摔的那位都没来得及号一声。

背后有脚步声快速靠近，翟辰回头，瞧见那位小高总已经站到他三步之内了。

“你……”黑白分明的眼睛直勾勾地盯着翟辰，宛如一滴沸水蹦跳而出又浸灭在冷空气里，只说一个字便没了下文。

方才在电梯口匆匆一瞥，没怎么看清楚，此刻离得近了，翟辰这才发现这位高富帅有着一张过分年轻的脸，也就二十出头的模样。他沉稳内敛的气质让人忽略了年纪。

“哎呀！”还被翟辰攥着手腕的家伙终于号出了这一嗓子，打断了两人莫名的对视。

翟辰拎小鸡般一把将那人提起来，回头问瑟瑟发抖的李婷：“他叫什么来着？”

“王竞航……”

“王竞航是吧，”翟辰用手背拍拍他的脸，“分手了，就老实滚蛋，跟踪尾随是想干什么？以后不许出现在她五百米范围内，否则，见你一次，打你一次。”说罢，又把人扔回地上，那尿包就缩着不动了。

高总把腿软的李婷拉起来，问她怎么回事。

李婷磕磕巴巴地简单解释了一番，担忧地看向宛如死了一样的前男友：“他没事吧？”

“没事，顶多折个尾巴骨。”翟辰把背包甩到肩上，重新按下了解锁遥控。

“啊？”什么叫折个尾巴骨，还顶多？李婷愁得直跺脚，不知道该不该报警。跟踪尾随的事报警没什么用，警察也拿这种无赖没办法，现在是翟辰打了人，要是骨折了，得负责任的。

“你们先走，这里我来处理。”高总看了眼已经在拉车门的翟辰，示意李婷离开。

翟辰意外地看了看那位英俊贵气的高先生，道了声谢。

“高总……”怎么也没想到他会帮忙，李婷感动得快哭了，这就导致保镖先生被迫听了一路的“高总赞歌”，把该知道、不该知道的，全知道了一遍。

这位年轻的老板，名叫高雨笙，是个货真价实的富二代，家里有好几个矿的那种有钱。但这小伙偏偏不肯要他爹一分钱，20 岁白手起家创办标点地图，用李婷的话来说，“帅得人神共愤，还聪明得天打雷劈，他的存在就是为了羞辱碌碌无为的同龄人”。

比高先生大了好几岁还挣扎在温饱线的翟辰，莫名中了一枪。

“姐姐，你看着点车，一会儿开树上了。”翟保镖不得不提醒兴奋过头的雇主。

“人家不都是保镖开车吗？”李婷打了把方向，斜瞥了眼副驾驶上大爷一般歪靠着的翟辰。

“我刚打完架，身体虚弱。”翟辰面不改色地胡咧咧，打开车窗让新鲜空气飘进来。夕阳西下，给遥遥望不见尽头的高架桥镀上一层暖黄。忙碌的城市渐次沦入黑暗，萤虫般一点点亮起的路灯还不足以填补太阳与星辰之间的空白，眼前的世界慢慢变得不那么清晰起来。

李婷显然不会相信这毫无诚意的说辞，下了高架拐向另一条路：“起初你们老板说你是王牌，我还不信，现在是服气了，你怎么那么厉害？王竞航少说也有150斤，你一只手就把人甩出去了，跟拎兔子一样。还有，你为什么要吸氧啊？”

问题太多，王牌保镖翟先生拒绝回答，下车跟着李婷走进她租住的小区。

铁架子搭成的拱形门头上，挂着四个掉了漆的铁皮字“蔡庄新城”。门卫亭里坐了个抱着收音机摇头晃脑的老头，也不管进这大门的是人是鬼是畜生，一概不理会，把“无为而治”的大智慧演绎得淋漓尽致。

这个小区翟辰是知道的，以前是个名叫蔡庄的城中村，是几年前拆迁盖的安置房，取名蔡庄新城。有传言说，这里是豆腐渣工程的危房，沸沸扬扬地闹了一阵子，导致这小区的房租比周边的便宜了近三分之一。

小区里没有什么绿化可言，平平整整的水泥地，提着滑板的小孩在院子里叽叽喳喳地边跑边叫。粗壮的居民楼像个肥胖臃肿的中年人，内里分割成四块，互不相通。

李婷住的那一单元只有一部电梯，一梯三户。电梯里堆着几块满是泥沙的木板，四周贴满了各种辣眼睛的小广告。这样的居住环境，与白天那个光彩夺目的办公楼简直是天差地别。

“你住18楼，不害怕吗？”翟辰看着那鲜红的按键，这安置房不怎么讲究，都没有按照房地产惯例把18楼写成“17A”。

“还好，18楼租金最便宜。”李婷难为情地笑了笑。

翟辰了然地点点头，一些都市白领为了维持表面的光鲜，把大量的金钱花在衣饰和车上，而吃的、住的往往会瞎凑合。

电梯在18楼打开，震耳欲聋的音乐声便山呼海啸般地把耳朵淹没了。

“嚯，在屋里跳广场舞呢？”出了电梯，是个直筒走廊，里面连着三户人家，尽头有个通风的小窗户，李婷就住在窗边那间，噪声就是从她隔壁的中户传出来的。翟辰顺手敲了两下门板，屋里的人根本听不见，还在大声说笑。

李婷耸耸肩："隔壁是个大妈，屋里聚了不少人，每天都很吵，不知道是打牌的还是跳舞的。以前觉得烦，现在倒是觉得安心。"

被那个疯子堵了这么多天，现在听着邻居的噪声都觉得亲切了。

翟辰接过钥匙开门，打开所有的灯查看一遍，没发现屋里有什么异常，便转身离开："明早我来接你。"

"你把车开走吧，我们公司每个月能报销一定的油钱。"李婷把车钥匙递给他。

"不了，我家没地方停。"

出了楼道，外面已经完全黑了下来，这小区里没有路灯，人们借助外面街上溢进来的光勉强看路。翟辰从背包里摸出一个手电筒，照出一片光来，一边走一边用手机订车。

很快有人接了单，一辆黑色的丰田，就在附近，估摸着自己走到路边车就该到了。翟辰把手机塞回裤兜里，走出小区就收起了手电筒，外面这条小街上摆起了夜市，灯火通明的。穿过小街，大路上又昏暗起来，数着步子走到路边，一辆黑色的车慢吞吞地停了下来。

翟辰拉开车门，坐上了副驾驶："师傅，我订的车，到市公安局家属院的。"

高雨笙远远瞧见他走过来，不由自主地放慢了车速，没想到这家伙径直拉开了车门，还颇为自觉地系上了安全带，且不说自己车前头硕大无比的豪车标志，那一对天使翅膀都快遮住挡风玻璃了，这人是怎么把它当成网约车的？

水池边放个茶杯，锦鲤自己跳进来。

他不动声色地踩下油门："先生，报一下手机号。"

网约车司机有时候为了核对乘客信息，会要求对方报一下手机尾号。

"嗯。"翟辰刚拨通电话，耳朵上贴着手机，人在打电话的时候对外界的语言会反应迟钝，顺着就把手机号念了一遍，那边已经接通了，"喂，你俩回家了吗？"

"废话，这都几点了！"那边传来一道没好气的声音。

"行，那我直接回去了。"在对方说出别的话之前果断地挂了电话，翟辰这才发现车的座椅异常舒适，好奇这是丰田的哪一款车，正要问司机师傅，手机又响了起来，是个陌生号码。

“您好，是翟先生吗？我已经到了，您在哪儿呢？”

“……”真正的司机还在路边等他，那这辆是什么车？翟辰一瞬间汗毛倒竖，冷眼看向驾驶座上的人。

车已经上了大路，对面一辆车没有关远光灯，刺目的光照进来，刚好打在高雨笙五官立体的俊脸上，映出那比常人略显深邃的眼窝。

“高总？”翟辰这下更吃惊了，“怎么是你？”

“嗯，”高雨笙转过头来看了他一眼，“我在路边停了一下，你自己拉开车门进来的。没关系，刚好我也顺路。”

翟辰微微挑眉。

“你……是李婷的男朋友？”高雨笙说话不紧不慢，带着一种特殊的韵律，让人听了很舒服。

原来如此，翟辰单手支着脑袋，侧头打量着这位社会精英。刚听了一路传说，这就又见到了本尊，很是微妙。就说这位大老板怎么那么好心帮他善后，原来是“霸道总裁爱上小秘书”的传统戏码，这会儿出现在脏、乱、差的小街口，想来是不放心李婷吧。

非职业保镖，也是有职业素养的，绝对不给雇主制造感情误会，翟辰赶紧解释了一句：“没，我是她雇的保镖，按天收费的。”

“保镖。”高雨笙低声重复了一遍这个词，没再说什么，把翟辰送到了市公安局家属院附近。前面还有一条小路，车不好进，翟辰让他停在路边，自己推开车门准备下车。

“哎，等等！”高雨笙似想起什么，叫住他，等翟辰回头，却又卡住了，“你……多少钱一天？”

“……啊？”这突兀的一句把翟辰给问乐了，凑近了些压低声音道，“高总，我这是正经保镖。”

第三章

高雨笙明显呆了一下，没明白这跟正不正经有什么关系。

“哈哈哈……”小孩子就是不禁逗，翟辰憋了片刻忍不住笑出了声，摆摆手跳下车，头也不回地往一家卤味店走去。

这一带是老居民区，保留着20世纪亲密的邻里关系。初夏的夜晚显得格外热闹，街边一排小店点着明亮暖黄的灯，蚊虫和行人绕着光亮来来往往，互相打着招呼。

“老板，来盒鸭脖子。”

“好嘞，你这是又惹着方初阳了？”卤味店的老板显然跟他很熟，麻利地打包了一份麻辣鸭脖。

“没，他路上给我打电话，哭着喊着叫哥给他买的。”

翟辰接过鸭脖子回头，发现那锃光瓦亮的豪车还在原地停着，想起自己还没感谢高富帅同学的顺风车，劈手抢过老板手里的另一份鸭脖。

“回见。”

高雨笙手里被塞了一盒冰凉的卤味，看着那渐行渐远、背对着他潇洒挥手的男人，微微蹙起了眉头。

“Siri，你说人的性格会变吗？”

放在支架上的手机屏幕亮了起来，出现了手机人工智能的对话界面，清晰的电子音一字一顿地说：“当然，先生，性格一经形成，便比较稳定，但是并非一成不变，而是可塑的。从哲学角度来说，一切事物都是在发展变化中的。”

市公安局家属院是老居民楼，没有电梯。翟辰两阶当一阶大步跨上去，轻手轻脚地打开门。门厅的衣架上挂了件警服，客厅里亮着灯，穿黑色跨栏背心、剃板寸的男人正坐在餐桌前翻看一沓厚厚的资料。那是翟辰户口本上的兄弟——方初阳。

“还知道回来啊，你怎么没死外边？”方初阳头也不抬地讽刺他。

“这不，你都够忙了，我就不给你们刑警队增加工作负担了。”翟辰瞄一眼小外甥的房间，见那屋关着门，想来已经睡了。

咚！方警官手里的纸团准确无误地砸中了翟保镖的脑袋：“你还有脸说，把檬檬扔到警局，自己开溜！”

“我这不是没办法吗，来来，你的鸭脖子。”翟辰毫无愧疚之心地把卤味盒子扔到桌上，转身去冰箱里拿啤酒。

方初阳被他气得差点升天：“你的鸭脖子！”

“嘘，别把檬檬吵醒了。”翟辰把两罐啤酒隔空扔给方初阳，又去厨房转悠一圈，发现锅里还给他留了饭，美滋滋地盛了一碗。

麻辣卤鸭脖，方初阳从小就爱吃，每每翟辰惹了他，就给他买鸭脖子，屡试不爽。方警官瞪了那埋头吃饭的家伙一会儿，恶狠狠地啃了一口鸭脖，仿佛手里拿的是翟辰的脖子似的。

翟辰开了啤酒，跟自己兄弟碰杯，好奇地伸脖子偷瞄他手里的资料："那是什么？"

"南城发生了起命案，转到市局来查。"案件侦查属于机密，就算是自家人，方初阳也不会跟他说太多。而且也知道姓翟的只是随口问问，真说了，他也未必会听。

"嗯，"翟辰拿了个鸭脖子来吃，盯着方警官头顶的发旋瞧了一会儿，单指敲了敲桌子，面色严肃地说，"哎，昨天晚上，爸给我托梦了。"

"托什么了？"方初阳抬眼看他。

"托我给你找对象。"

"滚！"

在方初阳抬手打人之前，翟辰已经利索地跳起来躲进厨房刷碗了。

方初阳揉了揉发疼的脑壳，深感自己会英年早逝，不是被繁重的刑侦任务累死，就是被翟辰这浑蛋气死。

"真的，不是开玩笑，对门朱阿姨都跟我说好几回了，你总不能跟着我打一辈子光棍吧。"翟辰甩着一双湿手出来，水珠子弹到方初阳脸上。

"咱家这样，还是不要祸害人了。"水珠子沾在方初阳的睫毛上，要掉不掉的，气氛莫名变得凄凉起来。

"怎么就祸害人了，市局一草，年轻的刑警队副队，谁嫁谁开心。再说，娶姑娘回来又不是让她带孩子的，檬檬我管，不耽误事……"翟辰没说完，他那根本没听进去的兄弟已经起身回屋，嘭的一声关上了门。

翟辰摸了摸鼻子，坐在桌子旁把剩下的啤酒喝完。

雇主李婷8点就要出发去公司，幼儿园9点上课，时间刚刚好。第二天早上，翟辰骑着可折叠小电驴去蔡庄新城接人，进院子停稳，那边李婷刚好从楼道里走出来。

"你骑车来的呀，那你的电动车怎么办？"李婷手里拿着包，还有一张像是外卖单子的东西。

没等翟辰回答，一颗毛茸茸的小脑袋从电驴的把手后面冒出来，剃了板寸、白白嫩嫩的小男孩，睁着一双无辜的眼睛望过来。

“孩子早上没人送，就给带来了，你不介意吧，”翟辰把蹲在脚踏板上的孩子抱下来，三两下把电动车折叠起来，扔进车后备厢里，“你手里是什么？”

“不介意不介意，”李婷把手里的东西递给翟辰看，“门把手上的广告单子，得及时拿走，不然贼会以为屋里没人。”

看起来像普通的外卖推销单，花里胡哨的。出于职业习惯，翟辰还是要过来看了一下，正面写着鱼香肉丝、酸辣土豆丝这种家常菜，背面可能是没东西写了，设计了一个丑了吧唧的图案。

“这个习惯不错。”表扬了一下雇主的警惕性，翟辰检查一遍车，确认没有爆炸物也没有藏人，示意他俩坐后面，自己来开车。

“这是你儿子吗？”李婷跟孩子坐一起，忍不住问了一句。

“外甥。”翟辰系上安全带，把车开上了主路。

“哦哦，”李婷莫名松了口气，大约这么帅的男人不常见，如果已经为人父了，总会让人觉得遗憾，一时兴奋就多问了一句，“他妈妈呢？”

“没了。”

“……”问错话了，李婷尴尬地闭上嘴，抱歉地看向身边小小的孩子。

“姐姐好，”这孩子有点瘦，显得眼睛特别大，水汪汪地看过来，眼中没有一丝阴霾，“我叫翟檬檬。”

咻——女孩子的心顿时被粉色小箭戳中了，忙不迭地取下包包上的垂耳兔挂饰塞到翟檬檬手中：“乖啊，这个送你玩。”

“谢谢姐姐。”翟檬檬仰头笑了笑，捏着垂耳兔，恢复了安静。

车开到公司大楼前的广场上，那里有一些露天临时车位，可以停留半小时。翟辰下车把檬檬抱起来，跟着李婷，把她送进大楼。

“这么几步，不用送了。车你开走吧，晚上来接我就行。”李婷冲檬檬摆摆手。

“职责所在，我送你进电梯。”翟辰坚持跟着她，引来许多人注目。

正是上班时间，西装革履的白领们鱼贯而入，这中间夹杂着这么个抱着孩子、穿便装的男人，就像沙丁鱼群中混了只螃蟹，十分显眼。三个人走在一起，极易引起误会，李婷尴尬地用包遮住脸，快速往楼里冲去。

“高雨笙，负心汉，咱俩谈了三年，你就这么对我！我跟着你吃糠咽菜，白手起家，你有钱了就抛弃我！高雨笙，你出来！负心汉、浑蛋，高雨笙，你出来！”大楼的旋转门外，穿着廉价旧衣裳、扎着低马尾的女人，叉着腰高声叫骂，节奏感十足。

“这女人怎么又来了。”路过的白领小声议论。

“唉，每个星期五都来，准时准点，雷打不动。”

“高雨笙是谁啊？”

“他你都不知道？就是上次在电梯里遇见的那个巨帅的标点创始人，咱财富大楼第一美男……”

“是他啊！哇，那就难怪了，要是我被他抛弃，我也得疯。”

女人似乎有用不完的精力，叉着腰一边骂一边蹦，骂一会儿还跟人详细解说她跟高雨笙的过往。翟辰看得有趣，驻足欣赏了一会儿。

“干什么呢，快点走！”大楼保安很快出来赶人。

“我是高雨笙的前女友，你们带我去见他！”

“快拉倒吧，高总能看上你？有病赶紧去治啊，再不走我们报警了！”

真有意思，要是高雨笙恰好路过就好玩了，可惜那位高总开车上班，走的是停车场电梯，注定是遇不到这位“旧情人”了。翟辰摇摇头，抱着孩子回车上，掉头去幼儿园，把那洗脑的“高雨笙负心汉”抛在身后。

“舅舅，那个阿姨被男朋友甩了吗？”翟檬檬爬上后座，捏着那只垂耳兔好奇地发问。

“不见得，”翟辰开出停车场，刚好瞧见那辆长着天使翅膀的豪车开进地下车库，“据我所知，这位小高先生家里很有钱，不存在创业期要吃糠咽菜的问题。而且……”

“什么叫吃糠咽菜？”4 岁的小朋友，词汇量尚不足以理解这个高级的成语。

“就是很穷，没钱吃饭，只能吃稻谷壳和野菜……”说到这里，突然顿住了，翟辰从后视镜里看了看那一脸天真的孩子，微微抿起了唇。

记忆里，曾经也有那么个软软糯糯的声音，像山涧清泉一般柔软了那连绵的绿水青山。

“这是野菜……”

“嗯，这个也是野菜……”

“我不认识，但它们都可以叫野菜……”

……

明天周末，接送服务就要暂停了。晚上接李婷下班，她终于意识到自己买了一周的服务其实只能用五天，顿时捶胸顿足、悔不当初。

“说什么一周七千，给我打折算五千，最后不还是一天一千块钱吗？”李婷开着车，愤愤地说。

“没呀，你周末要是加班的话，我照样接送，”翟辰在后座上用一根手指跟外甥掰手腕，“打折就是白送你两天随时待命，划算得很。”

“……”好像很有道理，又好像哪里不对，说不过他的李婷只能换个话题，“对了，今天高总跟我打听你的名字，你俩怎么认识的？”

“嗯？他说什么了？”提起高总，翟辰现在满脑子的“高雨笙负心汉”，一时竟想不起别的词来。

“什么也没说，就自言自语了一句‘危楼高百尺，手可摘星辰’。哦对，他还笑了一下！”最后这点对李婷来说似乎更值得一惊，每天八个小时工作里有八个半小时都冷着脸的高总，竟然笑了！

“好文采。”翟辰随口夸了一句，用一根手指把檬檬按倒。

“小学的诗句，你这恭维也太没诚意了。”

“抱歉，我没上过小学。”

“……”这天没法聊，花了冤枉钱的雇主选择闭嘴。

周六的早上，随时待命的翟保镖在家睡得昏天黑地，把雇主的打折服务忘到了九霄云外。刚梦到天上下金砖，没等被幸福在脑袋上砸个窟窿，床头的手机一阵吱哇乱叫，把他给吵醒了。

“喂，谁呀？”闭着眼睛没好气地接起来。

“是我，高雨笙。”平静冷淡的声音，带着让人毛孔舒张的美妙语调，解起床气效果惊人。

负心汉？睡迷糊的翟辰差点把这称呼念出来，到了舌尖又生生给咽了回去。

第四章

“你怎么会有我的手机号？”这个号码李婷都不知道。

“你自己说的。”那边的高雨笙似乎笑了一下。

翟辰这才想起那次乌龙打车事件，坐起身抓抓脑袋，暗道这人记性还真好，自己快速报了一遍他竟然就记住了。

这位总裁先生说有笔生意要谈，请他赏脸一起吃顿饭。翟辰可不认为自己这个穷酸业余保镖有什么本事能跟高富帅做生意，多半是想雇他当保镖。左右李婷的单子马上结束了，又要开始面朝西北喝凉风的日子了，提前确定下一单再好不过。

没怎么犹豫就答应了，高雨笙问他想吃什么，早餐还没吃的辰哥摸摸唱空城计的肚子，果断选择吃火锅。

“檬檬，跟我出门。”穿戴齐整，把黑色双肩包甩到肩上，翟辰推开了对门朱阿姨家的门，叫跟朱阿姨孙子一起看电视的外甥出来。

方初阳作为一名刑警，通常是没什么节假日的，周末也得加班加点地查案。翟辰不能把孩子单独扔家里，就带上去找高总蹭饭。

“辰辰，你这是上哪儿去？”朱阿姨家里还有另一个中年妇女，两人正一边钩毛线帽一边聊天，热情地招呼翟辰进来。

“出去见个朋友。”翟辰笑着跟朱阿姨说了一句，转头冲外甥招手。

“舅舅……动画片还没看完。”檬檬恋恋不舍地盯着电视屏幕，朱阿姨家安的网络电视，有很多外国动画片，怎么都看不够。灰蓝色的汤姆猫正追着杰瑞鼠狂奔，追到晾衣竿尽头才发现自己踩空了，伴随着滑稽的交响乐，一脸呆滞地掉了下去。两个小朋友看得笑眼弯弯，早把站在门口的舅舅忘到了九霄云外。

“让檬檬跟乐乐玩吧，中午在我家吃饭就行。难得过个周末，你也清闲一天。”朱阿姨大手一挥，表示自己来照顾孩子，让翟辰自己忙去。这家属院里住的都是市公安局的人，十几年的老街坊了，互相都熟得很，翟辰上学的时候也没少在朱阿姨家吃饭。

翟辰有些犹豫。

“没事，檬檬的身体状况我知道，不带他们出去，就在家里玩。有事我马上给你打电话。”朱阿姨拍着胸脯打包票，旁边的女人好奇地盯着翟辰瞧。

“舅舅你去吧，没事的。”翟檬檬眼睛还在屏幕上，没什么诚意地摆摆小短手。

“那麻烦您了。”翟辰对着那小没良心的龇了龇牙，谢过朱阿姨，便自己扛着折叠小电驴下楼去了。

“接着说，他们家是怎么回事啊？”憋了半天，抓心挠肝的中年妇女终于忍不住问了起来。翟辰来之前，朱阿姨已经小小地八卦了一下对门的情况，主要是想让老姐妹给方初阳介绍个对象。话没说完，翟辰就进来了，听故事听一半瞧见了正主，还不敢表露出“我刚刚听说过你”的意思，差点没把这听众憋死。

“嗐，孩子是他姐姐留下的，刚出生，妈就没了，”朱阿姨压低了声音，怕隔壁屋里的翟檬檬听见，“方初阳是领养的，跟翟辰一般大，好像是翟辰他爸翟建国朋友的儿子。翟建国那人真没得说，好得不得了。大前年为了救个跳河轻生的，把自己给搭进去了……”

“哎哟，哎哟，”老姐妹唏嘘不已，“两个小伙子哪里会照顾孩子哦。”

“可不是嘛，我瞅着都揪心。这孩子身体还不好，得时时看着，实在是难为这兄弟俩了。”

邻居传闻里的可怜小白菜翟辰，正骑着小电驴赶赴霸道总裁的火锅之约。高雨笙订了个很偏僻的火锅店，在一个充满文艺气息的小胡同里。那带翅膀的豪车显然是进不来这胡同的，委委屈屈地停在胡同外的露天停车场里。

翟辰把小电驴叠起来拎进去，以防被偷。

这火锅店装修得精致典雅，乍一看以为是西餐厅。高雨笙穿着星空蓝的衬衫坐在靠窗的位置，有一搭没一搭地喝着柠檬薄荷水。高总年轻有为，却丝毫没有青年企业家应该有的轻狂，浑身上下唯一的饰品就是左手的腕表。当然，也没什么朝气。远远看去，古井无波，像一幅定格的水墨画，充满了禅意。

“不好意思，电动车跑得慢。”翟辰把叠起来看不出原样的电动车靠在前台边，在高总对面坐了下来。

“我也刚到。”高雨笙把菜单递给他，让他点菜。

“你看着点吧，我不挑食。”翟辰端起桌上的柠檬薄荷水一通牛饮，天气越来越热，大中午的骑电动车仿佛把肉放进烤箱里来回转，恐怕再走一会儿就要熟了。

高雨笙不动声色地看了他片刻，抬手招服务生来点菜。每人一个精致的雕花小锅，四大份肥牛和其他肉菜若干，青菜很少。这家的牛肉是用一米长的冰盘盛的，颇为拉风。

“我以为你们豪门总裁都不吃火锅的。”翟辰对满桌肉食很满意，不客气地夹起一筷子牛肉开涮。

“我可不是什么豪门，刚开始创业的小年轻罢了。”高雨笙不急着说自己的目的，只跟翟辰聊些平常的话，互相拉近关系。这是生意场上的习惯，饭前不谈生意，毕竟要说服一个饥肠辘辘的人是很难的，酒足饭饱之后才好说话。

两人如今唯一的交集就是李婷，于是便从雇主小姐开始聊。

李婷被前男友纠缠的事，公司的人都知道。他俩刚分手的时候，王竞航还找到公司里来，在玻璃门外跪求原谅。李婷嫌丢人，带他出去，结果差点被他拽上出租车。后来公司叫了保安来，不许他进大楼，他就去停车场堵人。

“一直没问，那天我们走后，你是怎么处理的？”这几天王竞航都没再出现，翟辰觉得自家伙计说得没错，这种浑蛋打一顿就好了。

“如你所料，尾椎骨折。”高雨笙可能是热了，将衬衫袖子挽到手肘以上，露出了线条流畅的肌肉。介于少年与成熟男人之间的年纪，论理肌肉该尚偏薄，这位小高总却已经颇有看头，想来是经常锻炼的。

原来是卧床不起了，还以为这小子真𡒄了呢。翟辰有些后悔下手太重，应该打轻点，让他还能走，这样趁着在岗期间可以多打几顿。

“你一天到底多少钱？”高雨笙放下筷子，接过服务生递过来的湿毛巾擦了擦手。

“这个要分情况，看你要什么服务，白天的、晚上的还是24小时的。”

给翟辰递毛巾的服务生手一抖，差点把毛巾扔锅里，被翟辰手疾眼快地接住了。

“我问过你们公司，你只接白天8小时以内的工作，均价四千，包月三万。但通常不接包月的，只接短期，”摆手让服务生离开，高雨笙拿出一张卡，推到翟辰面前，“包月给你五万，我要每天9小时的服务。”

翟辰没接那张卡，把擦过手的毛巾捏在手里，三两下叠成了小老鼠：“这么高的价，你完全可以去正规保镖公司雇一个退役特种兵，何必找我。”

“有人要杀我，”高雨笙面不改色地低声说，“一般的保镖搞不定。”

翟辰把叠好的老鼠放到那张卡上，嗤笑：“一班的保镖都搞不定，我这二班业余的就更搞不定了。”

“你能，”高雨笙被那只小布老鼠吸引了注意，走神使他下意识地瞥了一眼椅子上的黑色双肩包，“你知道我在说什么。”

“嘶……”翟辰微不可察地倒吸一口凉气，脑袋里瞬间警铃大作。抬头直视高总的眼睛，先前看起来温和无害的眼神忽然充满了侵略性，带着几分不易察觉的威胁。看来不是所有比自己小的生物都可爱，翟辰撇嘴，干脆利落地将卡片推回去，“不好意思，没档期。”

高雨笙缓缓抬手，连同那只湿漉漉的毛巾老鼠一起收了回来。

拒绝了高总的生意，对方也没有过多挽留，还好心地开车把他送回家，避免翟辰被晒成火锅味的腊肉。买卖不成仁义在，不愧是年纪轻轻就资产上亿的企业家，做事周到得让人挑不出毛病。

晚上出门买菜，翟辰顺路去了一趟海豹特种家政，告诉老周新单子谈黄了，让他操着点心给自己找新生意。

“这么好的生意你都给拒了！”周胖子抱着翟辰给他买的半个西瓜，一边吃一边骂他，“你不干，留给鹞子他们也好啊，好不容易认识这种出手阔绰的大老板……”

“大老板给得多，也得有命赚才行！”想起那小子看他的眼神就瘆得慌，翟辰使劲按了光头一把，“吃你的西瓜吧。”

转眼到了周一早上，翟辰扛着外甥去接李婷，顺道买了份早餐扔在车筐里。上周发现这姑娘早上忙着化妆没时间吃饭，便给她带一份路上吃。

“舅舅，院子里好多人。”翟檬檬扒着车把，好奇地往里看。蔡庄新城今天有些不寻常，往常这个时间比较冷清，只有一些急匆匆赶公交、地铁的年轻人。如今这里站了不少人，男女老少全有，门前还停着一辆闪着灯的警车。

直觉让翟辰心里咯噔一声，骑着电动车加速冲进去。

“停下停下，前边别走了。”穿警服的人拦住了电动车的去路，转头对人群高声喊，“都不要看了，赶紧散了，没什么好看的！”

翟辰扔下电动车，给李婷打电话，没人接，他皱着眉头挤进人堆里。大楼前靠近墙壁的地方，拉了一圈警戒线，人们一个个伸长了脖子猛瞧，也不知站在三层开外能看见什么。

翟辰快速吸了口氧，单手一推就把“鳖翻潭”似的人群分出一条缝来，迈腿蹿到最前面，没等站稳，便迅速把孩子的脑袋压到自己怀里：“闭上眼，别看。”

坑洼不平的水泥地上，倒着一具破碎的尸体，鲜血和脑浆已经干了，像是凝固的劣质油画颜料，随着魔鬼的手指铺展满地。

旁边有警方的人在拍照登记：“死者李婷，女，27 岁。”

第五章

“年纪轻轻的，怎么就跳楼了呢？”

“现在的年轻人，心理素质差得很，要么工作不顺，要么分手了，想不开呗。”

“穿着睡衣就跳楼了，这是有多想不开呀！”

“都要死了，还讲究穿什么！”

查验过后，尸体被警方遮住，人们对着不那么恐怖的场景便胆大起来，开始议论纷纷，说什么的都有。

翟辰抱着孩子的手臂渐渐收紧，把檬檬都勒疼了，檬檬闷在他胸口小声说：“舅舅，怎么了？”

翟辰按着孩子的头不让他抬起来，转身离开了嘈杂的人群。李婷那辆二手小白车还停在路边，这小街道上没有贴条的，小区里的人都把车停在了自行车道上。这姑娘好面子，同事都有车，她也想有，但她没那么多钱，就去二手市场淘了一辆八成新的。白亮的车身上一个泥点子都没有，显然是周末刚擦洗过的，等着她的临时保镖来载她上班。

骑着电驴在早高峰的城市中逆流而行，翟辰几乎要被烈火熊焰般的怒气淹没了，若非他这会儿没吸氧，恐怕已经捏碎了车把。好不容易骑到幼儿园门前，才缓过一口气来。

对门小区看门的杨大爷瞧见这甥舅俩，顿时喜笑颜开地打招呼：“小翟啊，今天怎么这么早？”

翟辰吸了口气，把车篓里的早餐提出来递给对方：“给您带了份早点。”

“哎哟，这么多年了，你还是这么客气。”杨大爷笑呵呵地接了，示意翟辰把电动车扔到他们小区院子里去。

翟辰锁好电驴，把翟檬檬放到幼儿园食堂，让他先吃早饭，自己顺了个馅饼去院子里的蘑菇凳上坐着，半晌没吃下去。盯着锁了屏的手机，等待着警方的联系。他早上给李婷打了电话，警方调查时肯定会第一个给他打电话询问，可是等到馅饼都凉了，也没有电话打进来。

“舅舅，我们不送兔子姐姐上班了吗？”翟檬檬拎着那只雪白的垂耳兔走过来。刚才现场太乱，被舅舅捂着脸的他什么也没看到，什么也没听懂。

那只垂耳兔，脚软塌塌的，毛长得瞧不见眼睛，很是可爱。她一直挂在包上，想来是很喜欢的，却毫不犹豫地送给了孩子。

翟辰看着那只兔子，哑声道："姐姐她先走了，以后不用我们送了。"

"哦。"檬檬失望地应了一声，自己去远处荡秋千了。

警局还没有打电话来，翟辰想给方初阳打个电话问问，但这事现在还是片区管，那家伙肯定也不清楚。翻开手机，手指在通信录上滑来滑去，指尖停留在"高雨笙"这个名字上。

翟辰的体质是有些违背自然规律的，从小翟建国就告诫他要隐藏这种特殊，以免给自己引来灾祸。常人很少会把吸高浓度氧气和力量瞬间增强联系在一起，只以为他真有什么呼吸疾病。而高雨笙显然是猜出来了，这让他本能地想离那家伙远点。可如今能跟他说说李婷这件事的也只有高雨笙了。

三两下把饼吃完，实在是心里堵得慌，等他回过神来，电话已经拨了出去。只响了一下，对方就接了起来，要挂断已经来不及了。

"你改主意了？"高总的声音一如既往地清心降火。

翟辰把微潮的头发撸到脑后，呼了口气："李婷死了。"

"……"对方沉默了两秒，语调严肃起来，"怎么回事？什么时候的事？"

"昨天晚上从楼上掉下来了，今天早上去接她，人已经没了。我在等警察的电话，估计警察很快也会找你们调查。"翟辰站起来倚在栏杆上，看着街道上行色匆匆的学生和上班族，尽量客观地陈述事实。不加入个人观点，不判断是自杀还是他杀，把满肚子的脏话压在喉咙里。

"我知道了，你……别生气。"本以为会冷淡回答的高总，竟略带着几分小心地劝了他一句，轻轻地带着点气声。

翟辰怀疑自己的耳朵出问题了，竟然觉得那一句"别生气"带着几分甜糯，对幼小柔软的生物没有任何抵抗力的他瞬间软化。长长地呼了口气，才反应过来自己情绪过于外露了，重新坐回蘑菇凳上："我没生气。"

家长们陆续把孩子送进园，翟辰系上粉蓝色围裙，笑着迎接幼儿园的小朋友们。

"瑶瑶！"扎着蝴蝶结羊角辫的小女孩走进来，那边孤独地坐在秋千上的翟檬檬立时来了精神，把不能送兔子姐姐上班的惆怅就着瑶瑶给的小饼干吃掉了。

然而大人是不能把烦恼吃掉的，上午，警局果然找翟辰去做调查。这事目前还是片区派出所处理，小区里的相关人员也被带过来问话，几个民警忙得焦头烂额。

“你们叫我来干什么，难道我老太婆还能杀人吗？”

“我昨天晚上跟我老婆去丈母娘家了，根本不在家呀。你们也看见了，我早上才回来的。”

“我没听见什么奇怪的声音。你们不知道，我们这栋楼隔音很差，什么声音都有，吵架的、打孩子的、蹦迪的，每天吵死了，真发生什么也听不出来的。”

与李婷同楼层的大妈和小夫妻，以及上、下楼的邻居都被找来了，各说各的，乱成一锅粥。

“翟辰是吧，你早上给死者打了个电话，是怎么回事？”办事的小警员敲敲桌子，用怀疑的目光盯着他。

翟辰从那群邻居身上收回视线，倾斜身子半靠在桌上，吊儿郎当道：“我是她私下里雇的保镖，去接她上班的。”

“哦，保镖……保镖？”小警员猛地抬起头，一巴掌拍到桌子上，把桌上的老干部搪瓷杯震得叮当响，“好好说话，她一个上班族雇什么保镖！你是她朋友吗？”

“我说的是实话，”翟辰单手支住脸，又凑近了些，“她被前男友纠缠跟踪，还被打过两回，报警你们警察又不管，只能雇保镖了。”

“被前男友纠缠……”小民警顿觉抓住了重要线索，认真记录起来，“前男友叫什么名字？”

翟辰一边说着，一边瞄向小警察手边还没来得及收起来的几页纸。

现场初步勘查：无明显外伤，基本符合自由落体坠亡条件。楼道内无打斗痕迹，死者房间无闯入痕迹，门把手指纹待鉴定。疑似自杀……

“她不可能是自杀。”翟辰指着那两个字。

小警察赶紧把那张纸藏到文件夹底下：“别乱看！”

“怎么不可能？”身后办公桌的电脑显示器后面，坐着一位与忙碌场景格格不入的中年人，端着杯热茶老神在在的，“现在的年轻人，半夜不睡觉就喜欢瞎想，看篇文章都可能跳楼。被前男友纠缠能有多大事，她雇你当保镖肯定是为了别的。”

看似正常的分析里，含着对死者无限的恶意揣测。翟辰隔着布料捏了捏包里的氧气瓶，深吸一口气："李婷是个非常要面子的人，虽然没什么钱，但也穷讲究。为了不在同事面前丢脸，买了二手车，天天擦得能照镜子；为了光鲜，宁肯不吃早饭也要化妆打扮，怎么可能穿着睡衣跳楼呢？"

小民警尽职尽责地把他的话记录下来，发现翟辰捂着心口似乎很难受，忙问他怎么了。翟辰摆摆手，从包里掏出氧气瓶吸了一口。

"那要是他杀，她穿着睡衣见的能是什么人？应该着重查一下她的男女关系问题，啧啧，现在的小姑娘……"老油条还在喋喋不休，突然被翟辰抓着领子从桌子那边直接提了过来，把桌上一堆杂物扫到了地上，叮叮当当一阵乱响。

"哎哎，干什么呢！"其他警察惊呆了，赶紧过来拉翟辰，派出所里顿时鸡飞狗跳。

翟辰举重若轻地把人拽到面前，嗤笑着用平常说话的语调不轻不重地说："你再说一句。"

"……"

另一边，标点地图公司，高雨笙和人事经理刚刚送走前来调查的民警。

"警察会通知李婷的父母，人事也通知一下，还有员工保险。"高雨笙一边往回走一边交代人事。

"好的，李婷父母那里马上通知。保险那边需要等警局结案，出了死亡证明才能申报。"人事经理条理清晰地汇报，得到首肯之后便匆匆离开了。

高雨笙回到办公室，阳光透过落地玻璃窗照进来，将桌上的毛巾老鼠晒得毛茸茸的。他走到窗前轻轻闭了闭眼，仰头看向万里无云的晴空。十八层那么高的地方，得有多大的勇气才能跳下去？

"高总，这是翟辰的资料，我都整理好了。"秘书郑经走进来，把一张 A4 纸递给他。

高雨笙转身，再次闭了一下眼，这才接过来看，眉头渐渐皱起："他爸是刑警，亲生的吗？"

"呃，这得问他母亲。"郑秘书答道，他是个浓眉大眼的小伙子，这话说出来特别一本正经。

"问他母亲是吧，"高雨笙若有所思地点点头，把手里的纸卷了卷，啪的一声敲到秘书头上，"我是问你户口本上是亲生的还是领养的！"

"户口本就不知道了，但听邻居说是亲生的，"郑秘书抱着脑袋，竹筒倒豆子一样快速回答，“我小姨跟他们家对门老太太认识，周六去打听来着。他爸叫翟建国，妈妈是个老师，最近几年邻居都没见过她。那个死去的姐姐叫翟犀月，还有个领养的兄弟，不知道谁大谁小，叫方初阳。翟辰从小就住在那个小区，应该是亲生的吧。”

“不可能。”高雨笙把 A4 纸重新展平，坐回椅子上良久不说话。

郑经悄悄溜到门口：“高总，没什么事，我就先出去了？”

“郑经，”高雨笙捏着那只毛巾老鼠在指尖摩挲，叫住了一脚已经迈出去的郑经，“如果你有不能确定却又很希望成真的事，会怎么办？”

郑秘书回身来挠了挠头，忽然脑袋上灯泡一亮，跑去前台从花篮里抽了朵非洲菊递给老板：“丢花瓣呀！”

高雨笙缓缓抬起头，古井无波地看着秘书。

“电视剧里都这么演的，一边扯一边念：真的、假的，真的、假的，最后扯到的那个就是结果。”郑秘书诚恳地建议。

“有道理。”高雨笙点点头。

郑秘书欣慰地笑起来，感慨自己果然是老板的心腹，看看，他在自己面前才像个 23 岁的青年，天真又可爱。挂着老父亲的微笑功成身退，一只手刚碰到门，就听身后传来老板阴恻恻的声音：“郑秘书，你这个月的奖金，取消了。”

第六章

郑秘书刚出去，另一位秘书郝学就推门进来了：“Boss，按照行程，您现在需要出发去科技园了。”

高雨笙点头，把毛巾老鼠放进抽屉里，拿起衣架上的西装外套搭在手臂上。郝秘书将桌上签好的文件整理了一下放进文件夹里，跟着他走出办公室，要跟着一起去的研发部经理已经在门外等着了。

老板和研发部的人离开，郝秘书将签好的紧急文件分发给各部门。正在跟人事经理诉苦的郑经苦着脸问他：“我说郝学，同样是秘书，为什么你从来不会被扣奖金？”

郝秘书把一份文件递给人事经理，单指推了一下无框眼镜：“这个问题我问过 Boss 的 Siri，它说这笔钱正着发叫奖金，倒着扣叫智商税。”

“……”郑经张着嘴愣了半晌，转头问人事经理，“老板的定制版 Siri 不给别人玩的吧？”

人事姐姐同情地拍拍他的肩膀：“那个，郝秘书说话向来比较委婉。”

“……”

高雨笙一行人走进电梯，遇见了哭得眼睛红红的许娇——市场部的女同事。许娇长得小巧玲珑，哭起来一抽一抽的，瞧见他们忙打招呼：“高总，我去看看婷婷，请假一天。”

这姑娘大学在我国宝岛读的，说着一口京味台普，平时大家都喜欢逗她，如今谁也没这个心思，都沉默了下来。

小巧可爱的生物抽抽噎噎，这场面要是让翟辰看到，肯定忍不住掏纸巾哄两下。而不懂怜香惜玉的高雨笙，只是微微颔首，允许了她的逃班行为。

在派出所其他民警的拉劝下，翟辰没能把那个中年人打得满地找牙，但其他民警显然也没有追究他“袭警”的意思，那个做记录的小警察还偷偷冲他比了个大拇指。

纠缠半晌走出派出所，刚好遇见来问情况的许娇。

“你就是那个保镖‘葛格’，对不对？”

这姑娘比他矮了一头，靠太近导致翟辰的视线直接越过头顶，差点没看到人，低头应了一声：“啊，你是？”

“我是她的同事兼闺密，我叫许娇，之前你接她下班时我有见过你。”大热天的，小姑娘一路跑过来，汗水和泪水把妆都给弄花了。得知尸体已经被运走鉴定，房子也被暂时封了进不去，关于案情无可奉告，顿时又哭了起来。

翟辰被她哭得没办法，带她去街边的奶茶店喝了一杯饮料。

“婷婷肯定不会自杀的，一定是王竞航那个王八羔子干的。”许娇狠狠吸了口冰奶茶。

翟辰把冰柠檬水的盖子掀掉，单手捏着杯口慢慢喝，听这姑娘用京味台普义愤填膺地讲述李婷的事。

她跟王竞航是租房子的时候认识的，这人就是蔡庄的拆迁户。以前蔡庄是个很大的城中村，每家每户都盖了三层以上的楼，一个个的都拆迁拆成了富翁。当时她研究生毕业没多久，什么也不懂，被王竞航花言巧语诓骗，他们就谈了一段时间。结果发现学识和眼界差太远，李婷就想分手，然而王竞航不干，起初跳楼割腕地闹，后来死缠烂打甚至跟踪尾随。

“他说过，要是婷婷不跟他在一起，就毁了她。”许娇把吸管咬成了扁的，忍不住又开始掉眼泪。

翟辰把手边的餐巾纸递给她：“也就是说，王竞航是蔡庄人，那他跟蔡庄新城的人都认识了？”

“房东肯定都认识的吧，毕竟是一个村的。租户就不一定了。”警察去公司调查的时候她已经说了这个情况，希望能把那个人渣抓起来。

两人互留了电话，确切地说，是许娇单方面要求翟辰给她留个电话。

“我知道这个事情其实跟你没什么关系……我就是心里没底，你是打过王竞航的英雄，留个你的电话我心里踏实。”

“职责而已。”

英雄吗？

翟辰把包甩到肩膀上，深深吸了一口气。热浪卷着汽车尾气扑面而来，这夏天独有的味道呛得他连咳三声。

年少时也是这么个蝉噪闷热的夏天，翟建国缠着纱布冲他龇牙咧嘴：“哪有什么英雄，生而为人的本能罢了。”

下午幼儿园放学，翟辰扛着外甥来派出所问案情进展，这样连续来了三天，跟那位年轻的警察同志都混熟了。小警察很是纳闷，这非亲非故，只是临时雇的保镖，要不是翟辰的不在场证明充分，都要怀疑他是因心虚而来打听情报的凶手了。

“我还在雇用期呢，”翟辰是这么回答的，“客户在雇用期死亡是我职业生涯的耻辱，没保护好人，就保护好公道。”这话说得英勇无畏、慷慨激昂，就差配个《精忠报国》的背景乐了。

小警察听得肃然起敬，很是佩服他的敬业精神，悄悄向他透露了一点情况：“法医鉴定测算出来了，落点和自由落体有误差，判定是被人扔下去的。但是对凶手毫无头绪，上报给市局，市局已经派人来协助调查了。”

市局派人，那就是方初阳他们刑警队了。翟辰拍拍小警察的肩膀：“谢了哥们儿，不过这种消息，以后还是不要透露了，万一我就是凶手怎么办？”

最后一句是凑到耳边说的，小警察瞪大了眼睛僵在当场，像被黄鼠狼吓呆的猫崽子，浑身的毛都奓起来了。

这位小同志上岗不久，而且是日常处理鸡毛蒜皮、百姓纠纷的民警，才让翟辰有机可乘套出话来。这要是方初阳手下的人说漏嘴，马上就会被方副队赏一顿警棍打出刑警队去。

市局刑警队，方初阳正在看现场勘查的照片。

“副队，这事分局那边还没处理完，咱们这么早提过来是不是不合适？”正蹲在地上整理东西的刑警队队员陈照辉，小心翼翼地扒着桌子问方初阳，他长得偏黑，冷不丁地从桌子底下冒出来，吓人一跳。

“你不觉得这事跟城南的案子有点像吗？”另一名队员转头说道。

“城南的案子？”陈照辉坐直了身子，快速扒出城南案子的资料。前些日子，城南死了一名中年男子，这人半夜从立交桥上跳下去，摔断了脖子，当场没气。他的妻子说他是自杀，因为欠了很多外债还不上，但他的父母坚信儿子是被人杀死的。

那段立交桥还在修建，没有正式通车，周围也没有摄像头。但现场早上被很多上班的人看到了，还发到社交网络上引起了恐慌，这才转到市局来查。

同样是高空坠落，没有目击者，没有遗书，没有征兆，第二天还跟人约好了要见面。

“前男友有不在场证明，门把手上只有她自己的指纹，楼道里也没有打斗的痕迹，”刑警队队长范队长风尘仆仆地走进来，边走边擦汗，“脚印呢？”

范队长以前是翟辰他爸的副手，比方初阳他们大很多，人到中年，体力有点跟不上年轻人。

“这个小区物业很差，常年没人打扫，李婷门前一直到电梯口，布满了男女老少的足印。”方初阳将拍摄足印的照片找出来，递给队长看。走道里脏兮兮的，放着许多杂物，中户老太太捡回来的瓶瓶罐罐、边户那家小夫妻扔的小孩尿不湿。

“楼上楼下的窗户查了吗？会不会是从别的楼层掉下去的，”范队长接过来仔细看，“那个前男友是哪里人？”

“别的楼层都看过了，没有打斗痕迹。前男友王竞航，就是蔡庄人，在蔡庄新城也有房子。案发当天，他还在医院里躺着，值班护士和同房病人可以证明。”方初阳将王竞航的资料抽出来递给队长。

“医院？他为什么在医院？”

“他……因为跟踪李婷，被李婷的朋友打得尾椎骨骨折了。”方初阳露出个牙疼的表情，隐去了打人者翟先生的名字。

“嚯。”范队长惊讶了一下。

“这么一说，这两起案子还真是挺像，”陈照辉是个老实孩子，把所有条件列出来画在纸上，“现在就差亲近的人宣称是自杀了。”

“队长！”那边负责外出调查的队员跑进来，上气不接下气地说，“李婷……李婷她爸妈说，她是自杀的。”

“……”

洋娃娃和小熊跳舞
跳呀跳呀一二一
它们跳着圆圈舞呀
跳呀跳呀一二一
……

柔和欢快的音乐响起，穿着粉红色运动衣的幼儿园女老师正带着小朋友们做课间操。短胳膊短腿的小孩子们跟着老师瞎比画，动作根本做不对，歪歪扭扭的，还打架。

翟辰穿着粉蓝色围裙靠墙站着，抱着手臂看这些小东西东倒西歪。

“哎哟，现在的年轻人，真是不知道惜命。”负责打扫的阿姨坐在旁边刷手机，一边刷一边跟择菜的厨房阿姨念叨。

翟辰好奇地凑过去：“怎么了？”

“你看看今天的新闻，一个女白领因为不愿意加班竟然跳楼了。”阿姨们都喜欢跟翟辰说话，见他凑了过来，忙把屏幕裂成蛛网的手机递给他看。

蛛网手机看不大清楚，但配图中打了码的蔡庄新城一眼就能认出来，翟辰拿出自己的手机快速翻看。通常有什么热点新闻，都会铺天盖地地发，这则也不例外，随便搜索一下就出来了。

女白领不堪重压跳楼身亡，西装民工的未来何去何从
女白领因不满加班而自杀，高学历打工族的权利谁来保障？
白领人群的身体和精神状态堪忧，过劳死、抑郁症数量逐年上升

所有报道无一例外地都在说李婷跳楼自杀的事，虽然把名字隐去只说李某和某网络公司，但知情人一看就知道是怎么回事。长长的标题，一字一句都戳痛了都市打工族的敏感神经，白领加班过劳一直是个经久不衰的话题，每年都要被提出来供人们长吁短叹很久。

给拖延症导致加班的人自我感动的机会，给被大城市折磨得身心俱疲的人一个回老家的理由，给强制加班身体虚弱的人向老板要求涨薪的借口。传播迅速，皆是因为其受众广泛，且用途多多。

如今的网络媒体就是这样，开头一张图，内容全靠编，这也没什么。让翟辰心头一紧的是李婷父母的一段采访录音，还有附带的几张微信聊天截图。

“孩子一直说累，之前半夜给我打电话哭着说不想干了，每天加班到两三点……”中年妇女带着地方口音的话，夹杂着浓浓的鼻音，显然是刚哭过。这录音是一个视频文件，说话的时候只显示一个电话的标志，说完之后滚动展示了几张微信截图。

女儿：我快累死了，又加班到三点。

女儿：这么大的项目，只有我们一个五人的团队在做。

女儿：我好像有点发烧。

女儿：我觉得我快不行了，我承受不住了。再这样我要疯了！没准儿哪天我就死了！

这边母亲回答的话都被打上了马赛克，只看到对面的各种抱怨。最后一条是上周的，最为清晰。

别的不说，翟辰可以肯定上周的这条说的不是工作。时间是在她去海豹特种家政找保镖的前一天，显然是在说那个神经病前男友！

正看得额头青筋突突跳，许娇突然发了个微信过来。

娇娇娇：辰哥，怎么办呀？婷婷她爸妈非说是公司把她逼死的，我昨天劝他们，还被骂了，他们是想要公司给他们赔钱呢！天底下怎么会有这种父母！

“……”

天底下怎么会有这种父母？翟辰也不是很理解，自家孩子突然丧命，第一反应竟然不是找出凶手，而是想办法讹钱！

标点地图明明是业界人人都想进的高福利公司，却被说成这样。高雨笙那副老僧入定般的模样，也不知会不会气得蹦起来。耳边忽然回响起那声带着点小心翼翼的“你别生气”，刚刚升起的一点戏谑，顿时像肥皂泡一样砰地碎裂。

正想着，手机突然响起，来电显示“负心汉”。

“还真是想什么来什么，”上回跟他打了电话，翟辰觉得这小孩其实挺可爱的，就好玩地给改了个名，抬手接起，“高总，有什么事吗？”

“我现在不方便离开，你能来我公司一趟吗？有事跟你说，与李婷有关的。”高雨笙的声音依旧是那个调调，丝毫没有被新闻气到的迹象。

“现在吗？”翟辰看着比别的小朋友做操速度慢一倍、仿佛在打太极的翟檬檬。

“现在，不会耽误你太久的。”言下之意，在幼儿园放学之前还能赶回来。

李婷的死像一根突然扎进心里的刺，不弄清楚他就坐立不安。翟辰跟园长请了假，交代一下，便拎起包匆匆走了。

全玻璃外装的财富大厦在夏日的阳光下闪着粼粼光芒，像是顶天立地的一块金砖，刮下点皮都抵得过翟辰一年的工资了。

“高雨笙，负心汉！”听到那有节奏的叫骂声，翟辰才想起来又是周五了，这位明显比高雨笙年纪大的大姐，骂得比以前更凶残了，“高雨笙，你不得好死！抛妻弃子，你等着下地狱吧！”

还用上成语了。

正是太阳毒辣的时候，大楼的保安站在玻璃门内一脸的“生无可恋”，看到客人来，赶紧出来轰人。

“哎，我说大姐，”翟辰用一根手指点点被保安拽着的女人的肩膀，“你说高雨笙甩了你，怎么又抛妻弃子了？”

“我为他流过产！已经成形的孩子啊！他还不肯娶我！”女人手里拿着一张不知从哪个杂志上剪下来的高雨笙西装照，信誓旦旦地说。

“先生，您别理她，高总不是这种人。这女的有妄想症，就跟那种追着明星狂骂、说人家抛弃她的人一样。”保安赶紧解释，两人合力把女人拉到一边去。

“你们都是他的帮手！替有钱人作恶的狗！”女人继续有节奏地大骂，这次连翟辰也一起骂了进去。

“好文采，挺押韵的。”翟辰礼貌性地鼓了鼓掌。

熟门熟路按下23楼的按键，先前李婷问他怎么知道标点地图在23楼，他还故作神秘地说是秘密。其实只是个职业习惯，进门就在前台拿了张导航图，哪个公司在哪一层、每层的消防通道在什么位置，一目了然。

电梯在23层叮的一声打开，达到噪声分贝的哭喊声像洪水一样涌进电梯间，让他产生了进的是蔡庄新城18楼的错觉。

玻璃门外的星空地砖上，摆满了香烛纸钱，墙上拉着白布帘子，上面有几个黑色手写大字“黑心公司还我侄女命来”。一名中年男子抱着李婷的遗像，两位中年妇女坐在地上号哭不止，还用一台砖头大小的劣质随身听大音量地播放着唢呐哀乐。

估摸着是用李婷留下的员工卡刷卡上的电梯，只是没有指纹，进不去公司，就坐在外面闹腾。还有个不知道什么报的记者拿着手机在一边录视频：“这里是标点地图的公司门前，死者李某的亲属要求公司给个说法，而公司负责人迟迟没有出现。”

“孩子去世到现在，他们单位领导没有来看过一眼，连个慰问电话都没有打！”

“这单位不正规，连死亡抚恤金都没有，说要等保险公司报销！”

翟辰听着这不可理喻的话，只觉得脑仁疼：“哎，我说，警察局都没结案呢，你们赖人家公司做什么？”

“你是他们公司的人吗？”自称李婷叔叔的男人走过来，猛地推了翟辰一把。

翟辰被推得一个踉跄，差点磕到墙上，看起来弱不禁风的，低头深吸一口气，微笑着抬头：“我说大哥，有话好好说，别动手。”

“我就动手怎么了！我们家婷婷都被你们害死了，还不许我出出气了！”嚣张的中年男人见翟辰示弱，气焰顿时如泼了油的柴火，轰的一下蹿了三丈高。

“我身体不好，打出人命你可得负责。”翟辰颤颤巍巍地掏出氧气瓶，连着吸了两口。

“碰瓷啊你！”男人见他不仅没什么武力值，还是个病秧子，得意扬扬地抬起手，照着翟辰的脸就扇了过去。

啪！粗壮黝黑的手腕，被白皙修长的手稳稳攥住，顿时像被施了定身术一样动弹不得，一毫米也挪动不了。浑浊的眼睛渐渐凸了出来，中年男子不可思议地看着那瘦弱的青年。

“都说了不要动手，我赶时间的。”翟辰依旧保持着无害的表情，不紧不慢地说着话，只是眼睛微微眯了起来。

玻璃门忽然打开，只穿着衬衫没穿外套的高雨笙快步走出来，不动声色地握住翟辰那只抬到了半空准备打人的手：“保安！”

两名穿制服的保安从玻璃门内的消防安全梯跑了上来，抱住中年男子往后拖。翟辰及时松了手，在那黝黑的手腕上留下五道青白的手指印。

“公安部门现在还没有结论，如果是我们公司的责任，倾家荡产我也会赔偿，不是我们的责任，一分钱我也不会出！”高雨笙语调冷淡地说着，并吩咐身边的秘书，“报警！”说完就转身回了公司。

还被他拉着手的翟辰只得跟着走两步：“那什么，高总，咱俩这么进去不好吧？”

两个大男人好朋友手拉手，他是无所谓，高总的形象可就受损了。

高雨笙一瞬间没反应过来他在说什么，直到掌心被翟辰的指尖挠了一下。

第七章

高雨笙这才意识到自己正握着那只并不如何厚实但极为温暖的手，于是下意识地松开：“抱歉。”

翟辰倒是没在意，跟着他去了办公室，拉开办公桌前的会客椅子坐下：“你叫我来，就是看门口那群号丧的？”

“不，”高雨笙给他倒了杯水，“给你打电话的时候他们还没来，我是想谈谈你的事。”

“我？”翟辰接过杯子，晶莹剔透的玻璃杯里盛着清亮的白水，带着一股淡淡的薄荷香，应该是在水壶里泡了干薄荷叶。高端人士一般都喜欢喝昂贵的咖啡或是色泽艳丽的洋酒，这位小高先生却偏爱喝廉价的薄荷水，怎么看都不像个霸道总裁。

“关于你的……超能力，”高雨笙斟酌着措辞，给翟辰那异于常人的力量找了个代称，“你总这样暴露在人前，是很危险的。给不同的人做保镖，总会有人像我一样看出来。”

“高总是在威胁我吗？”翟辰随手拿起桌上的一把钢尺把玩着，轻轻敲着那晶莹剔透的玻璃杯，像是在敲打玻璃杯一样漂亮昂贵的高总，不要得寸进尺，“什么超能力，高总说的，我怎么听不懂。”

“我无意冒犯，只是给你提个诚恳的建议，找一位固定且愿意保守秘密的雇主是最安全的，”高雨笙双手手指交叉在一起放在桌上，做出无害又强势的姿态来，“当然，也是为了我自己，我遇到了跟李婷一样的麻烦。”

“嗯？”翟辰转动钢尺的手停下来，“你也被前男友尾随了？”

“……”

“啊不是，前女友，就楼下那位？看起来是有点危险，都要让你血债血偿、不得好死了。”翟辰啧啧感慨，仿佛已经看到高总被那位碎尸万段的模样。

“诅咒我死的人多的是，我也不会怕一个毫无攻击力的疯女人，”高雨笙感觉到翟辰的不友好，按了按额头绷出来的青筋，从抽屉里拿出一个透明文件袋，袋子里装着一张五颜六色的纸，“我收到了这个。”

正面是印刷拙劣的外卖单子，背面是一个奇怪的图案。图案呈同心圆状，四周画了十二个星座的标志，中间有一只瞪得溜圆的眼睛。翟辰看到那张纸，背后瞬间出了一层冷汗。

“外卖单！”抓过来仔细看，与那天李婷在家门口拿下楼的那张小广告单子一模一样。

这张单子夹在快递中，今天早上送进了CEO办公室，写明了要高雨笙亲启。李婷那天发过一个朋友圈，吐槽这外卖单子做得难看，所以高雨笙有点印象。

“做我的临时保镖吧，如果你不愿意做9小时的，像保护李婷那样接送我上下班即可……”

“好。”没等高总说完，翟辰就应承下来，毫不犹豫地接了这个活儿。快速拍了张照片发给方初阳，告诉他李婷也收到过这样一张纸。那边方初阳可能在忙，并没有立即回他。

“你知道这是什么吗？”高雨笙看着低头研究纸的翟辰，用目光慢慢描摹他的眉眼，试图找到跟记忆中那个人的相似点。瞧了半晌，却只得出个翟辰长得挺好看的结论。

找到一点线索，翟辰的情绪缓和了不少，放下手机笑着抬头：“你看过《神雕侠侣》吗？”

“嗯。”著名武侠小说，拍过好几版电视剧，高雨笙小时候还挺喜欢看的。

“《神雕侠侣》里面的那个魔头李莫愁有个习惯，就是在杀人的头一天会在对方家里留下血手印。留下几个手印，就是要杀几个人。”翟辰心情一好就开始胡说八道，拿出他平时骗小孩那一套，逗一脸认真的小高总。

然而，高雨笙并没有像方初阳那样让他滚，而是垂目思考了一下：“很有可能。”

“……”这都信，这孩子怕不是个傻的，翟辰有些一言难尽地看着他。

然而事实证明高总并不傻，特别是谈起钱的时候。既然说定了要做临时保镖，薪资就要先谈好。高雨笙拿出正规保镖公司的价目表，单日租用是最贵的，A 级保镖单日八千元，B 级保镖单日六千元。包月和包年就便宜多了，月薪三万到四万，年薪三十万到四十万，没什么规律可言。

这个基本上是业内的均价了，翟辰也点头表示认可。

“因为你不是正规保镖，平时要价都是单日四千，那么包月应该是两万左右。而且你现在是每天只有上下班的时间工作，所以最多一万，我给你一万五。”高雨笙摆出了商人嘴脸，仿佛先前那个一出手就是五万块的人不是他。

“之前不还是五万的吗？”翟辰试图胡搅蛮缠。

“那是 9 小时工作，你不是还要带孩子吗？如果你愿意，可以把孩子放在大厦 17 层的托儿班里，费用公司出。”

高总连翟辰家里的孩子都考虑进去，一切安排得明明白白，就差保镖先生点头了。翟保镖也差点就同意了，但当他把半只脚踏进去的时候，忽然感觉到了不对。这位总裁为了雇保镖也太下本了，又是请他吃饭，又是调查他的家庭状况……眼前仿佛张开了一张无形的网，摆满了各种他急需的东西，高级托儿班、钱、规避暴露风险的工作、调查李婷死亡的线索，就等着他这只肥兔子一头撞进去了。

“暂时不了，我喜欢幼儿园的工作。”翟辰忍痛拒绝了这份带毒的美味佳肴。

这时候，郝秘书进来通知，说外面警察已经来了。

警察把那三个吵吵嚷嚷的人铐起来，指着那梗着脖子干号的中年男子道：“怎么又是你？”

“警察同志，您认识他？”翟辰一把抓住那个试图开溜的记者，不紧不慢地吸了口氧气。记者起初还能挣扎一下，之后仿佛被铁扣卡住了一样，整个小臂都动不了了。左动右动手臂不动，仿佛在跳一支没编排好的机械舞。

“当然认识，这三个是专业闹事的，上个月在人民医院门口抓过他一回。他们是专门给拆迁、碰瓷的人当群演的……老实点，什么你侄女，这遗像里的人眉清目秀，是跟你一样长个绿豆眼吗？”

拆迁……翟辰皱起眉头，磨了磨后槽牙，转头问高雨笙："王竞航那个瘪犊子在哪个医院？"

高总："……"

警察走了，还被抓着的记者挣扎着道："放开我！"

"哎哟，把你忘了，"翟辰转过头来好整以暇地看着这位记者，夺了他的手机递给郝秘书删除相关视频，又拿出手机对着他这张脸录像，"来，笑一个。说说吧，谁雇你来的。"

记者先生仿佛放过血的鸭子，脸色煞白但嘴巴还硬，什么都不肯说。

市局刑警队，方初阳还在反复看笔录。

南城案件死者王强，46 岁，男性。他的妻子说，当天王强出去跟朋友喝酒，到了半夜没回来，她就抱着孩子睡了，到第二天人还没回来，而且手机也打不通，这才报警的。王强的父母却坚持认为是他杀。

王妻（周玉芬）：家里欠了一笔高额贷款，王强最近心情不好，经常出去喝酒，夜不归宿的。我也没在意，怎么也想不到他就这么寻短见了，留下我们孤儿寡母可怎么办呀？

王父：欠款那是他做生意跟人借的钱，这批货卖出去就能还的，根本不存在逃债自杀这回事！

王母：肯定是周玉芬干的，她之前说我儿子出轨，三天一小闹，五天一大闹，还说要抱着两个孩子跳河。

王强身上同样没有打斗的痕迹，要么是自己跳下去的，要么是凶手一招制敌。

"王强这个，如果是认识的人冷不防把他推下去，还是有可能的。但李婷那个就不能推，要做到无触碰扔下去，除非这人是个大力士，用举重里面的抓举方式举过头顶，扔下楼去。"勘查现场的同事比画了一下那个窗台的高度。

大力士。

方初阳心中一紧，据他所知，能做到这件事的人只有吸了氧气的翟辰。那天他还通宵加班，没在家，不能给翟辰做不在场证明。得给浑蛋兄弟打个电话，让他最近收敛一点，拿起手机就看到了翟辰发来的消息，立时转发给同事们。

“李婷的遗物里有这个东西吗？”方初阳指着画面上那只诡异的同心圆眼睛。

陈照辉赶紧低头翻了一遍：“没有。”

“小张查一下这个图案的来历，陈小黑跟我走。”方初阳站起身，带着陈照辉准备去再搜一遍李婷的车。据翟辰说，当时那个垃圾他忘了扔了，不知道掉在了哪里，也许还在车上。

两人顶着大太阳在晒成烤箱的车里翻找，不到一分钟衣服就湿透了。

“副队，你去树荫里站着，我来搜吧。”陈照辉推推方初阳，自己爬进车里仔细翻找。

方初阳打开驾驶室，点火启动了车里的空调，冷风吹出来，那令人窒息的闷热顿时得到了缓解。

“嘿嘿，还是副队聪明。”陈照辉抹了把汗，拍了个十分僵硬的马屁，没等方初阳骂他，突然大叫，“找到了！”

在座椅与车门的缝隙里，夹着一张没来得及扔的外卖单子，跟高总收到的那张别无二致。黑黝黝的小陈同志小心翼翼地将证物放进透明塑料袋里封好，对着空调风口吹了一会儿，把热晕的脑袋吹灵光了：“副队，你说会不会是李婷给了外卖差评，外卖小哥来报复她呀？”

“那标点地图的老板也给外卖差评了？他会点这种五块钱一份的鱼香肉丝吗？你这脑子里装的都是地沟油吧！”方初阳照着小陈同志的后脑勺就是一巴掌。

“上次你还说装的是煤球。”陈小黑摸着后脑勺老实巴交地说。

“滚滚滚！”方初阳推开煤球脑袋，顺手接起电话。

“副队，东区派出所在标点地图门口抓了三个假装李婷亲戚闹事的。”

专业闹事的……

方初阳冷下脸来，专业闹事的人跟这种拆迁村的泼皮无赖们最是熟悉，而王竞航恰恰是蔡庄有名的无赖：“派人盯紧了王竞航那小子，再查查他的手机。另外，叫王强的妻子来一趟，我有话要问她。”

第八章

翟辰本来就想问问王竞航在哪个医院，自己好去给他“送温暖”，但高总不知道哪根筋不对，硬是不告诉他。拖着他在财富大楼里吃了午饭，又磨叽到下午开了个短会，高大少爷这才诡诡然站起身来表示自己送他去。

“不用了吧，你不是挺忙的吗？”翟辰看看高总那昂贵的小翅膀车，这一趟油钱都抵得上幼儿园老师一天的收入了。

“周五下午本来就下班早，跟你待在一起我觉得安全。”高雨笙把车钥匙递给翟辰，默默站到他身后，努力做出“高总很害怕”的样子，可惜演技太差。那双漂亮的眼睛里带着年轻人特有的清亮，仿佛正在期待着什么似的。

错觉吧？哪有人期待着遇见杀手的？

翟辰不懂这种富家少爷的思维，尽职尽责地上前检查车辆，而后自己上了驾驶座。高总习惯性地坐在了后座上，刚要出发，他突然叫停，换到了副驾驶。

“高总，如果要杀你的人真的是职业杀手，我建议你还是坐到后面去。”翟辰从专业的角度规劝客户。通常老板都是要坐到司机后面，那是整个车里最安全的位置。当出现交通事故时，司机出于本能地会向左打方向盘以避免自己被撞击，也可以使驾驶座后面的那位幸免于难。

“我坐后面你认得路吗？”高雨笙系好安全带，转头问他。

“呃……”作为没车一族，翟辰在这个大城市里的活动范围很小，大部分时间都在老城区和中心区那一带转悠，偶尔开车，也是到客户指定的地点，“这不是有导航嘛。”

“那边路口多，七拐八拐的，导航来不及，”高雨笙耷拉着眼睛遮住眼底的情绪，“走吧。”

被老板鄙视了识路能力，天生不擅长记路的翟保镖无力反驳，踩下油门，离开了车库。

“高雨笙，负心汉！不得好死！我们一起下地狱吧！”刚出了车库，那熟悉的喊麦魔音就穿透了豪车的防弹玻璃。

“嚯，够执着的啊，”翟辰看了一眼还在门前跳脚的那位，忍不住用手肘捅捅身边的小高同学，“你跟她到底怎么回事？”

高雨笙看看自己被他捅出个凹坑的衬衫袖子：“你们对雇主就没什么尊称吗？”

“有啊，我们管雇主叫‘宝贝’。”翟辰一本正经地说。

“……”高雨笙眉梢一抽。

“真的呀，护如珍宝，价值连城，可不就是宝贝吗？”说完，偷瞄一眼高总的表情，翟辰努力憋笑。

小屁孩还要什么敬称，韩国电视剧看多了吧。

“你就这么叫李婷的？”高总几乎被气笑了。

“这么叫女孩子容易引起误会，但我们也很为难啊，”翟辰冲他挤挤眼，“你想要敬称完全没问题，宝贝儿！”

高雨笙被他叫出了一身鸡皮疙瘩，抬手搓搓胳膊把那个凹坑拽平整，为了阻止他继续胡说八道，主动说起了门前那位：“她以前是标点的员工。”

“嗯？”竟然真的认识，翟辰不由得竖起了耳朵，“你不会真把人家抛弃了吧？”

“从她入职到离开，我跟她说过的话不超过十句。”这件事高雨笙也纳闷了很久，实在不知道自己哪里“勾引”到那位女士了。

这位大姐叫袁小爱，是三年前标点刚创立时入职的。刚进公司时因为是有经验的员工，看起来还是很稳重的。在公司干了有一年多，从某一天开始不知为何突然宣称自己跟高雨笙在谈恋爱，还把微信名改成了“雨夜爱听笙”，天天在朋友圈发高雨笙的照片。

起初大家以为她在搞笑，还跟着一起打哈哈，有女同事在底下留言说“我也是雨笙女友，拔刀吧情敌”之类的玩笑话。谁知袁小爱竟然跑到对方工位上，尖叫着泼了人家一身可乐。

所有同事都觉得不可思议，闹了几天之后，大家才认识到事情的严重性。人事及时向上级汇报并申请了经费给她请心理咨询师，经过诊断，咨询师认为袁小爱得了“恋爱妄想症”——一种以为自己在跟别人谈恋爱并产生记忆幻觉的精神疾病。这种症状多见于一些明星的狂热粉丝，最有名的就是知名男歌手胡畅的一位“骂娘粉”，常年在机场堵他，追着骂一路，到处诉说胡畅的“狼心狗肺”。

这样的心理状态显然已经不能继续工作下去，离开了标点，治疗一段时间后，她找了别的工作，消失了很久。最近或许是又犯病了，每周五准时来大楼前报到。

“哇，我还第一次见识到，因为太帅把人逼疯的。”翟辰毫无同情心地嘲笑高雨笙。

“前面路口左转，看到一个红色的广告牌时右转，那里去停车场最方便。”高总不理会他的挑衅，宛如导航一样精准无比地指示路线。

翟辰按照高雨笙的指挥走下去，果真一点弯路都没走，还一路畅通。不愧是做地图的人，本身就是个活地图。

断了尾椎骨的王竞航住在骨科，病房外的走廊上坐着的是身穿便衣的市局刑警。看到翟辰过来，很是惊讶地起身打招呼："辰哥，你怎么来这里了？"

"我还想问你呢，方初阳这两天不是忙成狗了吗？你怎么还闲在这里打游戏！"翟辰反将一军，顺道嘲笑了一下这位打了很久、段位仍然是"倔强青铜"的游戏"苦手"。

"那是比不上辰哥的星耀二段。"小刑警也不生气，笑嘻嘻地跟翟辰闲聊。是方初阳让他来盯着王竞航的，还带了两位民警过来问话。

翟辰往屋里瞄一眼："这位不是大款拆迁户吗？怎么还住两人间，这么寒碜。"

屋里两名穿警服的民警正在问话，没收了王竞航的手机查看聊天记录。

"李婷住的那间房子，是你给介绍的吗？"

"不是，我认识她的时候，她已经跟人家商量好租金了。"王竞航长得不算丑，但表情总带着几分阴鸷，让人看着不舒服，"你们查我没用，我尾椎骨断裂，根本下不了床。我倒是想弄死她，那也没条件呀！你们应该查查她那个奸夫。"

"什么奸夫？"民警一愣，以为有什么新线索。

"就是那个小白脸保镖啊，绝对是奸夫。那小子看着瘦，其实力气大得很，就是他把我打成这样的。"

"我看你是想连盆骨一起断了，"翟辰一手拽着背包带子一手插在裤兜里，慢悠悠走过来，往床边的木凳子上一坐，单脚蹬在王竞航的床边，抬抬下巴，"接着说。"

王竞航看到翟辰，条件反射地瑟缩了一下。

第九章

倒不是王竞航想认㞞，是尾巴骨它看见翟辰之后自己疼起来了。

油盐不进的混混儿老实下来，两位民警同志的询问工作顿时顺利了不少。再没提什么"奸夫"的事，但王竞航拒不承认自己联系过李婷的父母，动不动就拿自己一直待在医院里、有不在场证明说事。而他的手机里，也的确没有什么。

"你为什么还存着李婷父母的手机号？"

"嗬，她爸妈把我当金龟婿，三天两头嘘寒问暖。我这准女婿，不得存着长辈的手机号啊？"王竞航把手机拿回来，大拇指按着锁屏界面看动态壁纸。他的壁纸是几张流星的照片合成的动态图，还带炫光特效，看起来土味十足。

“我还以为你的壁纸会是李婷呢，”瞄到他手机界面的翟辰擅自发表意见，“你不是非她不可，爱得要死要活吗？”

“关你屁事！”王竞航锁了手机转头瞪他。

没问出什么来，两位民警正准备离开，出去将调查结果交给走廊里的刑警小马。

“你们离开不把他也带走吗？”王竞航伸着脖子叫那两位警察。

“我可是来看望你的，警察不管这个，”翟辰捏起床头那个呼叫按钮在手中抛着玩，嗤笑着蹬了一下病床，“瞧把你吓的，尿裤子没，要不要帮你叫护士？”

王竞航顿时气得脸色铁青。

“其实我特理解你，真的，”翟辰单手搭在蹬床那条腿上，凑近了些，一副哥儿俩好的样子，“没什么文化的村里混混儿，突然拆迁变成了有钱人，比那些吭哧瘪肚念大学的打工仔确实有钱多了，也只有学历高又好看的大公司白领才配得上。可惜了，这女人不识抬举，竟然嫌你没文化，必须得让她知道点厉害……

“恰好她有一对贪财的父母无比信任你这个有钱的准女婿。告诉他们，左右人已经死了，重要的是他们的后半生，只要认定李婷是自杀，并把‘罪魁祸首’的帽子扣到她那个无比有钱的公司头上，肯定能要来足够养老的钱。”

“你又不是条子，管这么多做什么？”王竞航耷拉着眼皮，用那双阴鸷的三角眼看他，“小子，我劝你少管闲事。那个女人的死跟我没半毛钱关系，她是被天收走的。”

翟辰瞳孔骤缩：“你什么意思？”

“老天看不下去，要了她的命，说明她自己有罪，死了活该！”王竞航幸灾乐祸地笑起来，“她就是个爱慕虚荣的婊子……”

咣的一声巨响，把走廊里交接工作的三名警察吓得一哆嗦。坐在病房外等自家保镖的高总立时走过去，就瞧见翟辰正抡着凳子往王竞航身上砸。

刚才还好好的杨木凳已经散架了，王竞航翻到了地上，挣扎着往一边躲。两位还没来得及走的民警赶紧一左一右拉住翟辰，警告他不许再动。

“报警，快报警。”王竞航冲吓傻的隔壁床病人大喊。

警察就在眼前，既然受害者要报警，他们也只能把打人者带走。

“警察同志，我这是协助办案呢。这种王八羔子，不见棺材不掉泪，得先打服了才会说实话。”翟辰由着民警给他戴手铐，义正词严地向小马解释。

“我的哥啊，现代社会早就不许刑讯逼供了。”小马愁眉苦脸地说，看了一天人，没看出什么线索来，人反倒在他眼皮子底下挨了打，回去又得被副队按在地上反复摩擦了。

“我知道，警察不能打人，你们考不考虑外包？就包给我吧，看在方初阳的面上算你们便宜点。”小马人如其姓，长着一张马脸，惆怅起来的时候尤为好笑，翟辰总忍不住逗他。

“辰哥，算我求你，少说两句行不行。一会儿去了局里遇见副队，记得一定跟他说，我拼死拦你，没拦住。”小马向他求饶。

“这话我能说，别人能信吗？”小马长得人高马大的，比翟辰壮了一圈。

“……”

高总眼睁睁看着自家保镖被警察带走，只能认命地自己开车，不紧不慢地跟在警车后面：“Siri，我觉得这保镖雇得有点不值。”

“值与不值，都在你的心里。”冰冷的机械音一字一顿，莫名有些高深。

“你还挺有哲理。”高雨笙透过警车后窗往里看，突然瞧见翟辰把脸贴上车窗并冲他挤挤眼。

这家伙不会是要吸氧跳车吧？高雨笙吓了一跳，提心吊胆地跟了一路，结果什么事都没发生。守法良民翟先生，老老实实被带回了警局。

两位警察是市局的，市局本身不具备派出所里的设备，就给带到刑警队去了。进来的时候被方初阳瞧了个正着：“扔到候问室去，不到24小时别放出来。”

“这么狠吗？”翟辰痛心疾首地谴责自家兄弟的无情，“那你别忘了接檬檬。”

刑警队里的人都认识翟辰，听到这话纷纷憋着笑低头，只有老实的陈照辉听话地把翟辰塞进了候问室。

所谓候问室，其实就是临时置留犯罪嫌疑人的地方，置留时间不能超过24小时。派出所里一般都是刚抓的小偷小摸、咸猪手、酒驾的人，刑警队这里的通常就比较严重了，看起来个个凶神恶煞的。

翟辰看了一眼里面的人，转头冲小陈说：“警官，我身体不好，必须吸氧，不然分分钟要挂的。你去跟你们领导说，把氧气瓶给我呗。”

“哦。”陈照辉应了一声，锁上铁门转头去外面跟副队汇报了。

远远听见那边方初阳暴跳如雷的声音：“吸什么氧，憋死他活该！”

翟辰活动了一下刚刚拆下手铐的手腕，转头看向屋里几个满脸不怀好意的人："哟，几位，怎么进来的？"

"小菜鸟，安静点。"小小的屋子里，只有北面的墙根有一条水泥砌的长凳，几个人坐在一起，连个放尾巴尖的位置都没留给翟辰。

"过来，坐这儿。"一个大块头冲脚边吐了口黏痰，示意翟辰坐。

"我劝你们客气点，刑警队的队长是我弟弟。"翟辰抱臂靠着铁栅栏门，一脸嚣张。

"呸！少他妈扯了，你弟是队长，你还能进来？"几位大哥站起来，慢慢向翟辰靠近。

"那怎么了？法律面前人人平等。"正说着，小陈送来了他的氧气瓶。

满头火的方初阳走出警局，跟闲庭信步走进来的高雨筌打了个照面，想起这应该是浑蛋翟辰的新雇主，便多看了两眼。没等两人说句话，方初阳的手机响了，是负责盯梢王竞航的小马打来的。

"副队，王竞航还藏了一个老式黄屏手机，里面有跟李婷父母的通话记录。"小马颇有些激动地说。

"你怎么找到的？"方初阳顾不上理会高总，一边打电话一边往幼儿园走。

"辰哥塞给我的。"小马回忆刚才的状况，估计是翟辰逗他的时候顺手塞进他口袋的，临走拍了他一下，他才感觉到口袋里有东西。

"……"

高雨筌交了罚金，办好手续来领翟辰的时候，候问室里一片祥和。几位大哥整整齐齐地蹲在两边的墙根处，翟辰独霸了那唯一的长凳，跷着脚转瓶子玩。

"他们怎么了？"过来开门的陈照辉好奇地问。

"他们知道我身体不好，把凳子让给我坐的。"翟辰站起来伸了个懒腰，搭着高总的肩膀出去。

高雨筌看看那些壮汉，再看看搭在自己肩上的手，很给面子地没把他掀下去，任由他病弱地挂在自己身上："现在班房里的人素质都这么高了？"

"那可不，五讲四美，尊老爱幼。"

第十章

出了刑警队的门，高雨笙就把搭在自己肩上的爪子拎了下去，顺道将车钥匙扔给他，看了一眼腕上的手表。天已经黑透了，公安局外不甚明亮的路灯照过来，映出表盘上星星点点的碎钻。

“你这手表是夜光的啊？”翟辰凑过来，“挺好看。”

“……”又不是小学生，谁还戴夜光手表。高雨笙看看自己腕上的“星空月龄”，不知道该怎么跟自家保镖解释百年钟表世家不做夜光手表。没等他开口，那边刑警队的小陈追了出来。

“辰哥，你的手机。”

翟辰接过手机，嫌弃地上下看看：“我说小陈，下回出外勤咱能擦点防晒吗？这大晚上的，我就瞧见件衣服飘过来，吓不吓人。”

陈照辉扯了扯自己明黄色带反光条的运动短袖：“我有那么黑吗？”

“有，”翟辰斩钉截铁地说着，低头给方初阳发微信，“你们晚上还要加班吗？”

“我得加班，副队不用，队长知道他今天晚上带孩子，让他不用来了。”老实孩子小陈直接把自家副队给卖了。

“哦……”翟辰意味深长地应了一声，删掉没写完的一句话，将手机装回口袋里，觉得小陈那张看不清五官的脸顺眼多了，“行，你忙去吧。”

既然方初阳不加班，那他就可以在外面多待一会儿了。等把高雨笙送回家，就去夜市吃烧烤、喝啤酒。现在正是吃小龙虾的季节，再来两斤小龙虾，今天这顿号子就没白蹲。

一边盘算着吃麻辣的还是蒜香的，一边拿出手电筒检查车辆，确认没有问题就把钥匙扔给高雨笙：“还是蒜香……呃，不是，还是你开吧。我晚上不开车。”

“这是什么规矩？”有些技术不好的人晚上不敢开车，怕出事，但翟辰显然不属于技术不好的人群。白天高雨笙特意观察过，看得出这家伙的技术是专为胜任保镖职业练过的，停车时用的不是倒车入库，而是漂移甩尾。

“晚上更容易遇到枪击，这时候保镖需要警戒。”翟辰自顾自地坐上副驾驶，给自己扣上安全带。

高雨笙单手按住车门不让他关："你觉得我会信？"

小朋友心眼太多就不可爱了，翟辰龇了龇牙，僵持片刻只得承认："我夜盲。"

夜盲！

高雨笙一惊，缓缓凑近了些。在光线缺乏的环境下，翟辰的眼睛有点对不上焦，但他"看"的方向准确无误。若非凑得近了，根本看不出异样。难怪上次他会坐错车，原来是根本看不见。怎么会这样？

"怎么得的？治得好吗？"

"天生的，"翟辰感受到高总骤然加快的呼吸，"怎么听说我是夜盲眼这么激动？你是不是后悔了，告诉你，定金不退啊。"

"……不是。"这两个字像是从喉咙里挤出来的，带着微不可察的颤抖，仿佛做错事的孩子在向家长无力地申诉。听得翟辰心尖发颤，觉得这位小高总下一刻就要哭出来，想着要不退他一半钱。

没等翟辰开口，高雨笙便关上了副驾驶的门，自己坐上驾驶座发动车辆："先回我的住处，你打车回去。"冰冷的语调再不复先前的温和，跟高雨笙与其他员工说话别无二致。

夜盲眼……难道真的找错人了？

高雨笙攥紧了方向盘，这实在没道理，想不出这世界上怎么还会有第二个通过吸氧气增强力量的人。

可是夜盲眼，看不到星星！

记忆中——

"哥哥，你家在哪里呀？"

"那里，一闪一闪的那个。"

"星星？那我叫你星星哥哥，好不好？"

"好啊。"

高雨笙家住在"东篱玉棠湾"，一个专卖花园洋房的高档小区。从警局回去有些遥远，需要上高架。

一路沉默地开着车，高雨笙没再跟翟辰说一句话。翟辰很理解他这种"买了吃亏又买了上当"的委屈，低头翻动手机查看去东篱玉棠湾的路线。昂贵的小区不仅在于房子好，地理位置也是绝佳的。高架有一个出口专门通向玉棠湾门前的那条路，交通便利，人烟稀少。

看完路线，随手翻开相册，百无聊赖的翟辰只能研究那张奇怪的外卖单。今天在医院里，王竞航那句“天收了她”很让人在意，配上这诡异的图腾，莫名让人生出一股毛骨悚然的感觉。

“你说，王竞航是不是求了什么邪神野佛，这东西会不会是个符咒？”翟辰异想天开地试图跟不高兴的小高同学说话。

“指望上天，是懦夫行径。”这个道理高雨笙很小的时候就懂。

“那有什么办法，上天是最后的希望，人活着总得有点希望。就好比你跟袁小爱，她要想跟你在一起，只能指望一道天雷把你劈成个傻子。”说着，翟辰做了个天雷降世劈到脑袋的动作。

咔嚓！突然传来一声响，车身剧烈晃动，猛地向前蹿了一下。

“哇，真的被雷劈了？”翟辰脑袋磕到椅背，咚的一下还挺疼，忍不住骂出了声。打开窗户往外看，背后一辆没有开车灯的渣土车正用那狰狞的卡车头贴豪车屁股。陡然一惊，这才几点，渣土车就能进城了？

“别下车，加速，快离开它！”

高雨笙一言不发地踩下油门，快速与渣土车甩开距离。然而前面的车辆因为听到巨响而减缓车速，双侧车道都被堵住，一时无法超车。

轰——渣土车也立时加油，拖着沉重的身体飞快追赶，一边跑一边掉沙土，漫天烟尘，后面传来一溜儿的刹车声。而那辆渣土车如同犯了狂犬病的疯狗，一步三颤，路都走不稳也要张开血盆大口狂咬不止。

“呀！”前面那辆车是个年轻人开的，他从后视镜看到这场面，尖叫着踩下刹车。

路口马上要到了，保持这个速度，渣土车基本就追不上了，奈何前面这人急刹车，高雨笙只得轻点刹车、快速打转向将车并到右道。

那年轻人看到自己即将葬身在卡车之下，生死一瞬突然踩下油门蹿出去，避免了被轧成铁饼的惨剧。而一直没有减速的渣土车直接变成与高雨笙并排而行，毫不犹豫地朝车腰撞去。

嘭！强大的力量将车直接撞偏了道，斜插进高架护栏里。还多亏了是底盘重的好车，要是普通小轿车大概已经飞出去了。但渣土车并没有就此离开，而是快速倒车，将一车的石子沙土倾倒在路上，将原本就狭窄的高架桥堵了个严实。后面的车辆过不来也看不见。

“快下车。”翟辰在刚才已经快速吸了几口氧气，看到高雨笙动作迟缓，便动手帮他解开安全带。

嗡——没了渣土的卡车重新加速，这次竟然嚣张地亮起了大灯，仿佛要看着车里的人被碾成肉饼，直接朝驾驶室撞来。

翟辰一把将高雨笙拽过来。护栏发出了碎裂的悲鸣声，车身不受控制地向桥下栽去。水泥石墩卡住了一只后轮，车靠微妙的平衡挂在半空。翟辰拽着高雨笙，一动都不敢动，稍稍一晃就可能让车坠下去。

卡车上下来一个人，慢慢往这边靠近，咔嗒咔嗒的脚步声如同丧钟。

“往两点钟方向跳，有根钢筋可以抓住。”高雨笙轻声说。

咔嗒！有硬器抵住了驾驶座那边的车窗。

翟辰手心有些黏腻，那是他自己的汗水和高雨笙的血，这家伙在刚才的撞击中受伤了。“抓紧我，千万别松手。”翟辰说完，一脚踹开车门，猛地蹿出去。黑暗中看不大清楚，他凭着直觉抓向那根传说中的钢筋，在空中荡了一下，瞬间跳上了桥。

“闪开！”高雨笙一把推开他，一根金属长钉与翟辰擦肩而过，深深地钉进了柏油路面。

是射钉枪！

那人大概有些急了，快步走过来，瞬间跑进了卡车大灯照射的范围里。那是个身材中等的男人，蒙着脸，手里拿了一把改装过的射钉枪，再次朝高雨笙举起枪。

翟辰原地跳起，一把抓住那只握枪的手，咔嚓一声给掰折了。

“啊——”那人顿时惨叫出声，射钉枪掉在了地上。常人会被骨折的剧痛弄得失神，绝不会再有力气反击，这人却反常地用另一只手掏出了小刀，冲翟辰的眼睛戳去。

翟辰下意识地松开手躲避，那人立时退开，快速爬上卡车驾驶室。

咔！高雨笙捡起射钉枪，直接朝着那人的脑袋射去，钉子打在挡风玻璃上，玻璃瞬间碎裂。那人避开了钉子，猛踩油门。

翟辰本想去驾驶室抓人，身体突然一阵无力。糟糕！氧气用完了！

来不及爆车胎，高雨笙一把拉倒翟辰滚向路边，由着那卡车扬长而去。

“你傻了吗？为什么不躲开！”

“我氧气用完了……有点蒙……”翟辰单手撑着地剧烈喘息，像是身体不好却被迫跑了 3000 米，整个身体的力量都被抽空了。

记忆中的那个人，干完活儿之后也会这样，趴在地上半晌起不来。

高雨笙定定地看着他，扔掉手里的射钉枪，爬起来找到翟辰的包，掏出氧气瓶。缓缓伸手轻轻扶住他，按下喷嘴，将罩子扣到翟辰脸上。

翟辰没什么力气，倚靠在高雨笙身上深深吸了几口氧气，顿时缓了过来。他摘下氧气罩，拿出手电筒四处照照。现场一片狼藉，小翅膀豪车半边身子挂在桥上可怜巴巴地冒着烟。身后十米开外堆着成山的石子沙土，被堵在后面的车辆拼命地按着喇叭。前面的车都跑光了，目力所及只有他们两个人。

“还真有人要杀你啊！”刚开始听高雨笙说这话，还以为他在瞎掰，今天可算是见识到了，翟辰抹了把脸，拉过高总的手看他伤哪儿了，“现在的杀手都这么硬核吗？这可是一线城市的大马路！”

高雨笙不说话，把胳膊收回来，从口袋里掏出手机报警。

翟辰就坐在原地，可怜自己碎了屏的手机：“我这兼职保镖，还真做出了中情局的效果，啧。”

高雨笙打完电话，回头看他。

那人丝毫没有起来的意思，打定主意要给警察表演一个完美受害者现场，惬意地单手撑在身后仰头看天：“警察还得好一会儿才来，这里没网，看会儿星星吧。”

“你能看见星星？”

“能啊。”

“……”

第十一章

高架桥渣土车恶意撞击豪车，司机还下车意图杀人，这件事太严重了。高雨笙要求翟辰跟他统一口径，就说不知道为什么被撞，也不知道那人为什么要来杀他们。

“这样说的话，警察就会以为是撞了人、怕负责任而临时起意杀人。但那显然是个杀手啊！”翟辰不明白高雨笙为什么要这么处理，既然有人要杀他，早点交给警察才是正理。

高雨笙捂着胳膊微微蹙眉，等那一阵疼痛过去，才在翟辰身边坐下：“我确实不知道是谁要杀我，并没有说谎，解释太多很麻烦。”

翟辰收回看星星的目光，转头看向高雨笙：“你是为了帮我隐瞒超能力？”

“只抓一个疯狗没用，抓了这个还有下一个，”高雨笙没有回答翟辰的问题，慢慢挽起袖子，扯下领带叼着一端缠到还在冒血的胳膊上，“揪出放狗的人才能一劳永逸，我会亲手抓到这个人的。”

英俊的总裁先生此刻看起来有些狼狈，平常连个褶皱都没有的衬衫染上了尘土和血污，头发也乱糟糟的，脸上还有擦伤，那双眼睛却依旧冷静如初。这绝不是蜜罐子里养大的富二代少爷应该有的反应！

翟辰总觉得有些不妥，但半瞎的眼睛不允许他看清对方的表情，他怀疑是自己看错了。

处理完事故、做完笔录从派出所出来，已经是凌晨了。翟辰没吃晚饭，饿到现在已经前胸贴后背了。这个时间，饭馆都关门了，只有夜市生意正红火，饿急了的人才不管三七二十一，拉着高总奔向那烟火缭绕的小摊。

廉价的塑料桌椅油腻腻地粘着烟尘，周围都是打赤膊、穿拖鞋的糙汉，他俩这么一身脏兮兮的竟也不显得突兀。

“老板，来四斤小龙虾，两瓶啤酒，五十个串……”翟辰大声喊着给老板报菜名，转头问高总还吃什么，才想起来人家有伤在身，“呃，再来一碗茄汁面。”

高雨笙左臂被划了个大口子，方才已经在医院包扎过，缠了一圈的绷带，看起来有点可怜。神奇的是，他那块价值百万的星空手表竟然没有碎，还好好地挂在手腕上。

翟辰把面推到他面前：“你胳膊上有伤口，别吃羊肉，吃点面吧。”

“你很会照顾人。”高雨笙接过他帮自己掰开的一次性筷子，低头吃了一口面，酸酸甜甜的汤面吃下去，温暖了因为失血而略微发冷的身体。

“职业习惯而已，”翟辰拿起一只小龙虾，三下五除二地剥好，蘸了些汤汁，放到高雨笙碗里，“照顾小朋友。”

高雨笙：“……”

“哈哈哈哈……”翟辰觉得高小朋友特别好玩，一逗就有反应，比刑警队呆呆愣愣的小陈、小马他们好玩多了。

拒绝了幼儿园阿舅翟老师的照顾，高雨笙自己上手剥虾，熟练程度竟不亚于翟辰。他不是剥一个吃一个，而是拿了个碟子，剥够三只浇汁一起吃。

“你竟然也吃这个，我还以为你们富家少爷只吃澳洲龙虾。”翟辰伸手从碟子里偷走一只。

“我很喜欢吃这个，”高雨笙仿佛没有看到某人偷虾的行为，继续兢兢业业地剥，“小时候家里没什么肉可以吃，哥哥就带着我去小河边钓虾，钓上来一筐回去炒着吃。”

翟辰认真地听着，伸手又偷了一只，剥虾的人突然抬头看过来，吓得他赶紧把虾扔进嘴里，装作无事发生。

“清水河里的小龙虾要比城市里卖的好吃得多，山里的辣椒又特别鲜美，炒出来香味飘得整个村都能闻到。我就蹲在灶台上，辣得咝哈咝哈还是要吃。”高总的声音很好听，因为疲惫而带了几分低哑，不徐不疾，很容易把人带进那个画面里。

翟辰愣怔了一下，恍惚间又看到了那个总是闹着要吃虾的小家伙，心尖微颤，端起冰啤酒喝了一口：“我还以为，你是娇生惯养长大的。”

“并没有人娇惯我。”

除了那个对他无限好的哥哥……

高雨笙剥了第三只，发现碟子是空的，放下虾仁后把碟子往自己跟前拉了一些。

翟辰从这句话里听出几分不寻常来，但他俩显然还没熟到探听家事的程度，不好再问：“也对，男孩子穷养，我爸就从来不娇惯我，皮了就揍。但是越揍越皮，后来他为了看着我，让我在候问室门口写作业，就我今天晚上蹲的那个，外面放一个小桌，被一群作奸犯科的人盯着写作业。”

高雨笙被他逗笑了：“那能写得下去吗？”

“当然写不下去了，那些大哥太好玩了，给我讲他们的江湖规矩、做人道理，啧啧，受益匪浅哪！”说起这个，翟辰颇为得意。

上中学的时候，翟辰长得好看又瘦小，不良青年就喜欢欺负这样的，没事就在巷子里堵他。于是，翟辰在被逼无奈之下将附近的小流氓教训了个遍，成为那一带的头头。用翟辰的话来说：“本无意掺和江湖事，奈何黄袍加身身不由己。”

但刑警队队长的儿子成了“匪首”，这还了得？翟建国每天忙得没时间管他，就把他拎到刑警队，希望他受到公安局为人民服务的气氛熏陶，做个好少年。

“……你爸应该挺后悔把你放那里写作业的。”

“那就不知道了，老翟同志就算后悔了，也不会承认的。”

第二天早上，收拾一新的翟辰7点多就回家了，刚走到院里，就遇上抱着孩子冷着脸往外走的方初阳。对方看到他也没出言讽刺，把孩子塞给他就走。

“这是怎么了，大周末的又加班啊？”翟辰没收到兄弟的谩骂，感觉很是不得劲，便出言挽留了一下。

“您老出去风流快活，我可是还有好几个案子压着呢！”方初阳双眼冒火地瞪他，压低声音警告他，“李婷的案子你不许再掺和，听见没有！”

“热心市民见义勇为……好好，我不掺和了，”翟辰举起一只手投降，拉着檬檬的手朝方初阳挥了挥，“跟二舅再见。”

“二舅再见。”小外甥听话地挥挥手。

方初阳拿手指他，还没骂出来，那家伙就抱着孩子跑了。

甥舅俩美滋滋地吃了早饭，坐在客厅的软垫上打电视游戏，幼儿园的女同事米晴突然来了。

“昨天檬檬走得急，把书包落下了。”米老师晃了晃手里的汤姆猫小书包。

“啊，太麻烦你了，进来喝杯茶吧。”翟辰请米晴进来，给她倒了杯热水。

米晴第一次来翟辰家，有些拘谨，眼睛没敢乱看，就盯着翟辰瞧：“翟老师，你是不是发财了，竟然穿两千块一件的T恤。”

嗯？这短袖值两千块？翟辰低头看看身上只印了一个小标志的纯黑色T恤：“没，昨天晚上睡朋友家，跟他借的。”

翟辰跟谁都能聊两句，哪怕明知女同事大周末过来送一个无关紧要的书包意图不明，也能跟她相谈甚欢。

“小胖奶奶就是太娇惯他了，天天让他吃炸鸡，脸都胖得变形了。”两人的共同话题就是幼儿园的孩子们，米老师说起这个就不拘谨了，跟平时两人上班聊天时一样。

正聊着，翟辰的手机响了，是刑警队打来的，让他马上到警局一趟。

“你去吧，我帮你看着檬檬，”米老师说完，忽然意识到自己有些唐突，不由得红了脸，“你不介意我在你家待着吧？”

“你能帮忙实在太好了，有什么介意？家里有点乱，你不嫌弃就行。”翟辰倒是无所谓，家徒四壁，没什么值钱的东西，说完就拿起包出门了。

对门朱阿姨家的门大开着，不舍得开空调的老太太就敞着大门通风。跟朱阿姨交代一声自己出去，有个女同事在家里帮他看孩子。

上了年纪的人在这一点上很通透，朱阿姨立时就明白了："你放心吧，我煮了藕叶茶，一会儿给檬檬送一杯过去。"

翟辰拎着几杯冷饮去了刑警队，扔给小陈让他发给大家。然而这次刑警队里的人并没有热情地跟他打招呼，一个个沉着脸，只有老实的小陈冲他笑了笑。

"呦，这是怎么了？"翟辰把包扔到方初阳的桌上，好奇地看他们。

"你干的好事。"方初阳从牙缝里挤出来一句话，抓着他直接扔进了审问室。

坐在审问室的木凳子上，翟辰有些意外。避嫌的方初阳在外面听着，由范队长和另一位同事来问。范队长虽然跟翟建国一辈，但其实才四十出头。因为常年熬夜操心，头发已经花白了。

"别紧张，就问你几个问题。"范队长笑眯眯地说，仿佛他不是坐在审问室里的嫌犯，而是个目击证人。

翟辰还真不紧张，靠在椅背上放松身体："您问，我知无不言。"

"7 月 8 号晚上，你在哪里？"

"在家。"7 月 8 号就是李婷死的那个周日，这个问题警察早就问过他，今天怎么又提起来？

"小区门卫反映，你白天出去了，晚上没回来。"

"我回来了，就是有点晚，所以翻墙进去的，"翟辰照实说，老家属院是有门禁的，晚上 10 点以后就锁门了，为了不打扰门卫大爷，他就翻墙进去，"这一点，夜市摊的水老板，还有 24 小时便利店的营业员都可以证明，我回来的时候跟他们打过招呼，还在便利店买了两听啤酒，应该是 10 点半左右吧。"

范队长没有任何表示，接着问了一个前不着村，后不着店的问题："昨天晚上那个卡车司机的胳膊是怎么断的？"

看来是昨天晚上遇袭的事已经上报到市刑警队了，交警根据现场痕迹判断这不是一起普通的交通肇事案，并且推演出了非常不合逻辑的现场。这样的现场，让警方对他和高雨笙的个人能力产生了怀疑。

而杀死李婷的凶手，就是个使李婷没有丝毫反抗余地以至于没有留下打斗痕迹的人。

第十二章

“那个卡车司机抓到了？”翟辰很是意外，那个人各种手法驾轻就熟，显然是个老手，既然敢在大马路上杀人，就肯定算计好了逃跑方案，决计不可能这么轻易就被抓到。

“现在是我们问你话！”旁边的小刑警黑着脸提醒被审问者。

信息不对等才能把实话诓出来，这个时候问刑警什么都是徒劳。翟辰一拍脑袋似乎刚想起来：“啊对对，您接着问，刚才的问题是什么来着？”

小刑警似乎被气到了，说话几乎是用吼的：“胳膊是怎么断的？”

“我打的。”翟辰很是坦白地直接承认了。

“怎么打的？”

翟辰抬手比画了一下：“他拿着射钉枪，改装过的那种，差点打我脑袋上。我一急，就抓着他胳膊往膝盖上咔嚓这么一磕，想把枪弄掉。可能用力过猛，给撅折了吧。”

一套动作演示得流畅自然，毫无破绽。两位刑警根据格斗经验，能判断出这个动作的可行性，任何成年男子这么做都有可能把对方的手弄断，特别是人在生命受到威胁的时候下手没个轻重。

然而范队长并没有就此停下，而是一秒不停地接着问：“你这格斗技巧是跟老翟学的吧，那么把王竞航摔骨折也是你干的了？”

“那件事可是他先攻击我的，双方互殴不立案的，”先声明一下自己是无罪的，这才言归正传，“他从背后冲过来，我直接弯腰一个过肩摔。”

范队长被他夸张的演示动作逗笑了：“你小子可以啊，怪不得能攀着钢筋跳上去。”

“什么钢筋？”翟辰无辜地望过去。

无论是用膝盖折断手还是背后过肩摔，都是通过技巧便可以达到的。而从车中攀着钢筋跳上桥，那就不是技巧可以解释的了。范队长看起来说话像平时聊天，很容易让人放松警惕，他话赶话一秒不停，不给人任何思考时间。

这是一个语言陷阱，不管翟辰回答“是”还是“不是”，结果都是一样的。回答“是”，证明翟辰确实臂力惊人，具有把李婷从楼上抓举扔下去的能力；回答“不是”，证明他在说谎，因为前面根本没有提到从车中逃生的问题，直接问的“钢筋”，既然翟辰注意到了钢筋，那就证明是他攀着钢筋带高雨笙跳车的。

范队长看了看他，低头在纸上写了两句话：“那辆车驾驶室被挤压变形，副驾驶那边悬在半空，你们两个昨天晚上是怎么从车里逃出来的？”

“高总拽着我跳出去的，我夜盲，不是很清楚他怎么搞的。”

“……”

这是昨天晚上在高雨笙家里商量好的说辞，高总表示如果警察问起就推到他身上。

“这怎么行？”虽在刑警队候问室外的“留学”经历让翟辰学了一身的臭毛病，但这里面绝不包括推卸责任。

“我有办法解决，”当时正往玻璃杯里倒冰薄荷水喝的高雨笙，忽然笑了一下，“说过会帮你保守秘密，就一定会保护好。”

到底谁是保镖？翟辰受之有愧，但为了自己不被送研究所切片，最终还是同意了高总的方案。

方初阳听到这里，悄悄松了口气，摘下耳麦离开了监听室，路过审问室门口，模糊地听到了范队长问最后一个问题：“8号白天你去哪里了？”

翟辰沉默了一下，才缓缓开口：“南山疗养院。”

方初阳背对着审问室的门，深深叹了口气。

“副队，王强他老婆来了。”陈照晖过来跟他低声说了一句，指向坐在等候椅上的女人。

方初阳眯了眯眼：“把她带到2号室，全程录像。”

南城立交桥坠亡死者王强的妻子周玉芬，是个还算漂亮的女人，只是上了年纪，有些憔悴，眼角皱纹明显，脸上还起了许多斑。她穿着一身黑色的棉麻料裙子，长发在脑后盘起来，微微低着头，看起来一副好说话的样子：“警察同志，是有什么新进展吗？”

“进去说，”方初阳带着小陈一起进了2号审问室，冷着脸观察了周玉芬一会儿，直把人看得坐立不安才收回视线，“王强死之前，你说过要他不得好死是吗？”

“是我婆婆告诉你们的吧？”周玉芬低头看着自己的手指，“那是我俩吵架时说的气话，我婆婆就喜欢在中间搅和，我说什么她都记得一清二楚。”

“王强在外面养了个小三，这事你知道吗？”方初阳低头看手里的资料，并没有盯着周玉芬，而黑到与背景墙几乎融为一体的小陈同志，也不会给被审问者造成多大的压力。

周玉芬扣在一起的手指突然紧了一下，艰难地说：“知道。”

“你刚生了二胎，孩子还小，又是个家庭主妇，不好离婚的吧？你有没有去找小三的麻烦？”方初阳抬眼看着坐在木凳上的女人，眼看着她的手指绞在一起。

“贱人自有天收，我不会去找她的。”周玉芬缓缓吐了口气，语调平静地说了这么一句。

“王强就是被天收走的吗？”

周玉芬神经质地笑了一下，没有回答。

“是这个吗？”方初阳从文件夹里拿出一张 A4 纸，上面印着外卖单后面的奇怪图腾，复杂的纹饰拱卫着中间那鬼气森森的眼睛，骤然放到周玉芬面前，双眼紧紧盯着她的脸，任何细微的表情都不放过。

让小陈送周玉芬走后，方初阳自己在监控室反复看了几遍录像，沉着脸走出来，就看到翟辰正坐在他的位置上喝冰饮。

“我看你还不出来，这冰要化了怪可惜的，就帮你喝了。”翟辰晃晃只剩了个底的饮料，“来来，还留了一口给你。”

审问完了还赖着不走的嫌犯，大概也只有他了。死皮赖脸地跟范队长打听昨天晚上的杀手。从只言片语中拼凑出，那个袭击他们的人并没有抓到，车也不是他的车。等警察找到停在路边的渣土车时，人早已离去，真正的卡车司机还在后座上昏迷着。根据司机的供述，他是在郊外等进城的时候被一个搭顺风车的人给捅了一刀，为求活命便一直装死，他在后座上看不清状况，只隐约瞧见那人离开的时候断了一条胳膊。

“滚！”方初阳踢了他一脚，让他起开，转头向范队长道，“周玉芬明显认识这个图腾，但是不承认。”

“该不会是什么邪教组织吧？”翟辰从他手里拿过那张纸看，试图跟老实的小陈讲解关于“李莫愁和血手印”的故事。

“你闭嘴，赶紧回家给檬檬做饭。”方初阳把纸抢走，叫他快滚。这边查案，不适合让翟辰这个普通群众听，翟辰立时站起来，圆润地滚了。

“邪教……”范队长接过那张纸仔细看，渐渐皱起了眉头，“小张，你去资料库查查，十年到十三年前，各地出现的邪教的资料。”

先前方初阳让小张查过这张图，在近十年的电子档案里并没有发现相关的记载，网上也没有踪迹。而十年前的资料，大部分是纸质档案，还没有录入。

“您见过这个？”

“有点印象，但不确定。”

另一边，东篱玉棠湾的房子里，高雨笙早上醒来时，翟辰已经不见了。

沙发上堆着那人盖过的毯子，看起来是很努力地叠过了，只是手法有点糙，像夹了芝士片的吐司，十二个角朝着十二个方向。

展开重新叠整齐，高雨笙从柜子里拿了一小盒玉米粒，打开玻璃门走到后院去。他住在洋房的一层，有前后两个花园。后院里放着一个精致的笼子，笼子里站着几只尖嘴生物。

“高总！”郑秘书突然从树丛后面冒头，把高雨笙手里的玉米粒给吓掉了，“我在前面按门铃没人开。”

这小区安全有保障，因此后花园只有一个铺了草皮的土坡挡住外面的视线，很容易翻进来。郑秘书就不走寻常路地直接跳了进来，盯着笼子里的动物啧啧称奇。

老实说，笼子里的生物颜色不怎么好看，灰不拉几的有点像鸡，但羽毛是人工精心打理过的，肯定是什么名贵品种。

“这鸟长得真壮实，油光水滑的，是孔雀幼鸟吧？”既然是总裁养的，肯定很贵，郑秘书决定闭眼吹。

“这是鸡。”高雨笙把玉米粒放进食槽里，拍拍手回屋去。

“您真是别出心裁，把鸡养成了观赏鸟！”夸错方向的郑秘书强行“挽尊”。

“这是吃的。”高雨笙斜眼瞥他，用眼神劝他闭嘴。

“……”郑经终于想起了自家老板的精益求精强迫症，不敢再提那几只鸡，跟着进屋把带来的早餐放桌上，说起了正事，“袁小爱的事我打听到了，她之所以这么闲，是因为她们公司最近停业了。公司老板意外身亡，老板娘不会经营，维持一个星期就乱了套，索性关了。”

翟辰只看到袁小爱周五在财富大厦堵门，其实这一周她都在，一骂一整天，“高雨笙负心汉”无限循环，洗脑能力堪比地摊上卖假皮包的“黄鹤带着小姨子跑了”。

听到“意外身亡”，高雨笙打开早餐盒子的手顿了一下：“老板叫什么名字？”

通常不都是问公司叫什么名字吗？

郑秘书赶紧翻了翻手机备忘录："王强。"

第十三章

翟辰骑着小电驴回家，路上买了几根冰棍回去分给帮他看孩子的人。刚走进楼道，就听见朱阿姨那震天响的笑声。

朱阿姨不让自家孙子吹空调，又惦记着翟辰交代的事，便索性坐在门口跟米老师聊天，这样可以不动声色地看着翟檬檬。

"聊什么呢，这么开心？"翟辰递给朱阿姨两根冰棍。

"说你小时候的事呢，"朱阿姨乐呵呵地接过来，起身把一根放进冰箱里，自己拆开一根来吃，丝毫没有给小孙子尝一口的意思，"小孩子不能吃凉的。"

兢兢业业帮翟辰看孩子的米老师接过冰棍，脸有些发红："没什么事，我就先走了。"

"别呀，这都中午了，留下吃饭吧。"跟米老师聊热乎了的朱阿姨热情挽留。

"不了不了，家里做了饭，正等我呢。"米晴低着头拿起自己的包，头也不回地跑了。

翟辰刚把冰棍放进嘴里，来不及跟自己同事说声再见，对方已经没了踪影。他狐疑地看看咔嚓咔嚓嚼着冰棍的对门："朱阿姨，她这是怎么了？"

这位女同事突然出现又一阵风似的消失，事出反常必有妖，他其实一直戒备着。出门前交代朱阿姨看着点，也是不放心。

"害羞了呗，"朱阿姨一副过来人的样子，老神在在地嘣了口冰，见他还是不开窍，只得提醒，"人家姑娘喜欢你，这都看不出来。"

"嗐，我还当她要管我借钱呢，这么神神秘秘的。"听到是因为这个，翟辰顿时放松下来，不甚在意地回屋去。

"哎，你这孩子，有姑娘喜欢你，怎么这反应？"朱阿姨不甘心地追到翟辰家来，一边嘣冰一边教育他。

翟辰伸手把自己的冰棍递给翟檬檬，等小孩张嘴靠近的时候再猛地缩手，重新放回自己嘴里："喜欢我的人多了，有什么稀奇。"

"……"

朱阿姨自觉年近六十已半脚入棺，都没见过这等厚颜无耻之人，半晌才找回自己的声音："那你就不考虑一下？"

"我这身体您也知道，靠氧气瓶活着的病秧子，不好祸害人的。"翟辰再次把冰棍递过去，笑着对朱阿姨道，"您不是门儿清吗？"

邻居大妈大婶都张罗着给方初阳找对象，从没有人考虑过他，就是因为众所周知他的身体不好，又是一个月工资不到三千块钱的男幼师，实在是滞销货，推不动。

"谁知道你这么受欢迎啊？"朱阿姨嘀咕了一下，又开始苦口婆心地劝，"她知道你身体不好，也愿意照顾檬檬，又是同行，我看挺合适的。"

翟辰缩回手，又让小外甥咬了个空："不少社会精英、高富帅都喜欢娶幼儿园老师，觉得温柔又善良，我还是不要耽误人家了。"

朱阿姨劝不动他，感慨一句他跟翟建国一样死脑筋，便气哼哼地走了。

翟檬檬被戏弄了两回，不再理会舅舅，转头继续看他的动画版《三国演义》，正演到曹操头疼医治不好以至于大发雷霆："要你何用！"

"舅舅，你为什么不找女朋友？"翟檬檬看着屏幕，虽然大家都说舅舅身体不好，但他知道，自家舅舅身体好得堪比超人。

"没学历没钱，讨不来。"翟辰怕孩子多想，赶紧自黑一把。

翟檬檬转头看他，面色凝重："一把年纪还讨不来老婆，要你何用！"

"……我看你是皮痒痒了！"翟辰揪下一只拖鞋就要打孩子，慢吞吞地追了两步，手机响了，"这谁呀，大周末的？"

翟檬檬已经躲进卧室，冒出半个脑袋，细声细气地说："估计又是暗恋你的人。"

"一边儿去！"翟辰低头一看来电显示——"负心汉"。

"突然想起来今天要看一个摄影展，你得陪我去。"高雨笙那边有杂音，像是在马路边打电话。温和平静中带着几分理直气壮的任性。

"大少爷，你现在生命安全处于各种威胁之中，还看什么摄影展？"毕竟这位不是他的女朋友，而是硬邦邦的雇主，如今又是非工作时间，翟辰果断选择拒绝。

"付你加班费。"

"不去。"

"一天五千。"

"成交！"

在金钱的腐蚀下，翟辰同志轻易抛弃了"安全第一"的原则，把服务宗旨手动换成"顾客就是上帝"。

高雨笙似乎笑了一下，说自己正在赶往公安局的路上，等处理完事情就来找他。

大概一个小时后，高雨笙便出现在了公安局家属院外。翟辰对于高总怎么解释跳车这个问题十分好奇，奈何对方守口如瓶，一个字都不肯透露。

"总之警方会相信的，也不会再找你麻烦。"高雨笙跟翟檬檬一起坐在后座上，大眼瞪小眼。

"这车哪儿来的？你竟然开国产车。"翟辰看看方向盘上的标志，有些意外。那辆带小翅膀的进口豪车被撞成了重度残疾，返厂维修了，这辆车内没有任何装饰品，一看就是临时找来的。

车标是一对镜面的"J"，中间插一个横杠，像是双鱼座的标志，又像一个写出头的"九"。这是目前国产车中比较高端的一个牌子，叫"九逸"。性能、外观各方面都不输进口车。最开始是伪装成进口车来卖的，名叫"JOY"，还编了个跟欧洲皇室有关的美丽传说，最后被揭露出来是土生土长的国产车，被"群嘲"了很久。

"借的。"高雨笙身体坐得笔挺，淡定地看路，"前面路口右转。"

"新车就借给你，谁这么大方？"有人指路，翟辰就完全不带脑子地跟着开，没多久就到了艺术展览中心。

"4S 店。"高雨笙推开车门，顺手把孩子抱了出来。

"嗯？"翟辰没听清，拔了钥匙锁好车门，把翟檬檬接过来自己抱着。

"你为什么不把孩子放在全托的幼儿园里？"高雨笙不是很理解翟辰的做法，明明看起来很缺钱的样子，却还要待在那个工资极低的幼儿园，靠兼职补贴家用。

"这孩子有先天性心脏病，放幼儿园我不放心。"翟辰实话实说，这种病不好说什么时候犯病，普通幼儿园一个老师带几十个孩子根本看管不过来，万一有什么意外，救治不及时，孩子就没了。而那种小班精致教学的幼儿园又学费极高。

"典型的穷人思维。"高雨笙把挽起的袖子放下来，优雅地扣上。

"那没办法，穷人穷过法。"翟辰并不打算听高总的致富奔小康课程，率先往场馆走去。

展览中心今天还挺热闹，门前的电子指引牌上写着：

主会场：古玩字画艺术交流展

二楼小厅：Star・J 星空摄影展

高雨笙要看的就是二楼的那个摄影展。

艺术中心太大，而且为了突出艺术性，设计得七拐八拐，翟辰看了半天没找到二楼入口在哪里，差点迷失在那抽象艺术的迷宫里。好在人形地图高总很快就找到了路，这才把两只蚊香眼的保镖牵走。

相比楼下的人声鼎沸，摄影展这里就安静了许多。没什么艺术细胞的翟辰一直觉得，这种挂几张照片让人看的展览肯定卖不动票，结果发现，观众还不少。

星空摄影展，拍摄的自然都是星空，所有的出展作品都来自同一位摄影师——Star・J，看简介说是世界上顶级的星空摄影师之一，获得过许多大奖。

进场的观众都看得十分认真，有的小声感叹着作品的精致美妙，有的跟同伴讨论着作品的寓意，还有的竟对着一幅星空图潸然泪下。翟辰看得一愣一愣的，并不能理解这种艺术与灵魂的碰撞，觉得这些照片跟标点地图公司里的大理石地砖没什么区别。

高雨笙将外围的作品细细浏览一遍，慢慢走向更深处，在最后一面墙前停了下来。

这里只挂了三张照片，是一个连续的场景，用相框仔细地装裱起来，里面的说明是古老的钢笔手写的——

1999 年 7 月，S 省

这张十九年前的照片，拍摄的是一颗流星坠落的过程。这流星极为明亮，似乎近在咫尺。自天边而来，坠落于山林间，宛如带着火种奔向人间的普罗米修斯。

“这颗流星有个特定的名字，叫‘祸斗’，因为当时引发了一场火灾。”高雨笙低声向翟辰解释着这三张图。

祸斗，在古代神话传说中是带来火灾的异兽。鲜少有流星会引发火灾，大多数在落地之前就已经燃尽，即便掉落也只是块安静的陨石。当时不知道是流星引发的还是山间雷电引发的，出现了罕见的森林大火。

“Hi，又看到你了。”

背后传来一句带着洋腔的中国话，翟辰回头，错开一步挡在高雨笙面前，等着突然靠近的家伙。

那是个华人面孔的中年人，穿着摄影马甲、戴着画家帽，还留了一撮黑白相间的小胡子。

“没事，他是摄影师，”高雨笙安抚了一下翟辰，跟那人握手，“纪先生。”

这人就是影展的主人，原名叫纪长河，后来因为痴迷星空自己改名叫纪星河，转了国籍之后又取了个洋艺名——Star・J。

“高是我的忠实粉丝，在巴黎和罗马的展出他都去了。”纪星河跟翟辰解释，早期的这份作品是他拍摄流星的开始，欣赏的人并不多，他对于高雨笙这个知己非常重视，眉飞色舞地讲述当时他拍到“祸斗”时候的状况。当时他正在山崖上拍星空，突然就看到有东西坠落下来。一个大火球，砰的一声爆炸了，一辈子难忘。他本来是个星空观测爱好者，从那时候起就痴迷于拍摄各种流星。

“看流星看多了，有时候会觉得那不是流星。”纪星河压低了声音，颇为神秘地说。

“不是流星是什么，UFO 吗？”翟辰看这位艺术家的眼神仿佛在看一个傻子。

纪星河摸着胡子笑了一下，没有回答，而是继续向翟辰科普这颗他最爱的流星：“‘祸斗’还留下了一块陨石，就在 S 省博物馆里，你们有空的话可以去看看。”说完就背着手离开了。

“舅舅，流星是宇宙飞船吗？”翟檬檬听说过 UFO，大概知道是什么意思。

“别听那怪老头的，他流星看多了，脑袋被砸出了月球坑。”翟辰赶紧纠正小朋友的常识问题，转头看向被艺术熏陶得一脸禅意的高雨笙：“我有个问题一直想问你，你怎么这么喜欢星空呢？每天穿深蓝色的衣服，手表也是夜光的星星。”

“你听过那句诗吗？”无力纠正自己的手表不是夜光的这个问题，高雨笙保持着艺术的格调咏叹道，“你看着星吗，我的星星？我愿为天空，得以无数的眼看你。”

“……”翟辰被这突如其来的诗意惊到了，半晌才悟过来，“我知道了。”

高雨笙眸色微亮，带着些微的期待望着他：“你知道什么了？”

“你暗恋那个摄影师！”

"……"

高总觉得自己的审美受到了侮辱。

就在两人悠闲地逛摄影展的时候，方初阳正在琢磨那位高总留下的话："纠缠他的袁小爱跟南城的死者王强认识，而他也收到了奇怪符号的警告。王强的妻子认得这个符号，李婷也是在收到符号之后死亡的。"

坐在邻桌的陈照辉一边听一边在纸上画出关系图："副队，这说明什么？"

"如果这个符号真的代表一个邪教的话，还就真像浑蛋翟辰说的——李莫愁。"方初阳皱起眉头。

"什么李莫愁？"老实孩子陈照辉并没有看过《神雕侠侣》。

方初阳瞪他一眼，转头看向整理王竞航通话资料的小马："马天行，你告诉他，李莫愁最开始留下血手印是为什么？"

小马摸了摸自己过长的马脸，严肃地道："杀负心汉。"

"没错，杀负心汉！"方初阳把小陈画的那张图拽过来，"这些人都有一个共同特征，被前任、现任或是妄想者纠缠。纠缠高雨笙的那个妄想症患者袁小爱在王强的公司上班，换句话说，她应当是认识王强的老婆周玉芬的。"

"也就是说，如果这背后是同一个人所为的话，袁小爱和周玉芬是一种互相介绍的关系，"范队长端着一杯热茶走出来，倚在桌子上，"这种介绍，要么是共享杀手联系方式，要么是介绍加入邪教组织。"

正说着，那边在资料库翻找了一整天的小张打来电话，炮仗一样地大声嚷嚷："队长，我找到了！这个符号出现在十三年前的资料里，是当年S省的一个邪教，名叫拜星教！实打实的非法组织啊！"

晚上翟辰把那位大少爷送回家，自己再打车回来，已经有些晚了。背着睡着的檬檬上楼，又遇到了开门纳凉的朱阿姨。

"你们去哪里了，这么晚才回来？"朱阿姨关切地问。

翟檬檬迷迷糊糊地睁开眼，想也不想地回答："去陪社会精英了。"

"哦，原来是去陪……"朱阿姨突然顿住，目瞪口呆地上下看看翟辰，惊雷罩顶地想起早上那句——社会精英喜欢娶幼儿园老师。

"……"

第十四章

小张把关于拜星教的资料扫描发了过来，陈照辉立时打印了，人手一份。

这个拜星教最早出现的年份不详，在十三年前有记录是因为当时发生了非常严重的集体自杀事件。

当时在S省的一个断崖景区里，突然聚集了一群身穿同样衣服的人。起初游人以为是哪个公司集体出游，还饶有兴致地围观他们喊口号。长长的口号念完，二十几个人猝不及防地齐齐跳下了悬崖。围观者匆忙中只救下了两名年轻人，其他的全部葬身崖底。

资料上有被救下的年轻人的照片，他们穿着红色的T恤，背面印着硕大的星座与眼睛符号，跟外卖单上的一模一样。

当时国家直接把拜星教列为邪教，S省的邪教头目判了无期，其他骨干成员也悉数抓获。“这么多年一直没再听说。”范队长终于想起了这则新闻，因为主要发生在外省，不归他们负责，只是对当时的新闻有点印象，这才没在第一时间想起来。

如今，本以为已经湮灭在历史中的小邪教却死灰复燃了。

“既然这个邪教是教唆人自杀，那李婷和王强会不会是被洗脑之后自杀的？”陈照辉看着资料瞎琢磨。

“法医都说了不是自杀，虽然没有明显打斗痕迹，但落点和姿势都不对，肯定是被扔下去的，”马天行摸了摸自己的大长脸，“以我老马识途的经验，王竞航那孙子肯定也是个邪教徒，瞧他那双三白眼就不是个好东西……哎哟！”

范队长用手里的搪瓷缸敲了一下小马水声叮咚的脑袋：“你是刑警，不是算命的，靠面相断案吗？”

“可是王竞航有不在场证明，那个旧手机上也没有特殊的联络电话，目前能证明的只有他教唆李婷父母认定自杀并索要赔偿金这件事。”一板一眼的小陈同志适时地泼队友冷水。

集体自杀……

集体……

方初阳盯着那张山顶自杀的照片看了半晌，有什么东西从脑海中一闪而过被他一把抓住了，忽然开口道：“会不会不是一个大力士，而是一群人？”

“一群人？”办公室里的人纷纷看过来。

“我是说，”方初阳舔了下干裂的唇，一字一顿谨慎地说，“凶手不是一个人，而是一群人。邪教作案，往往具有群体性特征。像几年前在快餐店被杀的那个女孩子，就是被几个邪教徒一起杀死的。”

“副队，你是说……是一群人把李婷抬起来从18楼扔下去的？”缺乏想象力的陈照辉觉得这个想法有点疯狂。

一群人集体作案，一齐将一个年轻鲜活的生命举起来，无声无息地扔下楼去。光是想想就不寒而栗。

“当时楼道里并不是没有脚印，而是有一堆脚印，对吗？”方初阳问小陈，对方快速扒拉出现场照片，照片中的楼道到处都是脚印，“李婷住在最里头，按理说不会有多少人在她的门前走来走去。”

方初阳伸出一根手指，指向那笔直的楼道，三户人家是平行排列的。中间那户每天人来人往非常热闹，但既然是中户的客人，正常人走到第二扇门就会停下了。就算偶尔有走过头的，脚印也不该有这么多。

“那也有可能是常年不打扫，各种快递、外卖、发小广告的积累下来的，或者是隔壁的人出来在楼道里聚会……”说完这句，陈照辉突然顿住了。

范队长用孺子可教的目光慈爱地看着他，没有理会小陈的质疑，而是反过来提问：“王强那个现场附近路口的监控显示，那里基本没有车辆，但是有人经过，是什么人？”

“夜跑的人！”小马举手道。

“没错。王强死的那座没修好的桥，是一个上坡道，平时是没有人，但是会有夜跑和晨跑的暴走队经过。那一晚经过那里的有三个暴走队。”方初阳微微眯起眼。

如果是一群人一起把一个人扔下去，当然没有挣扎的痕迹，因为根本没有反抗的余地。

“但这太疯狂了！群体犯罪会让人减少负罪感，放大人心中的恶意，但群体不是一块铁板，肯定会有人告密，除非是一个堪比军队的严密组织。那些没什么脑子的邪教徒能行吗？”

小马还是觉得有点不合逻辑。这么多天下来，无论是李婷身边的人，还是王强身边的人，嘴巴都非常紧，什么风声都没透露出来。

“你说得对，教徒也分虔诚和不虔诚的。但如果知道说出去会有很严重的下场，比如被‘天罚’，或是家人安全受到威胁，短时间内是不会有人说出来的。”范队长从警年份长，见多识广，对于这种邪教的手段了解不少。

两个小年轻齐齐打了个冷战。

“小马去调查平时那里有几个暴走队。初阳，你问问翟辰还有李婷的那个闺密，李婷平时会不会打扫门前的那一片地方。另外，去查一下 1802 都是些什么人在聚会……”范队长刚说完，又突然抬手，“等等，不要打草惊蛇，先找个知情人了解一下现在拜星教的规矩，便衣暗访。”

穷凶极恶的邪教，要打击就得一击必中，不然会像癌细胞一样，切掉一块又很快扩散到别处。

李婷隔壁，那个每天晚上放音乐群魔乱舞的中户 1802，之前派出所进去调查过，并没有发现异常。如果有问题，就不是摆设的问题，而是里面那些“蹦迪”的人有问题。

天色已晚，要便衣有准备地调查 1802 已经来不及，方初阳和小陈开车去蔡庄新城转了一圈。通过望远镜远远瞧见 1802 屋里有许多人影，动来动去，宛如鬼魅。

“回家吧，明天继续。”

累成狗的方警官回到家里，就看某人坐在沙发上，悠闲地赤脚踩在茶几上打电话，跟叮嘱孩子一样：“晚上不要开窗，门窗都关好了，你住一楼又没有防盗网。不用担心，那些人都是从高处被扔下去的，你住得低虽然会有贼，但是不怕被扔下去。”

“……”对方听完一阵无语。

“大半夜的给谁打电话呢？”方初阳没好气地说。

“客户，”翟辰好不容易跟高雨笙聊完，这才抬头跟自家兄弟解释，“我收了 8 小时的服务费，得服务够时间呀。”

为了凑够时间，翟辰晚上还陪高总吃了顿饭，又在他家客厅玩了半天游戏，这才背着依依不舍的翟檬檬回来。一算时间还差二十分钟，就给雇主打了个电话，远程服务。

叮——刚说完，翟辰的手机就响起了钱到账的提示音，五千块稳稳当当落入钱包。

方初阳对于这断一脸美滋滋收到“卖身钱”的样子很是没眼看，去厨房找吃的，发现翟辰给他打包了两盒高级餐厅的饭菜。

“在微波炉里热一分钟就能吃了，那个是微波炉可用餐盒。”翟辰抬头交代了一声。

没多久，饥肠辘辘的警察同志就端着饭菜过来坐到了他对面：“脚拿开！”

“你说你，有餐桌不坐，非得过来跟我挤，都多大了还这么黏你哥。”翟辰笑嘻嘻地从餐盒里捏了块脆骨吃。

“滚，谁是谁哥！”方初阳抬眼瞪他，“我有事问你。”虽然翟辰平时看起来粗心得能把自己弄丢，但做保镖期间还是十分细心的，对于环境里的细微变化都能察觉。于是便问起他李婷门前那块地的事。

“收拾过，”翟辰肯定地点点头，“李婷是个很要面子的人，她门前每天都会用拖把拖一遍，你没发现那个小窗户都是干净的吗？那是她周末擦的，因为闺密偶尔会过去玩，怕被朋友笑话。怎么了？”

“哦。”问完想知道的问题，方初阳就闭了嘴专心吃饭。

“哎，我说你……”翟辰龇牙，这不够意思的方初阳从来不懂得礼尚往来，只知道过河拆桥、卸磨杀驴，“你不告诉我，那我猜猜。你们是怀疑隔壁 1802 的人了，是不是？”

方初阳蹙眉抬头看他。

“她没有穿外套，直接穿着睡衣出门，要么是拿外卖，要么是熟人敲门。如果是隔壁老太太呢？”翟辰又捏了一块脆骨放进嘴里，颇有港片里神探嚼槟榔的即视感。

若不是对自家兄弟很了解，方初阳都要以为他知道案情进展了，把餐盒端起来不让翟辰再偷吃，三两下解决完：“再警告你一次，不许掺和！”

叮——手机又响起了提示音，翟辰低头，看到是“负心汉”发来的，立马打开。给钱的是大爷，给钱多还利索的就是上帝，及时阅读上帝的微信可以抓住每个赚钱的机会。

负心汉：那个图案我找人查出来了。

第十五章

“邪教？”

第二天早上，翟辰坐在高雨笙家的餐厅里，吃着软糯鲜香的皮蛋瘦肉粥，决定暂时原谅高总昨天晚上故意卖关子遛他的事。

“嗯。”高雨笙把翟辰买来的油条切成小段，整整齐齐地摆盘上桌。又从冰箱里拿了几碟小菜，顺手给翟辰倒了一杯冰薄荷水。

“这有什么不能在微信里说的？你就是为了让我早上给你买油条吧？”翟辰夹起一截油条，蘸了小碟子里的进口蒜蓉蛋黄酱吃，眼睛顿时亮了。有钱人吃的蘸料果然与众不同，愣是把两块钱一根的大油条吃出了炸海鲜的味道！

“在生命受到威胁的时候，再谨慎都不为过。”高总慢条斯理地喝了一口薄荷水，话说得冠冕堂皇，却也没有否认让保镖给买油条的目的。

翟辰被气笑了，叉一段腌黄瓜咔嚓咔嚓地嚼：“那你打算怎么办？”

“我准备跟袁小爱见一面。”高雨笙打开平板电脑，滑动两下，推到翟辰面前。那是一封中英文掺杂的邮件，里面含有许多图片。不知道在哪个旮旯里扒拉出来的旧资料，看起来像是纸质报纸的扫描件，都是关于那个图案的。

“见她干什么？”翟辰不赞同地摇头。理智尚存的人还能谈判，但低智偏执的邪教徒是不讲道理的，再说那个袁小爱本来就精神有问题。

“她持续的骚扰已经给我的公司形象造成了负面影响，我准备给她发个律师函。”

“噗——”翟辰一口薄荷水喷了出来，呛咳两声瞪向一脸认真的高雨笙，“我看行，你顺道给拜星教也发一封，警告他们不许给你发小广告了。”

高雨笙无辜地瞪回来，片刻之后蓦地弯起了眼睛，抿唇轻轻地笑起来：“你竟然听出了这是个玩笑。”

“这世上没有比你辰哥更懂风趣的人了。”翟辰往嘴里塞一块酱牛肉就开始瞎胡吹，看着高小朋友一副没见过世面的样子，怀疑这倒霉孩子平时讲笑话都没人笑，这样一想还怪可怜的。

吃完饭，两人在客厅研究拜星教的资料，翟辰嫌太安静就打开电视放个早间新闻——

27 岁女白领跳楼身亡，疑因工作压力过大。现代都市白领的生存状况一直广受关注，据调查……

这是本市的新闻频道，主播清晰客观地阐述了这么个事实。虽然后面的重点都在分析白领加班状况的数据，但背景图是闹事的抱着李婷遗照在标点公司门口哭闹的场景。人脸和公司标志都打了马赛克，却于事无补，这种图片在网上很容易被扒出地址。

“看来得先给电视台寄一封律师函了。”高雨笙随手拍下来，低头发了封邮件给公司法务部，“你周一把时间空出来陪我上班，我要见袁小爱，还有李婷的父母。”

“好吧，我明天早上来接你，”翟辰站起身，伸了个懒腰，“你忙吧，没什么事我先走了。”

高雨笙抬起头，一言不发地看着翟辰，似乎没料到他要走。

“还有事？”坦荡荡的翟辰莫名被这小眼神看得心虚，认真回忆了一下，自己并没有答应今天加班站岗吧？

“没有。”高雨笙垂下眼睛。

翟辰觉得那低垂的脑袋看起来毛茸茸的，手欠想摸一把，刚伸出爪子，口袋里的手机突然响了：“喂，鹞子。”

鹞子就是海豹特种家政里那个看起来像犯罪嫌疑人的壮汉，平时在汽修店工作，兼职当保镖。据说以前是混江湖的，很少跟人提本名，大家都叫他鹞子。

电话那头的汉子犹豫了一下，这才瓮声瓮气地开口：“辰哥，你能不能先借我五千块钱？下周我接到活儿就还你。”

“成啊，打你卡上？”站久了累，翟辰又坐回沙发上，习惯性把脚蹬在了茶几上，意识到这是别人家，又赶忙放下来。好在进屋是换了鞋的，印着格子纹的柔软拖鞋并没有对昂贵的家具造成什么损伤。

“别打卡，”鹞子似乎有什么为难的事，叹了口气，“给我现金吧，我去找你。”

“不用，我一会儿刚好路过你们店，给你送过去。”翟辰也不多问，利索地答应下来就挂了电话，这才发现自己岔开的腿已经自发自觉地歪到了高总腿边，膝盖碰膝盖。他觉得好玩，便用膝盖撞了人家一下：“我走了啊，尽量别出去，非要出去记得给我打电话。谁敲门都别开，知道吗？”

高雨笙斜瞥他，这人当他是 3 岁小孩吗？

翟辰看他这样，越发忍不住逗他：“真的，你听过那个故事没？”

“什么？”

“小兔子一个人在家，有大灰狼来敲门，小兔子乖乖，把门开开……”

“我大概理解你为什么只能做兼职保镖了。”高雨笙关了电视，单手搭在沙发靠背上，面无表情地凝视喋喋不休的翟辰。大概没有哪个雇主能长期忍受这么吵闹又欠揍的保镖。

“哎，你这是人身攻击了啊。”翟辰讪笑着跳起来，抓起自己的包甩到肩上，在雇主开口扣工资之前迅速溜走。

自动关合的大门发出咔嗒一声响，整个屋子瞬间陷入了寂静。高雨笙保持着方才的姿势呆坐了几秒，才缓缓收回胳膊。

翟辰取了钱，骑着电驴去修车店。

鹞子还穿着那身满是机油的工装，天气炎热，上半身只挂了件工字背心，手臂上虬结的肌肉在阳光下发着亮闪闪的光。瞧见翟辰来，他立时放下工具，在黑乎乎的毛巾上随便抹了两下手：“辰哥。”

“忙着呢，”翟辰从口袋里掏出钱递给他，低声问，“出什么事了？”

鹞子把钱装进起了毛边的腰包里，拉上拉链，按了一下：“没事，我妈的药吃完了，该买药了。”

买药的事翟辰是知道的，鹞子他妈得了一种罕见病，得吃进口药维持。那药不能用医保报销，每个月都得吃进去大几千块。

“你这周不是刚接了个大活儿吗？”翟辰蹙眉，不打算放过他，语气严厉起来，“到底怎么回事？”

鹞子上周接了个帮“小鲜肉”驱赶“私生饭”的活儿，三天九千块。

那小男星刚刚出名，资源没多少，却先吸引了一群跟踪、跟车、闯入拍摄现场的可怕“私生饭”。这东西用常规保镖劝阻不了，就得用海豹特种家政这种的。鹞子礼貌克制、兢兢业业地驱赶了三天，毫无成效，忍无可忍露出了社会大哥的凶相，当众扎了黄牛的车轮胎，拖到草丛里教他做人。黄牛被那句“再敢跟着，卸了你的腿”吓傻了，好几天没敢带“私生饭”来，“小鲜肉”特别开心，又给他多打了三千。

这一万多足够买药了。

“我妈……不知道听了什么讲座，把卡里的钱都取走了。”鹞子有些难为情。

翟辰就怕鹞子是遇见以前的那些社会兄弟了，听到是老太太被骗了钱，反倒松了口气："嘿，我当什么事呢。"

"要是买了什么保健品也就算了，问题是她什么也没买，问了也不说，就怕是信了什么教。"也不知道鹞子从他妈妈身上看到了什么异常，脸上满是担忧。

"信教……"刚从高总那里看了半天邪教资料的翟辰，对这俩字很是敏感，抬手搭上鹞子的肩膀，"走走，我跟你回家去，问问熊姨是什么讲座，看看能不能找那骗子要回来。"

鹞子妈妈姓熊，是个没什么文化的老太太，做饭特别好吃，就是总惹事。出去跳个广场舞，都能跟人家老太太掐起来。后来病了，跳不动了，就在家里作妖。鹞子本来有个女朋友，都被老太太作没了。

"你今天不带檬檬了？"听到翟辰要跟他回家，鹞子挺开心的，跟老板说一声就换下了工装。跟谁都相处不来的熊阿姨，意外地非常喜欢翟辰，但凡是翟辰说的，她总能听进去几句。

"邻居阿姨帮忙看着。"翟辰笑眯眯地跟着鹞子回家。这人进门就嚷嚷："熊姨，我来啦，给我做好吃的吧！"

鹞子家住的是自建房，城中村的两层小楼。熊老太太正在厨房里忙活，听见声响探出半颗头来，眉心三道深深的皱纹见到翟辰就舒展开了。

"熊姨这手艺真是一绝。"翟辰一边大口吃着糖醋排骨，一边套老太太的话，问她信的什么教。东扯一句，西扯一句，一会儿就问出来了。

"不是教，是天研会！"老太太坚定地摇头，说是研究天体物理、星象玄学的，是科学研究，不是教派。

"可神奇了，有个时光机，只要说出你的名字，就能知道前世今生。"

"这么神奇的吗？"翟辰叼着骨头，认真附和。

熊阿姨见他听进去了，情绪高涨，起身拿了个本子给翟辰看："你看看，这上头讲得可清楚了。"

翟辰接过来翻翻，粗制滥造的非法印刷物，薄薄的草浆纸印着像模像样的文章和图画，粗粗一读，狗屁不通。只是，在最后一页的封底上，印着个硬币大小的图案——同心圆星座标志中间套着一只眼睛。

拜星教！

翟辰做出认真研读的样子，凑过去跟熊老太探讨："您听这天体物理做什么呢？又不能治病。"

"谁说不能，人家老师说了，只要跟着修炼，诚心祷告，等到洗筋伐髓的时候，多年的老毛病都能治好！”

这句话里的信息量太大，翟辰一时没捋清楚这既是修炼又是祷告的是哪国神仙，只能不懂装懂：“这么厉害啊，那我这先天体弱、得靠氧气瓶活着的毛病，能治吗？”

熊老太用一根手指杵杵那小本子，严肃地道：“肯定能。”

“那，您啥时候去听课，带上我呗？”

第十六章

听到翟辰有意入会，熊老太太特别热情，决定下午就带他去：“每天都有课，讲得可好了，你去听听就知道了。”

“辰哥……”鹞子不赞同地看向翟辰。

翟辰冲他挤挤眼，转头笑着又吃了块排骨：“那敢情好，我今天刚好没事。”

吃过饭，老太太特别开心地准备出门，把“教材”整整齐齐装好放进买菜袋里，又去厨房收拾上午炸的小零食，准备拿去分给会里的兄弟姐妹。嘴里还念念有词地唱着小曲儿：

行星绕着恒星，恒星绕着银河，银河绕着宇宙，宇宙绕着天神。你我皆是电子，降落这个凡尘。

词填得挺齐整，就是这调子很像广场舞的配乐，带着“动次打次”的韵律，非常好记，听两遍就自动在脑子里循环播放。

“辰哥，我跟我妈去吧，这天研会听着像是个搞传销的。”既然套出话来，后面就好办了，鹞子不愿再麻烦翟辰，跟他借钱已经很不好意思了，再让他浪费时间去听传销课实在说不过去。

“你？”翟辰上下看看鹞子壮硕的体形，“还是别了吧，回头人家以为你是砸场子的，再打起来。”

“打就打，我还怕他们了？”鹞子拍拍自己结实的肱二头肌。

“一边儿去！”翟辰踹了他一脚，“这得智取，懂不懂？”

“辰辰，咱们走吧。”熊阿姨换了衣服，提着一大兜的油炸小零食，仿佛要去郊游的小学生。翟辰应了一声，让鹞子回去好好上班，自己跟着熊老太出门去。

讲课的地方就在离他家不远的一栋自建民居里。这房子比鹞子家大多了。四层楼，十几间房，灰水泥建筑盖得方方正正，每一扇窗户都安上了不锈钢防盗网。远远看去，像是烂尾没刷外墙的单元楼，又像是无证经营的黑招待所。

熊老太带着他进去，这房子没有院子，进了大门就是屋内。一楼是个正常住户的模样，摆着老旧的沙发桌椅，铺着廉价的橘黄色花瓷砖。

有个流着鼻涕的小孩坐在沙发上，跷着沾满灰尘的脚丫吃冰棍。染了食用色素的劣质冰棍吃着化着，滴在了衣服上就用手抹一下。

见有人进来，小孩眼睛都没有抬，继续盯着电视看。楼上在大声放着音乐，不大能听清电视里的声音，小孩也不在意，看得无比专注。熊老太太从塑料袋里拿出一块炸脆角递给小孩，还帮他收拾掉在地上的玩具。翟辰止不住好奇就先行上了二楼。

二楼就热闹多了，男女老少十好几个，围着屋子中间的一张桌子转圈，一边转一边随着音乐跳舞。就是那个“动次打次”的洗脑音乐，麻花步、回字步，左踮一步、右跳一下，看起来比广场舞要复杂一些。翟辰有一种植物大战僵尸打通关之后看僵尸跳舞的错觉。

突然，屋中的音乐戛然而止，所有人齐齐看过来。翟辰下意识攥紧了背包带，差点拿出氧气瓶收拾了他们。

“干什么的？”几个人慢慢逼近，脸上满是戒备。

输人不能输气势，翟辰放松身体，保持吊儿郎当的站姿，抬抬下巴：“我是来听课的。”

“你是星使还是星耀？”一名40多岁的中年大叔走过来，来回看了翟辰几眼。自在的语气，淡定的气势，看起来像同道中人。

天研会里等级森严，普通信徒叫星耀，意味着让神圣星辰重新闪耀的火种；高一级的负责人叫星使，负责传播火种，偶尔也会到别的负责人的地盘上交流考察。因而有此一问。但翟辰并不知道！

他蒙了一下，斩钉截铁地报了自己的游戏等级：“星耀二段！”

“……”

“……”

屋里陷入了诡异的沉寂，这下所有人都往这边走来。

“他是我侄子，我带他来听课的。他身体不好，希望得到天神眷顾。”熊老太及时出现，避免了翟辰被一屋子丧尸吞没的悲剧。这话一出口，屋子里的气氛瞬间又恢复了热络。

“原来是新伙伴。”那中年大叔笑呵呵地拉着翟辰进去，其他人也跟他打招呼，大家都很亲密的样子。

“咱们这里是天体科学研讨会，讲的都是科学道理，你先听听，听得进就听，听不进也没坏处。年轻人学点天体知识也是好的。”大家七嘴八舌地说着，热情地给翟辰介绍入门知识。

“来来，先算算你的前世，我们好根据你的命运来具体传道。”大叔不由分说地拉着翟辰往旁边一个屋子去，如同拉客的龟公迫不及待地带他去见花娘。

那小屋子里拉着帘子，昏暗暗的，只放着一台类似街头游戏机的东西，屏幕明明灭灭，看起来颇为诡异。大叔让他自己输入姓名、年龄，好让“天眼”查一查他的前世今生。

“……”

别的宗教算命，要么看相摸骨，要么抽签占卜，从没见过用机器算命的。这跟网上那种“输入姓名可知你的姻缘”一样，十几年前流行的小游戏，竟然也能拿来唬人？

翟辰左右瞧了瞧那机器，随手敲了个自己的游戏昵称——氧气超人。

游戏机屏幕黑了一下，似乎在上下五千年历史中努力寻找这个名叫“氧气超人”的家伙，看他究竟是田埂老农还是九五之尊。大概过了五秒钟，屏幕上就显示出了结果——

> 你的前世是一位骁勇善战的将军，战功赫赫，杀人无数。那些被你杀的死者，怨气缠绕不去，造成你今生的坎坷。或一事无成，或体弱多病。

“咱这不是科学研究吗？怎么还有前世呢？”翟辰都快忍不住笑了，掐了一下自己的大腿才保持住了严肃。

“小伙子别着急呀。”大叔带着他走出来，外面已经摆好了座椅，移动黑板上挂着个大挂历，所有人包括熊老太太都正襟危坐，掏出来那本草浆纸的教材。翟辰也免费得到了一本，诚惶诚恐地接过来，认真听他们胡咧咧。

挂历翻开，第一页是电子、原子示意图。大叔清了清嗓子，开始讲课。

他说，人死了之后，灵魂会变成活跃的电子，飞到电离层，再反射回来，从传统上讲就是投胎转世。聚集在一起的电子分解之后，记忆也会跟着消失，但有时候也不会消失。举例了苏格兰的一个女孩子，她生下来说自己曾经生活在亚丁湾，记得门前缺了一块的石头和邻居的名字，并称自己死于一场大火。之后记者去调查，在三十年前确实有这么一个女人死于大火，石头和邻居也对得上。

翟辰低头在网上查了一下，还真有这么个新闻，不过是多年前网络管理松懈的时候出现的。那时候谣言满天飞，有什么新闻都不足为奇。光是这种看到自己前世的传说就不下十个。

中年大叔把挂历翻了一页，露出了太阳系九星连珠的模拟图。

“这些都是用科学可以解释的。宇宙之中有天神存在，天神操控着一切。我们都知道，行星各有各的轨道，但在1999年的时候，九颗星连成了一条线。九星连珠是非常危险的，强大的磁场足以毁灭地球，让山洪暴发、陆地崩塌。这时候，仁慈的神降下谕旨，送来了圣器，才使我们免除了灾祸。”

挂历的第三张图，就是盗拍的Star・J画展上的那张流星照片，明显是隔着画框拍的，框角都没有裁掉。

圣器打碎了九星连珠的磁场，让地球得以继续生存，这一天称为“救赎日”。而圣器，就是S省博物馆里的那块陨石。

“……这么厉害的吗？”翟辰一脸震惊地用力鼓起了掌。

啪啪啪……大家也跟着鼓掌，不知谁放起了音乐，大家都跟着唱起来——

行星绕着恒星，恒星绕着银河，银河绕着宇宙，宇宙绕着天神。你我皆是电子，降落这个凡尘。乌拉！乌拉！

唱完大家要张开双手，齐喊“乌拉”，十分有气势。

晚上，翟辰拿着免费发放的小本子和各种免费小礼物回家，在客厅呆坐了半个小时，才从那魔性的“乌拉”中缓过神来。

搜查一整天的方初阳拖着疲惫的身体回来，进门看见自家不省心的兄弟正没骨头一样瘫在沙发上，脚边踩着个十分眼熟的小读本。方初阳三步并作两步走过去，一把抓起本子，看到背后那个硬币大小的拜星教标志，他瞬间气红了眼。

翟辰还来不及反应，就被方初阳抓着领子提了起来。

“翟辰！我昨天跟你说的什么，啊？不许掺和，不许掺和！你在干什么！”方初阳攥着他的领子来回晃，恨不能把这货脑子里的水都给晃出来。

“喂喂！”没吸氧气的翟辰，还真打不过方警官，被晃得眼晕，只得服软，“那什么，我这是刚好遇见了，那个鹞子他妈……”话没说完，就被丝毫不知心疼他的兄弟使劲扔回沙发上，赶紧用手肘支撑，才避免了磕出脑震荡的悲剧。

方初阳把外套掼到沙发上，用一双布满血丝的眼睛盯着他，喘了口粗气，咬牙切齿地说：“你知不知道这个邪教有多危险，他们惩罚背叛者用的都是什么手段？就算你有高于常人三倍、十倍、二十倍的力量，面对上百个狂徒你就能全身而退吗？咱俩死也就罢了，如果牵连到檬檬，你怎么跟翟犀月交代！”

第十七章

看着这样的方初阳，翟辰脸上的笑意渐渐消失。客厅里陷入死一般的沉静，夜风从没有关严的窗户的缝隙猛吹进来，带得地板上粗制滥造的邪教小本子哗啦啦地翻滚。

暴雨将至。

翟辰深吸一口气，抬头，突然龇牙一笑：“好好好，我不去了还不成吗？这不是刚巧遇见了。我保证，下回就是有人拿宣传册子呼我脸上，我都不带搭理的，行了吧？”

翟辰指天发誓，就差当场拿出稿纸写保证书了。

方初阳扭过头去不看他：“算你识相。”

“舅舅，”刚才的大吼大叫吵醒了屋里睡觉的翟檬檬，小朋友揉着眼睛走出来，迷茫地左右看看，“你们在吵架吗？”

“没有啊，你做梦了。”翟辰一脸笃定。

“哦，”翟檬檬不情不愿地应了一声，眼巴巴地看向翟辰，“外面打雷了，我自己睡害怕。”

“打雷了啊，那可不得了，去跟你大舅睡。”翟辰把没穿鞋的孩子抱起来，直接塞进方初阳怀里。

“大舅。”翟檬檬从善如流地抱住了方初阳的脖子。

方初阳刚压下去的火气又噌噌往外冒：“这会儿又知道我是他大舅了？”

因为两人谁大谁小没个定论，翟辰从一开始就乱叫他，平时连名带姓地叫“方初阳”，有求于他的时候叫“初阳哥”。有了翟檬檬之后也不教孩子学好，“大舅”“二舅”地分情况叫。

“他大舅他二舅都是他舅，”翟辰毫无愧色地说着，一把抓住转身就要走的方初阳，“我不掺和，但今天的成果不能浪费。我学会了他们跳的那个广播体操，回头你们要是派人去卧底，我可以免费教他跳。”

方初阳：“有病！”

努力学习一整天，学习成果被方警官全盘否定，翟辰并不气馁，拿起手机给高总发了条消息。

我学了拜星教的广播体操，明天教你？

那边半晌没有回复，估计白眼翻得比方初阳还高。想想一脸正经的小高总气呼呼的样子，翟辰的心情突然就好起来，躺在床上继续骚扰人家。

——高总？
——在吗高总？
——在吗在吗？
——帅哥在吗？
——性感保镖在线跳操！帅哥，聊十块钱的呗！

不知是不是这垃圾广告一样频繁地发送引起了总裁的注意，高雨笙那边突然发了个视频请求过来。

“怎么了，突然发视频？”三更半夜两个大男人视频聊天，说不出的怪异，但为防止是雇主出现了危险，翟辰不带一秒犹豫地接了起来。

那边高雨笙戴着一副防辐射眼镜坐在明亮的工作台前，不知道在忙什么，视频接通了也不说话，还在一刻不停地敲击键盘。听到翟辰问，便抽空看了他一眼：“你不是要表演跳操吗？”

这种话竟然有人当真！翟辰对于这位高总的刻板无趣又提高了一个认知

度："我说高总，你看过真人直播没？"

"嗯？"高雨笙敲下最后一行字，按了个回车，这才转头看向屏幕，"你想说什么？"

"那些美女主播，在线表演，可以让观众指定动作。但想让主播跳操，那得先打赏啊。"翟辰伸出三根手指搓搓，暗示得不能更直白。

高雨笙点点头，给他发了十块钱红包。

"……"

这天没法聊了。

翟辰收了这数额可怜的红包，本着敬业精神给他表演了最后一个动作，展开双臂"乌拉"一声，迅速关了视频通话。关了之后又后悔了，闭上眼满脑子都是今天看到的那匪夷所思的传教现场，很想找个人分享一下。方初阳一点就炸，檬檬听不懂，只有高总能当个听众，真不该贪图这十块钱而断绝了聊天的路！

于是，第二天早上去接高总的时候，翟辰就给他讲了一整套。

"这么傻的东西，我没上过大学都知道是假的，怎么会有那么多人信？"翟辰想起那算命机器就想笑，输入姓名可知前世今生，连生辰八字都不问，太糊弄人了！

"这是一种测试。"高雨笙从文件中抬起头来。

"怎么说？"

"邪教的那套理论本身就荒谬可笑，所以要用明显有漏洞的入会培训，筛选掉不适合的。如果来人明白这是瞎胡扯，后续的培养会十分费力，及早踢掉最安全；如果相信了，就可以进行下一步的洗脑，事半功倍。这是个精心设计的筛查机制，你接触的那片地方，应当是拜星教的初始培养区，不通过测试是不会让你接触更深层的教义的。"

这就如同平时接触的电信诈骗，骗子发送的第一条信息必然是漏洞百出的，甚至还会有错别字，就是为了筛选掉高智商不易受骗的群体，好缩小行骗范围。

翟辰恍然大悟："那蔡庄那家就是高级区了？"

"肯定比你去的地方高级。"高雨笙点点头，既然那些人选择在蔡庄新城杀人，那么隔壁的那户人家里藏着的绝对都是能守口如瓶的信徒。

解答完毕，勤劳的高总就沉浸在工作里不说话了。但有些人即便不说话，也总能让人感觉到存在，开着车的翟辰总觉得身边坐着个发光体，忍不住瞄了他一眼。

这家伙今天一反常态地穿了件浅色衬衫，袖口还戴了昂贵的宝石袖扣。头发也没有打蜡，不再梳平时的精英头，而是松散地吹开。碎发垂在额前，映着晨光显出几分浅浅的栗子色，完全恢复了23岁小年轻的模样。低头的时候还能看到那长长的睫毛，对上了年纪的女人杀伤力加倍。

“你就这么去见袁小爱，不怕她更加泥足深陷，当场跟你同归于尽，好三生三世不分开啊？”

“谢谢，”高雨笙感谢了他的赞美，继续揣摩手中的资料，小声默念，“我只是想跟你谈谈，你到底要我做什么……”

停顿一下，拿出笔把“到底”两字划掉，重新小声读一下，揣摩语气。宛如即将参加婚礼的新郎，把结婚誓词打了小抄写在手上，不停地模拟场景以保证最佳效果。

翟辰被他这个行为震到了：“你们霸道总裁不都出口成章吗？怎么还带默写背诵的？”

“演讲稿都是要背的，谈判当然也要认真准备。说错一句话都有可能导致结果偏离，既然决定要谈，就要保证一次成功。”高雨笙对于翟辰的理论很是无奈，这是现实生活，又不是电视剧，任何算无遗策的背后都是殚精竭虑，“Siri，‘你要我怎么做’这句话的语气，威胁恐吓和苦口婆心，哪个更合适？”

手机屏幕上出现了Siri的话筒标志，冰冷的机械音一字一顿地回答：“我只是个人工智能，说话并没有语气，先生。”

“……”

翟辰觉得这孩子不大正常。

高雨笙并不在意Siri知识有限的问题，问过之后继续自己琢磨，直到把一张A4纸画成了花脸才满意。而后平视这张纸，利用图形记忆瞬间将所有要注意的点记住。

“我对文字的记忆没有图形记忆好。”见翟辰用看傻子的眼神看自己，高雨笙只得解释了一句。

进财富大厦车库的瞬间，翟辰特意看了一眼大门口，那位袁小爱女士果然已经上工了，站在门前大骂负心汉高雨笙不是人。听高总说，这位最近天天来，估计整个大厦的人都已经被这几句洗脑了，保不齐哪天在电梯里遇见高总，张口就叫负心汉。

高雨笙没有去公司，带着翟辰从一楼大堂走出去，直接站在了袁小爱面前：“我能请你喝杯咖啡吗？”

正骂得起劲的袁女士，如同打鸣打了一半被卡住脖子的公鸡，憋得腮帮子都要炸了。

周围行色匆匆的白领们瞬间变成点了 0.5 倍速的视频，齐齐放慢脚步。

“高雨笙，”袁小爱从卡脖子的状态中缓过来，不可思议地后退了一步，“怎么可能！你想干什么？”

“对面的咖啡厅，我进去等你。”高雨笙没再多言，转身直接往马路对面走去。

这家咖啡厅为附近的白领们提供高级早餐，这个时间已经开门营业了。

翟辰假装路人坐在高雨笙后面的位置，跟他背对背玩着手机，咬着牙，嘴唇不动，小声说：“你这是打算以身饲虎了？”

“那倒不至于。”高雨笙站起身请袁小爱过来坐，并把菜单递给她，示意点些她喜欢吃的。

袁小爱的脸别别扭扭地红起来，接过菜单摔在桌上，梗着脖子道：“你不要以为这样我就会原谅你！我告诉你，天罚已经开始了，你现在讨好我也没用。”

“我没有讨好你，只是想跟你谈谈。你想要我做什么，才肯原谅我？”冷静自持的言语带着温和的引导，不徐不疾地严格按照车上揣摩的语气，分毫不差地背诵出来。

“男人都是骗子，你也不过是在骗我。”袁小爱潜意识里是受宠若惊的，但妄想症让她入戏太深，因而面部表情出现了短暂的扭曲。

高雨笙没有欣赏这种魔鬼面相的兴趣，从口袋里拿出一部手机，推到袁小爱面前。那是最新款的智能机，售价昂贵，崭新的机身外还细心地配了个粉色的手机壳。

“这个手机给你，里面有我的私人号码，以后你可以用这个联系我。”

充满暗示的话语，完美契合恋爱妄想症患者的自我催眠。袁小爱接过手机，双手发抖，泪水在眼眶里不停地打转。

高雨笙没再多说，更没有追问“天罚”的问题，安安静静陪着袁小爱吃了一顿早饭。

等高雨笙离开餐厅，翟辰才把最后一口煎蛋塞进嘴里，不紧不慢地出门跟上去："我怎么看不懂你要干什么……"

原以为高雨笙是想套话，好知道他们下一步的计划，结果却什么都没问，还白送一部手机。

高雨笙神秘一笑，轻轻歪了一下头示意他跟上。

回到办公室，打开电脑，输入一长串代码让系统开始运行。只有一个光标孤独闪动的黑色屏幕上，映出了高雨笙线条冰冷的轮廓。

"我长这么大，最讨厌的就是仗着人多残害他人、混迹在法不责众意识下的暴徒，既然接触了，就一个也不能放过。"

话音刚落，屏幕瞬间刷出了三维立体的地图，一枚闪动的小红点正在缓慢移动。

第十八章

小红点每时每刻移动到的位置都会被记录，如果在某一处停留，系统还会统计停留时间。

玩高科技的人果然惹不起，翟辰佩服得五体投地："拜星教说自己不是邪术是科学，我看你这才是邪术吧。"

高雨笙对自家保镖的夸人手法实在不敢恭维，只能假装没听见，把桌上的水杯递给翟辰："帮我去茶水间接杯水，谢谢。"

"我是保镖，不是你的助理。"翟辰接过杯子，作为有素养的保镖，不会拒绝客户这种小要求，但还是要强调一下职责。

"A 级保镖项目中包含'助理'这一项服务，我想你应该属于 A 级保镖吧。"高雨笙真诚地看着他。

翟辰龇牙，高高抬起发痒的手，在落下的瞬间比了"算你狠"的手势，转身出了 CEO 办公室。外面隔间里有几道视线正在偷瞄他，等翟辰看回去就又都低下头做出一副忙碌的样子。

翟辰靠在最近的隔板上，屈指敲了敲："小姐姐，请问茶水间在哪里？"

"那，那边。"对方抬头飞快地看他一眼，低着头指了个方向。

"谢了，我给你也顺一杯吧。"看到桌上的小黄鸭水杯见了底，翟辰笑着伸出手，他笑起来只勾一边唇，带着掩饰不住的痞气。

等翟辰走远，周围几人迅速凑过来。

“那人是谁啊？长得好帅。”

“高总的保镖。”

“保镖？别开玩笑了，他看着还没高总壮实。”有人比画了一下宽窄高瘦，摇头表示不信。

“这有点夸张了，瞧着身材差不多。”

“那你是没见过高总不穿衣服的样子……呸呸，别瞎想，有一回我在健身房遇见高总了，啧啧，那肌肉、那线条……完美！”

翟辰没听见那些小声的议论，径直往茶水间走，途经一间透明玻璃墙隔成的小会议室，蓦然停下了脚步。小会议室里，一男一女两个中年人正跟标点的人事经理谈话，看穿着并不像来搞商务合作的，女人说着说着还哭了起来。

“保镖‘葛格’。”

许久没听见的京味台普，不用看也知道是李婷那个闺密许娇，她正推门从会议室出来，会议室里的声音顿时从门缝里泄出来。

“我们全家都指望着李婷养活啊……”门再次合上，良好的隔音设计完全阻断了内里的声音。

“那是李婷的爸妈？”翟辰冲里面抬抬下巴。

“是啊，他们这两天闹得厉害，到处接受采访。人事约了他们今天来商讨。”许娇说起这老夫妻俩气得直跺脚，“婷婷自己省吃俭用，大头都给了家里，他们还嫌不够。现在李婷死了，就盼着讹一大笔钱好给儿子在一线城市买房子呢。”

“他们还有儿子？”翟辰看着里面哭得一抽一抽的夫妻俩，微微蹙眉。

“嗯，比婷婷小，刚考上大学。”许娇哭丧着脸，弯腰驼背，仿佛承受不住这种压力，看起来更矮了，“我该说的都说了，该劝的都劝了，他们也不知道喝了谁的迷魂汤，就是认定这样才能拿到钱。”

人事部门的经理拿着员工保险合约，一字一句掰开了跟李婷的父母解释。保险条款里写得明明白白，如果是意外身亡，包括他杀、车祸、自然灾害及其他意外造成的死亡，都在理赔范围内。等公安部门定案，给出死亡证明，就可以向保险公司索赔，能拿到八十万元左右的赔偿款。

“只有自杀，在免赔范围内！”经理用铅笔将那一句圈起来给他们看，“也就是说，如果最后定案李婷是自杀的话，这八十万理赔一分钱都拿不到。”

“怎么，你们这是逼我们制造凶杀现场吗？”李婷的爸爸拍桌子，“孩子被你们逼死了，现在踢皮球不认账！你们这种私企，就是吃人肉、喝人血的！”

人事经理“生无可恋”地仰头看了一眼天花板，深吸一口气：“是这样，现在无论李婷是怎么死的，你们都可以拿到赔偿。如果是自杀，并且认定是我们公司造成的，我们会赔偿你们的损失。如果是她前男友造成的，会由前男友家里给你们赔偿。如果是他杀，保险公司会给你们赔偿。”

等翟辰接了水回来，里面已经谈完了，许娇跟人事经理一起送老两口下楼去。

“你不是要见李婷的父母吗，怎么没去？”翟辰把水杯放在高雨笙桌前，自己从柜子里拿了个一次性杯子，从 CEO 办公室的饮水机上接水喝。这间办公室里有饮水机，出于职业习惯，第一次来这里的时候翟辰就观察到了。

“……”高总端杯子的手顿了一下，丝毫没有被戳破的尴尬，继续若无其事地浏览那些造谣网页。标点的律师函还没有送到电视台去，那张闹事的图已经在网上传开。本身是个挺无聊的新闻，被有心人推动着往各种热点上蹭，关注的人也就越来越多，已经有人猜出来是什么公司了。

“你不找人删帖吗？”翟辰凑过来瞄了一眼。

“就当免费宣传了。”高雨笙浑不在意。

“这算哪门子宣传！”没知识没文化的无证保镖，不能理解这种高端的营销理念，“如果听说门口鸭脖子店虐待卤鸭师傅，我肯定不会再吃他们家鸭脖子，也不许我弟弟吃。”

“……”

这话有点没法接，高雨笙关了电脑，把没骨头一样瘫在沙发上打游戏的保镖叫起来：“跟我去个地方。”

不差钱的高总又强行雇了翟辰一天，并把翟檬檬放到了 17 楼的高级托儿所，两人下楼的时候顺道看了一眼孩子。

这里跟普通幼儿园不同，是有钱人临时放置孩子的场所，条件不是一般好，不上课，只玩耍。得知翟檬檬身体不好，老师就把他放在玩具堆里，让他安静地玩，按时按点让他喝水、吃点心。这小子玩得乐不思蜀，看见舅舅来了，抬头打了个招呼，便又沉浸在积木的世界里。

有钱真好啊！

翟辰趴在栏杆上默默感慨，转身跟着万恶的有钱人出门去。

到了地方翟辰才知道，高雨笙今天这套不是穿给袁小爱看的，而是要去录一个采访节目。以总裁的身份，在镜头前不紧不慢地介绍他的企业文化，配上这一身青春洋溢的打扮，很容易让人相信标点是个自由轻松、充满活力的公司。

第十九章

这档节目叫《透视周末》，是一档网络录播节目，内容比较杂，社会热点、人文风俗、明星八卦，基本上观众想看什么就采访什么。制作人兼主持人是曾经的电视台名嘴，辞了铁饭碗自己做网络节目，靠着尖锐犀利的提问方式大受欢迎。

像高雨笙这种半广告性质的公司介绍，理论上是要给节目组赞助费的。但出于高总本身的颜值、传奇以及私人原因，非但没有收费，还给了高雨笙一千块的出场费。

翟辰抱着手臂站在演播室门口，等着录完节目还在跟制作人聊天的高雨笙。当然主要是那位闲不住的名嘴先生在叨叨，已经把演讲稿背完的高总并没有什么话讲。

“两位这边请，先到化妆间准备一下。”工作人员领着一对中年夫妇走进来，径直往化妆间去。

“你们这个节目收视率高吗？”中年男人的声音传过来，翟辰瞬间抬头看过去，那熟悉的背影，还没换的衣服，正是李婷的父母！

策划姐姐拿着一个装了票子的红包匆匆走过来，被翟辰伸手拦住，他用下巴指指李婷父母：“你们制作人不是跟高雨笙关系好吗，怎么还请那两个人来？”这边刚费劲巴拉地夸赞完公司形象，那边一哭二闹三上吊地斥责这家无良公司，也不知道是要打谁的脸。

“这个……”策划很是尴尬。

“人家想采访谁就采访谁，这又不是我的公司。”高雨笙突然从背后出现，牵走自家问个不停的问题保镖。

翟辰颇为同情地看看高总，这位遵纪守法的总裁先生，一不贿赂节目组，二不找黑恶势力打击报复，反倒被人欺负，怪可怜的。

“怎么了？”高雨笙觉得他眼神怪怪的。

“没什么，录节目辛苦了，走，哥给你买冰激凌去。”突然翻涌起对幼崽的爱心，让翟辰忍不住想给他买好吃的。

“……啊？”

《透视周末》是录播节目，录制之后一个星期才会播。没等高总展示他的公司形象，那老两口的各种采访就已经轮番上线了。

不懂法的老两口直接在镜头前叫出了公司名字：“标点地图就是个黑心作坊，我闺女就是被他们逼死的，还不肯承认。”按照李婷父母的理论，警方迟迟不肯承认是自杀，都是因为警方跟资本家勾结。

“说这是谋杀，主要是想骗取保险公司的钱。骗来的保险费也不会给我们的，可怜我的女儿。”

那几张微信聊天图被一遍又一遍地发布，不知从哪里冒出来一堆“知情人士”，在各个采访底下评论。

用户 123：我在标点干过，这就是个骗子公司，没几个员工，抄袭人家外国的地图，漏洞百出。为了堵住漏洞，天天加班，干了三个月我就辞职了，实在干不下去。

脚底板长眼：没错，我就在财富大厦上班，每次半夜还能看到他们公司亮着灯，超恐怖。

正义之士：这种垃圾公司，又抄袭又压榨员工，今天就卸载标点地图。

用户 456：对，马上卸载，不卸不是中国人！

偶尔有质疑警方不可能没事找事把“自杀”改成“他杀”的，也被无数水军给压了下去。标点地图突然被推上了舆论的风口浪尖，网络上发起了反对标点的活动，纷纷要卸载标点地图给员工续命。

郑秘书满头大汗地跑进来：“高总，iOS 平台上出现了大量差评，我们四星半的评级在一天之内掉到了三星。”

“明天再刷回来。”高雨笙面无表情地继续敲击键盘。

郝秘书八风不动地走过来，推了一下眼镜：“金楠资本通知推迟融资进度，说他们需要再考虑一下，邮件已经转发给您了。”

“什么！”郑秘书差点跳起来，“金楠资本！那怎么行？”标点地图正在进行 B 轮融资，金楠资本是最大的投资者，本来已经到最后阶段了，突然说推迟，显然不只是“推迟”这么简单。

高雨笙扫了一眼邮件：“让他们发个正式的函件过来。”

“好的。”郝学利落地应下，转身去处理了。

郑经急得就差在屁股上点根引线蹿上天了：“这都什么时候了，您怎么一点也不着急啊。如果这个月拿不到新融资，我们接下来要上线的大项目就要胎死腹中。现在‘寻点’项目完全是在烧钱，再烧半个月咱们就见底了……这事肯定是‘云家’地图干的，咱们得反击！”

“呦，郑秘书，这是怎么了？”过来接高雨笙下班的翟辰，推门就看到郑秘书急赤白脸的模样，关切地问了一句，“火燎到尾巴梢了？”

见到看热闹不嫌事大的翟辰，郑秘书脸上的表情更苦了：“再不想办法，公司运转不下去，咱们高总就得回家继承亿万家产了。”

“……那是挺紧迫的。”翟辰煞有介事地点点头，冲高雨笙打个响指，示意他该回家了。

高雨笙抬头看了他一眼，快速回完最后一个邮件就关了电脑。在公关危机的关键时刻，高总依旧坚持准时上下班。

当晚，本地匿名论坛上突然发布了一个帖子：

> 我听说，那个死去的女白领，是被邪教徒献祭的。说去年就有这么一个事，按自杀处理了。

耸人听闻的标题迅速引来了大量关注，发帖人贴了一张网上流传的李婷死亡现场图，又发了一张去年某个自杀新闻的照片——

> 去年那件事，本来按自杀处理了。但最近发生了不止一起这种案子，市里才重视起来，现在只要是离奇自杀的，都会马上转到市局处理，都不在基层派出所停留的。这个女孩子的父母，怕不是也被邪教控制了，才会出来攀咬公司。

所谓好事不出门，坏事传千里，越离奇的消息传得越快。不到三个小时，翟辰就在自己的朋友圈里刷到了这条消息——

鸭脖店老崔：紧急扩散，最近发生的几起自杀案系邪教作案，专挑 18—35 岁的女性，请诸位谨慎小心，独居女子晚上不要出门。

配图是李婷父母哭天抢地的照片。

方初阳还没回家，翟辰没个说话的人，便随手分享给了高总。

那边，高雨笙正在工作台前忙碌，专门用来应付袁小爱的那个手机响了一下。

袁小爱：睡了吗?

高雨笙看了一眼时间，现在是 23:30，理论上作为年轻人的自己不该睡，这消息还得回，便拿起平时用的那部手机问 Siri："如何回答女人问的'睡了吗'这个问题？"

Siri 亮了一下："您是想与她保持联系还是想冷酷无情让她死心？"

高雨笙蹙眉，显然不能选冷酷无情："保持联系吧。"

于是 Siri 给了一个范例，刚好翟辰发消息过来，一时错乱的高总就直接复制粘贴发了出去——

本来睡了，看到是你的消息马上清醒过来。

发现发错了人，高雨笙赶紧点撤回，然而已经来不及。因为是秒回的，正捧着手机打字的翟辰一字不落地看到了。

被高总突如其来的信息闪了一下腰，翟辰看着那家伙慌慌张张地撤回，丝毫没有假装没看见的自觉，快速给了高总一个热情的回复——

Yooooo~

第二十章

高雨笙盯着那条柔软的波浪线僵硬三秒，啪嗒一声将手机屏幕朝下扣在桌上，仿佛这样就能把即将溢出屏幕的尴尬埋起来。先给袁小爱回了一个"嗯"，冷静片刻，才重新拿起手机。

一句“不好意思发错了”还没打完，那边翟辰又发过来一句：

高总，第一次见面我就说过，我是正经保镖。

三两下把刚打出来的字删掉，放弃不太灵光的 Siri，高雨笙直接在电脑上查“发错微信又被对方看到了怎么办”。

翟辰看着对面一直“正在输入”，却迟迟不发过来，扑哧一下闷笑出声。

完全想象得到对面那小家伙红着耳朵拼命想解释清楚的样子。

“叮，叮，叮——”对面突然连着发了好几张图过来，仔细一瞧，差点把这双夜盲眼给闪瞎了：穿着暴露的性感女郎，只穿了丁字裤的肌肉猛男，配上自带炫光效果的大字——“加入公众号，无限好电影，只要 38 元一月至尊优享”。

“……”翟辰被高总这一手震到了。又等了一会儿，那边才慢吞吞发来一句人话——

不好意思，刚才被盗号了，你收到什么奇怪的消息了吗？

“……哈哈哈哈哈！”翟辰笑倒在沙发上，朝空中使劲蹬了蹬腿，这小高总怎么这么好玩。笑得太过，呛咳了一下，突然喘不过气来，抓了氧气瓶来吸一口，这才勉强止住笑，爬起来回复一句——

原来是盗号了，我说呢，对方还跟我借走了一百块钱。

咚！一个靠枕突然扔过来，准确无误地砸中了翟辰的脑袋，罪魁祸首正是刚进门的方初阳：“干什么呢，笑得像个智障，丢不丢人！”

“滚，我这是逗小孩的标准微笑。”翟辰抓起枕头丢了回去。

“你要是敢在幼儿园这么笑，早被家长投诉八百回了。”方初阳抬手接住枕头，没料到这枕头劲力十足，生生把他砸得倒退三步撞到了墙上，“我去，翟辰你吸氧了！”

“哎呀哎呀，忘了忘了，磕到没？”翟辰赶紧跳起来扶他，被一把甩开，讪笑着岔开话题，“对了，我给你带了好吃的，等着啊。”

“好吃的”是翟辰从雇主那里顺来的手工面包，是高雨笙自己烤的，特别好吃。早上走之前设定好了时间，晚上下班回家刚好出炉，翟辰当场吃了三个，又带回来五个。

“富家大少爷还会烤面包呢？”方初阳啃了一口，没有刚出炉时那么好吃，但也着实不错，不由得产生了怀疑。

“会啊，他不愿意吃外卖，说不干净。要么在外面干净的馆子吃，要么自己做，实在犯懒就支使那个可怜的郑秘书。”翟辰重新拿起手机，对方并没有再回复，想来是生气了，他闷笑两声不敢再逗下去，便翻到那篇朋友圈疯传的文章给方初阳看。

方初阳本以为又是翟辰的恶作剧，歪着脖子离了老远瞥一眼，脸色忽然凝重起来，抓过来仔细瞧。

邪教，杀人，随机，年轻女性。

这几个关键词组合在一起，足够引起全市范围内的恐慌。

“坏了，”方初阳赶紧把这个东西转发给队长，眉头紧锁，“舆论一起来，引起重视，上面肯定要求加快办案。”

“上面让加快也没用啊，嫌疑人又不听上面的。”翟辰不以为意。

“不是。”方初阳摇头。现在他们刚刚粗略摸清了邪教的路数，还不是动手的时候。

如今的拜星教改名天研会，到处拉人入教。教内等级森严，每个级别能接触到的东西都是有限的。低级传教窝点不计其数，高级的由星使管控的则是个位数，但隐藏得特别深，外围人员是打探不到的。警方的卧底正在努力深入，但要通过考核须得一年以上，还在另想办法。如今能确定的，只有蔡庄新城 1802 这一处，如果上面要求加急办理李婷的案子，恐怕就要先端了这个窝点。

打草惊蛇，并不是方初阳愿意看到的。

第二天一大早，方初阳就走了。

消息传开，官方在努力辟谣，但辟谣速度远远赶不上谣言的传播速度。整个刑警队都绷紧了，在接到新的指令之前，要快点查出新线索才好。

王强掉下去的那座断桥，当初有三个暴走队经过。经过这么多日子的排查，确定其中一个暴走队以前从没在那一带出现过。那个暴走队人数要比其他两队少，一共十八个人，穿着各异。要么戴着口罩，要么戴着帽子，一张脸也辨别不出来，显然是有备而来。

线索在此中断，于是调查方向又换到了有买凶杀人嫌疑的死者妻子周玉芬身上。

“根据周玉芬平时的活动范围可以判断，窝点可能在她父母所在的小区里，也可能在她常去的美容院附近。”小陈指着资料中圈起来的地方。

“副队，1802 蔡老太的账户有异动！”负责监管蔡庄新城的小张举手。

李婷隔壁那间吵闹的房子里，住着一对老夫妻。女的姓蔡，就是蔡庄本地人，房子也是自己的房子。这位蔡老太的银行账户，突然存入了一笔二十万元的现金。

二十万元的现金不是个小数目，人们通常会选择转账。只有害怕被警方监测到来源的非法活动才会选择现金交易。而在 7 月 6 日那天，王竞航的账户预约取走了五十万元的现金。

“这浑蛋，还敢说不关他的事？分明就是买凶杀人！”小马撸起袖子，“副队，咱去把那孙子抓来吧。”

“抓抓抓，就知道抓，我当然知道那孙子有问题。现在抓人肯定要打草惊蛇，等摸清了城南那个窝点，一起动手，”方初阳把资料页卷成筒，照着小马的脑袋抽了一下，转头直接安排任务，“小马找个女同事去摸一下美容院的底，陈小黑你去那个小区便衣走访一下。”

“好的！”行动力超强的陈照辉站起来就要往外走，被刚好走进来的范队长一把捞住，扔回了座位上。

老范面色有些沉重：“先别忙，搜查令批下来了，所有人马上出发搜查蔡庄新城 1802 室。”

“队长！”方初阳跳起来拦住范队长，“再等等！周玉芬的调查已经有眉目了，那个窝点百分之八十的概率就在美容院里。高级窝点之间都有联系，我们查了 1802，美容院这条线就断了。”

“美容院只是你的猜测，1802 是确凿的。上面把李婷案列为大案、要案，要求限期侦破，现在人心惶惶，市民都等着我们给一个交代呢。”范队长摇头，坚持要搜查 1802。

“可是……”方初阳急喘了一口气，指着忙成鸡窝头的小陈和小马，“要是现在去，他们两个熬了这几天就白忙活了。端一个窝点有什么意义？”

“查案的时候谁没白忙过？”范队长被方初阳拱出了火，语气突然严厉起来，“那些杀人凶手，就藏在1802室那些群魔乱舞的人里，先把李婷案破了再说！邪教这东西，先破哪个口子都一样，审一审这些人才能得到下一步的线索。再没有什么进展，上面就要派专家来协助调查了，到时候更麻烦！”

方初阳攥紧了拳头，被小陈轻轻拉了一下才缓过来，咬牙应了一声：“是。”

蔡庄新城1802，屋里如往常一般放着震天响的音乐，门铃响了三次才勉强被主人听见。

“谁呀？”蔡老太过来开门。

“警察。”

蓝皮的证件摆到面前，蔡老太拦着不让进，叉腰高喊：“干什么，是不是又有哪个浑蛋投诉！谁嫌吵了来跟老婆子我正面说！”

方初阳二话不说，把搜查令拍到老太太脸上，直接带人闯了进去：“都不许动！”

屋里一共是十三个人，正围着一个球状的东西转圈，边唱边跳。本以为翟辰示范的就够难看了，没想到还是被幼儿园翟老师萌化过的，标准版的更加辣眼睛。

屋里的人都被警察控制住了，抱头蹲在墙角，方初阳带人到处搜查。这屋子跟那些初级讲座的地方差不多，也有算命用的机器，书柜里堆着几百本非法印刷物。不同的是，里屋还有一个摆着诡异祭品的香案。

香案前没有供奉任何神像，供奉的乃是太阳系九星连珠的模拟图，图上用电脑合成了一只金色大手，寓意拯救世界的神之手。

其他宗教供奉祭品，可以是牲口、鲜花、瓜果、香烛等，这拜星教不走寻常路，供奉的竟然是一张旧床单。是那种老年人喜欢的青蓝花色床单，看起来还有点脏兮兮的，整整齐齐地放在一个托盘里，虔诚地供奉在九星连珠图前。

“副队，”问题少年小马好奇地问，“你说他们供个床单做什么？难不成这什么天神要在宇宙中铺床吗？”

方初阳拍开小马试图乱摸的手，没理会这个无聊的问题，让戴着手套的陈照辉把床单封存。

陈照辉虽然不明白这床单有什么用，但还是照办了。

屋里的人都被带去警局，没收了手机，分开关在不同的房间，一个一个地审。蔡老太号哭一路，坚称他们是跳广场舞的。这些邪教徒，脑子一根筋，非常不配合。刑警队加班加点，连着审了一天一夜。

翟辰来给方初阳送饭的时候，见自家兄弟熬成了熊猫眼，看起来十分憔悴，偷偷问了一句："没进展吗？"

方初阳点点头，又摇摇头。

"抓到犯人了，但没抓到凶手。"陈照辉接过辰哥给的包子，丧丧地说了一句，一张黑脸因为熬夜冒胡楂，变得既油且黑，活像个包了浆的黑檀木摆件。

这些人都是入教一年以上的高级信徒，定期给教中贡献金钱，天天来走圈、跳舞、拜星轨。而蔡老太，就是这个窝点的组织者。7 月 8 日那天是周日，而拜星教周日是休息日，不拜星的，所以那天他们都不在。

西方宗教周日是礼拜日，这拜星教就跟人家反着来，周一到周六都要做祈祷、拜神，就周日不用。所以杀人的是另一伙人，但蔡老太肯定参与其中，这点跑不了。

"我没杀人！"蔡老太双目赤红，梗着干瘦的脖子嚷嚷，"你们有什么证据？"

"凶器都在你家里，有什么好说的。"方初阳吃完包子就打发翟辰走，亲自来审这难缠的老太婆。

"什么凶器？她是从楼上掉下去死的，哪有什么凶器，少在这里骗我老太婆了！"蔡老太满是皱纹的脸露出了一丝轻蔑的怪笑，像极了童话故事里揣着毒苹果的老巫婆，恶意满满、有恃无恐。

"我们在那条旧床单上，检测到了李婷的头发。"方初阳面无表情地看着她。

老巫婆的脸骤然变色。

之前虽然推测这是集体杀人，但方初阳一直没想明白为什么李婷身上一点瘀青都没有。哪怕是被人抓住手腕抬起来，至少也该有一点挣扎的痕迹，但是法医坚定地说没有。天真的小马一度猜测是邪教施法让李婷飘起来的，被正、副队长"男子双打"。如今找到这条床单，终于明白了。

"你敲开了李婷的门，那些凶手用床单把她裹住，送出窗外，抖开。"

蔡老太是这件杀人案的主谋，但真正动手的另有其人，当时对李婷动手的一共有八个人，他们在拜星教里有个固定的称谓。

"天罚者。"高雨笙说。

"你怎么知道？"翟辰来接他下班，最近高总都是 4 点下班，比以前提前了一个多小时，这让翟辰方便不少。他可以先送高雨笙回家，再去幼儿园接孩子，也就免去了带着孩子在杀手四伏的路上行走的危险。

高雨笙笑而不语，示意翟辰看路别看他。

“好好，我不问，你接着说。方初阳什么都不告诉我，只能靠你了。”翟辰认真开车，洗耳恭听。

“拜星教有一部分人，专门负责惩罚背叛的教徒，称为天罚者。按照逻辑推断，应该是王竞航给拜星教上供了钱财，或是编造了李婷触怒天神之类的谎言，招来天罚者杀人。组织者就是蔡老太，但凶手是那几个天罚者……”高雨笙低头回了袁小爱一条消息，抬眼看向翟辰，说到一半的话突然顿住了。

翟辰单手握着方向盘，空闲的那只胳膊搭在车窗上，偶尔转头看他，像极了当年那个坐在树枝上给他扔枣子的星星哥哥。脑海中对于那张脸的模糊记忆，突然清晰了起来。

“王竞航那小子滑得很，到现在也没逮他，肯定是还没抓到把柄。要不我把他套麻袋刑讯逼供一下？”翟辰把车停在洋房车库，一边打开小电驴一边认真计划。

“我觉得他更想把你套麻袋了。”高雨笙无奈道。

“那正好，让他来。”翟辰把双肩包背好，交代小兔子乖乖不要随便给人开门，摆摆手蹬上电驴蹿出门去。

这小区大得很，走地下车库倒是挺近，但走地上就要绕很久才能到大门口。经常来这里，翟辰跟门口保安都混熟了，路过大门的时候还跟保安小哥打了个招呼。

保安跟他挥挥手，低头继续盘问一个送外卖的：“送去哪一户？订餐人的姓名、手机号。”

“15 栋 A 单元 1 楼。”外卖小哥清晰地背出地址，在手机上翻出订单页面给保安看，保安核对无误就把人放进去了。

翟辰本没有在意，骑着电驴走出门没多远，发现有七八个人在路边徘徊，探头探脑的不像这小区的住户。那些人也看到了翟辰，像是草原上看到老鹰的狐猴，一个个突然站直了身子。

不对劲！

捏住刹车，伸出长腿单脚触地，翟辰蓦然回过味来。15 栋 A 单元 1 楼，那是高雨笙的房子，但讲究的高总从来不吃外卖！

来不及理会那几个往这边靠近的人，翟辰瞬间掉头，把电动车一拧到底，嗖的一声往小区里冲去。

第二十一章

翟辰单手骑车，同时拿出氧气瓶猛吸几口。便宜的小电驴跑不快，就算拧到底，速度依旧上不去，慢如龟爬。偏偏这里到处都是假山、小坡，路七绕八绕的。

“先生，小区里不能骑这么快。”巡逻的保安拦住风一般的辰哥。

翟辰没工夫跟他们废话，扔下电动车直接开始跑，单手撑着栏杆翻上假山，顺着草皮滑下去。这跑酷一样毫不停顿的动作，跟被撞到的盗贼如出一辙，保安们立时追了过去。

等翟辰抄近路跑到 15 栋的时候，提着神秘提兜的外卖小哥已经站在了高雨笙的门前。前面花园的铁门敞开着，屋里的小兔子先生并不乖，竟然给坏人开门了！

翟辰又吸了一口氧，从侧面翻进去，悄无声息地靠近，朝毫无所觉的外卖小哥举起了爪子。

“干什么呢？！”气喘吁吁的保安大吼一声。

外卖小哥下意识地回头，与此同时，换了居家服的高雨笙打开了门。空气静止了一瞬，外卖小哥看着凶神恶煞的翟辰，磕磕巴巴地把手里的提兜递给高雨笙：“先生，你要的酱油。”

酱油！

翟辰伸出的手迅速拐了个弯，搭在自己后脑勺上挠了挠：“你买的酱油啊？”

高雨笙看了看他，忽然弯起眼睛：“嗯。”

“先生，你们认识吗？”保安走过来，用怀疑的目光打量翟辰。

“嗯，他是我哥哥，以为我出事了才会跑这么急，不好意思。”高雨笙给了保安一点小费，请他们帮忙把电动车带过来，歪歪脑袋示意翟辰进屋去。

原来是虚惊一场，翟辰端起桌上的凉杯，给自己倒了一大杯的薄荷水，咕嘟咕嘟喝完。刚才只想着高雨笙不吃外卖，忘了这个小区安保严密，放外卖进来之前是会给住户打内线电话确认的，而且到处都是摄像头。

这事办得有点丢人，翟辰喝了水，轻咳一声：“那什么，没事我先走了。”

“留下吃饭吧，我正准备做红烧茄子煲。”高雨笙拆开包装，把酱油倒进分装壶里。

“不了，还得接孩子。”翟辰摆手拒绝，透过落地窗瞧见保安把电动车放在了花园门口，便抬脚要走。

“等等，”高雨笙叫住他，“我送你出去。”

“不用了，”从刚才开始，高总眼里的笑就没下去过，翟辰觉得这孩子有点不对劲，“你把我送出去，回头我还得把你送回来。”

“这小区安全得很，不要紧。”高雨笙似乎处在一种莫名的兴奋状态里，快速换了衣服，坚持把翟辰送到大门口。

鹅卵石铺成的小路，就像小时候那条石子铺成的村路，一步一步，仿佛永远走不到尽头。高雨笙跟在翟辰后面，看着那挺拔的背影微微出神。

记忆中那个暗无天日的小山村里，所谓的爹一直是恶鬼模样，不是拿柳条抽他，就是罚他跪着不许吃饭。有一次，在他试图逃跑被抓之后，那个爹像发疯了一样拿了赶牛的鞭子打他，一鞭子下去，皮开肉绽。他疼得都不知道哭了，在第二鞭落下时几乎吓晕过去，下意识地闭上眼，却听到咚的一声闷响。

那像山一样高大的爹，突然就直挺挺地倒了下去，露出背后那个双手抱着擀面杖不停喘着粗气的小少年——他的星星哥哥。

……

刚走出大门，翟辰就拦住高雨笙示意他快回去，眯眼看向不远处那几个不怀好意的小青年。刚才受“天罚者”的影响想岔了，这些人不是来找高雨笙麻烦的，而是来找他的。

“小保镖，好久不见。”王竞航从人群里走出来，酷炫地摸了一把头，翻着三白眼看他。

“是你啊，”翟辰嗤笑一声，“怎么，尾巴刚好就翘上天，来找你爸爸麻烦了？”

“你……”王竞航气得差点冲上来，被旁边小弟拉住才止住脚步，“上回你打伤了我，我没要你赔偿，咱们今天就算算账。怎么样，敢不敢跟老子来？”大拇指指了指旁边的工地，那是东篱玉棠湾的二期工程，刚挖了坑还没开始盖楼，最近天热，处于停工状态。

“好狗不挡道，爸爸很忙的。”这种阵仗翟辰从小到大见得多了，都奔三的人了，实在没兴趣玩小年轻打群架这一套。

“怕了吧？哈哈哈哈！”

“王哥，你怎么叫我们打这么个货色，这不是‘虐菜’吗？”

“哎，你不是要给李婷那贱货报仇吗？就你这㞞样，怎么报？”

几个小流氓开始出言挑衅，试图激怒翟辰。

“你再说一遍。”翟辰把电动车放下，慢慢走到那骂李婷的小流氓面前，居高临下地瞪他。

“哟哟哟，不乐意了！”小流氓哼笑着抬手就要打翟辰，被他一把攥住了手腕。

“小保镖，今天咱们真刀真枪地干一场，你让我出了气，咱俩两清。不然的话，小心你们家那个小孩子。”王竞航压低声音威胁道，那双三白眼里带着固有的偏执与疯狂。

翟辰瞳孔骤缩。

会尾随前女友、得不到就要弄死的人，对待其他的事也一样。这种人就像附骨之疽，一旦招惹上，就会纠缠不休，硌硬到死。檬檬是翟辰的底线，他听到王竞航提孩子，怒火嗡的一下蹿上了头顶：“想去工地是吧？你们带路。”突然，翟辰的手腕被一只温暖干燥的手拽住，猛地向后扯了一下。

“你们想干什么？”高雨笙把翟辰拉到身边，往小区门口退了两步。

“你别管。”翟辰拍拍高雨笙，示意他让开，留着这人，檬檬就有危险。

高雨笙却倔强地挡在翟辰身前：“你们不要伤害他，抢钱的话我给你们。”说完，从口袋里掏出皮夹，捏了一沓红票子，直接扔了过去，然后拉着翟辰就跑。

王竞航被高总这突如其来的骚操作给惊到了。这几个小流氓是他花钱雇来的，各个贪财，看到满天飞舞的红票子，下意识地弯腰去捡。

“干什么呢！”门口的保安终于看到业主被小流氓威胁了，赶紧过来查看。

高雨笙拉着翟辰跑进挡杆内，对岗亭里的保安说：“抢劫，报警。”几个小流氓终于捡完了钱，冲过去要追翟辰，被门口站岗的两个保安拦住。

翟辰被拽到岗亭后面的监控死角，在高雨笙的示意下赶紧吸了口氧。这时，王竞航突破防线追进来，被翟辰一拳打在脸上，直接飞出去摔进了草篱笆里。保安拉响了警报，巡逻队快速跑过来。小流氓加上王竞航也不到十个人，可保安队足有二十人，以压倒性的优势很快将人制服。

东区派出所离这里不远，警察五分钟赶到。

小流氓在安分守己的市民面前气焰嚣张，见到警察问话就秒㞞，低着头声如蚊蚋地应了一句："打群架。"

"是他先动手的！"王竞航脸上青了一块，一瘸一拐地走出来，指着翟辰恶人先告状。

相比身上整整齐齐的翟辰，挂了彩的王竞航显然更像受害者。但这里是高档小区，一群不该出现在这里的小流氓和穿着体面的高雨笙站在一起，路人心里的天平不自觉地就会向高总倾斜。

"是你报的警吗？"警察转头问高雨笙。

"是我让保安报的，他们几个刚才抢了我一万块钱，被我们小区的保安抓住了，"高雨笙面不改色地说着，拿出空空如也的钱包给警察看，"这里有监控，你们可以看看。"

王竞航陡然一惊，才明白过来刚才高雨笙撒钱是做什么。

打群架如果没有造成严重后果，就只是扰乱社会治安，顶多拘留两天，可抢劫就不一样了！

"你胡说，明明是你自己扔的钱！"小流氓们也反应过来，吵吵着反驳。

"都不许吵了，带走带走。"听到是抢劫案，民警们顿时紧张起来，把小流氓们连同王竞航通通铐起来。

市局刑警队，方初阳看完了所有人的供词，眉头皱得能夹死苍蝇。

这次突击，虽然抓到了李婷案的主犯蔡老太，但其他人只是参与邪教活动，并没有造成严重后果，批评教育一番就得放人。而相应地，南城的线索彻底断了，怕是什么也查不出来。

"副队，咱们把王竞航抓来吧，"小马在医院盯梢王竞航这么久，看透了那小子的人渣属性，"他已经承认自己教唆李婷父母去公司闹，那几个无赖也是他雇的，蔡老太的钱肯定也是他给的！"

"没有逮捕令，只能抓 24 小时，你能保证在 24 小时内审出什么来？"陈照辉反问小马。

"那怎么了？先抓了再说。"小马气愤不已，明明知道凶手是谁，就是不能抓，这种憋屈感实在难受。

正说着，那边正在看系统通报的小张突然开口："副队，王竞航被东区派出所抓了！"

"什么原因？"方初阳眼睛一亮。

"抢……抢劫。"

第二十二章

王竞航气得尾巴骨疼，大声嚷嚷，坚称自己才是受害者。

可小区监控很容易调出来，确实是他们一群人先围了翟辰，之后高雨笙上前保护，“被迫”扔了钱给他们的。那一沓钱是高总刚取的连号新钱，如今一张不少地都在他们的口袋里。

几个小流氓为了不被坐实抢劫的罪名，不用问就招了：“是他雇我们去打人的，说要教训一下那个小保镖。”

因为涉嫌抢劫，可以直接拘留。刑警队派了人来，像过年买年货一样把王竞航给提走，这下有充足时间调查了。

王竞航怎么也没想到，自己只是来教训翟辰，根本还没动手就落到刑事拘留的下场。坐在刑警队的审问室里，还是有点缓不过神：“警官，我真的只是去打架，没打着人，先被人打了。我可没要那个老板的钱，你看看，我这口袋比脸还干净。”

“王竞航，咱们先不说你抢劫的事，先说说，7 月 6 日你在银行取的那五十万现金，哪儿去了？”两名刑警坐在对面，面色冷厉地看着他。

“给我姑父了。”王竞航愣了一下，低下头快速答道。

“你姑父是谁？你给他做什么？”

“买房子。”

王竞航的姑父，就是蔡庄原来的村支书，名叫蔡万岱。蔡庄顾名思义，是蔡姓人的村落，发展到后来虽然成了城中村，但还保留着传统，只有姓蔡的才能做村支书。在拆迁过程中，蔡万岱的权力是很大的，给自己没少捞好处，蔡庄新城的房子自然掌握了不少在手里。

为了证实王竞航的说辞，警方通知了蔡万岱过来做证。蔡万岱 50 多岁，身材矮小，目光炯炯有神，带着一种世故的傲慢。

“对，他是给我了五十万，”蔡万岱在小马面前坐下，自顾自地点了根烟，还让了一下小马，被拒绝后就自己抽起来，“他说看上个女娃，跟她闹别扭了，想买套房送给她，嘀……”

说到后面，带着个不屑的尾音，似乎对于侄子这种觍着脸求复合的行为十分看不上。

“那为什么要给现金？”小马怀疑地盯着蔡万岱。

“我儿子要娶媳妇了，刚好想要点现金做彩礼，就叫竞航小子直接取了现钱给我。都是亲戚，我也不会该他房子，这只是一半的钱，给了这五十万，我就把房子钥匙给他，叫他先去送人。”蔡万岱磕了磕烟灰，惯常跟人沟通的村干部，虽然摆着莫名的谱，但还是会尽量解释清楚。

王竞航手里的房子都租出去了，而且都是大套。一时拿不出送李婷的，直接送大套他又舍不得，就想跟姑父买一套小的。蔡万岱手里有几套一居室，拿来送女朋友正合适。一掷千金的拆二代，就跟姑父商量买套小的过来。谁知房子还没送出去，李婷就没了。

“竟然是这样！那王竞航其实也没有想弄死李婷啊。”陈照辉在外面看监控，一脸茫然。

“他说你就信。”方初阳在电话里没好气地说，让小马去蔡万岱家查看那五十万，另外让小张去银行调取记录，找出蔡竞航取的纸币的号码，看看能不能对上。

这事还需要时间调查，不过王竞航因为涉嫌抢劫，暂时还得拘着，一时半刻是别想出去了。

从派出所出来，天已经黑了。高总跟着翟辰去幼儿园接孩子，翟辰看不清路，准备拿手电筒出来，但天还没有黑透，这行为看上去有点傻，便索性把手搭在了高总肩上，把自家老板当成了临时导盲犬。

微凉的手搭在肩上，高雨笙微微僵硬了一下，又放松下来，带着他慢慢往幼儿园走去。翟辰不吸氧的时候，体温比常人稍低，吸了氧之后会突然升高，就像给肌肉加了助燃剂。

高雨笙小时候不明白，哥哥为什么一到晚上就从背后趴他肩膀上让他拖着走，现在想想看，是因为这家伙从小就夜盲。只是小时候不太明显，现在似乎更严重了。

“舅舅！”还没到幼儿园，就听见了翟檬檬的声音。

黑着脸的方初阳正抱着孩子走过来，翟辰拿手机照了一下，嘿嘿笑：“哎哟，他二舅已经去接了，早知道就不着急了。”

“舅舅，你怎么又进局子了？”翟檬檬显然刚从方初阳那里听说了舅舅的“丰功伟绩”。

“什么进局子，你舅舅那是见义勇为，”翟辰手欠地捏捏高总的肩膀，想起这里还有个需要保护的小朋友，便冲檬檬挥挥手，“先跟你二舅回家，我把高叔叔送回去。”

翟檬檬看看抱着自己的方初阳，乖顺地搂住他的脖子：“大舅舅，咱们走吧。”

听到这声“大舅”，方初阳总算气顺了些，瞪了翟辰一眼，才想起来他看不见，冷哼一声抱着孩子走了。翟檬檬趴在大舅肩膀上，冲高雨笙挥挥手。

“嘿，这小没良心的。”翟辰对外甥的狗腿叛变深表痛心。

高雨笙借着黑暗肆无忌惮地盯着他：“你很喜欢孩子？”

“那可不，不喜欢孩子怎么做幼儿园阿舅呢？”翟辰冲小孩离开的方向瞎挥了一下手，跟着高总往车的方向走。他俩这一天送来送去的，算是没完没了了。

“那，有没有一个孩子，对你来说是特别的？”平静悦耳的声音，听不出什么特别的情绪，只偶尔带出的气声暴露了主人的紧张。

不过心大的翟辰没听出来，还在努力用夜盲眼看路：“这是什么话？”特别的小孩，是说翟檬檬吗？

高雨笙眸色微暗：“没什么，第一次见你就觉得，你很像我认识的一个人。”

“打住，”好嘛，原来是在这里等着呢，翟辰单手支在车门上，用手机给自己打了个光，“套近乎没用啊，就算咱俩是青梅竹马，保镖费也是不打折的。”

高雨笙看着那张在手机光照下宛如讨债鬼的脸，抿唇轻笑。

回到家中，做了一半的茄子煲搁置在砧板上，去了皮的茄子已经干瘪了。但高雨笙没有浪费粮食的意思，把蔫了的茄子过水，继续下锅炖上。擦干手，推开一间房门。

室内灯自动亮起，将房间照得宛如白昼。这是一间小小的画室，东西不多，房子中间的画板上还有一张未完成的画作。青山绿水做背景，少年人拉着小孩子奔跑，色彩明艳动人。只是，那少年人没有脸。

高雨笙拿起画笔，给那空白处填补上眉眼唇鼻，俊眉朗目，唇角带笑。将翟辰的脸嵌进去，整张画忽然就完整了起来。

回到家的翟辰吃过饭，抱着翟檬檬在沙发上消食，有一搭没一搭地摸着小家伙的脑袋。不知怎的，高雨笙那句话反复在脑海中回荡。孩子……特别的孩子，当然有，那是他对这个世界温柔之物最初的认知。

本来小孩觉得挺享受，等了半小时舅舅还在摸，大有把他摸秃的趋势，赶紧救下自己的脑袋，一溜烟儿跑走了。手里没东西摸，翟辰便转身去摸方初阳的头，被他一巴掌打开了。

“发什么呆呢？瞅你那傻样，哈喇子都流出来了。”方初阳嫌弃不已地躲远了点。

“我觉得，高雨笙有点像那个孩子。”翟辰突然说了这么一句，自己也似乎恍然大悟。

“什么孩子？”方初阳不知道他又发什么疯。

“天赐啊。”翟辰越想越觉得像，就说一开始那种奇怪的熟悉感是怎么来的，那是一种玄妙的直觉。

“天赐……跟你在山里的那个孩子？不可能，你知道高雨笙是谁吗？”方初阳把头摇成了拨浪鼓，拍拍自家兄弟的脑袋，这家伙想念那孩子都快疯魔了，看谁都像。偏他天生对图形变化记忆的能力很差，只记得孩子小时候的样子，对不上人家长大的脸。

“怎么了？”翟辰蹙眉。

“就你开的那个九逸车，就是他们家制造的。九逸集团知道吗？人家是真正的豪门，跟你山里认识那小脏孩能一样吗？”方初阳叹了口气。

“是嘛……”翟辰低头沉默片刻，拽了张纸写写画画，画完抬手打了方初阳一巴掌，“天赐是城里孩子，怎么就小脏孩了！虽然变了很多，但还是挺像的，你看！”

方初阳揉揉被打疼的胳膊，抬头看去，就见纸上画着一个抽象火柴人，圆圆的大脸上长着一双绿豆眼：“……就你这个图形认知能力，真站你眼前，你也认不出来！”

第二十三章

站在眼前能认出来吗？

对于翟辰来说，显然是不太容易的。

第二天早上接到高雨笙，他的目光就一直在对方身上游移，想要找到跟当年那个孩子的相同之处。

“怎么了？”高雨笙被看得发毛，忍不住开口问他。

“天……”脱口而出的名字，在即将离开舌尖的时候又滚了回去，“天气不错。”

高雨笙转头看看窗外，大早上乌云罩顶，天空一片灰蒙蒙的：“是不错，如果你觉得阴天是好天气的话。”

“啊哈哈。”翟辰吹着口哨继续开车，丝毫没有被戳穿的尴尬。

“以后不要来找我们天赐了，回你的孤儿院去。我没有义务，也不愿意养你。”

年幼的翟辰当时并不是很理解天赐妈妈的这句话，只傻傻地问：“那我能来找他玩吗？”

“不可以。”

……

“我说的你有听吗？”高雨笙的声音把出神的翟辰唤回来。

没听，翟辰轻咳一声：“你说什么？”

“高叔叔建议你把我放到17楼，最近很危险。”坐在后座儿童椅上的翟檬檬开口复述，谄媚程度堪比郑秘书。

先前王竞航威胁翟辰，说不能出气就要危害小朋友。虽然王竞航已经被抓进去了，但那种会尾随前女友的变态，指不定还有什么后手。高雨笙建议他做自己的全职保镖，这样翟檬檬也可以在17楼待着，安全有保障。

这个建议，当事人翟檬檬举双手双脚赞成。

“不了，”翟辰摇头拒绝，“幼儿园那工作我还挺喜欢的，马上就是招生季，园长还指望我招揽生意呢。”

“你？”

“那可不，毕竟全职妈妈、大婶大妈们，都喜欢帅小伙。”翟辰大言不惭地吹嘘自己，好似幼儿园没了这根帅瞎眼的台柱子明天就要倒闭似的。

诱拐失败，高总毫不气馁：“那你把这周六的时间空出来，陪我回趟家。”

“我不天天陪你回家吗？”翟辰随口应着，看了一眼地图。今天高雨笙要去金楠资本谈判，早上直接过去。

“不用看地图，前面右转，”高总从口袋里掏出一副墨镜，“不是去我的房子，是回我爸爸家。”

“我爸爸家”这个词有点怪异，通常会说“我父母那里”，翟辰满脑子疑惑却不方便问：“你回家还要带保镖？”

“嗯。”高雨笙把手里的墨镜递给他。

翟辰单手接过来看一眼，顺手挂在领口：“我懂了，这是要充排面。”

豪门恩怨他在电视上看多了，通常吃顿饭都剑拔弩张的，一言不合就让保镖拔枪，婚生子和私生子为了争夺家产打得你死我活。

“……算是吧。”

“但我夜盲啊，戴上墨镜就是个半瞎，万一准头不好，伤了人怎么办？”翟辰打方向把车停在路边。前面就是金楠资本所在的大楼，靠谱的郝秘书已经抱着资料在门前等着了，看到高雨笙的车便迈步迎上来。

“项目的对接人已经到了，约了六号会议室，咱们上去就可以开始。”郝学语速飞快地将谈判要点重复了一遍。这次公关危机，标点地图并没有做出有效的应对，导致大量用户卸载，金楠资本意图撤资。今天高雨笙来的目的，就是阻止撤资，说服对方继续给自己投钱。

刚走到门前，一辆香槟色的宾利忽然从侧面开过来，稳稳地停在了高雨笙面前。

车门打开，一只墨绿色的高跟鞋探出，而后是一根通体漆黑、顶端镶着绿色猫眼石的细手杖。有保镖从副驾驶快步跑过来，没来得及开门，便伸手搀扶了一下从车上下来的人。

身着黑色衣裙、黑色纱帽，披着绿围巾的优雅女士，透过遮住半张脸的墨镜看向高雨笙：“难得在外边遇见你，看见姐姐也不打个招呼？”

翟辰远远看着一位半盲、拄拐的女人拦住了高雨笙，怕他遇见危险，便也把车开近了些，就听见了这么一句。

姐姐？高雨笙竟然还有姐姐？

高雨笙面无表情地看着她：“你好，高闻筝女士。”

听到弟弟连名带姓地叫她，高闻筝的眉梢抽了一下，微微抬起手杖点了一下地：“在外面混不下去了趁早回家，金楠资本可不是爸爸，只要你开口就给你钱。我劝你……”

高雨笙仿佛没听见，履行义务般地打了招呼便转身离开，被高小姐的保镖出手拦住。

嘿，怎么还带欺负人的！

翟辰吸了口氧，一个箭步冲过去，抓住保镖的手腕反手一拧，那保镖便如上了弦的陀螺，原地打了个转，踉跄着后退几步，差点撞上了雇主。

翟辰随手摘下领口的墨镜戴上："不好意思，好狗不挡道。"

眼前一片漆黑，对不准焦，导致高高抬起的下巴直接指向了高小姐，看起来嚣张无比。

眼见着高小姐的唇角耷拉下来，高雨笙忍笑拉住翟辰，转头对姐姐说："我的事不用你管。"

戴着皮质手套的手，骤然握紧了手杖顶端，高闻筝摘下墨镜，高高挑起一边眉毛："你就硬撑着吧，我倒要看看金楠资本今天会不会给你一个子儿。"说罢，重新戴上墨镜，率先进了大楼。

她走路有点跛，仪态是特意培养过的，就算跛也跛得很优雅。

"她是你姐姐？瞧着可比你大了 10 岁不止。"翟辰摘下墨镜小声说。

知道翟辰是看不惯她，高雨笙轻轻地笑了一下："同父异母的姐姐，比我大 7 岁。"

同父异母……

如果高雨笙真的是小天赐，他在这种家庭里恐怕不好过。

翟辰靠在车上，看着高雨笙修长挺拔的背影融进金楠资本大厦的阴影中，无声地叹了口气。

谈判的结果翟辰并不知道，晚上下班接高雨笙的时候，没看出来任何不妥。只是次日在某公众号的经济专栏里，看到了有关标点的消息——

> 标点地图 B 轮融资推迟，金楠资本做出暂不投资决定。两亿资金泡汤，标点地图即将上线的商业项目无奈搁浅。

第二十四章

周六要去高家，翟辰特意翻出了压箱底的黑 T 恤、黑裤子穿上，在楼下剃头店大爷那里抓一把定型胶，将松散的头发抓得根根立正。翟辰对着剃头店的镜子左右看看，戴上了高雨笙给的墨镜。

"怎么样，够专业吧？"翟辰用手背拍拍跟他一起出门加班的方初阳。

"嗯，再添个花臂就能去局里蹲号子了，正好充一下这个月打击黑社会的指标。"方初阳抱着手臂凉凉地讽刺他。

“用不起保镖的穷人，不懂欣赏。”翟辰对自家兄弟的见识短浅表示鄙夷。

两人嫌弃地互瞪片刻，分道扬镳。

意外的是，从不加班的高雨笙这个时候竟然在公司里，这让翟辰颇感惊讶。周六的大厦并不冷清，不少小公司老板都深得前辈周扒皮真传，将“夜半鸡叫”这一招运用得炉火纯青——“不是公司规定非得加班，是你的前辈们太努力了”。

半强迫的加班，伴随着无数的励志故事：某某员工靠着周六日和下班的零碎时间，上门向顾客推销产品，终于成了销售冠军；某某女性，怀孕 9 个月还奋斗在一线，临产前一天谈成了上亿元的大单子，生孩子之后成功升职。

于是，周六的财富大厦，依旧充满了打鸡血的年轻人的身影，只有 23 楼的标点地图特别冷清。门前的打卡机闪着指示灯，公司里只有服务器一阵一阵的轰鸣声。作为一名保镖，翟辰处在这种安静的环境里便忍不住汗毛倒竖，快步往 CEO 的办公室走去。

遮光帘拉着，屋子里一片漆黑，极其安静。乍一进入这种环境，翟辰就跟瞎了一样，只能看见亮着光的那一处。高雨笙坐在桌前，戴着挂式耳机，屏幕的光照在脸上明明灭灭，像博物馆里打着射灯的雕像。

察觉到有人，高雨笙抬眼看过来。原本仿若无机质的冰冷双瞳，在看清来人的一瞬间柔和下来，变化快到难以捕捉。

咔嗒！高雨笙摘掉耳机，点了一下鼠标，窗帘自动开启。

常人骤然从黑暗进入光亮肯定会条件反射地眯眼，但翟辰毫无所觉，能看清东西就直接走过去：“你要加班怎么不跟我说一声？自己跑过来太危险了！”

公司里空旷无人，这栋财富大厦的安保并不靠谱，万一有天罚者混进来就糟糕了。

“他们不会在白天动手的，”高雨笙重新看向电脑屏幕，语气莫名的笃定，“有点东西在家做不了，用公司的服务器才能处理。”后面这句是解释自己为什么来加班的。

秉持着职业素养，翟辰没有问是什么工作，不用想也知道。标点的融资计划陷入危机，作为公司创始人兼 CEO，高雨笙一定比任何人都着急。但他年轻气盛，不肯在人前露怯，便自己偷偷加班想办法。

自从怀疑高雨笙就是天赐，翟辰看他就莫名带了一层滤镜。

高雨笙可不知道他的保镖此刻在脑补什么，取下挂在脖子上的耳机递过去，示意翟辰戴上。

“嗯？”翟辰不明所以，扣上耳机。

高雨笙点了一下鼠标，耳机中传来带着杂音的对话。

女人：“星主，停止天罚吧，我不想让他死了。”

男人：“天罚由神明掌控，一旦开启就没有回头路。”

女人：“可以的，肯定可以的。神能听到我的祈祷，就能停止天罚。他承认自己错了，还向我道歉了，我能跟他重新开始了，我……”

尖锐快速几近癫狂的声音突然中断，像是被什么东西扼住了喉咙。周围有杂乱的脚步声，不近不远，连续不断。

男人：“如果道歉有用，为什么还要天罚？淫邪失贞的人，就该让圣器净化。”

“乌拉！乌拉！”许多人齐声高喊，而后脚步渐渐统一，“啪嗒、啪嗒啪嗒”，翟辰比画了一下节拍，正是拜星教那个广场舞。

音频暂停，翟辰一把扯下耳机：“你窃听了袁小爱的手机？这可是犯法的。”

“我没有窃听，只是那部手机的内容会实时同步过来。”高雨笙无辜地说着，点开屏幕，右上角有一个小窗口，显示袁小爱此刻的手机界面。

“……”这还不如窃听呢，翟辰面色复杂地瞥了高雨笙一眼，那边袁小爱正在跟人用聊天工具发消息——

袁小爱：姐，你帮我想想办法吧。

老板娘：出轨的男人都该死，别信他的花言巧语。

屏幕突然一黑，高雨笙关掉界面，发了封邮件出去。而后不紧不慢地站起身，整了整衣袖：“走吧。”

“你一大早上就在忙这个？”翟辰有些惊讶，拿起桌上的车钥匙跟着高雨笙走出去。

“嗯，”高雨笙转头看他，“不然呢？”

翟辰忽然笑起来：“挺好，我以为你们有钱人意识不到命比钱重要。”

钱没了可以再赚，命没了就一切玩儿完，现在对高雨笙而言最要紧的不是丢了两个亿的融资，而是有一群邪教徒随时准备给他来个无绳蹦极。

与此同时，刑警队。

方初阳在一张简略地图上画了个叉，脸色很是难看。

因为1802窝点被捣毁，惊动了城南的窝点，那个美容院如今什么也查不出来了。而王竞航现金交易的事，确实在蔡万岱家里找到了原封未动的五十万，他与杀人主谋蔡老太之间的联系骤然崩断了。

咣当当！那边范队长的老干部搪瓷杯突然掉在了地上，引得大家抬头看过去。

范队长顾不上洒在桌上的水迹，勾手让方初阳过去："初阳，你来看看这个。"

那是一个超大文件，预览画面像某个手机的录屏。因为文件过大，范队长的老电脑无法下载，只在这短短的片段里听到了"尊贵的神""信女"等字眼。文件之外，还有一张精确的地图，附带文字说明——

技术分析出的地点，不一定准确，仅供参考：1. 南城华新园小区4单元5楼东户；2. 朝山街46号……

"这个地方，"方初阳呼吸骤然加快，"第一个地点，是王强家的住址。"

刑警队因为这一封匿名邮件瞬间紧张起来，罪魁祸首却一副无事发生的样子，仔细地关掉公司所有的灯，并把茶水间冰箱里冻着的一盒巧克力拿出来塞给翟辰。

"昨天合作商送来的福利，给檬檬留的。"

翟辰把巧克力放进背包，瞄了一眼高雨笙的神情。

那天见过高小姐之后，翟辰特意查了一下高家的事。

姓高的有钱人很多，但九逸汽车制造集团就一个。高雨笙他爸爸高震泽，是在各种经济新闻里都有名姓的人物。百科上介绍，高震泽目前有三个儿女。姐姐、高雨笙，还有一个弟弟，三个人都不是一个妈生的，情况十分复杂。

不过这家伙目前看起来很放松，对于回高家这件事好像并不是很在意。

翟辰刚庆幸了一下这孩子跟家里关系没那么紧张，就看到坐在副驾驶上的高总拿出了一沓演讲稿。

"你回家也要背台词吗？"翟辰很是无语。

"嗯，不然吵不过。"高雨笙认真地点头，拿出笔开始标注重点。

"……"

豪门生活还真是复杂，翟辰咂咂嘴，帮不上什么忙，就尽量不给用功的高总添麻烦了。放弃对人形GPS的依赖，开启手机地图语音导航。

“欢迎使用云路地图语音导航，目的地为远山帝景别墅区，喵呜！”

甜甜软软带着小猫叫的尾音，瞬间将沉迷吵架演讲稿的高总给劈醒了：“你用云路地图？”

“云路”也是近年新出的手机地图，主要靠不断推陈出新的语音包吸引客户，与“标点”的技术流、性冷淡风格完全不一样。不过后来发现只靠卖萌没有用，也开始走技术流，然而起点落后，导致什么都比标点地图晚一步。

“嗯，新出的语音包可好玩了，”翟辰浑然不觉，还给高总演示这个喵喵语音包的妙处，对着手机叫了一声，“汪！”

地图立刻回了一句：“喵？”

“哈哈哈，好玩吧？”翟辰转头看他一眼，发现那孩子还一眨不眨地盯着他。

“你用云路。”高雨笙重复了一遍。

被那严厉中带着委屈的眼神盯了半晌，翟辰才后知后觉地反应过来：“没，那什么，我这手机里什么地图都有，想起哪个用哪个。”

高雨笙不听这个解释：“Siri，定位到高家，语音导航。”

“好的，标点地图为您服务，请系好安全带。”

冰冷的机械音响起，从 Siri 到标点地图无缝衔接。

可爱的喵喵导航被迫关闭，换上了高总那台黑黢黢、冷冰冰的手机，毫无感情但精确无比地指着路。

“……”

现在的商业竞争都这么真情实感的吗？

第二十五章

车一路开到郊区的别墅群，穿过长长的林荫道，举目望去都是一样的房子，分不清哪儿是哪儿。这时候，标点地图的好处就显现了出来。

高家的位置在地图上是标过点的，导航能一直导到高家的车库。

“还是标点好用。”翟辰努力夸奖了一下老板的产品。

不过拍马屁是有时效性的，马都已经尥蹶子跑三圈了，这会儿再拍完全是说给空气听的。高雨笙没理他，收起演讲稿下车。

戴着手套、系着领结的管家出来迎接，保持着标准的英伦式微笑，疏离而客套地微微欠身：“欢迎回家。”

翟辰扒拉一下头发，确保撑场面的发型还在，一言不发地跟在高雨笙身后进屋去。

五米高的挑空客厅里摆着奢华的天鹅绒欧洲宫廷风沙发，椅背最高的那张单人沙发上，坐着一个身穿居家服的中年男人，正是高雨笙的父亲高震泽。

翟辰在网上看过这位的照片，跟真人没什么区别。上半张脸慈眉善目，眼角有深深的鱼尾纹，那是常年带笑的结果；下半张脸嘴角下垂，鼻翼两侧拉出了两道法令纹，那是经常摆脸色造成的。这样矛盾的面相组合，使他面无表情的时候看着有些分裂。

“你回家还带着保镖，”高父把报纸扔到一边，目光锐利地在两人身上扫了一圈，“家里是龙潭虎穴吗？”

高雨笙挑了张离父亲最远的单人沙发坐下来：“您要这么理解，我也没有办法。”

翟辰立时戴上墨镜站到旁边，双手背在身后，两腿微分，做出职业保镖的姿态。果然今天的这身打扮没白费，高父一眼就看出来自己是个保镖。

“笙笙啊，怎么跟你爸爸说话呢！”穿着红裙的女人从楼上下来，半老徐娘，带着嗔怪的烟嗓，独具风味。隔着墨镜看不大清楚，但显然不是高雨笙的妈妈，应该是高父的现任妻子，高雨笙的后妈。

“阿姨，高牧笛回来了吗？”高雨笙目光平静地看过去。

穿着高跟鞋的后妈差点崴了脚，晃了一下才站稳。高父经他这么一提醒也看向她：“他人呢？”

“他不是去欧洲了吗，本来是订了昨天晚上的机票回来的，谁知道飞机晚点，这会儿还没落地。”后妈讪笑着解释，快步走过来坐到了高父身边。

“我让他今天必须回来，他就订昨天晚上的机票，嗯？”高震泽拉下嘴角慢悠悠地说着，看向妻子，直到把对方看得瑟缩了一下，才收回目光。

“这死孩子，没个时间概念，我回头一定好好收拾他。”后妈转头看了高雨笙一眼，不敢再说什么。

她的儿子高牧笛，今年 19 岁，跟精明的长女、天才的高雨笙根本不像一个爸生的，是个彻头彻尾的纨绔。每天就惦记着跑车、泡妞，花天酒地、醉生梦死，很不招高父待见。本想着蒙混过关，等气氛好了再解释高牧笛回不来的原因，哪想到开场就被高雨笙拎了出来。

“啧，”刚进屋的姐姐高闻筝听到这话，忍不住轻嗤一声，“我早说过，断了他的零用钱才能收心，别的说什么都是白费工夫。”

还不到午饭时间，家庭聚会就变成了在沙发区聊天。翟辰佩服地盯着高总的后脑勺，这家伙进屋之后就说了两句话，成功挑起了屋内其他三人的争执，自己却安静地坐着喝茶。

“听说金楠资本拒绝了给你投资？”高小姐取下手套放到一边，把话题拉回来。语气中并没有幸灾乐祸，似乎只是在陈述一个事实。

高雨笙：“全国人都知道了。”

“……”

这话没法接，姐姐被他那死猪不怕开水烫的语调气了个倒仰。

标点地图一直是免费的，靠着投资人的钱和广告来支撑，之前新上的“寻点”项目异常烧钱，但它是接下来要上马的商业项目的基石，必须任由它烧着。现在金楠资本撤资，等于断了商业项目上线的可能，“寻点”烧掉的钱就打了水漂。

如果高雨笙无法在短期内找到合适的投资者，就要面临高额负债或是贱卖标点地图的下场。都到了这个地步，这人竟然一点也不着急！

“我给你两个亿，”高父突然开口，把旁边两个女人都惊住了，“把标点地图并入九逸，你回家来做事。”

“老高，两亿买个不营利的公司，董事会不同意的吧？”后妈试图劝阻。

高闻筝坐直了身子，想说什么又突然顿住，慢慢地重新靠回去。

“两亿只能买部分股权，不是全部，”高雨笙看向用施恩的语气试图占他大便宜的父亲，“我只想知道，这件事，你参与了多少？”

这话说得前不着村，后不着店的，但高父听得明白，顿时给气笑了：“老子有那个闲心管你？要是我有心插手，你第一轮融资就开不下去。”

“那就好，这件事我会自己解决的。”说罢，高雨笙就站起身，理了一下衣袖准备走人。

“解决？你怎么解决？”姐姐开口讥笑，“提醒你一点，金楠就是嫌弃你的公关能力。这点事都弄不好，以后上市估计撑不到三个月就要退市。就标点现在的状态，除了爸爸，没有人会救你。”

听不懂这些的后妈试图显示一下存在感：“哎呀，他还小，做事不牢靠是肯定的，慢慢摸索，谁也不是生下来就会管理企业的。”

翟辰在墨镜后面听得额头青筋直跳，这一家子怎么都这么不友好！

“我还有事，先走了。”高雨笙没有继续跟他们争吵的意思，轻轻碰了一下翟辰垂在身侧的拳头。尽职尽责的保镖立时摘下充场面的墨镜，斜跨一步挡在他身后，阻隔了这一家子的眼刀。

快速离开别墅区，把高父暴跳如雷摔杯子的声音甩在身后。

翟辰呼了口气：“你们家可真复杂，跟宫斗剧似的。要是他们都有保镖，估计这会儿已经打起来了。”

“倒也不至于，”高雨笙打开车窗，深吸了一口气，“如果我态度好一点，就有好听的话、热乎的饭、足够的零用钱，只是没有感情。”

“你妈妈呢？”翟辰忍不住开口问他。

“没了。”

没了？翟辰狠狠皱起了眉头。

当天下午，《透视周末》播出了新一期的节目，采访对象正是最近热度很高的李婷父母。观众们对这夫妇俩已经看腻了，上什么节目都是一套说辞，因而兴致缺缺，起初点击量并不高。过了大约一个小时，社交网站上突然炸了锅——

你们快去看今天的《透视周末》，白领跳楼那个事有翻转！从七分三十秒开始看，快去！

七分三十秒，主持人：“听说她还有个弟弟，是吗？李婷每个月都把大半工资寄回家，她不在了，你们怎么生活？”

“是啊，她弟弟刚上大学，学费还没凑齐呢。我和他爸都下岗了，我们全家都靠着李婷每个月寄工资回来才能生活的。”李婷母亲说着掉起了眼泪，没有否认主持人的话。

“弟弟考到S市了，学习可真好。如果工作顺利，能留在S市上班的话，你们老两口就有指望了。”主持人安慰道。

“指望啥呀，S市房价那么高，活不起。”

小熏子：大半工资寄回家，S市房价高，我好像懂了。

sue：这是靠着闺女养全家，闺女死了，再讹一笔钱好给儿子买房子的故事。

萌谁谁便当君：哇，什么年代了，还有这样的父母！

这个采访是有诱导性质的，让他们不小心说了实话：为了给儿子买房子，为了多要点赔偿金。重男轻女是比白领猝死更加敏感的话题，大家的关注点一下子就被转移了。

当天晚上，警方发布了一条消息——

7月8日坠楼女尸案通告，系他杀，一名主要犯罪嫌疑人已落网，案件还在进一步侦查中。

网络思维中，重男轻女的垃圾父母肯定干不出什么好事，做什么都是别有用心。现在官方又证明女白领的死是他杀，跟公司一点关系都没有，无辜“躺枪”的标点公司何其冤枉。

紧接着，周日又播放了高雨笙录的那期节目。

年轻英俊、气质出众的CEO，坐在聚光灯下侃侃而谈，瞬间吸引了无数女性观众的目光。

“公司氛围是以轻松为主吗？”主持人意有所指地提问。

“这个不能笼统地说是或不是，创新部门需要相对轻松的环境和弹性的工作制度，给予充分的自由度。至于功能部门，就要讲求准时和有效。我不赞同加班这种行为，该做什么的时候做什么，再说公司的电也是要钱的。”严谨又不失幽默的说辞，配上他那一套青春活力的打扮，疯狂拉好感度。

——天哪，高总好帅啊！怎么这么帅！我宣布，高雨笙以后就是我的新老公！

——多好的公司，多好的老板啊，怎么就全网黑了？心疼高总，赶紧去把标点地图下载回来。

——心疼+1，下载回来+1。

翟辰在家里看着这一条接一条的新闻，有些傻眼。高雨笙那小子，还敢装作被节目组欺负？这分明是跟策划人串通好的，给李婷爸妈挖个坑让他们跳，之后马上填土，埋得结结实实，让他们再也翻不出浪来。

用脚蹬蹬沙发上躺尸的方初阳："你们警方怎么也赶得这么巧？"

"有位热心市民提供了重大线索，不要报酬，只有个小请求——希望提早发布一下通告。本来上面就逼着让早点破案来安抚群众，就同意了。"方初阳懒洋洋地回了一句，继续躺尸。

周一，标点地图发布了一张起诉书。

起诉竞争对手云路地图不正当竞争。云路地图买通李婷父母抹黑标点，并雇用大量水军，造成标点产生可计算损失两亿元，不可计算损失包括丢失的用户、平台恶意评分、商誉损失等也会一并折合计算。

而金楠资本决定撤回两亿投资的函件，就成了实际损失的有力证据。

第二十六章

"你怎么知道是云路地图做的？"送高总上班的路上，翟辰忍不住好奇问他。

高雨笙看看他，今天的翟辰是标准的幼儿园老师打扮，洗去了满头发蜡，整个人看起来柔软无害："这说起来就复杂了。"高总没有任何谈论商业战争的欲望。

"如果是商业机密的话，我不问了。"翟辰忽然惊醒，最近因为怀疑高雨笙是天赐，在他面前不自觉地放松，话越说越多，差点把保镖职业守则给忘了。

守则第九条：不该说的话不说，不该问的事别问。

高雨笙没有解释，默认了翟辰的话，从后视镜里看了一眼坐在后座儿童椅上看小人书的翟檬檬："那位方警官，是你家收养的吗？"

低着头的翟檬檬，耳朵动了动。

当着孩子的面，不好乱说。为防止小孩子把两个舅舅分出亲疏远近来，翟辰只能说实话："我俩都是收养的。"

翟辰被收养得早些，就跟了翟建国姓。方初阳原来是翟建国同事的儿子，方爸爸牺牲了，他就被翟建国抱回家一起养。只有女儿翟犀月是翟家亲生的。

说完这些，翟辰瞄了一眼高雨笙的表情，那人只是了然地点点头，没有任何表示。难道这小浑蛋不是在试探自己的身份，以求证两人小时候是不是见过？

“舅舅接电话，舅舅接电话！”

车内突然的沉默被翟檬檬软糯糯的声音打破了，高雨笙回头，后座的小朋友还在专注地看书，并没有开口。反倒是翟辰放在架上的手机振动着来回扭。

“新铃声，好玩不？”

翟辰看到高总被骗，忍不住哧哧闷笑，幼稚地认为自己扳回了一局。

小孩子的吵闹声听起来就头疼，这人竟然还录下来当铃声！高雨笙不能理解他这种“高雅情趣”，拿起手机看了一眼，来电显示“许娇”，薄唇瞬间抿成了一条线：“许娇的电话，帮你开免提吧。”

翟辰正开车，不方便用手拿手机。

“行啊。”

这人是标点地图的员工，高总自然认识，自己跟许娇也没啥见不得人的关系，坦荡荡的辰哥想也不想就同意了。

“保镖‘葛格’，呜呜呜……”刚一接通，许娇就开始哭，没等翟辰劝两句，就自顾自地说起来，“我被婷婷父母骗了啦！”

作为李婷的闺密，也是除王竞航以外，唯一在出事前就跟李婷父母有联系的人，从开始就一直陪着那老两口东奔西跑。后来老两口开始到处接受采访讹诈标点，她才没有跑那么勤了。但是看在死去小姐妹的分上，能帮忙的还是尽全力在帮。

“我以为他们没有钱住酒店的，就把自己的积蓄拿出来给他们住酒店、吃饭，谁知道他们不仅从王竞航那里拿生活费，还收了云路的钱！他们怎么能‘酱紫’！”许娇说话的声音有些哑，显然已经哭了不止一场。

“那你管他们要回来，我跟你一起去。”

这姑娘找他说，估计是想让他帮忙要债，举手之劳，翟辰看在李婷的面上是不会收费的。

“不是呀，关键是，现在警方在调查他们收的钱的来源，肯定也会查到我头上的，到时候我就解释不清了。”

“那有什么，咱身正不怕影子斜……”翟辰眉梢微挑，觉得事情有点不对劲。

“嗯，”许娇吸了吸鼻子，抽抽搭搭勉强止住了哭，“你是不是还要去接高总上班呀，我不打扰你了。”

不等翟辰说个结束语，高雨笙就直接按了挂断键："这段话，她昨天也给郑秘书说了一遍。"

"啊？你是说……"混社会这么多年，翟辰哪里会不明白，嗤笑着摇头，"我就是一个小保镖，她凭什么觉得我能'上达天听'？"

高雨笙没有回答这个问题，只是看了一眼今日行程单："想看热闹，就再做一天全职保镖。"

我是那种爱看热闹的人吗？翟辰觉得自己的职业操守受到了质疑，正想义正词严地拒绝，那边高总先发制人地问了檬檬："今天去 17 楼行吗？"

翟檬檬合上儿童三国漫画，严肃地点点头："寡人以为甚好。"

翟辰："……"

标点公司里的气氛，在压抑了这许久之后终于又轻松起来。茶歇时间，几个人凑堆在茶水间讨论，说起告云路这件事都很是兴奋。

"咱们高总真是太帅了，算无遗策啊。"法务部的人最清楚，这事自家老板早就开始准备了。其他人忙问什么时候的事，法务姑娘却守口如瓶，老僧一般摇了摇头，表示不可说。

"哇，上周我都快气炸了，你们是不知道云路有多嚣张。趁着全网黑我们，他们竟然发了个软文，娘兮兮地卖萌说，在他们公司可以养猫、吃零食，什么'最有爱的网络公司'，呸！"广告部的小伙气炸了肺，这相当于直接踩着标点的脸做宣传，回击的文案他都想好了十几个，主管就是不让发。

"总算说明白了，李婷的父母原来是收了贿赂，难怪我怎么劝他们都不听。"许娇也跟着附和。

"可不是嘛，我们人事部派了三个人轮流给他们解说，傻子也该听明白了，他们就是不信，坚持说我们是骗他们的。"说起李婷父母，人事部的人就脑仁疼。

几人说笑着一起回工位，发现总裁秘书郝学正拿着一封快递等在许娇的位置上。分发快递是行政部的事，虽然秘书也归行政部，但总裁秘书亲自送快递还是很少见的。

"你的快递。"郝秘书把没拆封的快递袋递给许娇。

"谢谢，"许娇脸上还带着笑，抬手接过来放到桌上，坐回工位，却发现郝秘书站着没走，"还有事呀？"

"不拆开看看吗？"郝学推了一下眼镜，办公室的白炽灯映在镜片上，划过一道冰冷的光。

周围的人都好奇地看过来。

许娇一愣，看了一下快递封面，脸色唰地白了。

快递袋里是一张来自法院的“立案说明”，也就是标点公司起诉许娇商业间谍案的起诉书副本。隔壁工位的同事趴在挡板上瞄了一眼，顿时倒吸一口凉气。

“现在收拾东西，一个小时内离开，你的离职证明以及后续事宜，人事部会代为办理。有任何不满，可以申请劳动仲裁，”郝秘书用机器人一样的语调说明情况后，便转身离开，“开庭再见。”

“我没有，我没有做！”许娇顿时哭起来，紧紧抓住郝秘书的胳膊不让他走，“这上面的指控我一项都没有做过，你们凭什么血口喷人！”

“会不会搞错了？”周围的同事围了过来，试图看清那张纸上的内容，顺道帮着说句话。

翟辰坐在 CEO 办公室的沙发上，跷着二郎腿百无聊赖地打游戏。门突然被大力推开，撞到门吸上发出嘭的一声响，惊得他瞬间跳起来，以迅雷不及掩耳之势拦住了冲进来的人。

许娇被翟辰单手按住肩膀，顿时挣扎起来：“高总，我没有背叛公司，为什么起诉我？我只是看在婷婷的面上照顾她爸妈，给他们一点钱买饭吃，怎么就成商业间谍了？”

深吸一口气，翟辰使了个巧劲把人推开，做出禁止通行的手势：“麻烦退后。”

“保镖‘葛格’，你也不帮我吗？”许娇哭得眼泪鼻涕糊成一团，“你知道我是被冤枉的！”

“让她进来，把门关上。”高雨笙从文件中抬起头。

翟辰关了门，示意许娇站在安全距离与高雨笙说话，不许她靠近办公桌。人发起疯来什么事都干得出来，突然被开除的员工抄起板砖给老板开瓢的事又不是没出现过。

“高总，我真的只是帮助他们，我也没想到他们被云路买通了。我是婷婷的闺密，她死了我比谁都难过，怎么可能做出这种事呢？”许娇接过翟辰递的纸巾，狠狠擤了把鼻涕。

娇小的姑娘哭得双眼通红，看起来十分无辜。翟辰都有点怀疑是不是搞错了。

“帮助他们，会在一周内每天给对方一万块钱吗？”高雨笙双手交叠，目光平静地望着她。

许娇微微张大了嘴巴，吸了口气，却说不出话，连哭都忘了。

“就算你身家过亿，不在乎这点钱，那李婷父母雇的几个无赖是怎么上来的？”

翟辰见她这个反应，忍不住叹了口气，替不愿意多废话的高总说下去：“李婷所有的遗物都被公安机关封存，包括员工卡，他们是刷谁的卡上来的？”

那天假扮李婷叔叔的三个无赖直接上了23楼，顺利得不可思议。

“我怎么知道，兴许是办的临时卡。”财富大厦管理严格，访客如果没有人来接，可以在大堂安保前台登记身份证后办一张只能使用一次的临时通行卡进电梯。

“保安那里并没有办理临时卡的登记记录。”翟辰摇头，这事还是高雨笙支使他去查的，三个无赖和一个无证记者，都没有办临时卡。

既然这个都能查出来，高雨笙肯定有更充分的证据，再说下去就没意思了。许娇白了脸，也不哭了，身体有些微微发抖。

翟辰看她这副默认了的样子，皱起眉头：“李婷不是你的好朋友吗？”

当初在派出所门口遇见的那个声泪俱下为好朋友鸣不平的女孩子，跟眼前人的区别之大，足以让图形变化认知能力差到极点的翟辰认不出来。

“老实说，我一开始是很难过的，也是真的想帮婷婷查清这个案子。我坐在马路边劝了她父母半个小时，可他们偏要信王竞航。后来等云路的人联系我……”许娇说不下去了，因为金钱的诱惑，她做了违心的事。在人事部跟李婷父母解释清楚保险条款后，她及时开口，说这是公司的阴谋，是为了骗取保费自己吞。

李婷的父母虽然重男轻女，但也不至于真的不管女儿死活。他们相信王竞航这个准女婿，也相信许娇这个“内部人”，得知标点是个黑心公司，并收了云路的“资助金”后，开始不遗余力地向标点公司泼脏水。

“高总，我愿意出庭做证，证明云路的贿赂手段，能不能不要在离职证明上写‘商业间谍’？”许娇抹了把脸，平时说话那口嗲嗲的京味台普也变成了标准普通话。

离职证明是人事部门在离职时开具的凭证，要找新的工作必须出示这份离职证明。如果把实情写上去，她在任何稍微正规点的企业都找不到工作了。

高雨笙不置可否，抬抬下巴示意翟辰监督着把人弄出公司。

两人刚出去，财务总监便敲门进来。

“高总，‘寻点’项目的专项资金只能支撑到下周二，如果下周二之前没有新资金入账，就要停止了。”财务总监将测算报告放在桌上，询问解决方案。

“资金的事不用担心，继续按计划行事。”高雨笙看了一眼测算报告，跟他预料的几乎没差。

财务总监点点头，也没多问，直接转身出去了。

“严总监，总裁怎么说？”项目组负责人跑过来问。

“继续运行。”财务总监给了肯定的答复。

“那钱怎么来啊？金楠资本不给投了，其他几个小投资都是杯水车薪。总裁这一招是高明，可法院要判下来起码半年，再来回上诉、扯皮，让云路赔咱们钱怎么也得一年往上了吧？”负责人愁得都要秃了，这个项目耗费了他们一年的心血，只要上线商业项目，他们组得到的奖金就不可估量。但要是这么搁置，重启时就又得从头再来了。

财务总监无法回答这个问题，拍了拍负责人的肩，转身离开。

惆怅不已的负责人，抓住路过的郑秘书，开始向他倒苦水。

郑经特别理解负责人的心情，他自己也着急上火，可自家老板一直稳如泰山，生动形象地展示了什么叫“皇帝不急太监急”。

翟辰帮许娇抱着一箱子杂物，把她送到电梯口。

许娇十分不舍地取下脖子上的员工牌，小声说：“我不是故意的，我以为这种程度的水军不会给公司造成影响，标点的公关能力一向很强……”

原以为这点闹腾对公司来说不痛不痒，原以为这种荒唐的行为没有人在意。如果知道后果这么严重，她肯定不会收云路的钱。可惜世上没有如果。

电梯来了，翟辰把箱子给她放进电梯里，接过她的员工牌：“你们那些高端的东西我不好说，但作为幼儿园老师，即便我相信幼儿园的安保措施完全可以保护小朋友，我也不会把人贩子带来幼儿园给他们看孩子的品相啊。”

许娇站在电梯里，哑口无言了半晌，突然蹲在地上抱着膝盖哭起来：“我错了，我对不起婷婷。”

电梯逐渐关合，将那没说完的懊恼与忏悔隔绝、带离。

有些钱，不能赚。拿到手里，会折磨良心一辈子的。

叮！这边电梯刚刚下去，那边一个电梯打开，一名穿着休闲装、打扮得如同出门访友的男人走出电梯，看到翟辰便问了一句："这里是标点地图吗？"

翟辰看看紧跟着出来的两名西装革履、身形高大的年轻人，顿时警觉起来，砸场子的？

"你们是干什么的？"翟辰耷拉着眼，从下到上看了男人一遍。他虽然没戴墨镜，穿的还是带卡通图案的白T恤，但这一身气势愣是让对方的脚步停了下来。

穿着休闲装的男人气质不俗，瞧着不到30岁，只是那过于花哨的衬衫生生破坏了商务气息，让他看着像个花花公子。

"我们是来谈合作的。"男人有些蒙，看看墙上的标点地图标志，拿出手机准备打电话。

玻璃门轰然开启，高雨笙走了出来，跟穿着休闲装的男人握了一下手："季总怎么亲自来了？"

竟然真是合作商！翟辰默默地站到一边减少存在感。

"啊，这位是？"季总看向那位很凶，但是很好看的年轻男人。

"保镖。"高雨笙侧身挡住季先生的视线，请他进去说话。

还在角落里执手相看泪眼的项目负责人和郑秘书，看到老板亲自出去接了个花里胡哨的人进来，齐齐伸长了脖子看。

"郑秘书，那是谁啊？"负责人现在看谁都像来送钱的，用渴望的眼神望着郑经。

"呃，我没见过。高总出去谈正事，又不带我。"主要功能跟郝秘书天差地别的郑秘书表示不认识。

"是咸鱼创投的老板，季羡鱼。"财务总监突然出现在两人身后，幽幽地说。

"哇！"两人吓了一跳，条件反射地抱在一起，才发现他们站着嘀咕的地方就是财务总监的办公室门口。标点公司的财务部门被放在犄角旮旯等难以窥测的地方，导致两人之前都没有注意到。

咸鱼创投，也是一家投资公司。虽然不能跟金楠资本那种庞然大物相提并论，但两亿的资金还是拿得出来的。听了财务总监的科普，项目负责人顿时泪眼汪汪："管它咸鱼还是干粮，谁给钱谁就是咱的爹娘！"

名字取得不怎么正经，大概因为这本来只是几个有钱公子哥玩票开的投资公司，看上什么投什么，企业广告语都是"咸鱼创投，一个随性的公司"。好在挑大梁的季羡鱼是个认真做事的人，开了两年愣是没倒闭，在几个大资本公司的夹缝中顽强生存了下来。

虽然这个人看起来不怎么靠谱。

翟辰站在高雨笙身后，纳闷这两人是什么时候联系上的。季羡鱼带来的资料上，分明已经签上了高雨笙的名字，而且各项细节都敲定得差不多了，今天只是来实地考察做最终确认的。

“我要在这周五之前拿到钱。”高雨笙毫不客气地直接说。

“这周五？我的大少爷，你以为我是放高利贷的个体户啊，说拿钱就拿钱，走加急你这也来不及。”两亿的投资对于咸鱼创投来说已经是大项目了，所以季羡鱼这才亲自跑一趟。

“那我不管，这边着急用钱。”高雨笙给他看了一封刚收到的邮件，公关危机结束，金楠那边立时表示了愿意继续洽谈的意思。

“那你还找我做什么？”季羡鱼把文件夹往桌子上一扔，冷下脸来。

“我看金楠资本不爽。”高雨笙依旧保持认真平静的语调，诚恳地说。

头回见人把“看谁不爽”说得这么清新脱俗的，季羡鱼一时没绷住就笑场了：“噗哈哈哈，我喜欢！行吧，我让他们加班给你做，那边手续找熟人给加急，最迟周一给你钱。不过，你得让我先看看那个即将上线的项目。”

翟辰嘴角微抽，这种话不像高雨笙会说的，肯定又是提前准备的词。

高雨笙沉默了片刻，同意让步到周一，让三人签了个保密协议便带着他们去了项目组演示厅。当然，作为雇佣合同里包含保密条款的保镖，翟辰也跟着去了。

项目负责人看到季羡鱼，宛如看到了亲爸爸，热情无比地亲自上阵讲解。讲解要用 3D 激光立体演示，屋里的灯啪的一声全部关闭，整个演示厅瞬间陷入了一片黑暗。

夜盲的翟辰条件反射地绷起了身子，垂在身边的手指突然被碰了一下。

“马上就亮了。”高雨笙在他身旁轻声说。

翟辰脑子嗡的一下瞬间回到了那个虫鸣的夏夜。躺在房顶上偷偷握住他食指的孩子小声说：“哥哥，马上就亮了，我不想让天亮。”

第二十七章

投影设备亮起，精细的激光三维立体图如盖房子一般层层叠加出现在中间的演示池里。靠着设备的光亮，周围的人也都能看见了。

“网络地图依赖于民用卫星，能够显示的往往只有道路和重要建筑，至于小区内部、商场内部、游乐场内部之类的地方，则无法覆盖。”

演示池呈现的是一栋商场的模型，项目负责人拿着控制盘开始演示。

明明灭灭的光影，细致入微的讲解，在翟辰的眼里、耳朵里都化作了无用的信息流，左边进，右边出。他只知道盯着高雨笙的后脑勺看，仿佛能盯出一朵花来。

“我们都知道，标点地图有一个区别于其他地图的功能，就是‘标点’。无论你走到哪里，只要标上一个点，给它取个名字，地图就会牢牢记住，保证以后随时都能找到这个点。”负责人骄傲地解释着标点地图的特色，这是他们在众多竞争对手中脱颖而出的关键。

标点……标点……

“哥哥，狗为什么要在树根上撒尿？”小天赐伸出短短的手指，指向大榆树底下抬起一条腿撒尿的隔壁阿黄。

当时翟辰其实也不懂，悄悄问了阿黄的主人，才来回答小家伙的问题：“标个点，好记路。”

“那，如果哪天我走得远了，也标个点，这样你就能找到我了。”

“你是小狗吗？”标个点好记路……

翟辰指尖微微发抖，答案呼之欲出。

标点的功能介绍完毕，终于讲到了商业项目的基石——寻点。

最近推出的“寻点”功能，是让商家主动在地图上标出自己，而后由路人前去确认“名称、位置、内容”是否跟商家自己描述的一致，即“寻找标点”活动。前三名确认的路人，可以得到红包奖励。

虽然红包只有几分钱，但大家玩得不亦乐乎。活动持续期间，全国大大小小的购物商场大都加入了标点活动。反正商家不需要出钱，还能吸引来顾客，而顾客逛街期间可以一家家店铺试过去，抢到红包就是意外惊喜。

“靠着用户们的自发行为，截至今日，我们已经基本掌握了全国 61.3% 的大型商场的内部结构。”负责人换了一张立体图，那是本市一个知名商业中心的真实地图，一键切换寻点模式，几乎所有的门店都标出了名字，点击名字就能看到商家写的简介。

季羡鱼知道标点的这个活动，自己在手机上也试过，但看到成品的瞬间还是很震撼的：“那你们怎么保证这些简介的真实性？”

“路人的确认与否认，都有一套完整的机制，店铺不通过路人确认就无法在地图上显示；同时也会惩罚乱点的路人，不允许违规者再参与活动。”负责人尽职尽责地解释，对于金主爸爸的问题有问必答。

在商场中，地图往往是失效的，商用的卫星技术也很难达到这种精确程度。靠着人工标点，成功将商场里的商户位置显示出来，再由标点公司重新建模整合，以后人们在商场中也能使用地图了。而商业项目，就是利用这个三维地图进行商户与客户间的互动。

商场三维导航。

这个词意味着什么，在座的所有人都很清楚，跟着季羡鱼来的两个工作人员都忍不住倒吸气。这个东西目前在国内，甚至全世界范围，都是独一份。实用的功能、最早的入场时间，意味着极高的用户黏性。

做金融投资的季羡鱼，立时看出来这里面巨大的商业价值：“想要在地图上有明显的标志，甚至得到推荐，商户就要缴纳一定的费用？”

“没错，还可以实时通知用户附近大型的商业活动。”高雨笙抬抬手，示意负责人做个活动通知模拟。

在演示手机的地图上，找“附近活动”，有一个点在闪烁，显示“明星演唱促销活动”。这样的活动通知，当然是要商户付费的。

“还可以通过地图发放优惠券、团购券！”咸鱼的员工也开始给标点出主意，俨然已经是一家人。

“其中的现金流就由标点地图来暂管，每个月与商户结算一次。而这期间的现金流数额庞大，可以用来做更多的事。”另一位咸鱼员工积极发言，看着那模拟的商场地图宛如看着一个金疙瘩。

咸鱼创投的三个人一时间都陷入了莫名的激动。

翟辰看着他们，用手肘杵杵高雨笙：“我可算知道咸鱼翻身是什么样子了。”

高雨笙抿唇微微地笑。

旁边的项目负责人听见了，差点吓死，拼命向自家CEO使眼色，让他管管那位乱说话的保镖，回头把送钱的爹娘给得罪了。

好在咸鱼先生没听见，重新开了灯之后，他两眼放光地看向高雨笙："标点地图没有金融牌照吧？那后续的现金流……"

"已经敲定了两家合作商，"高雨笙不紧不慢地说，"如果季总有兴趣的话，也可以谈。"

咸鱼创投这个公司，麻雀虽小，五脏俱全，是有金融牌照的，季总当然也是有兴趣的。不过谈生意不能太急切，季羡鱼保持风度，嘘了口气跟高雨笙一起出去："这功能上线，之前的那些负面消息倒是可以忽略不计了。"

一个产品抵御风险的能力，是随着用户依赖度呈指数型增长的。

高雨笙摇了摇头，负面消息对网络公司的损伤是很大的，靠着这几天的宣传虽然扳回了大半，但小部分丢失的用户还是没有再回来："上线之前会开一个新品发布会，顺道澄清一下之前的问题，到时候给季总发邀请函。"

"那我肯定去，"两人相谈甚欢，季羡鱼开心地拍拍高总的肩膀，试图跟他哥俩好、肩并肩，"晚上一起喝一杯？"

"不了，"高雨笙把季总搭在自己肩膀上的手拿下来，送他出门，"您还是早点回去把钱给我，钱到账了咱们再喝。"

季羡鱼："……"

这么赤裸裸的吗？

发布会定在这周末。敲定金主，各部门都吃了定心丸，开始积极准备新品上线的各项事宜。

高雨笙看向翟辰："周末。"

"好好好，我知道，要我空出时间来给你8小时完美'呵护'，对不对？"翟辰拿出了逗小孩的语气。

"8小时呵护是卫生巾。"高雨笙纠正他的用词。

假装没听见高总的不满，翟辰重新窝进沙发里。翻动手机，找出自己先前画的天赐，跟落地窗前逆光而立的人对比。

……什么也看不出来。

放弃自己的灵魂画作，翟辰苦恼地抓了抓头。有很多话想问，可话到嘴边，完全问不出来。

高雨笙放下杯子，跟袁小爱联系的专属手机突然响了起来，他小心地冲翟辰做了个噤声手势，同时按下了免提和录音。

“雨笙，是我。”袁小爱亲昵地叫着他的名字，宛如认识多年的恋人。

“嗯，有事？”高雨笙冷冰冰地应了一声，那边翟辰已经蹿过来，单手撑在桌上跟他一起听。

“我说动了星主，他同意赦免你的罪过了。前提是，你得在神面前真诚忏悔！”袁小爱颇为激动，显然说服星主对高雨笙免去天罚并不是件容易的事。

两人对视一眼，高雨笙顺着问：“怎么忏悔？”

“你今天晚上，带十万块现金，去蔡庄新城 1326。把钱供奉给那里的星使，他会告诉你怎么做。你一定要听我的，一定要照做，不然，那天罚是你承受不起的！”袁小爱忽然神经质地提高声调，又迅速转为温柔地劝说，“雨笙，你听见了吗？我不能没有你，我不能看着你去死。”

“我知道了。”高雨笙应了一声，挂断电话。迅速打开监控界面，地图上显示袁小爱现在的位置，就在蔡庄新城 13 楼。高雨笙在图上标了个点，写上“1326，疑似高级窝点”。

“报警吧，这肯定是个圈套。”常年跟混混儿、流氓打交道的翟辰，可不认为这是真的要给高雨笙解决“天罚”，说不定那些天罚者已经在 1326 屋里埋伏了。即便可以破财消灾，这次给了十万，下次就敢要二十万，贪婪的邪教掌控者可不是这么好打发的。

高雨笙抿唇，按下内线：“郑秘书，取十万现金过来，下班前我要拿到。”

“高先生，安全方面要听从保镖的意见，这是写在合同里的。”翟辰单指敲敲桌面，给熊孩子上安全教育课。

高雨笙无辜地眨眨眼，用手机拨通了警方的电话，递给翟辰。

翟辰：“……”

刑警队这边，多亏了热心市民高先生提供的帮助，根据袁小爱的行动轨迹和电话录音的综合分析，这几天下来，已经查抄了四个高级窝点。据那些人交代，这个城市里一共只有五个有神像的聚会点。

在接到翟辰的报警电话之后，大家很是兴奋。

“原来最后一个窝点也在蔡庄新城，怪不得咱们摸排了这么久，就是找不到。”小马握着拳头左右挥挥，这完全是灯下黑，他们根本没想过再去查蔡庄新城。

“今天晚上抄了这个，再抓住他们的教头，咱们的任务就算完成了。”范队长给大家鼓劲。

“不，得抓住天罚者。”方初阳配好装备，眉头还是皱得死紧。他不认为查抄了这个窝点就万事大吉，已经抓了四个星使、无数信徒，就是没有抓到一个天罚者。那些天罚者才是真正的杀人凶手，一天不抓住他们，就一天不得安宁。

“所以说要抓教头，就是他们说的星主。”范队长肯定了副队的说法，一个城市只有一个星主，天罚者是谁，这位星主肯定是知道的。然而四个星使，竟然都说不出星主叫什么名字、长什么模样，只能寄希望于这最后的一个窝点。

既然管收钱，想来是星主的心腹了。

雇主和保镖两人，率先到了蔡庄新城附近。翟辰找了家米线店，拉着高雨笙进去，一边吃晚饭一边等警察。

这家老字号的米线很有名，店中挤得满满当当的，没有空桌。店里面人声鼎沸，桌子挨着桌子，这桌客人的后背贴着那桌的。端米线的伙计一个大托盘托着四大碗，像踩了风火轮一样在缝隙里穿梭。

高雨笙看到这乌泱泱的人群就难受，后退一步试图离开：“没有位置了，咱们换一家吧。”

“那儿！”翟辰眼尖地看到两个位置，拉着高雨笙挤过去。这张方桌上已经坐了两个人，看起来像是一对母女，“这里没人吧？”

年长的女人摇摇头。

高雨笙被迫坐在了油腻的餐桌前，由着翟辰跑去点餐。同桌的女人目光呆滞，根本不看他，只盯着自己的女儿。那女孩十四五岁，正呼噜呼噜努力吃米线。

翟辰拿着两瓶玻璃瓶汽水过来，插上吸管递给高雨笙一瓶：“这家店面是差了点，但是米线很好吃。以前在老城区那边，后来搬到这里我就没经常吃了。”

“嗯。”这话不用回答，高雨笙应了一声，表示自己在听，接过汽水喝了一口。他穿着长袖衬衫，在这人挤人的店里，即便开着空调依旧闷热，喝一口冰饮瞬间浑身舒畅。

“小时候答应过一个孩子，带他吃遍全城的好吃的。我这人虽然不记路，但能记住名，哪里的小吃好吃我都知道。”翟辰说着，看到有伙计端着米线出来高声叫号，立时举手。

高雨笙握着瓶子的手骤然攥紧。

“那你带那个孩子去吃了吗？”旁边吃米线的小姑娘好奇地问。

“没有，”翟辰拿了双筷子劈开递给高雨笙，“我把他弄丢了。”

高雨笙垂目，鸡汤米线的热气熏疼了眼睛。

“赵濛濛，好好吃饭，别说话！”女孩的母亲开口训斥，不许她跟翟辰聊天。

翟辰捏着玻璃瓶喝了口汽水，看看那眉清目秀、乖乖听话的小姑娘，又忍不住嘴欠想逗小孩：“你叫濛濛啊，是‘萌萌哒’那个萌萌吗？”

“不是，是‘烟雨濛濛春草绿’的濛濛。”小姑娘摇头，纠正翟辰的说辞。

“这么高级啊，我外甥也叫檬檬，不过是柠檬的檬。”翟辰点点汽水瓶上的柠檬标志。

小姑娘看着他笑，还想说什么，突然被她妈妈打了一巴掌，把手里的筷子都打掉了。那女人眼睛瞪得溜圆，眼珠子仿佛下一刻就要凸出来，厉声教训道：“说过多少遍了，不要跟长得帅的男人说话。越帅的男人身上带的恶就越多，说多了要毁了你！”

周围的人都听得目瞪口呆，还没吃完的小姑娘就这么噙着眼泪被她妈妈拽走了。

翟辰咂咂嘴：“长得帅又不是我的错。”引来了店铺内其他客人整齐划一的侧目。

高雨笙低头吸了口米线，假装不认识他。

“你要点脸行不行！”方初阳进店就听见这么一句，大步走过去照着翟辰后脑勺就是一巴掌。

翟辰差点栽到米线里，踢了方初阳一脚，把小姑娘吃剩的米线推给他：“来得正好，给你留的米线。”

“滚！”方初阳抢走他手里那碗刚端上来还没吃的，直接吃了起来。

“嘿，你这人。”翟辰瞪他，想抢回来又嫌弃沾过姓方的口水，转头从高雨笙碗里捞了一筷子来吃。

高雨笙看着他自然无比的动作，默默把碗往他跟前推了些。

方初阳来了，那就证明其他警察已经到位。吃完米线，就可以开工了。

蔡庄新城还是以前那个样子，居民们似乎已经忘记了先前的事，玩滑板车的孩子依旧在院子里乐此不疲地窜来窜去。1326 跟李婷住的不是一个单元，在楼的另一端。

这边的楼道更加昏暗，一楼电梯前的感应灯还坏了。翟辰只能把手搭在高雨笙的肩膀上，让导盲犬高总领路。

“要是停电了，你还能保障我的安全吗？”高雨笙在昏暗的电梯里问他。

“怎么不能？停电了大家都看不见，我这个习惯黑暗的人听力比谁的都好，肯定打得他们满地找牙。你看武侠小说里那种高手，都是盲人，听风识人，天下无敌。”翟辰正胡说八道，耳朵上突然被挂了个口罩。

“戴上，别让他们记住你。”13 楼到了，高雨笙率先走了出去。

翟辰扶住那个口罩，他是无所谓，但上回被方初阳教训之后，确实意识到不能给檬檬招灾，从善如流地戴好。

1326 房间，大门紧闭，屋里也没有吵闹声，门口还贴着春联，跟周围的住户一般无二。

翟辰用手机照了照门牌，是这个没错。跟高雨笙对视一眼，给方初阳发了个消息，得到回信后拨过去保持通话状态，装进口袋。

敲门三下，有人从猫眼往外看：“谁呀？”

“袁小爱让我过来的，我姓高。”高雨笙站在猫眼正中，给对方看一眼。

“你旁边那是谁？”里面的人很警觉，多问了一句。

“我哥哥，他不放心我自己过来。”高雨笙碰了翟辰一下，翟辰立时拎起手里的塑料袋给对方看。袋子里装着十万现金，整整齐齐打成捆的。

看到钱，对方便不多计较，放他俩进去。那是个叼着烟的小青年，不像袁小爱所说的星使，让他们进去后，小青年立时伸头左右看看，确认走廊里没有人，这才关上了门。

屋子里有些凌乱，客厅没有摆沙发，而是放了许多廉价的软垫。就是夜市上常卖的那种印着花哨卡通图的方垫子，表面磨得反光，应该是经常有人坐。屋里还有四个人，各占一个软垫，用极为复杂的动作俯首跪拜，嘴里还念念有词。听不大清楚，似乎是在祈求神明宽恕罪过。

“你俩来干啥的？”小青年按灭抽到底的烟屁股，用带着黑眼圈的眼睛上下打量。

“来忏悔，听说星主同意让他免除天罚，我们来送钱的，”翟辰拍拍手里的塑料袋，在对方伸手欲拿的时候躲了一下，掏了根烟递给他，“这位小兄弟，我们不是教中人，不懂规矩。这里的星使呢？”

小青年接过烟，瞥了一眼紧锁的卧室门，露出一抹怪笑："星使忙着呢，你们把钱供奉到祭台上，三跪九叩，照着这个念。"说罢，递给翟辰一张很像外卖单的纸，红彤彤的纸面上用黑体字印着密密麻麻的咒语。

"星使是在里屋吗？叫我们来的人说，一定要把钱交给星使的。"翟辰一脸为难。

"就在里屋，等会儿就出来了，你们先去祷告。"小青年盯着那袋子钱，心不在焉地说着，催促他们快把钱放上去。

"在里屋就好。"翟辰故意放大了一点声音，好让电话那头的方初阳听见，他把咒语交给高雨笙，自己准备去放钱。

"啊！"隔音不是很好的卧室里，突然传出一声女孩子的尖叫，但她又很快被什么东西堵住嘴，发不出声来。

翟辰头皮一紧，那道声音清亮尖锐，分明是个小女孩！跟高雨笙对视一眼，借着放钱的动作吸了口氧，转头咣当一声踢开了卧室的门。

濛濛！

卧室的环境杂乱不堪，肥头大耳的中年男人屁股朝着门，手底下按着满脸惊恐的小姑娘，正是米线店遇见的那个！

"大哥哥，救救我！"小姑娘挣脱捂在嘴上的手，大叫着往外爬。

"我去！"翟辰一脚把那没穿裤子的男人踹到床底下。

楼下的方初阳同时骂出了声，摘下耳机抬手，"行动！"

第二十八章

中年男人摔在地上，半晌爬不起来，翟辰拉起小女孩护到身后："别怕。"

刚说完，背后的衣柜门突然打开，小女孩的妈妈大叫着从里面冲出来，手里不知拿了个什么东西劈头挥过来。翟辰下意识地把孩子护在怀里抬手去挡，啪的一声，劣质的塑料衣撑狠狠打在手臂上。衣撑并不结实，瞬间碎裂，参差不齐的硬塑料在翟辰的手臂上划出了三道血口子。

"放开她！"

女人还嫌不够，抓着翟辰的手臂张开血盆大口就要咬上去。这时候，外面那个抽烟的小青年也冲进来，抄起旁边的不锈钢折叠椅就往翟辰脑袋上砸。

“啊——！”怀里的小女孩突然尖叫着大力扑到她妈妈身上，野兽般地咬住了她妈妈的脖子。翟辰得到解放的手稳稳接住凳子，让那呼啸而来的凶器再难寸进，而后一个扫堂腿，把那小青年绊倒，抓起来往刚刚爬起的中年男子身上扔去。

两人如同装车的麻袋一样，叠在一起，噗的一声重新倒地。

氧气瞬间耗空，翟辰眼前一阵眩晕，那边的女人叫得十分凄厉，被女儿生生扯掉一块肉，血流如注。翟辰一把将小女孩拉起来，迅速退到客厅。女人捂着脖子要冲出来，高雨笙咣当一声关上卧室门，随手拿了根晾衣竿插住门把手。

翟辰半跪在地上，扶着小女孩大口喘着气安慰她：“嘘……没事了，没事了……”

小女孩不停地发抖，嘴角、身上全是血，一句话也说不出来。

屋里的人在哐哐哐地拽门，男人叫骂，女人哭喊。客厅里的四个祈祷者丝毫没有跟他们动手的意思，缩着脑袋不敢吱声。高雨笙拿出氧气瓶按到翟辰脸上：“先管管你自己。”

咣当！空心的晾衣竿被拽弯，屋里的人冲出来，与此同时，大门轰的一声打开。

“警察！都不许动，抱着头蹲到墙根！”方初阳带着刑警们冲进来，把跑出卧室的两个男人按在了地上。

翟辰和高雨笙也被勒令抱头蹲下。

“我们是无辜的！”翟辰举手。

方初阳瞥了他一眼：“这些人参与邪教活动，全部抓回去。”

“哎，警官，先叫个救护车吧。”翟辰老老实实地伸手让警察戴上手铐，冲一脸呆滞的小女孩抬抬下巴。

小陈上前扶住小姑娘，一张黑脸皱成了黑皮包子。小马趁着队长不注意，狠狠踹了烂肉一样的男人几脚，协助行动的几个民警有的看天、有的看地，假装不知道。

这个意图不轨的油腻中年男人，就是这个窝点的星使，叫罗全培。姓罗的、抽烟青年，还有小女孩的那个妈，直接被提走审问了。剩下的人则被扔进了大号隔间里，暂时没人管。

翟辰和高雨笙也被扔了进来。屋里原本坐着十几个小青年，个个染着颜色艳丽的头发，乍一看还以为走进了村口 Tony 老师的美发工作室。听到动静，所有的花脑袋一起转过来，看着与大家风格相去甚远的两人。

“哈喽，我是新来的 Kevin 老师。”翟辰热情地跟他们打了个招呼。

小青年们愣了一下，哗啦啦全站了起来。

高雨笙：“……”

带个保镖进号子，危险系数却成倍增加，他大概是本年度最冤枉的雇主了。

“你俩为什么进来的？”小青年们仗着人多步步逼近，那架势跟老电影里的古惑仔颇为相似。

翟辰把高雨笙挡在身后，无奈地叹了口气：“我俩太帅了，影响市容市貌，就被抓进来了。”

“呸！”

“Kevin·翟”老师没有得到“杀马特”青年们的信任，气氛突然紧张，战斗一触即发。

姓罗的拒不承认自己那里是邪教窝点：“我就是嫖个娼，突然有个人进来把我打成这样。”他被翟辰扔那两下子着实摔得不轻，背后青紫一大片，眼角也磕破了。

小马冲上去就要打他，被小张一把抱住：“别冲动，有监控的。”

“把监控关了，我先打他一顿！”小马嗷嗷叫，被小张拉了出去。

方初阳忍着火：“嫖？那你知不知道那个小姑娘不满 14 岁？你现在是强奸，报上去能判个十年八年。”

“不可能，她妈说了她 16 岁！”罗全培吃了一惊。

“她妈说的，”方初阳咬着牙根，一字一顿地问，“她妈为什么做这种事？”

意识到自己说漏了嘴，罗全培立时开始胡搅蛮缠：“我哪知道，缺钱吧。”

负责审问赵濛濛她妈的警官，同样在努力克制自己打人的冲动。这个女人完全被邪教迷了心智，坚持认为送女儿来净化身心可以赎罪。

“本来是双胞胎，妹妹没活下来。天神说是她夺走了妹妹的命，生下来就是带着恶的。她还总是跟好看的年轻男人说话，罪孽深重，不净化一下是要受到天罚的。”女人脖子上缠着绷带，脸色蜡黄、目光偏执，言语间透着一股不谙世事的恶毒。

“胡说八道！”警官气得发抖。

“我又不是害她，我自己也净化过了！”女人理直气壮地说，而后恶狠狠地咬着牙，“这个恶魔，还咬伤了我，她要杀死她自己的母亲，难道不是恶魔吗？

再不净化，她会害死我的！”

姓罗的十分不配合，方初阳让小马把他先关起来。小马把人带到一间小屋，里面坐着几个人高马大的壮汉，正百无聊赖地磕牙。

把罗全培带进去之后反铐在栏杆上，骂他道：“猥亵小女孩，用邪教手段奸淫妇女，你这么能耐就铐着蹲一晚上吧！”说完，马天行同志拍拍屁股离开了。

几个大哥默不作声地等警官离开，而后看向那如绑了翅膀的鸡一样挂在栏杆上的家伙。脑袋上缠着纱布，胳膊上文了花臂的壮汉走过去踢了踢他：“呦，邪教头头，骗妇女的，还糟蹋小孩？”

罗全培抬头看了一眼，不由得一哆嗦。这屋里的人看着就不像善茬，连忙赔笑：“没，没有的事，我是因为嫖娼被抓的。”

“你觉得我信吗？”花臂大哥呵呵地笑，“哥几个，今天晚上有娱乐项目了。”

“……”

候问室里不让打架，打出动静了警察会过来，但整治人的手段又不只限于打架。

同样在蹲号子的高总，不明白事情怎么会发展成这样。刚才还张牙舞爪的小青年们，现在给他俩让了位置，席地而坐，津津有味地听翟辰吹牛皮。

“哥跟你们这么大的时候，已经是堂口的总扛把子了，老城区的三条街都是我管的。”这些都是翟辰写作业的时候听那些大哥胡吹的，这种故事对于叛逆期的小青年来说永不过时，一糊弄一个准。

“这么厉害……那你是怎么混出来的？”鸡冠头的小伙不大信，老城区那里是最难混的。

“吓唬为主，打人为辅，而且要有针对性。就说那个卖鸭脖子的吧，他每天早上 5 点起来收拾材料，卤汁是头一天就煮上的，到中午 11 点才能把第一批做出来。想威胁他，就得想什么最让他难受……”翟辰说得头头是道，非常像那么回事。小混混们如获至宝，认真听讲。

高雨笙听得眼角直跳，这家伙是给方初阳买鸭脖买出经验了，都知道人家什么时候煮汤，什么时候上货。

在幼儿园里主要负责搬运东西、安保、招揽生意的翟辰，终于有机会给孩子们讲课了。从打架怎么赢，讲到堂口的管理，再到学习技术的重要性。

“本来好好的帮会，就这么被那个海归硕士给分化瓦解了，我没得混，就去学了挖掘机，”翟辰深沉地说，“知识就是力量，孩子们，还是得好好学一门技术，不然堂口都管不明白，只要来一个有文化的就能给你捣鼓散了。”

过来放两人出去的警察都在门口听愣了，好半天才回过神来，叫翟老师出去。

“你俩可以走了。”警察冷淡地放他们出去，把那一兜十万块钱还给高雨笙。

为防邪教报复，目前警方不会给两位热心市民任何奖励，甚至把他们当成邪教徒批评教育了一顿。

“我们以后一定远离邪教，”翟辰信誓旦旦地保证，拉住准备离开的小警察，“哎，同志，那个小女孩怎么样了？”

“在医院呢，身体没啥事，就是精神不稳定。”小警察叹了口气。

“我们能去看她吗？”翟辰放心不下。

“不行。”警察同志断然拒绝，不允许任何与邪教沾边的人知道小女孩的行踪。

翟辰没法，只能回头跟方初阳打听了。搭着高总的肩膀慢慢走出警局，想起那个跟外甥同名的小姑娘，还是有点难受：“你说，怎么会有这种妈，把孩子往火坑里推。”

“并不是所有的父母都爱孩子的。”高雨笙仰头看看天空，今天的月亮大如圆盘，亮堂堂地遮住了星星的光芒。

翟辰借着月光看他，眉头微皱：“你……”

“你刚才说的是真的吗？”高雨笙收回目光，带着他往路边走。

“刚才？嗐，骗小孩的你也信。”翟辰哈哈笑，快走两步揽住高总的肩膀，没骨头似的挂在人家背上。

高雨笙后背一僵，沉默了几秒钟，似乎在纠结要不要叫他起开。半晌，重新迈开腿，就这么拖着背后的大膏药继续走：“那挖掘机也是假的了？”

“这个是真的，”有一说一，翟辰不骗小天赐，“别的都是瞎说，就学挖掘机是真的。不是我吹，你辰哥巅峰时期能开挖掘机上墙。执照在手，技术过硬，老板们用过都说好。”

“……”

方初阳忙到半夜才回家，找遍几个屋子，才在阳台的角落里发现了那个看夜景的夜盲眼：“你怎么抽起烟了？”

翟辰以前在工地上开挖掘机的时候，是很喜欢抽烟的。后来为了照顾孩子，就给戒了，家里已经多年没见过烟草了。

“我看不见夜景，郁闷。”翟辰颓坐在翟建国留下的竹制躺椅上，一只脚搭在栏杆顶，吸了一大口烟慢慢从鼻腔喷出来。

“你是今天才知道自己瞎吗？”方初阳翻了个白眼，抢走烟盒自己也点了一根，“姓罗的浑蛋不肯说教头是谁，也不知道天罚者名单。你们家天赐最近很危险，告诉他别往高处去。”

“我们家天赐？你怎么这么肯定？”翟辰抽完一根又续一根，仰头吐了个烟圈。

“嗬，”方初阳冷笑一声，“抬抬尾巴我就知道你放的什么屁，要不是肯定了，你在这儿装什么黑夜的眼睛？”

“嘿，别看不起开挖掘机的诗人，”翟辰踢了他一脚，惆怅地叹了口气，“我以前总盼着找到他，不放心他，现在找到了又不敢认他。”

“你这是演电视剧呢，”方初阳不懂他这逻辑，“又不是童养媳，说出去能坏他名声还是怎的？”

“哎，不是。我一直以为，他就是普通人家的孩子，谁知道他家那么有钱，现在自己也是大老板。他不需要我了，以前那些事对他来说也不是什么好的回忆……当年他妈妈赶我走，肯定是有原因的……”翟辰絮絮叨叨说了一堆，自己也没捋出个头绪来，气得又踹了方初阳一脚，“你说句话啊，屁都不放一个，要你何用！”

“滚！”本来还想安慰他两句的方初阳顿时被撩起火来，“那你就憋着吧，憋不死你。”

翟辰郁闷地把烟抽完：“黑夜不仅给了我黑色的眼睛，还送了一个黑心的兄弟，苦啊。”

“……”方副队深深觉得自己早晚要被这浑蛋玩意儿气死。

晚上被翟辰气，白天去了局里被那些邪教徒气。

在小屋里被大哥们热情款待一晚上的罗全培总算老实了，蔫头耷脑地交代了不少事。他们这个窝点的主要用途，就是让邪教徒们忏悔献祭。做错了事，或是亲人做错了事，都需要在神明面前忏悔；需要神明为自己做什么事，则需要献祭。

忏悔和献祭，形式其实是一样的。可以贡献金钱，没钱也可以贡献别的。

“别的是指什么？”方初阳敲敲桌子，提醒他不要含糊其词。

“这些东西，昨天晚上那四个祷告的人，还有你那个小弟，已经交代清楚了，你最好说实话。说得不对咱们就慢慢耗着。”小马在一旁威胁他。

“房子、车子，或者……女人。”罗全培缩了缩脑袋。

方初阳深吸了一口气：“所以，王竞航、周玉芬、袁小爱给了你们钱，做了献祭？”

“周玉芬给的是钱，王竞航和袁小爱怎么弄的我不知道，他们直接找的星主，”罗全培小声说完，慌忙补充，“这三件事我都没经手啊，我只是知道点。警官同志，我就是好色，没做什么伤天害理的事。那些女的跟我睡都是你情我愿的。昨天晚上那个小女孩，她妈把她领去的，我哪知道她不愿意啊！”

“那十万块钱是怎么回事？你敢说你没骗人钱？”小马又想打他了。

“那是他们自个儿愿意捐的，庙里不也常有香客捐钱吗？他硬要捐给我，我有什么办法。”姓罗的又摆出了无赖嘴脸。

“合不合法，法院会告诉你。根据目前的情况，如果罪名成立，你利用邪教诈骗钱财、奸淫妇女、教唆杀人，判个无期是没问题的。如果查实还有强迫妇女、幼女之类的行为，就可以判个枪毙。”方初阳整理了一下资料，面无表情地告知。

“我可没教唆杀人！我只管收钱，天地良心，我没强迫过谁！”罗全培听了这话就急了，“杀人的事都是星主指挥的，我都没跟那些天罚者说过话！”

“星主是谁？如果你帮我们找到星主，算你一功，可以减刑。”方初阳示意小马给姓罗的递纸笔。

罗全培看看手里的表格，拿起笔，又放下：“我不知道。”

“你是负责收钱的心腹，会不知道？”小马敲敲桌子。

“我真不知道。”罗全培摆出英勇就义的姿态。

“那今天就到这里吧，把他送回去。”方初阳站起身。

“哎哎，能不能给我换间号子？”那人立时挣扎起来，哭爹喊娘的，不愿意回去。

“不好意思，就剩这一间有空位了。”小马本着为人民服务的原则，态度温和地告知。

“哎，我说我说，”罗全培坐回去，把脸埋在手里很长时间，“不是我不愿意说，是我不能说。我上头有 70 多岁的老母亲，下面还有个刚 17 岁的儿子，我要是说了，我们全家都活不了。”

邪教的上层其实是清醒的，根本不信教。他们有明确的目的，要么图财，要么图色。姓罗的不肯供出星主，也绝不是出于信仰，而是怕被天罚者报复。

“儿子都 17 岁了，你还向 16 岁的小姑娘下手？你要不要脸！”小马推搡了他一下，被小张一把拉住。

“没有人会知道是你说的。”方初阳示意外面关了监控。

“副队？”外面的人发出疑问。

“关了监控，视频、音频都关了，”方初阳斩钉截铁地说，随着微弱电流声的消失，整个屋子陷入一片沉静，“你现在能说了吧？”

罗全培苦恼地扒了扒头发，沉默地低着头，足足过了半个小时才哑着嗓子开口：“我只能告诉你们，这个人，你们见过。”

老实交代的罗全培不用再回到充满大哥关爱的屋子，被单独关押了。刑警队陷入了复杂的排除推理讨论。

首先，这个人肯定不是已经落网的五个星使。警方见过的其他人，王竞航、周玉芬、袁小爱、死者王强的父母、死者李婷的父母、李婷的闺密许娇、热心提供各种线索的高雨笙、莫名掺和进来的翟辰……

相关的人太多了，无从下手。

“高雨笙很可疑，他好像什么都知道。”陈照辉用他那核桃大的脑子努力推理。

“得了吧，自己抄自己老巢，是你有病还是他有病？”方初阳卷起资料揍他脑袋，“现成的证据不知道找，热心市民提供的那个音频里，不是有星主的声音吗？”

“对啊！”众人如醍醐灌顶，赶紧找出那段音频。

天罚一旦开始，就不可能停下。

——中年男子的声音，尾音微微上扬，世故且狂傲。

“蔡万岱！”那个王竞航的姑父，蔡庄的前任村支书，收了五十万现金说要给儿子娶媳妇做彩礼的中年男人！

“马上抓捕蔡万岱！”

转眼到了周末，标点地图的新品发布会在明顿酒店 16 层举行。

16层是明顿酒店的特色会场，由内部一直延伸出去十几米，大楼中间凸出去一截，是造在半空中的无边游泳池。池边还有休闲空地，可以观赏城市风景。

翟辰穿着高总新配备的保镖服，绕着会场查看一圈，眉头越皱越紧。这个会场，一半在楼内，一半凸出去。凸出去的那一截尽头，根本没有护栏，泳池和休闲区下方只有一个不足两米的小台子。

“你怎么把地方定在这里？说过不要站在开放的高处！”翟辰把今天打扮得格外英俊的高雨笙拉到一边，低声训斥他。

“这是一个月前就订好的，”高雨笙满脸无辜地说，“放心，我说过，他们不会在白天动手。”

“你是教主吗？他们听你的？！”对于不听话的客人，保镖现在很生气。翟辰叫了酒店经理来，要求在泳池边布置安全防护设施。经理表示安全没有问题的，就算有客人不小心跌下去，也是掉在台子上。

“不是跌下去，如果被人推下去或者扔下去呢？”翟辰指着那窄窄的小台子。

“客人真会开玩笑，那不是杀人了吗？”酒店经理不能理解翟辰的担心。

“没错，我这会儿就很想杀人！”

第二十九章

警方找到蔡万岱的时候，他正准备登机出国。拖家带口，一副要去旅行的模样，刚走到出关检查口就被拦了下来。

“同志，这是怎么了？”蔡万岱依旧是那张赔笑的脸，多年城中村村支书的经历，练就了一身融进骨子里的精明世故，看起来似乎真的不知道发生了什么事。

然而警方并没有跟他废话的意思，直接连同他的家人一起扣下，不准离境。

“你爸这是犯了什么事？”蔡家的准儿媳这次跟着一起出去，被这阵仗吓到了，嚼着口香糖低声问蔡万岱的儿子。

“我爸什么事都没有，”蔡家儿子很是恼火，甩开女朋友去拉自己爸爸，“你们凭什么乱抓人，有逮捕令吗？证件呢？”

方初阳懒得理他，让人把这儿子也铐上一并带走。

“你们抓了他俩，那我们可以继续旅游的吧？”看起来年纪不大的女朋友，还在一刻不停地嚼口香糖，看到男朋友和准公公被抓，吵嚷了几句发现没用就放弃了，转而跟警察商量让她先出关，“一会儿要登机了。”

小马被这没心没肺的姑娘给震到了，都这时候了还想着出去玩。

“少废话，通通带走，不要影响海关秩序。”方初阳不耐烦地摆摆手。

那小女朋友一脸的不情愿，哼唧着说：“那我上个厕所再走。”说完，转身就往厕所的方向走去。

“哎！”小马上前拉她，一把没拉住，那女孩突然拔腿狂奔。方初阳瞳孔骤缩，立时追上去。

正在婴儿车里乖乖坐着的小孩突然被逃跑中的女人一把抓起来扔出去。人群中响起一阵尖叫声，顿时乱了起来。方初阳一把接住孩子在地上打了个滚，小马越过他追上去，好在没有追出很远，那狂奔的女子就被海关武警给按在了地上。

“谢谢，谢谢。”小婴儿在方初阳怀里哇哇大哭，好在没受什么伤，孩子的母亲赶紧接过来，不停地跟方初阳道谢。

“凭什么抓我？我只是他女朋友，跟他们家一点关系都没有，我不要去公安局！”小女朋友挣扎得厉害，还把口香糖吐到武警脸上。

几个路人看不过去，要打她，被武警给拦住了，只是“不小心”让她被孩子的妈妈踢了两脚。

蔡万岱被抓捕归案，跟语音中的声音做了详细对比，确认就是袁小爱见的那个“星主”。他名下有十几栋房屋，一一搜查过去却一无所获。不是邪教窝点，也没有藏匿相关物品，干干净净，看起来就是个普通的拆迁暴发户。

“这……到底是怎么了，上回那五十万不都交代清楚了，是不是竞航小子又犯什么事了？”蔡万岱还是一脸茫然。

“王竞航买凶杀人，已经批捕了。”方初阳面无表情地看着他。

听到这句话，蔡万岱满脸的震惊：“这事我可不知道！”

“你不知道，”方初阳点点头，“那你的准儿媳一定知道，毕竟那买凶钱是她的彩礼，这会儿应该就在苏倩倩家吧。”

苏倩倩就是蔡万岱的准儿媳，听到这句话，蔡万岱的脸色终于有些绷不住了。

准儿媳的房子，是蔡万岱给买的婚房。暴发户不差钱，直接写了苏倩倩的名字。高档小区复式别墅，刚装修好，还没有住人。警方在地下室里搜到了数百万现金，还有珠宝首饰、房产证、车钥匙等，不计其数。

蔡万岱脸色灰败，低头半晌，突然嘿嘿嘿地笑起来：“没错，我就是这个城里的星主。但你们抓我根本没有用，神一直存在，我只是神的代言。”

“你什么意思？”方初阳皱起眉头。

“意思就是，”蔡万岱突然扒住眼前的桌板，身体前倾，露出一排泛黄的牙齿，像给小孩子讲故事一般压低了声音，“天罚还会继续。”

这一句话，让在座的人遍体生寒。

不同于一心惦记着赚钱、骗色的五个星使，这位整个城市邪教的最高领导者，除了骗财、骗色，竟然还有对教义的追求！一个有追求的邪教信徒，一个笃信教义的疯子，宁可被枪毙也不会交出天罚者名单。

警方根据蔡万岱的通信录排查了两天，都没有结果。这些天罚者，可能是学生，是工人，是田间老农，是都市白领，是家庭主妇……毫无相关性，也无从查起。只要蔡万岱不说，那些人就会永远隐藏在暗处，随时出来杀戮。

明顿酒店 16 层的发布会已经开始。

这次不仅仅是为了展示新产品，更是为了澄清先前的谣言。因此，除了合作商和媒体，还邀请了明星、专栏作家、社会名流等，请大家共同见证。

每一位宾客都是提前拿到邀请函的，上面有专属的条形码，进门之前要先验证身份，绝不会有闲杂人等混入。翟辰盯了半晌没发现问题，会场中还有二十几名身穿黑衣、带对讲机的安保人员，在监督着酒店经理给那小平台又装了一层护网后，终于稍稍放下点心。

因为临时搭不了脚手架，只能勉强装个比小平台宽了一点点的护网，看起来总比光滑的平台让人安心，聊胜于无。

高雨笙上台，在领口别了个圆球形的小麦克风，抬手示意调暗会场灯光：“欢迎各位参加标点地图的新品发布会，我是标点的创始人兼首席执行官高雨笙。”

这次的发布会，网络同步直播。

季羡鱼坐在第一排，低头看了一眼手机：“怎么这么多人观看？”

陪着季总坐着的郑秘书笑着解释：“您不知道，上回《透视周末》播出之后，我们高总突然多了很多颜粉。”说着，翻出自家地图的官方社交账号，点开评论给他看。

官博发了一条新品即将上线的广告，并没有什么特别之处，下面却有上万条评论。

——老公好棒，请大家支持我老公的新产品！他要赚钱给我养娃的！

——快把楼上滋醒，高雨笙明明是我老公。

——官博什么时候放你家CEO的照片啊，工作照也行啊！我给我家所有手机、平板都下了标点地图，啊啊啊！

“还能这样呢？”季羡鱼很是惊奇。原本一个科技公司的发布会是没多少人感兴趣的，但冲着这位帅气的CEO，直播观看量竟然也相当可观。

“看脸时代，长得帅就是最好的公关。季总要是愿意露脸，咸鱼投资早就成业界中流砥柱了。”郑经一本正经地拍了个马屁。

季羡鱼哭笑不得，他一个投资公司卖什么脸？

“你这风格，跟高总很不搭呀。”

台上高雨笙侃侃而谈，台后郝秘书把控协调，台下翟保镖黑着脸一言不发，这才是标点应该有的配置。

郑秘书有些不好意思，赶紧祸水东引：“那个保镖也跟高总很不搭，性格是性格，工作是工作。”

季羡鱼不信，上回在公司见过翟辰，分明是个很靠谱的保镖，警惕性极高且很少说话。抬头向翟辰看过去，仿佛为了验证郑秘书的话一般，酒店的工作人员快步跑过来，递给了翟辰一个大袋子。翟辰往不起眼的地方挪了挪，快速把什么东西塞进了背后的包里。

而后，翟辰从背包中扯出根软管叼在嘴里，重新背好包，若无其事地站回原地。

季总的眼睛逐渐瞪大，那是……医用氧气袋！

不同于便携氧气瓶，医用氧气袋调整好阀门之后是持续供氧的。在这跟海平面齐平的大平原上，还要吸氧气，这么弱的身体怎么当保镖？季总默默收回刚才的话，盯着翟辰的脸出神。

白皙清俊的脸因为吸氧染上了淡淡的红，看起来比刚才要健康许多，整个人的气势也出现了不甚明显的变化。非要说的话，就是那种古代剑客有绝世宝剑在手的感觉。

“……感谢咸鱼创投对我们的信任。”台上的高雨笙突然点名，把发愣的季羡鱼唤回神，他露出得体的官方笑容，抬头跟高雨笙致意。

第一部分的展示很快结束，中间茶歇时间，请了明星上台表演。无边游泳池旁摆了餐台，酒店服务生推着餐车来将茶点摆上，有咖啡师在一旁现场拉花。一曲终了，大家说笑着前往平台喝茶吃点心。

翟辰拦住准备上前的高雨笙，递给他一瓶矿泉水。

“我想喝咖啡。”高雨笙捏着矿泉水瓶。

“你不想喝。”翟辰伸出两根手指给他拧开瓶盖。

“……”

哥哥说不想喝，那就不想喝吧。高总委委屈屈地喝了一口没滋没味的矿泉水，便有人过来攀谈。

“高总，你们这个新产品很有意思，但自己做很麻烦吧。我是做零售的，有上百家连锁商场的渠道，要不要合作？”

“高总，云路的那种语音包标点有没有兴趣啊？我们……”

“高总……”

越来越多的人围上来，翟辰按住一名试图把话筒往高雨笙脸上戳的记者，轻轻一推，那记者便噔噔噔退了三步远，差点把后面的人撞倒。

“麻烦退后。”翟辰咬着软管，从牙缝里说话，颇有些地痞流氓叼着烟卷吓唬人的架势。

“让一让，让一让！”这时候，一群工作人员推着个大箱子进来，一直推到无边游泳池旁。黑色的大箱子神神秘秘的，众人都好奇地过去围观。

“高总，那是什么表演项目吗？”挺着大肚腩的零售商笑呵呵地问高雨笙。

“不是……”高雨笙话音刚落，大箱子的四面轰然落地，露出了里面一整盘的烟花。旁边的工作人员没有任何警示，直接点燃了引线。

“呀——”平台上正喝咖啡的几名女士立时尖叫起来。

轰轰轰！几声巨响，明光升天，在黑云重重的天空下绽放出耀眼的火花。原本烟火在白天是看不清的，今天恰好是个阴天。火光在这城市最繁华的高空绽放，瞬间画出了一只血红色的眼睛……

刑警队的候问室里，蔡万岱抓着铁栏杆露出诡异而癫狂的笑：“这个城市的星星之火已经被你们扑灭，我们会向世人证明，拜星是伟大的、神圣的、不可违逆的！”

烟火还未落地，那些放烟火的工作人员突然冲进来，翟辰立时去抓高雨筀，不料那大肚子零售商突然拉开衣服，肚子上赫然装着一个巨大的烟花筒。

“小心！”翟辰一把将高雨筀护在身前，奋力跳出去。

轰的一声炸开，整个会场烟火乱飞。翟辰拽着高雨筀跳开四五米远，摔得头昏脑涨，正落在那群点烟火的“工作人员”脚下。

“此城已毁，以血祭天！”十几个人齐齐喊着口号，同时抓住高雨筀一抬而起。

第三十章

整个会场乱成一团，远处的安保人员还在忙着疏散群众，看到十几个人把高总抬起来都傻眼了。这些人走得很快，保安们往这边扑都来不及。

翟辰一个没抓住被他们抢走了高雨筀，咬着氧气管就地横扫，把旁边两人直接踢折了腿。抓着高雨筀左臂的两人顿时惨叫着倒地，高雨筀迅速将左手腕凑到右手处，两指摸向了那只星空月龄腕表。

咔咔咔……腕表指针倒转，整个表盘如一朵轻巧的机械莲花，迅速绽开。一种色泽奇异的金属快速延展、覆盖手背、自动扣紧，瞬息间变成一个颇具未来感的箭袖护腕，或者说腕甲。

虽然有两人倒下，但这支送葬般的队伍依旧毫不停滞地继续向前，须臾间已经跨出会场走上了游泳池平台。蚁聚蜂攒，单人的力量很难与之抗衡。

翟辰一个箭步冲上去，单手拔起泳池边的太阳伞，在手中转了个圈，用上十分力，呼的一声扫过去。

这一扫有千钧之势，第一排的人直接被抽飞了。翟辰手下不停，回过来左一杆右一棍，直接把这群人给打散了。单手接住高雨筀，把金属杆横在身前，愣是用滑稽的条纹花伞耍出了古人万夫莫开之势。

轰隆——

平台与内场之间的闸门突然被放了下来，那是夜间防止客人闯入泳池出危险用的铁闸门，按钮在场内的操作控制间。这一放下来，一时半刻他们是难以离开了。不会再有更多的意外发生，但同时安保人员也无法给他们提供救助。

平台上还有没来得及逃跑的客人，看到闸门关闭顿时慌乱起来，又不敢起来拍门，有女士蹲在角落里，捂着嘴不敢哭出声。

“打电话叫酒店开门。”翟辰大声说了一句，将两个天罚者扫进泳池。

这些天罚者悍不畏死，被打倒了还能爬起来。

一名天罚者被翟辰一脚踹到了餐桌上，水果、餐点哗啦啦砸了满身，挣扎两下抓起桌上切水果用的刀朝翟辰砍去。

高雨笙随手拎起躺椅上的大浴巾扔过去，阻挡了对方片刻的视线。然而只是片刻，他手边没有称手的东西，躺椅都是固定在地面上的，搬不动，唯一的太阳伞在翟辰手里。

“别伤害他！”蹲在角落里的一名女子突然冲出来，一把抱住持刀者，把人冲倒在地。

翟辰回头瞥一眼：“袁小爱！”

一身红衣的袁小爱不知何时混了进来，死死从背后抱住持刀者的双手：“我已经跟星主说好了，免去他的天罚！你们不能这样！”尖厉的声音穿透全场，然而天罚者根本无动于衷。

“血祭！”

持刀者低吼一声，屈肘用力一击，打在袁小爱身上，挣脱束缚，转身就要把刀捅进她的心脏。带着劲风的太阳伞打过来，啪地将人抽开。那人手中的刀咣当掉在地上，抽搐着吐出两颗带血的牙齿，两眼一翻晕死过去。

袁小爱坐在原地，足足愣了半晌，看着那无穷无尽往高雨笙身上扑的天罚者，颤抖着抓起了那把水果刀。

闸门轰然打开。几名安保人员冲了进来，砰的一声巨大的枪响，换来场中接二连三的尖叫，而后迅速安静下来。

一名安保人员站在泳池边，以枪指天：“全都不许动！”

“范队！”翟辰认出了持枪者，正是刑警队队长老范。

多名警察都穿着安保人员的制服，快速将现场控制住：“通通抱头蹲下！”

看到有警察在，宾客们顿时有了主心骨，不再乱跑乱窜。那些天罚者也都不动了，有的在地上抱腿哀号，有的站在原地呆若木鸡，还有的蹲着抱头，但目光始终没有离开高雨笙。

翟辰感觉到那几道充满恶意的视线，拉着高雨笙靠墙站稳：“伤到了吗？”

高雨笙面色如常，只是衣服和发型有点乱，摇了摇头：“我没事。”

上下看看，确认雇主没有受伤，翟辰的火气这才冒了上来，看看那些早就埋伏在此的警察，咬着氧气管从牙缝里挤出来："我说你……"

突然，一名蹲在地上举手等着警察铐手铐的天罚者恶狠狠地盯着袁小爱："背叛者！是你泄了密！"

"我没有泄密！"袁小爱听到这话，像是受了什么刺激，挥着手中的刀就要砍那个说话的人。

"别动！"范队长立时用枪指向袁小爱。

突然，地上蹲着的天罚者们同时暴起，一人直接扑到范队长身上，其余的悍不畏死地扑向高雨笙。

翟辰一脚踹出去一个，重新挥起太阳伞。

砰！范队长冲着纠缠他的人的脚边再次鸣枪。这一回却没有任何效果，那些天罚者像无脑的丧尸一般，只知道往高雨笙身上扑。

"啊啊啊，不准伤害他！"袁小爱大叫着持刀冲上去，被人推搡一把，刀尖拐了个弯，直接戳向了翟辰。

"小心！"高雨笙一惊，一把抓住袁小爱的衣领，将她拽倒在地。

不懂"怜香惜玉"四个字怎么写的高总用力过猛。袁小爱后脑勺磕到木质地板上，发出一声脆响。

刀尖碰到了翟辰的背包，氧气袋噗的一下漏了气。翟辰赶紧猛吸两口，抓住眼前一个瘦小的女人扔进人群里，打保龄球一般将一群人冲倒。警察迅速扑过来，将这些人重新按倒在地。

"高雨笙！"袁小爱不可置信地躺在地上瞪着他半晌，突然一骨碌爬起来，大叫着用刀抵住了高雨笙的胸口。

"我去！"翟辰回头看到这一幕，忍不住爆了粗口。

高雨笙原本站在平台墙根，为了躲避她的刀不得不沿着墙向后退。后面两步之外就是台子边缘，非常危险。

"你怎么了？"高雨笙依旧平静如初，脸上的表情跟方才站在台上演讲时没有任何区别。

"你这些天，都是骗我的对不对？"袁小爱红了眼睛，颤颤巍巍地握着刀，"你假装喜欢我，好躲过天罚！"

这姐姐，怎么关键时候突然清醒！翟辰暗叫糟糕，慢慢将太阳伞的伞尖靠过去。

“我一个从业五年的高级经理，为什么接受那么低的薪水给你干活？你那么聪明会不明白吗？我为你花了多少心血啊，你利用了我，却根本不看我一眼，我恨你！”这几天的粉色幻觉，都被脑壳撞地板那一下给“咚”清醒了。

高雨笙将双手背在身后，藏好变成腕甲的腕表：“所以呢？”

“所以，我向恶魔献上身体，只为了换你去死！哈哈哈哈……”还没笑完，袁小爱就被翟辰一棍子打蒙了。

与此同时，旁边突然蹿出了一个满嘴是血的人，在所有人都没来得及反应的时候，拖着高雨笙一跃而下。

是方才被打掉牙的那个天罚者！

“天赐！”翟辰想也不想地跟着跳了下去。

高雨笙感觉身体骤然悬空，立时抬手握拳，腕甲上星辰盘快速转动，一个细小带倒钩的金属箭头激射而出，那力道足以洞穿墙壁。而此时，他看到了一跃而下的翟辰，立时张开手指收回箭头，避免将翟辰射个对穿的悲剧。

翟辰一把抓住高雨笙的手，另一只手攀住那临时架起的护网，勉强止住了下落。而那个天罚者，已经变成一道黑色流星坠下楼去。

高雨笙脸有些发白，仰头看着翟辰。

“别急，”翟辰紧紧攥着高雨笙的手腕，背后的氧气告罄，他不敢耽搁，咬牙直接屈起手臂将高雨笙提到跟自己平齐的位置，拉着他的手搭在自己脖子上，“抓紧我！”

高雨笙立时双手交叉，死死抱住翟辰的脖子。

上面范队长已经跳下这个小平台，试图伸手拉拽。

“闪开！”翟辰大喝一声，在空中荡了一下身子，猛地用力，宛如玩单杠的体操运动员，连带着身边人一起直接翻上了平台。

周围安静了许久，才响起一阵劫后余生的欢呼。

翟辰喘匀了气，低骂一声：“疯子，全是疯子！大白天的出来杀人！”

“这是邪教的最终献祭，在拜星教遇到灭亡危机的时候，会用明显的方式祭天。”高雨笙还没撒手，气息不稳地说。

“呦，这会儿知道怕了，设这么大的局骗天罚者来杀你的时候怎么不知道怕？”翟辰拽着他后领把人拉开，准备秋后算账，却发现这家伙脸白得跟纸一样。

“如果不这么做，他们就会一直盯着我，不死不休……”高雨笙倒吸一口气，冷汗顺着线条好看的下巴滴落，看起来可怜极了。

“你怎么了？”翟辰赶紧俯身查看他的神色。

“我恐高。”高雨笙的声音越来越微弱，似乎下一秒就要晕过去了。

刚才还泰山崩于前而面不改色的高总，突然变成了这副模样，翟辰有些不知所措，愣怔半晌抬手拍拍他的背：“不怕。”

第三十一章

“天上星，亮晶晶，永灿烂，长安宁。”

逼仄的硬座火车厢中间吊着个双面电视，正放着一部当下热播的香港电视剧。古装美人握着一把平安锁，含泪念着上面的诗词，那是母亲当年把她送人时，在锁片上刻下的字。明明是美好的祝愿，却意味着骨肉分离。

“呜呜呜……”一个五六岁的小男孩躺在硬座底下，目光呆滞地看着那不甚清晰的屏幕，努力跟不断翻涌的困意抗争。

“怎么叫小孩子睡地上啊，要着凉的，”隔壁座位的老太太指着他身下那薄薄的旧报纸，向座椅上那一男一女建议，“让孩子睡椅子，大人睡地上呗。”

“睡怀里他嫌热的，”女人笑着说了一句，低头看看眼睛还没闭起来的小孩，伸出一只脚挡住他看电视的视线，用带着口音的话训斥他，“莫看了，快些睡！”

药物的作用让年幼的高雨笙说不出话来，没有电视剧分散注意力，很快就睁不开眼了。迷迷糊糊间，听到那男人说：“你去厕所把他衣服换了，那么好的料子，一会儿列车员来要怀疑的。”

等他再醒过来，原本料子柔软的高级童装不知所终，身上套了件起了球的旧毛衣。脚上的小皮鞋换成了不合脚的布鞋，里面全是沙土，硌得脚底火辣辣地疼。

“快点走！”男人见他醒了，立时放到地上让他自己走。

已经离开了火车，完全陌生的小城镇，从建筑物到人都是脏兮兮、黑黢黢的，写满了贫穷与破败。

胃里一阵绞痛，高雨笙不由自主地蹲下去，眼前一阵阵地眩晕。他不知道自己睡了多久，但是身体已经饿到了极限，没有力气了。

男人见他要赖，抬手就要揍，被女人拦了一下。

“莫要打坏了，路还长，”女人从包里掏出一块火车站卖的那种劣质小蛋糕，递给他，“饿了吧，给你吃。吃饱了，我带你去找妈妈。”

孩子抬眼看着那女人，血盆大口旁边有一颗巨大的媒婆痣，肤色枯黄，离得这样近，差点把他吓哭了。严格的家教让他很难接受别人给的食物，但现在他也知道，自己是被拐卖了，不吃就得饿死。

接过那块带着黑点的蛋糕，拣着能吃的地方咬一口。一股陈旧腐败食物的气息蹿进口腔，让他一阵反胃，直接吐了出来。抬头看到十字路口站着一名穿制服的交警，正在吹着哨指挥交通，他立时顾不上胃疼，大声朝那边喊："警察叔叔，救命……"

男人狠狠给了他一巴掌，打得他两耳嗡鸣。之后发生了什么，已经不记得了，再醒来已经在农用三轮上，突突突地沿着山路进发。

那是个很远的村子，到的时候已经太阳西沉。他被卖给一户没有孩子的人家，男主人是个驼背，媳妇是个骨瘦如柴的女人。

“呜呜呜，我要回家，我要妈妈……”小小的孩子吃了些东西，终于有了力气，开始不停地哭闹。

“别哭了，以后我就是你妈。”女人说着一口本地话，叽里呱啦听不懂，拿了条黑乎乎的毛巾给他擦脸。

驼背进来看看，见孩子浓眉大眼俊极了，满意地嘿嘿笑，同样叽里呱啦说了一大堆。

点着油灯的黑屋子，两个人的影子拉得老长，在石头墙上张扬舞爪。眼前的一切仿佛噩梦，两个吃人的妖怪从人贩子手里买了他，正商量着煎炒还是烹炸。小小的高雨笙再也忍不住，哇的一声大哭起来。

头一天女人还会哄哄他，实在哄不住就不管了。他试图逃跑，被驼背抓回来一顿打。两人下地干活，就用绳子把他拴在院子里，扔一个硬馒头。

高雨笙坐在树根上，看着脚边那比石头还硬的食物发呆，小声念着："妈妈，爸爸，我家住在西城区明山路三十五号，我叫高天赐，我妈妈叫叶蓉，我爸爸叫高……"

扑棱棱！蹲在篱笆上的鸡突然飞走，一颗小脑袋从篱笆那边冒出来，睁着一双清亮的眼睛看过来。那是个比他大一些的男孩子，白得像爷爷用的那盏薄胎瓷，跟这黄土碎瓦砾的山村格格不入。

小哥哥左右看看，直接翻了进来，蹲下，歪头看他，用当地土话说了一句什么，好像是“不哭”之类的。

高雨笙这才发现自己脸上还挂着泪珠子：“哥哥，你放我走好不好？我家不是这里的，我想要妈妈。”

小哥哥微微蹙眉，学着他的话：“妈妈？走？”虽然说得很慢很艰难，但发音异常准确。

高雨笙微微张大了嘴巴，脸上的那颗泪珠顺着下巴滚落，砸在了满是尘土的地面上。

对方从怀里掏出一枚小小的鸟蛋，还是热乎的，塞到他的手里，满眼含笑地看着他。

“给我吃的吗？”高雨笙比画了一下往嘴里塞。

“吃……嗯，吃！”小哥哥普通话学得极快，拿过鸟蛋剥开壳，放到他嘴边。

他确实饿坏了，两三口就把小鸟蛋给吃了个精光，结果吃得太快就噎住了，鼓着嘴巴闷声咳嗽，却舍不得把食物咳出来。

小哥哥站起身，拿起水缸里的葫芦瓢舀了一瓢水，快步跑回来给他喝。清甜的山泉水缓解了干渴，也成功让他咽下了那颗救命的鸟蛋。

头顶突然被摸了一下，抬头看过去，正摸他脑袋的小哥哥满眼好奇，摸完仍不过瘾，单手撑地凑过来如野兽一般嗅了嗅。

“哥哥，你叫什么名字？”高雨笙拉住那人的手，暖暖软软的，让他暂时忘了周围的恐怖，忍不住越攥越紧。

“名字？”小哥哥眼带疑问地看他。

“名字，天赐，”高雨笙指指自己，再指指他，“名字。”

“天赐。”小哥哥跟着念，然后指着自己，说了一个他听不懂也记不住的词。似乎意识到他听不懂，小哥哥笑了笑，没再多说。

但他依稀听见一句：“不怕。”

天赐……不怕……

高雨笙骤然睁开眼，火车、山村、黑屋子、狗绳子通通消失不见，眼前是他的花园洋房卧室。阳光透过没有拉紧的窗帘照进来，驱散了梦魇。

“呦，醒了。”翟辰从门缝里冒出半颗脑袋，看到他坐着便大方地推开了门，一把将窗帘拉得大开，“你说说你，恐高还敢玩这么刺激。以后，你的活儿我可不敢接了。”

“你昨晚上没走？”

“嗯。”翟辰懒洋洋地应了一声，转身离开了卧室。

“舅舅怕你发烧，”翟檬檬突然从床尾冒出头，好心给一脸茫然的高叔叔解释，“他说小孩子被吓到，容易发烧。”

翟辰去而复返，肩上甩着背包，单手将孩子夹到胳膊底下：“饭在锅里自己记得吃，我得去幼儿园了。哦，对了，打今儿起咱俩的雇佣合同就结束了啊。”

“……”

没等高雨笙再说话，那人已经脚下生风地跑了。

锅里煮了两枚鸡蛋，高雨笙捞出来握在手中。哥哥明明已经认出他了，掉下去的瞬间，分明听到了一声“天赐”，怎么转眼就落荒而逃了呢？

桌上的手机响了起来，显示为“电视台”。

“高先生，您之前报名参加的《风里雨里候佳音》节目已经排上了，三天后录制，请您准时参加。”

《风里雨里候佳音》是个电视台寻人节目，专门帮助走失儿童找亲人的。高雨笙都要忘了，自己半年前报名了这个节目，让他们帮着找哥哥。

高雨笙：“找到了吗？”

“这个我也不清楚，不过既然通知您上节目，那就有百分之八十的可能是找到了。”工作人员诚恳地说，这种上电视的节目，失败率不能太高，不然就没人看了。既然通知嘉宾前去，大部分是找到了，没找到人也有准确的消息。

高雨笙捏碎了手里的鸡蛋。

幼儿园依旧是往常的样子。翟辰取下挂在电驴把手上的早餐，递给对面家属院的门卫杨大爷。

“你可算来上班了，有日子没见你了。”杨大爷笑呵呵地接了。

“您可别瞎说，我天天都在。”翟辰睁着眼睛瞎胡扯，坚决不承认最近出勤率偏低。

幼儿园老师的工作是机械而无聊的，哄孩子间隙，大家时不时聊几句最近的新闻。

“咱们这里竟然有邪教，太吓人了。”

“可不是嘛，这些人真疯狂，冲到明顿大厦去放烟火，怎么不上天呢？”

那天发布会有现场直播，不过直播是固定机位，在现场乱起来后就停了，勉强录到了天罚者放烟火。现场的骚乱引来大量网友关注，那天的烟火城里的人都看见了，消息捂不住，警方就索性公布了真相。

邪教的嚣张做派轰动社会各界。全市展开了轰轰烈烈的邪教清查活动，好在警方已经端掉了所有窝点，刚刚开考就写完了答卷。

“现在的变态怎么这么多，我这几天回家都担心被人尾随，时不时地往后看，都有点神经质了。”米老师愁眉苦脸。

李婷的真正死因，也随之公布了出来。说是前男友信了邪教，尾随并与其他邪教徒合谋杀害。那些打了马赛克的微信聊天记录被标点地图的技术员还原出来，那些所谓的“受不了”“想死”，全是想跟王竞航分手但父母不同意而说的话。

妈妈：哪个男的不这样，忍忍就好了。

李婷：我一天都忍不了。

爸爸：人家那么有钱，脾气大点很正常。你自己收敛一点，不许分手！

李婷父母没有再接受采访，他们在得知女儿是被“金龟婿”杀害的之后到底有没有后悔，就不得而知了。

“警惕点也挺好。”翟辰随口应了一句。

米老师看看他：“要是你这样的跟踪尾随，我就不害怕。”

翟辰挑眉：“你这就不对了，不能因为长得帅就赦免罪过啊。”

“长得帅指不定谁吃亏呢，是你的话，没准我就答应了。”米老师半是开玩笑半是认真地说。

“阿弥陀佛，女施主请自重，贫僧一心向佛，不沾女色。”翟辰单手做少林高僧手势。

正值放学时间，许多家长已经在门口等候了，听到这话哈哈大笑：“翟老师，你这么帅不找女朋友，太浪费资源了。”

“我不找女朋友，不就是大家的共享资源了吗？”翟辰靠在栏杆上，跟几个孩子妈妈逗着玩。

今天不用去接高总下班，本该觉得轻松的，心中却总是觉得不安。天罚者一共十八个人，按照十八罗汉来排位，一个不多、一个不少，全参加了祭天活动，被警方一网打尽。恶魔都被关进了笼子，按理说不需要再担心了，可是……

“嗬。”一声冷笑突兀地掺杂其中。

翟辰抬头，正对上高雨笙那冷淡、深邃的目光，提着的心蓦然落在实处：“这位先生，也来接孩子？”

西装革履、英俊逼人的高总站在一群妈妈、奶奶、爷爷中间，想不引起注意都难。众人纷纷看过来，甚至有人已经认出了他。

“我来接你。”

周围突然安静了一瞬。

翟辰：“……”

这熊孩子！

Part 2 洋娃娃（上）

我记住了所有能记的地图，就是记不住回家的路。

第一章

高雨笙那天晚上去接翟辰，主要是想当面谈谈续签保镖合同的事宜。

“邪教的事结束，袁小爱也进精神病院了，你还要保镖做什么？”翟辰很是怀疑这家伙的目的。

“我请你做保镖，本来也不是因为袁小爱。”高雨笙抿唇。

“你放什么……”翟辰骂了一半，忽然明白自己先前的不安是因为什么了：天罚者是抓起来了，那在高架桥上用射钉枪杀他们的那个人呢？

卡车撞车，射钉枪杀人，这明显不是邪教的做派。

高雨笙第一次提出要他做保镖，是在收到拜星教“外卖单”之前！

说是接翟辰，高雨笙却直接把车开上了高架，往他自己的房子开去。儿童椅上的翟檬檬对于去哪里完全没有意见，翟辰正在出神，没有注意。

“那你怎么不雇几个职业保镖呢？”

那种职业杀手，就凭他一个兼职保镖，很难保证高雨笙的安全，何况这小子算计太多，根本控制不住。

“我不要别的保镖。”斩钉截铁的冷硬语气，终于有了几分霸道总裁的气势。

“你那么有主意，我可伺候不起，都敢把自己当鱼饵钓邪教杀人狂了，就是超人也护不住你。”说起这个，翟辰就忍不住冒火。

车里突然陷入沉默，路上的灯光照进来，将高雨笙紧绷着的脸映得忽明忽暗。翟辰以为他会发脾气说出“男人，你我之间还没完”之类的霸总语录，等了半晌却等来一句自言自语般的轻声呢喃：“我以后会听你的。”

他的声音几不可闻，但翟辰就是听见了。像是被什么细小柔软的东西扎到了心尖上，酸疼得厉害。

过往种种，随着晚高峰的车流，在记忆的岔口汇聚。那些深埋在心底的惦念，被这一句可怜巴巴的示弱粘连出来，再也藏不住了。

晚上，翟辰哄睡了外甥，又把整栋房子检查了一遍。以前是防邪教徒，其实没有那么严格，但要防职业杀手，这个房子的安全设施显然是不够格的。

前后花园需要装摄像头，落地窗得换防弹玻璃，还有报警器、煤气检测、自来水检测……

把需要的写进备忘录里，路过主卧室门前，翟辰不由得停下了脚步。除了那间锁起来的小屋，别的都看了一遍，就剩主卧了。这间其实最重要，为了雇主的安全，必须好好检查一下。

很快给自己找好了理由，翟辰轻手轻脚地推门进去。屋里开着夜灯，在地毯上照出一片星星点点的光亮。遮光帘拉得严丝合缝，这对于夜盲眼来说很不友好。

踩着地上的小星星，一步一步走到床边，翟辰看不到床的位置，膝盖咚的一下磕到了，差点栽倒。立时伸手撑住床头，避免砸到高雨笙身上。

屋里的灯骤然亮起，仰躺着的高雨笙眯眼看他："你在干什么？"

翟辰毫不心虚地站直了身子："我来看看这屋里有没有异常。"

高雨笙坐起来："那你看出什么了吗？"

"整个房子的安保都不合格，尤其是这个主卧，这么大的落地窗。"翟辰煞有介事地走到窗前，隔着遮光帘摸摸玻璃窗。

"所以？"高雨笙平静无波地看着他。

面对明显不信却还是配合表演的雇主，翟辰瞬间起了逗弄之心："我今天晚上留下来。"

"也好，我明天要参加个电视节目，你也去。"高雨笙转头看他。

这就答应让他留下来过夜了？本来想吓唬一下这个有洁癖的小总裁，结果没吓到人家，反倒把自己搭进来免费值夜班。

"嗯，行。"翟辰蔫蔫地答应下来，再不提让他雇职业保镖的事。

屋里再次陷入沉寂，过了很久，高雨笙的呼吸变得均匀而绵长，显然是睡熟了。翟辰凑近了些，轻轻抽了抽鼻子，屋内清新的薄荷香瞬间填满鼻腔。

不是小时候的味道了，需要重新记一下。

不丢下你，明天就找个机会告诉你。

做完这些，翟辰安心地闭上眼。殊不知对面的人根本就没有睡。

次日，高雨笙如约去了电视台。

翟辰本以为又是公司宣传，进了录影棚就傻眼了，怎么也没想到竟然是寻亲节目。

《风里雨里候佳音》以让人痛哭流涕著称，帮助无数破碎家庭找到失散的亲人，每个环节都充满了煽情与感动。求助人坐的沙发上摆着两盒抽纸，观众席上也免费提供小包纸巾，足见其威力。

翟辰站在台下，眼睁睁地看着高雨笙坐到了求助人的位置上。

有观众认出了高雨笙，观众席上顿时一阵骚动。主持人也有些意外，没想到会是最近很有名的标点地图创始人，但为了节目效果，并没有点出他的身份，而是把他当作普通求助人例行开场。

“今天的求助人是这位高先生，”主持人是一位自带苦情气息的姐姐，跟高雨笙握了手之后便开始促膝长谈，“你是要找失散的哥哥，对吗？”

“嗯。”高雨笙点点头。

“……”这么言简意赅，主持人只得接着问，“是亲生的哥哥吗？”

“不是，”高雨笙终于意识到自己是有台词的，“是小时候认识的哥哥，他救了我的命，带我逃离了那个地方。”

“逃离什么地方？”主持人和观众顿时被勾起了好奇心。

台下的翟辰呼吸一滞，这家伙上这种土味寻亲节目，竟然是为了找他！功成名就的总裁，当着全国人的面讲过去那段不堪的回忆……

“我小时候，被拐卖到一个山村里，遇见了哥哥。他也是被拐卖的，一直照顾我，后来带着我跑出来。要不是他，我大概还在那个山村里种地，或者已经被那个爹打死了。”高雨笙侃侃而谈的时候，总带着一种特殊的韵律，充满了说服力。放在此情此景，很容易带动观众的情绪。

“买你的那家人，对你不好，是吗？”主持人立时抓住了关键点。

“应该算不上好吧。白天，就把我像狗一样拴在院子里，扔一块硬馒头。如果逃跑，抓回来就打。不跑了，就让下地干活，三伏天捡麦子，大雪天找干柴。”温和清朗的声音讲述凄惨往事，配上高雨笙那张脸，足够让电视机前的阿姨、姐姐们心碎。

主持人立时跟进：“你那时候多大？”

“5 岁。”

观众席上响起了一阵阵的抽气声。

“养父怎么打你的？”这点早前报名的时候写在资料里了，越悲惨感人越有可能被选中，所以高雨笙都是照实写的，主持人也就故意往这边引导。

“通常是用手或者扫帚，偶尔觉得不过瘾，就拿鞭子，”高雨笙面色平静地说，“只有哥哥护着我。”

已经有观众忍不住哭了，主持人的眼里也泛起了水光：“他替你挨打了吗？”

“他把我爹打趴下了。”

“……”

第二章

翟辰在一边听得直抽抽。

苦情故事突然变成了武侠片，主持人的脸色肉眼可见地扭曲了一瞬，生硬地转换了话题：“我们摄制组找到了以前你们被拐卖的那个山村，要看看吗？”

说完，不等高雨笙同意，大屏幕上便显示出了新的画面，配上低沉的标准解说和恰到好处的背景音，将气氛重新拉了回来。

风景秀丽的群山，绿树掩映，流水潺潺，一眼望不到边。

解说：“根据求助人的描述和调查走访，我们大致确定，当年的山村是在 S 省北部的 T 县。”

节目组确实下了大功夫，找到了离村子最近的那个小镇。这都是根据高雨笙的记忆找的，他记得那个小镇有外地游客，还有一块巨大的石碑。这小镇距离那个村子大概二十公里，具体是哪个村却是不可考了。

镜头将这个小镇和周围的风景都拍了拍，还找了两个小孩子，对当年的故事进行模糊的场景再现。

解说：“小高当年被拐到这里，养父怕他逃跑，白天下地干活就用拴狗的绳子将他绑在院子里。哥哥就是隔壁的邻居，已经被拐卖来很多年，一时好奇扒着篱笆看进来，让两个同病相怜的孩子从此结下了不解之缘。”

画面中的两个孩子手拉着手，在田间地头奔跑。黑白底色的镜头，闪过破旧的平房、参差不齐的篱笆、树上晃荡的麻绳。

“你是城市里的孩子，小时候家里条件应该很好吧？”主持人当然知道这位是九逸集团的大少爷，但为了节目效果还是要假装不认识这位求助人高先生。想来节目播出的时候，电视机前知道真相的观众会忍不住高呼：那是相当好了！

“还好，普通家庭。”高雨笙面不改色地说。

“……村里的生活一定很苦吧？”

“刚开始他们怕我跑，不让出门，后来有哥哥带着，他们才放心。哥哥带我去钓虾、摸鱼、捡鸟蛋，有哥哥陪着就不觉得苦。”虽然缺吃少穿，但那些快乐也是真实的。从火车站到山村那一路都是噩梦，但从见到哥哥的那一刻起，噩梦就结束了。

“听说那边很穷，盐都需要用鸡蛋去镇上换。捡鸟蛋是为了补贴家用吗？”主持人努力把高先生塑造成懂事又可怜的小白菜。

“吃啊。”高雨笙莫名其妙地看了主持人一眼。说是贫穷，倒也没有穷到买不起盐的地步，否则，他们哪来的钱买孩子？

“……”

抒情的背景音乐还在继续，这天已经聊不下去了。翟辰默默找了个角落躲起来，实在没眼看。

高雨笙转头，不见了翟辰的踪影，眼睛微不可察地亮了一下。昨天晚上，他隐约听见翟辰在次卧接了个电话：“行，明天我一定去。”

明天，一定，去哪里？

本来他没指望节目组找到翟辰，但如果找到了，那哥哥一直躲躲闪闪地不肯承认，就是为了给他个惊喜了！

高雨笙看向舞台那端的电子屏幕，屏幕本身也是一道门。如果找到了，那人就会从屏幕后面走出来，与求助人来个感天动地的相见。他忽然对后面的环节都失去了耐性。

主持人见求助人想要直接跳到开门环节，当然是不允许的，赶紧继续话题：“后来哥哥带你逃出来了是吗？你们那么小，怎么跑出来的？”

山路曲折，那种山村往往只有一条路通往外界。别说小孩子，就是被拐卖的成年妇女也很难逃出去，很容易遇到村里人。而那种落后的地方，人们对于买卖孩子早已司空见惯，并没有人会因为可怜这两个孩子而帮他们报警，只会把逃家的孩子送回来。

“哥哥背着我走了很久，躲在一辆货车里逃到了县城。”高雨笙言简意赅地省略了艰辛的过程。那是寻常孩子根本不可能完成的任务，说多了就会暴露哥哥的特殊之处。

这大概是史上最无聊的寻亲节目了，没有撕心裂肺的哭喊，也没有惊心动魄的逃亡，除了求助人那张帅脸，毫无看点。

“后来被公安机关救回来，你回家了，哥哥进了孤儿院，”主持人拿着资料，继续拯救收视率，“他叫什么名字？”

“他原本的名字我不知道，我一直叫他星星哥哥。”而那个久远的名字，哥哥再没有提起过，高雨笙也无从记起。

主持人试图挖掘高雨笙执着于找哥哥的目的：“如果没有他，你现在很可能还在山村里，忘了自己原本的家。”

眼前的求助人高先生，英俊体面，充满了上流人士的气息。如果没有星星哥哥，他现在决计不是这副模样。大概会在那个小山村里，面朝黄土背朝天，皮肤粗糙、手脚皲裂，无知而无望地蹉跎一生。

“找他，是为了感谢他吗？”

这个问题不管怎么回答，都不会错了。主持人十拿九稳，这次一定要把观众弄哭。人间至真至美的情谊，莫过于感恩，一句跨过千山万水的“谢谢你”，抵得过一万字的长篇大论。

高雨笙垂目，沉默半晌，缓缓摇了摇头：“找到他，问他为什么丢下我。”

完全不合常理的话，把主持人和观众都惊住了。蹲在角落里的翟辰狠狠皱起了眉头。

场中的音乐迅速变换，终于到了见证奇迹的时刻。主持人抬手，请高雨笙上前开门：“如果找到了，他就在门的那边。”

高雨笙站起身，慢条斯理地扣上了西装扣子。大屏幕上循环播放着山间风景，那苦难又快乐的日子早已远去，幼年的记忆却鲜活如昨。

镜头随着他的脚步，一点一点地拉近，短短十几米的路，仿佛走了一个世纪之久。临到面对，先前的确定忽然又不确定了。

如果门那边的人不是翟辰呢？

如果哥哥不愿意与他相认呢？

如果对哥哥来说他只是个小时候认识的朋友，并没有什么特别的呢？

电子屏幕组成的门缓缓开启，门缝里透出射灯的光芒，闪耀得人看不清。

所有人屏息凝神，期待着那位善良勇敢、命途多舛的星星哥哥。

门开到了最大，射灯下的烟尘散去，内里空空如也。观众不由得发出了失望的嘘声，站在台上的高雨笙也有些蒙。

“很遗憾，我们没能找到，”大屏幕上显示出了外场主持人，“不过也找到了不少线索。不是血亲，我们无法从儿童走失数据库里找到相关资料，只能求助公安机关。”

根据当时中心区公安分局的资料记载，因为高家报过案，两个孩子求助警方之后，很快就被送回了本市。高雨笙被妈妈接回了家，星星哥哥进了中心区孤儿院。

“那个小哥哥在资料中登记的名字就叫‘星星’，没有姓，年龄也是个概数。”外场主持人将找到的旧资料展示给镜头看。

星星，男，年龄 12—13 岁，父母不详，出生地不详。

星星哥哥不属于任何一个儿童走失案，查不到亲生父母，也无法认定为孤儿，暂居福利院。

“他不是孤儿，无法被领养。当时是寄养在一位叶姓女士的家里，但没多久就被退养，又回到了福利院。后来被警察带走，说是找到父母了，再往后就没有了音信。”这是节目组找到的所有线索，一切中止在警察领走他的那一刻。

叶女士，就是高雨笙的妈妈叶蓉。

屏幕渐渐黑下去，高雨笙在台上站了良久。

主持人走到他身边，劝慰道：“别灰心，至少已经知道，哥哥是有亲生父母的，现在应该也过得很好。这个节目会被全国人看到，没准哥哥也会看到，你有什么话想对他说吗？”

高雨笙似乎没听到，目光散乱地寻找台下的翟辰，找了半天没找到，才抬眼看向镜头。

“我开了一家公司，做了一张地图，我曾经希望能用这张地图找到你。”

他没说地图是什么，但大家都知道。

“我们的地图已经开启了寻物模式，谁丢了东西都可以实时发布寻物启事，周围的人就可以帮着找。谁家孩子丢失，也可以实时发布……”说着说着，莫名开始了广告。

主持人试图打断他，耳返里的导演却出声制止了。这是标点地图新出的公益项目，依托“寻点”的技术支持，人人都可以发布求助信息，完全免费。

录制结束，高雨笙脱下西装外套搭在手臂上，慢吞吞地往录影棚外走。

“你这寻亲节目还带插播广告的。”翟辰不知从哪里冒出来，笑嘻嘻地用肩膀撞了他一下。就说这家伙明明都认出他了，怎么还上寻亲节目，原来还是商业项目。

高雨笙没有应声，垂着眼往外走，不想跟他说话。自己已经把能说的、不能说的，都通过节目说了，这人依旧无动于衷。

果然是他自作多情了吗？十五年来，只有自己单方面惦记着哥哥。

翟辰见他满脸沮丧，有些意外，忍不住问了一句：“你都这么大了，还找他干什么呢？”

高雨笙停下脚步，缓缓吸了口气：“你就当我是缺爱吧，见笑了。”

翟辰愣了一下，叫住了转身欲走的小朋友：“天赐。”

第三章

高雨笙回头，一言不发地看着翟辰。忽明忽暗的眸子，乍一看好似盈满了泪水，仔细瞧却什么都没有。大概是经年的委屈满溢，出现了一瞬间的海市蜃楼。

这副模样落在翟辰眼里，简直要了他的命。小时候他就看不得天赐哭。

“你终于承认了。”高雨笙垂目，声音有些哑。

“我以为你长大了，不需要我了。”翟辰叹了口气，后悔先前的自以为是。本来也打算今天告诉他的，但这时候再说出来就像此地无银的“挽尊”，没法开口了。

高雨笙看着他，不说话。

“是我不好，不生气了，好不好，”翟辰握着他的胳膊，轻轻晃了晃，拿出哄孩子的语气小声哄他，“好不好？”

陪着来处理琐事的郑秘书拿着节目组给的东西跑过来，忽然感到一阵低气压，再看向面前僵持着的两个人，一声“高总”卡在了喉咙里，连带着人一起差点摔倒。郑经屁滚尿流地退回拐角，摸摸快要跳出来的心脏。

高雨笙别过脸去：“你昨天晚上说‘明天一定去’是什么意思？”

“嗯？”翟辰回想了一下昨天晚上的事，顿时哭笑不得，“那是我答应幼儿园园长，今天一定去招生现场帮忙。你以为我是要来参加节目吗？”

说起去幼儿园，翟辰拉起高雨笙的手腕看了一眼表，时间已经不早了，得赶紧去幼儿园才行。他笑着推推闹别扭的小朋友的脊背，拱着他往前走：“翟建国给我户籍做的处理，谁也查不出来的。”

当年他俩逃出山村的过程太玄幻，经不起仔细调查。翟建国为了保护他，这辈子就那么一次违规利用职权，改换了户籍资料。就算是公安系统内部，也是查不出来的。

这些事谁也不能说，但对着天赐就可以。他们是彼此新生的开始，什么都知道，什么都不必隐瞒，这让翟辰感到前所未有的放松。

其中的道理高雨笙当然明白，也听出了翟辰言语中掩藏不住的信赖，脸色渐渐回暖，唇角一点一点慢慢上翘。

翟辰推着他一路走到停车场：“我答应园长要去的，先把你送回公司，下班再去接你，嗯？”顺手从高雨笙口袋里摸出了车钥匙，准备开门，却听高雨笙闷声嘟哝。

“今天不去公司。”

怎么还耍起赖了，翟辰忍不住笑：“你3岁吗？不想上幼儿园。”

“去幼儿园。”高雨笙认真地说。

“……”

于是，翟老师今天上班又多了一个大拖油瓶。贴墙根找了个小蘑菇凳给高雨笙坐，高总丝毫不嫌委屈了那两条长腿，乖乖坐在凳子上不吵不闹。他觉得自己似乎忘了什么。

手机“叮”了一声。

郑秘书：高总，您还在电视台吗？

忘了郑秘书。

“檬檬，那个跟你一起来的叔叔是谁呀？”穿着粉色裙子的小女生，悄声问坐在秋千上的小翟同学。

“我舅舅啊。”翟檬檬晃着脚，故意绕圈子不回答。

“哎呀，我是说坐在那边的那个。”小女孩着急地跺跺脚，指着坐在蘑菇凳上的高雨笙。

脱了西装外套，只穿着深空蓝衬衫的男人，像是童话书里住在城堡中的王子，惹得那些女老师频频偷看。

“我知道，”小胖子凑过来，挤在秋千和小女生之间，“瑶瑶，你问我呀。”

“你知道什么，人家是跟着檬檬来的。”叫瑶瑶的女生不想理小胖子，推开他试图继续跟檬檬聊天。

小胖子不服气，就是不肯让开：“我就是知道，他是点点地图的总裁，我小姑经常看他的视频。”

“不是点点，是标点。”翟檬檬老神在在地说。

比起上蹿下跳的小胖子，瑶瑶显然更信任小翟同学，小手拉住秋千绳子：“那他跟翟老师是好朋友吗？”

“就是点点，”被无视的小胖子不高兴了，贴着脸跟翟檬檬吵架，“我小姑天天说，肯定不会错。”

“是标点。”

“点点！”

翟辰正在幼儿园门外摆摊。这里早早布置好了气球和宣传板，穿着粉蓝色围裙的翟老师手拿宣传单，耐心地跟前来咨询的家长解说。一会儿没注意，玩具区的两个小朋友就打了起来。

身体不好、一直佛系读幼儿园的翟檬檬，今天也不知犯了什么倔，跟小胖子顶起了牛。小胖子恼羞成怒，伸出胖胖的手一把将翟檬檬从秋千上推了下去。

“哎呀！”瑶瑶尖叫了一声。

所有大人看过去的时候，翟檬檬已经被高雨笙抱了起来。

“不好意思。”翟辰将宣传单塞到听了一半的家长手里，单手撑住栏杆跳进玩具区，看到翟檬檬嘴唇发紫，立时抓过背包，翻出氧气瓶扣到他脸上。

照顾患有心脏病的孩子多年，翟辰对于急救的手法早已驾轻就熟，这个情况并不严重，缓一会儿就好了。示意高雨笙调整了一下孩子的姿势，静静地按着氧气瓶的压嘴。

小胖子意识到自己闯祸了，一溜烟儿躲到了滑梯后面。瑶瑶在一边急得掉眼泪：“老师，他会不会死呀？”

“没事，缓一会儿就好了，”翟辰安慰了一句小女生，看看翟檬檬的脸色，慢慢移开了氧气瓶，“怎么样？”

“朕大业未成，不能死。”翟檬檬伸出一只手，做枭雄状。

翟辰屈指弹他脑袋：“那您珍重龙体，有事唤小的一声。”

今天招生，人手不够。所有孩子都不上课，集中在玩具区由一名老师看着，难免有些手忙脚乱。那名女老师赶过来，连连向高雨笙道谢。

高雨笙没兴趣跟女老师多说，将孩子交给她就重新坐回蘑菇凳上。刚经历过“佞臣谋害”的主公翟檬檬，不敢再玩秋千，也搬了个凳子过来，坐到高雨笙身边。

“你去给翟檬檬道歉！”瑶瑶拽住躲在角落里的小胖。

“我不去！”小胖子甩开瑶瑶的手，自己骑着木马挪走。

瑶瑶气得直掉眼泪，揉着眼睛走到翟檬檬身边：“他不肯道歉。”

“不用道歉，这是男人之间的较量，”翟檬檬把自己的小凳子挪给瑶瑶一半，让她坐到自己身边来，“不信你问高叔叔。”

正低头回秘书消息的高雨笙，转头看向小朋友。

“叔叔，你以前上幼儿园的时候也跟小朋友打架吗？”瑶瑶坐下来，偷瞄他。

“我没上过幼儿园。”高雨笙收起手机，认真回答小朋友的问题。该上幼儿园的年纪，他被人贩子拐走了，并不了解幼儿园是什么样子。不过在村子里，倒是经常跟别的小孩打架，只为了抢一只蟋蟀或是一个铁圈。

两个小孩听得目瞪口呆，对于在城市里长大的他们，那种生活是难以想象的。

“什么是拐卖呀？”

“拐卖就是小朋友被人贩子带走，拉去很远的地方，卖给陌生人，从此见不到爸爸妈妈。”高雨笙用孩子能听懂的话，认真给拐卖下了个定义。

“呜，好可怕。”瑶瑶吓得缩了缩。

“我要是被拐卖了，估计就活不成了。”翟檬檬对自己脆弱的身体甚是了解，忧虑不已地说。

“无论在怎样糟糕的环境下，都不要放弃生存，活着才有希望，”高雨笙看向门外笑得满面春风的翟辰，“总有一天，超人会从天而降。”

“超人我知道，在小朋友遇到危险的时候，他就会飞过来把坏人打跑。”瑶瑶赞同地点头。

“我舅舅就是超人。”翟檬檬信誓旦旦地说。

“他是什么超人呀？”瑶瑶皱起小眉头，没看出来翟老师哪里像超人。

“超级帅的人呀！”翟檬檬得意扬扬。

“哈哈哈……”

高雨笙听着东一句西一句的无忌童言，微微地笑。每天忙得堪比机器人的高总，就这么靠着墙根，无所事事了一下午。时光仿佛回到了十六年前，日出而作、日落而息，慢吞吞的山村生活，他晒着太阳看哥哥跟大孩子玩石子，一看就是一整天。

终于等到放学时间，翟辰拎起两个快睡着的小朋友，带他们回家。翟檬檬向舅舅要了三块钱，神神秘秘地跑进小卖部，买了个小东西揣进口袋。

“买什么了，这么神秘？”翟辰单手拎起小孩，放到肩膀上。

“不告诉你。”翟檬檬捂紧了口袋。

翟辰嗤笑一声，抬手搭在高雨笙肩膀上，单指点了点：“晚上想吃什么？哥请你。”

“煮鸡蛋。”高雨笙回头看他。

“……”

这小子，就会往他心窝子里戳。问心有愧的翟辰，说不出反驳的话，默默把要吃煮鸡蛋的小天赐带回了家。

下班回家的方初阳，刚进门就感觉到屋里陌生人的气息，立时警惕地走出玄关。就见那位身家过亿的热心市民高先生，正坐在他家老旧的沙发上，慢条斯理地啃着一颗水煮蛋。

而自家那个不省心的兄弟，乐颠颠地拿了一套睡衣出来：“你穿我这套，刚洗过的。”

方初阳：“？”

第四章

之前还半夜抽烟，叽叽歪歪不肯攀富贵，这一天不见，就把人领回家了。方初阳对自家兄弟说话不算数的程度，又有了新的认知。

“呦，你回来了，”翟辰回头跟方初阳打了个招呼，又把注意力转回到高雨笙身上，“方初阳，我弟弟，你见过的。”

“谁是你弟弟！”方初阳走过来给他后背一拳，审视高雨笙。

高雨笙起身，冲方初阳点了一下头，权作打招呼，便拿着睡衣进屋去换了。

翟辰看着乖乖的天赐，忍不住龇牙傻乐，被看不过眼的方初阳勒住脖子问："怎么回事？"

"如你所见，我攀了个亿万富豪做兄弟，以后咱们家就发达了。"翟辰冲他挤挤眼。

"滚！"

两人正闹着，高雨笙换了睡衣出来。几十块的廉价睡衣，愣是让他穿出了奢侈品的高级感："我住这里，没有给你们添麻烦吧？"

"没什么麻不麻烦的，省得别人惦记了……哎哟！"方初阳话没说完，就被翟辰一拳捶在肚子上，没了下文。

"面条要煳锅了，赶紧去把面捞出来，吃饭了吃饭了。"翟辰拉着高雨笙往厨房去，把受伤的兄弟丢在客厅里自生自灭。

方初阳工作繁忙，休息时间珍贵，吃完饭就早早去睡了。翟辰在儿童房哄翟檬檬睡觉，高雨笙就独自在翟辰的房间里待着。

这屋子还是十年前高中生的风格，书架上没几本书，放着篮球、杂志和各种乱七八糟的小玩意儿。桌上放着一个小相框，里面是一张全家福。

一对中年夫妇坐在椅子上，后面站着三个年轻人。翟辰站在中间，一左一右搂着方初阳和一个年轻女子，笑得灿烂。

"你想睡高的还是低的？"翟辰拎着一个枕头进来扔到床上。

"这个人，"高雨笙指着照片里的中年男子，"他是那个……"

"嗯，带我们回来的那个警察，"翟辰走过来拿起相框，很是惊奇，"你还记得他？"

那个男人就是翟建国，同时也是当年带着高雨笙妈妈去S省接他们的那个警察。当时高雨笙死活不肯跟翟辰分开，而翟辰又说不清自己家是哪里的，就一并给带了回来。户籍登记在福利院，不过翟辰没在福利院住，直接被高妈妈领回家了。

"是我妈把你送走的吗？"高雨笙看着他。

一觉醒来，哥哥就不见了，不管他怎么哭闹都没有用。妈妈把他送回高家，自己也消失了。

"消失了？"翟辰很是惊讶。

天赐妈妈姓叶，这位叶阿姨收留他之后，一直是独自带着孩子居住，他一直没有见过高雨笙他爸。后来，叶阿姨赶他走，他想过可能是要回到高爸爸身边去，不方便再带着他这个外人。

但把孩子留下自己离开，这就有些说不通了。

“嗯，没多久就死了。”高雨笙坐到床上，选了个低一点的枕头，垂目看着上面的卡通印花。

妈妈没了，他也不在身边，高家还有同父异母的姐姐，还有后妈，而高雨笙回来的时候已经 7 岁了。那就意味着……

翟辰蹙眉看着高雨笙，伸手想抱抱他，指尖刚刚碰到肩膀，突然响起了敲门声。

“谁？”翟辰回头，就见光着脚的翟檬檬正扒着门露出两只眼睛，贼溜溜地瞪着他们。

得到舅舅的允许后，小家伙快步爬到床上，躺在中间。

“你小子，刚才是装睡呢？”翟辰伸出一根手指杵他。

“我睡了，但是忽然想起个事，又醒了，”翟檬檬老气横秋地说着，坐起身来，十分严肃地看向舅舅，“我想跟瑶瑶结婚，你说她会同意吗？”

“这你得问瑶瑶啊，”翟辰煞有介事地回答，“你跟人家表白了吗？”

“还没，”翟檬檬苦恼地皱起小眉头，“我打算直接跟她求婚。”

“您老可真有想法，”翟辰拍拍外甥的肩膀，“那祝你马到成功。”

然而舅舅的支持并不能减轻小翟先生的烦恼，他对于自己平生第一次表白很没有信心，灵光一闪，蹦出个馊主意：“要不你跟瑶瑶妈妈结婚吧？瑶瑶没有爸爸，你跟她妈妈结婚，我就能天天跟瑶瑶在一起了。”

“那你跟瑶瑶就成兄妹了，还结个屁婚！”翟辰弹他脑袋，“滚回去睡觉。”

卖舅舅失败，小翟先生心事重重地回去睡了。

高雨笙：“……”

翟辰斜瞥他：“这么看着我干什么，你也想把我卖了换媳妇吗？”

第二天还是工作日，翟辰早早起来准备送高雨笙上班。

“从这里到公司非常规路径，不会有危险的，我自己去就行。”高雨笙看他睡眼惺忪的样子，想让他多睡会儿。

“不送你我也得起了，得去幼儿园。”翟辰扒着他走出房间，打了个长长的哈欠。

方初阳一边扣衬衫一边嘲讽他："你说你当初怎么不找个离家近的幼儿园，门口好几家，偏要去那么远的地方。"

"不远啊，三条街就到了。"翟辰把睡得像小猪一样的翟檬檬拉起来。

最后，是高雨笙开车先把他俩送去幼儿园，而后自己去上班的。咸鱼创投的资金到位，商业项目已经启动，他最近其实很忙。昨天偷懒一整天，邮箱都快塞满了。

翟檬檬到了幼儿园，不肯进教室，就站在秋千旁边等瑶瑶，时不时摸摸口袋里的东西。然而一直等到了 9 点半，其他小朋友都来了，瑶瑶还没有来。

清点了人数，发现少了一位同学，翟辰找出通信录给瑶瑶妈妈打了个电话，询问她瑶瑶为什么没有来幼儿园。电话响了很久才接通，一声带着浓浓鼻音的"喂"充满了憔悴。

"瑶瑶妈妈，瑶瑶没有来上幼儿园，这事你知道吗？"

回答翟辰的，是一阵压抑不住的哭声："瑶瑶不见了！"

没过多久，脸色苍白的瑶瑶妈妈就出现在了幼儿园门口，手中拿着一厚沓彩印的寻人启事，希望幼儿园帮着找找。

翟辰接过来，看看上面的内容：

肖瑶，女，4 岁半。于昨晚 8:10 在万茗商场走失，丢失时身穿粉红色蝴蝶结裙子，白色小皮鞋。

旁边配了一张瑶瑶穿这套衣服的清晰照片。

"在商场里走失？查监控了吗？"幼儿园园长出来，同意让老师们帮忙在这一带张贴。

"查了，当时没找到。警方把监控取走了，通知我 11 点再去看看。"瑶瑶妈妈眼睛通红，显然是一晚上没睡。

"瑶瑶被坏人拐走了吗？"翟檬檬拽拽舅舅的围裙。

"有可能。"翟辰低头看他一眼，旁边的瑶瑶妈妈突然身体一软往前栽，被他手疾眼快地扶住了。

园长赶紧拿了瓶饮料递给她，劝解道："瑶瑶妈，你可要保重身体，这样才有力气找孩子。现在到处都是监控，又是在闹市区，肯定能找回来的。说不定是孩子迷了路，被哪个好心人领走了。"

最后一句纯属安慰。大家心里都清楚，现在的孩子都会背父母的手机号，真的遇见好心人肯定会第一时间联系父母的。

瑶瑶妈妈喝了几口功能饮料，脸色总算好看了些，撑着起来要去公安局看监控。

园长看不过眼："小翟啊，你陪瑶瑶妈去吧。"

翟辰陪着瑶瑶妈去了警局。商场片区的派出所连夜分析了所有监控也没找到孩子，整理了几个关键时间点的片段给他们看。

画面显示出当时商场里的情形，瑶瑶妈妈正在店铺里看商品，店铺外是一片室内广场，很多孩子都在那里玩耍。在某一个时间点，好几个孩子一起跑进了监控死角，再出来的时候，瑶瑶就不见了。

"就是这个时候，别的孩子都在，只有她消失了。"分析视频的警察指给他们看，监控死角附近有个安全出口。监控又查了相应时间点每层安全通道附近的监控，都没有瑶瑶的影子。

就像是凭空消失了一样。

"大商场里还能丢了，你是怎么看孩子的？"一个穿着体面、戴着黑框眼镜的男人走进来，张口就开始指责瑶瑶的妈妈。

"你谁呀？"警察拦了一下。

"我是孩子的爸爸！"黑框眼镜前夫不关心案情进展，就指着瑶瑶妈数落，"那么大的孩子都看不好，就知道逛街买衣服。当初我就说把孩子给我，你还偏不让，看看，出事了吧。"

"孩子丢了，她妈妈最难过，你现在说这些风凉话有意思吗？"翟辰看不过眼，把肝肠寸断、无力说话的女人挡在身后。

"你是什么东西？呦，这么快就交到新男朋友了，"前夫上下打量好看得过分的翟辰，顿时怒火中烧，"你为了谈恋爱连孩子都不管，你配做母亲吗？"

翟辰一把抓住男人的衣领，咬牙低声慢慢地道："你再说一句。"

第五章

"这里是派出所，你们俩冷静一点！"警察见两人要打起来了，立时出手劝阻。

翟辰扔开黑框眼镜男，对方单手扶了扶眼镜，敢怒不敢言地瞪他。原来是个阮包，翟辰嗤笑一声，把同样的话还给他："瑶瑶昨天就丢了，你现在才来，你配做父亲吗？"

"我昨天就在朋友圈发了消息的！"前夫理直气壮，毫无愧色。

"别吵了！"瑶瑶妈妈突然大吼一声，双目赤红地瞪着前夫，"人家是幼儿园的老师，看我可怜才陪我过来的。瑶瑶丢了，你跟没事人一样，还发朋友圈，你自己看看你在朋友圈里说的是人话吗？"

瑶瑶妈妈翻出朋友圈给翟辰和警察看。

前夫：女儿丢了（哭），求扩散转发。提供线索者送一箱我正在卖的大闸蟹。

"怎么就不是人话了，我提供点奖品好鼓励别人帮着找。"瑶瑶爸爸丝毫认识不到自己发这些有什么不合适的。

"……"

翟辰都懒得打他了，哪有在自己孩子的寻人启事上夹带广告的，真是服了。

警方接警之后已经迅速在周围展开地毯式搜索，并第一时间通知火车站、汽车站那边注意拦截可疑人员。询问了孩子丢失地点附近的商铺，那些商贩都忙着做生意，竟没有一人看到。而那群一起玩的小朋友，警察赶到时就只剩下两个，什么也没问出来。

目前还在找其余的几个小朋友，火车站和汽车站那边有人蹲守，其他的不好透露，警察让瑶瑶父母回家等消息。

早就反目成仇的前夫妻俩，走到门口就分道扬镳。瑶瑶妈妈一心惦记着女儿，连这点家丑引起的不好意思都忽略了，絮絮叨叨地跟翟辰说起来。

"他爸爸说好听点叫长不大，说难听点就是妈宝。结婚之前觉得挺可爱，结婚之后才知道这种人没有一点责任心，生了孩子不管不问，当小猫小狗一样，想起来就逗一下，想不起来就不理会。我实在忍受不了，就跟他离婚了。"

瑶瑶妈妈抹了把脸，向翟辰道谢，自己深吸一口气挺直了脊背，说要去找广播台发寻人启事，让翟辰先回去。

"放心，我撑得住。在找到瑶瑶之前，我绝对不会倒下的。"见到了糟心的前夫，反倒激起了她的勇气。靠着自己把瑶瑶养这么大，她也一定能靠着自己把瑶瑶找回来。

瑶瑶妈妈的样子，让翟辰想起高雨笙的妈妈。当年第一次见到叶阿姨，她也是这样的神态，腰背笔直，面色紧绷，好像一根稻草就能压垮，又好像山呼海啸也吹不倒。在那之前，他从来不知道，一个人可以同时呈现坚强与脆弱两种状态。

人类，真是一种矛盾又神奇的生物。

“舅舅，瑶瑶是不是被人贩子拐走了？”翟檬檬不肯进屋上课，固执地坐在秋千上，等翟辰回来立时抓住他裤腿问。

“应该是的，”翟辰蹲下来摸摸他的头，“你知道的还挺多。”因为怕孩子理解不了，他以前讲人贩子都是用“坏人”来代指，这家伙竟然说得这么准确。

“我什么都知道，”翟檬檬挥开舅舅弄乱他发型的手，紧紧攥着小拳头，“让二舅帮忙找找吗？”

“目前案子还是片区管，不能找你二舅，”翟辰拉起那只明显握着东西的小手，“你手里是什么？”

翟檬檬煞有介事地叹了口气，摊开手，里面是一个金属戒指，外面小店卖的，三块钱一个。这款是那个店里所有玩具戒指中配置最高的，银白色的不锈钢圈，中间粘了一颗小水钻。

他本来打算今天跟瑶瑶求婚的。

“我本来打算，出门给姐姐买礼物的。”小时候的高雨笙，第一次跟他说起被拐卖的始末，也是这样茫然颓唐。

刚刚发芽的小幼苗，需要充足的阳光和稳定的土壤。强行将小幼苗拔起来挪地方，是一件极为残忍的事。对小幼苗是这样，对惦记他的小伙伴亦然。

翟辰忍不住给高雨笙打了个电话，问他瑶瑶丢失的事能不能在标点地图上显示。

“现在发已经没什么用了。”高雨笙实话实说。

这个寻找孩子的功能，主要在于及时和快速，要在丢失的当时就发布，可以让周围的人立时帮助寻找。现在已经丢失了一夜，人贩子早跑远了。

“不过……”高雨笙顿了一下，似乎在犹豫要不要说。

“什么？”这要是对着方初阳，翟辰已经骂出来了，可对面是小天赐，他只能耐着性子。

“小男孩被拐，通常会被卖去偏远的农村，人贩子肯定会第一时间用交通工具转移；而小女孩就不一定了，有可能被卖到别处，也有可能还在这座城市里。”

他后半句让翟辰不寒而栗：“你是说……”

“这只是理论分析，具体如何还得靠警方。”高雨笙打断了他的联想，不希望他太过担心。

瑶瑶失踪的事，引起了翟辰许多回忆，导致他整个下午都有点恍惚。直到送完所有孩子，抬头看到倚在车边等他的高总，才勉强回过神来。

“你怎么又跑来了？”翟辰看到他，心情好了不少。

“今天车不在你这里，我怕你忘了接我。”高雨笙一脸认真地说。

“所以你就自己跑来给我接了。”

高雨笙迟疑地点了一下头：“嗯。”

翟辰蓦地被他逗笑了，跟着他回了玉棠湾的洋房。

吃过晚饭，高雨笙切了一盘水果递给翟辰：“防弹玻璃需要预订，所以还没装。”

翟辰睨视他。

高总无辜回望。

“知道了。”翟辰叉了块水果，塞到嘴里。

高雨笙眼中微不可察地漾出笑意。

两个自说自话的成年人，都没有问在场第三人的意见，不过正伤心的翟檬檬并没有什么意见，只对着电视长吁短叹。

电视上正在播报今日本地新闻，商场中丢失小孩的事也被报道了出来，呼吁附近的居民留意帮忙寻找。

“瑶瑶现在一定很害怕，”翟檬檬捂着心口，“我心疼得都不能呼吸了。”

“爷们儿，你这是心脏病要犯了。”翟辰赶紧叫他别想了，抱着他放到客房床上，连哄带威胁地把人弄睡着。蹑手蹑脚地离开客房，发现高雨笙已经回主卧了，便过去看他一眼。

主卧里灯火通明，高雨笙倚在床头，屈起一条长腿支着厚重的硬壳书，静静翻看。

“还不睡？”翟辰屈指敲敲门板。

“再等一会儿。”高雨笙放下书，眼巴巴地看过来。

不知道是不是错觉，眼前的这位小朋友，似乎比 4 岁的翟檬檬更需要陪伴。翟辰走过去，帮他关上了灯。

灯火熄灭，一切陷入黑暗，思维就不受控制地飘远。已经过了孩子失踪找回的 24 小时黄金时间，瑶瑶还是没有一点消息，翟辰忍不住叹了口气，碰碰身边的高雨笙："你小时候刚被拐卖那会儿，害怕吗？"

"当然怕，每分每秒都是噩梦。"高雨笙转头看他，小夜灯的光亮不足以让翟辰看到他的表情，他看翟辰却是清清楚楚的。

翟辰皱起眉头。

"不过，小孩子的生命力是很顽强的。孩子懂得并不多，又容易被其他东西吸引注意力，所以不会因为钻牛角尖而疯掉。"高雨笙不疾不徐的语调，很容易让人相信。

"那就好。"翟辰舒了口气。

"但我不一样，我从 3 岁就开始记事了，"话锋一转，高雨笙的声音也变得低沉许多，"到现在还时常梦到。"

翟辰一愣，想起来天赐小时候时常做噩梦，每次都哭着喊不坐火车，要他抱着哄很久才能再次入睡。

那些可怕的经历，就这样成了一辈子挥之不去的梦魇。如果没有遇见他，早慧的高雨笙可能真的就疯了。

第六章

"舅舅接电话！舅舅接电话！"

半夜睡得正香突然被吵醒，翟辰愣怔片刻才想起来这是他的手机铃声。

这铃声也把高雨笙弄醒了，顺手就抓起手机按掉。

"哎哎！"翟辰把手机抢回来，电话已经被挂断，显示名字为"园长"。幼儿园园长，大半夜的给他打电话，那肯定是有急事。

"吵。"高雨笙嘟哝一句，继续睡。没等他合上眼，手机铃声又响了起来。

"喂。"翟辰接起来，推开高雨笙，准备去客厅讲，却被那人拉住，屋里的顶灯也随之亮起。

高雨笙眯着眼睛适应光线，打了个哈欠示意他就在这里说，自己起身去上厕所。

"小翟啊，你记不记得，今天是谁来接的王子剑？"园长问得很是急切。

王子剑就是之前跟檬檬打架的小胖，翟辰愣了一下才把这名字和人对上号："没什么印象。"

小胖的爸妈工作忙，一直是爷爷奶奶在管，每天来接他的不是奶奶就是爷爷。白天翟辰因为想着瑶瑶被拐的那件事，有些心不在焉，完全没记住是谁接走了小胖。

"王子剑失踪了，你这会儿来一趟幼儿园附近的派出所。"听到翟辰不记得，园长很是失望，语气生硬地让翟辰赶紧过去。那边比较吵，似乎是王子剑家里的人在嚷嚷。

"怎么了？"高雨笙从厕所出来，就见翟辰在换衣服，微微愣神了一下。

"我得去趟派出所，幼儿园又有孩子丢了。"翟辰去卫生间洗了把脸，就准备往外走。

"这么晚你怎么去？"高雨笙拉住他，"我送你。"

"不用，我叫个车。"翟辰抬抬下巴，示意高雨笙在家里看着孩子。檬檬情况特殊，离不开人，万一犯病得及时送医。

"你看看这会儿几点。"高雨笙指指客厅墙上的挂钟，凌晨3点，这小区路又偏，根本叫不来车。

夜盲眼在黑暗中寸步难行，总不能一边打手电筒一边骑电驴，那也太危险了。

高雨笙给小区管家打电话，没多久就有一位穿着白衬衫、系着领结的工作人员过来。这是小区配的公共管家，高雨笙给他足够的小费，请他看一会儿孩子，自己带着翟辰往中心区的派出所去。

派出所在幼儿园两条街外，这时候还灯火通明。

外面一片漆黑，翟辰看不清路，搭着高雨笙的肩膀走进去。刚推开门，就被冲过来的老太太揪住了衣裳。

"你把胖胖交给谁了？你说！"小胖奶奶双目通红，看起来越发浑浊了。

翟辰本来也挺着急，上来就被当犯人质问，语气下意识地就冲了起来："不是他奶奶就是他爷爷。"

"哎，你怎么说话的！"小胖的爸爸是个大胖，拍着桌子就要冲过来，被小胖妈妈拉了一下。

翟辰挣开老太太的拉拽，询问怎么回事。

"王子剑奶奶今天接孙子，在路上晕倒了，没接到孩子。"园长开口说了一句，试图提醒翟辰。

小胖父母工作忙，他平时就跟着爷爷奶奶住，一周才能见父母一面。昨天他爷爷出去钓鱼了，奶奶自己去接孩子，不料在路上晕倒。再醒来人已经在医院，家里谁也没去接孩子。

“不可能，所有的孩子都是一个一个交到家长手里的。如果是不认识的人，我是不会把孩子交出去的。”在这一点上，翟辰还是很确定的，就算他走神，也不会把孩子交给陌生人。

“那你敢说，你是把孩子交给我了吗？”小胖奶奶气得直喘气，说着说着又哭起来，“我们胖胖啊，怎么办啊！”

“您再想想，是不是晕倒前就接了孩子？”警察试图厘清线索。

“没有，我根本没有去过幼儿园啊！”小胖奶奶梗着脖子坚决否认。

“你什么意思？警察不帮着人民，帮着他们资本家吗？”小胖爷爷指着角落里不敢多说的幼儿园园长。

“别吵了！”翟辰敲敲桌子，“找孩子要紧！”

如果是从幼儿园放学那会儿就丢了，现在已经过去将近十个小时。白天找瑶瑶找出了经验，当务之急是调看各处的监控，去火车站、汽车站堵人，而不是在这里吵吵嚷嚷。

“找你来就是问你线索呢，你这一问三不知，我们怎么找孩子？”小胖的妈妈哭得眼睛都肿了，从核桃眼的眯眯缝看着翟辰。

“我能有什么线索！”翟辰被车轱辘话纠缠得冒出了火气。

“你这是什么态度！”小胖妈妈气愤地拿起手机，照着翟辰的脸咔咔拍了几张照片，“我要把你上传到网上，让大家看看这是什么老师！”

翟辰彻底服了这一家人，终于知道小胖那叉腰骂街、抬手就推人的本事是跟谁学的了。

“嫂子，你冷静点。”旁边王子剑的小姑是个二十出头的姑娘，连忙出声劝阻嫂子。谁知这边嫂子没劝住，那边哥哥就冲了过去。

小胖爸爸抡起拳头就要揍翟辰，被一只穿着高级衬衫的手臂挡了一下。

“再吵，孩子就找不到了。”高雨笙冷厉的声音并不大，却瞬间让屋子里的人静了一下。

“高雨笙？”胖胖小姑立时认出了他，很是惊讶。

“你认错了。”翟辰拉过高雨笙不让他们多看。

值班民警终于能插进话来，疲惫地说：“能看的监控都看了，没有任何发现，只能等天亮之后去附近问问了。火车站那边已经通知了，有任何消息会及时传过来，你们都回去吧。”

幼儿园处在老城区，周围没有市政的摄像头覆盖。而幼儿园内部的监控，仅限于孩子的活动区，大门外是没有的。根据幼儿园的监控，小胖确实是按时放学的，放学前也没有任何异动。

“我不，我的大孙子不见了，找不到他我也不活了！”小胖奶奶捂着头躺倒在地上，踢腾着腿哭。

“你先回去吧，一会儿还得上班，”翟辰捏捏高雨笙的肩膀，示意他先离开，“帮我照看一下檬檬。”

高雨笙不说话，担忧地看着他。翟辰拍拍背上的包，冲他挤挤眼：“放心，哥应付得了。”从少年时就在这一带混，老城三条街扛把子可不完全是吹牛的。

天光熹微，初阳破晓。

幼儿园附近的早餐铺子陆续开张，警察立时出动走访调查。好在那几个小店都有监控，挨个看过去，只在一家店铺的监控里隐约看到小胖的身影往另一个方向去了。

只能沿路继续找。

在这期间，王家人就坐在幼儿园门口，园长开了门请他们进去坐，他们也不肯，就坐在门口哭。等送孩子的家长来了，立时开始跟大家说小胖丢了的事。

“幼儿园也不知道把孩子交给谁了！”小胖奶奶坐在地上拍着腿哭。

家长们看着这要闹事的架势，没敢把孩子往里送，纷纷拉着孩子站在门口看热闹。

“就是他，他还不承认把孩子给了别人！他就是人贩子！”小胖爷爷拽着翟辰要拉到前面给大家批斗。

翟辰突然开始呼吸急促，弯着腰从包里掏出氧气瓶吸氧。

“哎，你别拉他，他身体不好！”家长们都认识翟辰，对这个热情英俊的小伙子印象都很好，本来还在观望，看到翟辰脸色苍白地被拉拉扯扯，立时有人看不下去了。

“我怎么记得，昨天是小胖奶奶来接的呀？”小明的爷爷迟疑地说。

“胡说八道！我在路上晕倒了，根本没来！”小胖奶奶跳起来，跟那位大爷吵架。

“就是奶奶接的，小胖还从奶奶的手提兜里掏了两块钱出来，说要请我吃烤肠呢。”小明开口给爷爷证明。

小胖家里人有些傻眼，小胖小姑拉了一下奶奶：“妈，你说实话。”

“连你也不相信我！”小胖奶奶号哭起来，“我能把自己孙子弄丢吗？那我不如死了算了！”

维持秩序的民警也有些意外，这时候那边看监控的同事发来消息，说找到线索了。在一条街开外的小吃店找到了清晰的监控。当时小胖买了根烤香肠，奶奶就站在店门口，跟另一个老太太说话。

“那，那我可能是后来晕了，不记得了。”小胖奶奶涨红了脸。

翟辰自始至终一言不发，只偶尔吸一口氧。

另一边，高雨笙把檬檬放到17楼托管，自己去上班。刚进办公室，郑秘书就慌里慌张地跑进来：“高总，你看社交网站了吗？翟保镖的照片被挂得到处都是，连带着还有你的影像。”

郑秘书一着急，连“您”都忘了用了。

高雨笙打开网页看了一眼，当时气急的小胖妈妈还真把照片发出去了——

无良幼儿园老师，把孩子交给陌生人！

几句话阐述了翟辰心不在焉把孩子交给人贩子的事件，后面附带了小胖的寻人启事，还有昨天晚上拍的翟辰的照片。

“借着事件找孩子，倒也是个炒热度的好办法。”冷静如机器人的郝秘书扶了扶眼镜，将一沓文件放到桌上。

郑经急得直蹦：“好什么啊，底下还有个录像，里面有咱们高总！现在网友群情激奋，都已经扒出翟保镖是开挖掘机的了！”

第七章

所以郑秘书着急是因为翟辰挖掘机技师的身份被曝光了吗？

高雨笙不是很懂他的想法，点开界面自己看。

那条消息里附的只有翟辰的照片，在底下评论里补充了一个动态小视频，录的是翟辰说话的样子，后面有高雨笙的脸一闪而过，不是特别熟悉的人看不出来，目前还没有人注意到他，都在说翟辰。

怼怼君：现在的幼儿园竟然已经不负责任到这种程度了吗？我还以为把孩子忘在校车上已经是罪大恶极了。

忧国忧民忧老婆：疯了，这以后谁还敢上幼儿园啊，之前不是还报道有幼儿园老师拿针扎孩子吗？

片儿哥：很多幼儿园老师都跟人贩子有勾结的，不信你们点开我主页看第一条。

回复@片儿哥：卖片儿的滚！

网友们从这次的事，讨论到其他幼儿园发生的危险事件，最后又回到翟辰身上，对着一张光线不是很好的照片评头论足、骂爹骂娘。

——现在幼儿园竟然还敢招男老师，不知道男人有多粗心吗？

——这小白脸一看就不是什么正经老师。

——据说他们幼儿园园长是个老女人，说不定是园长的姘头呢。

掘地三尺：欸？这不是我技校的同学吗？

最后一条被众人顶了上去，群情激愤之下，大家都急于知道这个危害祖国花朵的恶魔老师是什么人，纷纷在下面求扒皮。

这位“掘地三尺”可能没被人这么关注过，立时兴奋地将自己所知道的都抖了出来，各种鸡零狗碎的都说了一通。什么技校校草、工地潘安、开挖掘机的宋玉，还有学校里厨师班的女生天天给他送饭、美容美发班的女生为了他打群架……

高雨笙盯着屏幕看了许久都没出声。

郑秘书用手肘杵杵郝秘书：“高总是不是被气过头了？”

郝秘书透过冰冷的镜片审视片刻：“没觉得。”

保镖的事他为什么要生气？又不是污蔑高雨笙拐卖儿童。

“哎……你不懂。”那可不是普通保镖，现在保镖被欺负了，总裁能不着急吗？然而这里面九曲十八弯的道道，郑经一句也不敢说，只能自己憋着。

“郑秘书。”高雨笙突然开口。

“我知道，现在就联系媒体撤稿，收集证据交给法务部，告得他们倾家荡产！”郑秘书摩拳擦掌，已经做好迎接“帝王一怒”的准备。

“……”

高雨笙直接转过头，看向靠谱的郝秘书：“郝秘书，发函给网站，把翟辰的照片屏蔽掉。”

现在警方没有消息，这条消息因为莫名的热点被众多人关注，有助于寻找孩子。现在让网站撤掉，网站也不太敢，怕引起公愤。就以侵犯肖像权为由，要求网站先把翟辰的照片“和谐”了。

“好的。”郝学点头应下，转身去了公关部。

而被晾在一边的郑秘书，颇有一种大太监被二太监抢了皇上恩宠的危机感，好在下一秒高雨笙就有更重要的任务给他：“把网上关于翟辰的传言分类整理出来，不要重复内容。”

郑秘书一脸了然地应了，果然还是要替小保镖打官司出气。

网上闹成了什么样翟辰尚不知道，按理说调查到这份上已经跟他没什么关系了，但他还是留下帮着警察东跑西跑。这几条街他都很熟悉，有不少老街坊，打听事情也方便。

“昨天被送医院的那个老太太啊，记得记得，就从对面那个巷子里抬出来的。”炸糕点心铺的老板指着对面的小巷子。

“那您看见一个小胖子了吗？”翟辰拿出手机里存的小胖照片。

“嗯，没注意。”老板摇摇头。

“呦，我就说今天店门口怎么这么敞亮，原来是有帅哥。”老板娘端着一盘刚出炉的点心出来，递了一个给翟辰。

“那可不，你们店需要人形立牌吗？”翟辰毫无愧色地夸赞老板娘的眼光，接过点心分了一半给旁边的警察。

“那是因为门口那辆破车挪走了。”老板跟翟辰也认识，不好发脾气，只阴阳怪气地说出客观事实。

翟辰：“什么车？”

“昨天这边停了辆旧面包车，可碍事了。”老板娘指着巷子口的位置。这条路很窄，并没有停车位，每次有不自觉的人停车，这路上就会变得异常拥挤，影响铺子的生意。

“那辆车经常停在这里吗？”

“没，就昨天。里面坐着人，说了也不挪，跟死人一样。”老板娘说起来还是一脸的厌恶。

警察意识到有问题，去对面询问周围的人，果然有人看到小胖子上了那辆旧面包车！但因为当时大家都被老太太晕倒的事吸引了注意，看到的人很少。

警方立时追查那辆旧面包车，小吃店门口的监控只拍到了快速跑过的车身，那是一辆灰色的面包车，车身脏兮兮的。根据时间查看附近大路口的监控，警方很快锁定了目标。

“车是套牌的，查不出车主身份。”警方分析了一整天的监控，发现这辆车在昨天晚上就已经出了市区，直奔国道而去。没有走高速，就意味着不能直接调取高速的车牌读取数据，要沿途查国道上的摄像头，如果出省还得联系其他省份协作。这又是一个浩大的工程，一天内是不可能完成了。

事情已经很清楚，小胖的奶奶接了孩子，在小吃店买烤肠。当奶奶跟别人聊天的时候，小胖不知道为什么悄无声息地上了人贩子的车。之后奶奶发现孙子不见，到小胡同里寻找，却突然晕倒了。

而老太太不说实话，咬定孩子在幼儿园丢失，误导警方，以至于错过了最佳救援时间。如果那辆面包车一直跑，现在估计已经跑进邻省的深山老林把孩子卖掉了。

“你怎么能不说实话呢！”小胖爷爷用先前拉拽翟辰的手法拉拽自己老婆。

“我怎么没说实话？”小胖奶奶拍着手蹿起来，“我晕倒了，断片儿了，根本不记得我接了胖胖啊！”

“你就是把孩子弄丢了不敢承认！”小胖爸爸受够了，对着母亲大吼一声。

“你要是早点说，胖胖已经找回来了。现在好了，人贩子都跑远了，你安的什么心！”不是老师疏忽，孩子是被亲奶奶弄丢的，这样的事实让胖胖妈妈十分崩溃，也顾不得什么婆媳面子了，直接一指头杵到老太太脑门上。

“啊——”儿子和儿媳妇轮番数落，小胖奶奶突然疯了一般地双手抓着头发揉搓，两眼一翻又晕过去了。

“你别给我装，还我儿子！”小胖妈妈已经气红了眼，抓着双目紧闭的婆婆使劲摇晃。

“嫂子，别摇了！”小胖小姑尖叫着阻拦，“妈都晕倒了，快送医院。”

“晕倒个屁，昨天就是装的。”

一家人吵吵嚷嚷，眼看着就要打起来。地上的老太太突然吐了起来，却无人发现。翟辰看不过眼，抓住吵得正欢的小胖爸爸后领，直接将人拎出来：“别吵了，你妈不行了。”

“你妈才不行了！”小胖爸爸骤然被拽出来，一头火气还没来得及发，就被翟辰按着脑袋低头，终于看见了正在吐酸水的亲妈。

又是一阵兵荒马乱。把人送去医院，拍了个片子，才知道老太太有轻微脑震荡。可能是孙子丢了太急切，加上病情不严重，竟然这一天都没说头晕。

“后脑勺这一块不是摔倒磕的，像是被钝器击打造成的。脑震荡会造成短暂失忆，不记得晕倒前的事情。”医生给出了这么一个结论。

钝器击打。

这个判断让众人都是一愣，人贩子不仅拐走了小胖还敲晕了奶奶。这已经不是拐卖，而是抢小孩了！

“那就是说，妈是被人打晕了，失忆了。”小胖爸爸顿时露出愧疚的神色。

“脑震荡会造成短暂失忆，不记得晕倒前的事情。但应该不至于不记得没接孩子吧？”小胖妈妈却不信，从幼儿园放学到孩子消失，足足过去了五十分钟。

“通常只会失去晕倒前几分钟的记忆，不过这个因人而异。”医生给了个模棱两可的结论，导致一家人又吵了起来。

翟辰从派出所出来回到幼儿园，才终于知道了网上的事。打电话跟小胖妈妈交涉，对方一直不接电话，发消息也装死不回。

幼儿园今天停业，园长正在应付几个不知道哪里来的媒体记者。

“警方已经确认，孩子当时是被孩子奶奶领走的……是我们老师没有记清楚是交给爷爷还是奶奶了，才会造成误会……挖掘机？这个没听说过，那个老师他已经停职了。”话音刚落，园长就看到了单手拎包站在门口的翟辰，气氛一时尴尬起来。

翟辰摸出高雨笙给他的眼镜、口罩戴上，发现看不见东西又把墨镜摘了。园长过来跟他解释：“那个，小翟啊，现在闹得厉害，你这几天先在家休息吧。”

“不了，我辞职。”

潇洒地挥挥手，翟辰连门都没进直接转身离开，去对面小区推出了自己的小电驴。

目睹了这一切的门卫杨大爷，从岗亭里伸出脑袋："小翟，你以后不来了？"

"嗯。"翟辰把在点心铺买的点心分给了杨大爷一袋。

"哎，有消息的话我给你打电话。"杨大爷叹了口气。

翟辰回头看看这个老旧的家属院，忽然笑了："不用，我已经找到了。"

第八章

"你找到什么了？"

翟辰回头，看到高雨笙牵着檬檬站在门口。老旧的围墙与铁门边，站着那个一别经年的人，记忆与现实出现了瞬间的重叠。

"哥哥，我想出去玩。"站着大门边的孩子瞪着大眼睛看他。

"可是叶阿姨说不能出去。"

"呜……"

"好吧，咱们就在这条街上玩。"

"嗯。"喜笑颜开的孩子，拉起他的手冲出大门。

记忆的镜面瞬间破碎，回到了眼前这个身材颀长的年轻人身上。

翟辰单手拽着电动车走过去。

檬檬丢开高雨笙的手，三两下爬上了电驴的脚踏板，这是他的专属座位："今天回家吗？"在小孩子的印象里，坐高叔叔的车就是要去玉棠湾，坐电驴就是回公安局家属院。既然舅舅推出了存在这里的电驴，那就是要回家了。

"我以后不能在这里工作了。"翟辰跟孩子解释了一句，把电驴推走是因为以后不来了。

"你被炒鱿鱼了？"翟檬檬很是震惊，而后痛心疾首地说，"既然你都不在这里了，我还上这幼儿园有何用，我也不上了！"

翟辰给他后脑勺一巴掌："你小子，早就不想上了吧。"

高雨笙对于他辞职的事毫不意外，打开后备厢让他把电动车扔进去："我住的那个小区，配有双语幼儿园。小班教学，五个人一班，24 小时实时联网监控，每户业主有一个免费名额。"

“所以？”翟辰挑眉。

“如果你暂时没有工作，不如给我做全职保镖，员工福利是免费上那个幼儿园。不过相应地，包年的月薪是比包月薪水要低的。”高总摆出资本家嘴脸，抬手关了后备厢。

在城市中奔波一天，车后盖上落了一层薄灰。翟辰看着后备厢关合按键处浅浅的汗渍，顿时又好笑又心疼。这傻小子，是怕自己觉得这是施舍而不肯接受吗？

“成啊。”没等高雨笙再多解释，翟辰一口答应下来，把檬檬塞进儿童椅，自己毫无愧色地坐到副驾驶上，支使老板开车。

高雨笙有些意外。

“看我干什么？你哥我是那种不吃嗟来之食的傻子吗？有人愿意养我，我当然乐意。”翟辰随手打开车载收音机，听电台主持人胡吹海侃。

不知道是该纠正他的不准确用词，还是应该纠正他对这份工作的错误认知，高雨笙一时无言，只能默默开车。

“下面是听众朋友 2333 为女朋友楠楠点的歌，名字叫作《你终于做了别人的二奶》——”电台主持人有一瞬间的尴尬，但还是坚持不笑场地把歌给播了。

终于你做了别人的二奶
以为无所事事就能发大财
你可知金钱买来的爱不是爱
等你人老珠黄被人抛弃也别回来
……

“这什么歌词，哈哈哈……”翟辰听乐了，用手背拍拍高雨笙，“哎，哥刚跟你开玩笑的，别真以为我占你便宜。想包年请我的人都从五金街排到中心广场了，要不是看在咱俩小时候的情分上，可不会给你加塞。”

高雨笙这才露出点笑来：“嗯。”

傻小子。翟辰关了那辣耳朵的音乐，转头看他：“说起来，你为什么改名叫雨笙了？”

听到他叫“雨笙”这两个字，高雨笙指尖莫名有些麻痒，稍稍握紧了方向盘：“这名是爷爷早就取好的，天赐是个小名。”

“也对，”翟辰点点头，“跟你那姐姐、弟弟保持一致。”

高雨笙没接茬儿，不愿多谈高家的事。

翟辰也察觉出来了，便有一搭没一搭地说起了小胖。这孩子是在光天化日之下被带上车的，线索明晰，就算是套牌车那也是能找到的，只是时间问题。按照先前的理论，男孩子一般都被卖到农村去了，小胖已经 4 岁多，有了记忆，恐怕要被卖到更偏远的山村。

“舅舅，瑶瑶找到了吗？”坐在后座的檬檬突然插话。

“还没有消息。”翟辰实话实说。瑶瑶跟小胖这个明显不是一回事，小胖这个是低端拐卖，瑶瑶那个是神秘失踪。

“连外甥媳妇都找不到，要你何用。”檬檬掏出口袋里的戒指，愤愤地道。

“嘿，你小子，找揍是吧！”翟辰伸着胳膊就要打他。

回到玉棠湾，高雨笙似乎心情不错，去厨房准备材料说今天吃火锅。翟檬檬举起双手表示欢呼，慢吞吞地爬上沙发自己找动画片看。

翟辰倚在开放式厨房的酒台旁刷手机，时不时看一眼切菜的高大厨，防止他切到手。

“啧，我竟然成网红了。”看着铺天盖地的谩骂，翟辰反倒给气笑了。虽然照片没了，但谣言和各种爆料还在。人们对他这个无证上岗、开挖掘机、不负责任的老师，简直恨之入骨，还有人准备明天组团去幼儿园打他。

“这里面有你的同学在爆料，如果他们知道你家的地址，让方初阳最近也别回家了。你就暂时住在我这里。”高雨笙把东西准备齐，走到翟辰身边用吸水布擦了擦手。

翟辰抬眼看他：“你是说那个爆料的‘掘地三尺’吧。”

别的爆料都是真真假假谣言居多，那个昵称为“掘地三尺”的账号说得却是有鼻子有眼，当真就是他技校的同学。翟辰点进去仔细看看，直接打了个电话过去。

那边的人过了半天才接起来，迟疑地“喂”了一声。

“迟三儿。”翟辰眯起眼睛。

“辰哥？这么稀奇，怎么想起来给我打电话。”

翟辰嗤笑一声，单手帮高雨笙端菜：“我看你挺闲的，明天晚上出来喝酒吧。”

对方的气息有一瞬间不稳：“哪里闲了，我这天天在工地上忙得跟狗一样，回家倒头就睡，没时间喝酒。”

“是吗？那你怎么惦记着美容美发班女生为我打架的事？”翟辰打开冰箱，没瞧见啤酒，冲高雨笙比画了一下。

“啊？你说什么呢辰哥。”迟三儿意图装傻。

高雨笙摇摇头，表示家里没啤酒，从酒柜里拿出一瓶冰葡萄酒给他。

“行吧，”翟辰接过葡萄酒，语调轻松，“那我改天去工地找你。”他们开挖掘机的都是有数的，工头们都有联系，翟辰认识的人又多，随便一打听就能知道迟三儿在哪里。

听到这话，对面的人终于尿了，颤颤巍巍地道：“辰哥，我错了，我手欠，我嘴贱，我马上把那些话删了！”

等一顿火锅吃完，网上关于翟辰的消息又变得扑朔迷离起来。那个“掘地三尺”突然反口，说自己认错人了。有人猜测他是受到了威胁，也有人骂他胡说八道趁机泄私愤谋害校草，总之说什么的都有。

大家的重点逐渐转移到找孩子上，高雨笙分析，对于翟辰的关注明天就会下降。不料瑶瑶的爸爸突然发了一条关于瑶瑶失踪的消息，再次将幼儿园推到了风口浪尖。

大闸蟹批发零售：我女儿肖瑶也是这个幼儿园的，也走失了，请大家关注一下我们。

附图是瑶瑶的照片。

同一个幼儿园，三天丢失两个孩子，这实在不正常。网民顿时更好奇了，瑶瑶爸爸还搞了个转发抽奖送大闸蟹的活动。

翟辰：“我是不是应该签个经纪公司‘C位’出道了，瞧瞧我这自带流量的体质。”

高雨笙：“……”

正说着，瑶瑶妈妈打来电话，哑着嗓子给翟辰道歉：“对不起啊翟老师，没想到我前夫会发这种东西，我马上去澄清一下。不过那条转发量挺大，能不能先不删除……”

女儿失踪，当妈的每时每刻都在受煎熬，哪怕这种博得关注的方式不对，但也舍不得删掉那阅读量巨大的消息。万一这其中就有人有线索呢？

“没事，找孩子要紧。不过麻烦告诉你前夫一声，不要泄露我的隐私，等这事结束，我会跟诽谤者打官司的。”反正已经是流量小生了，翟辰倒是不介意，只是不希望暴露更多。毕竟自己比较特殊，他可是是翟建国同志费了九牛二虎之力才隐藏起来的小怪物。

瑶瑶妈妈感激地应下，回头就转发了瑶瑶爸爸那条消息并辟谣——

我是肖瑶的妈妈，孩子是在万茗商场丢失的，与幼儿园无关。

她附了一张之前做的寻人启事，上面有具体的丢失时间和地点。

关上手机，不再理那些乌烟瘴气的争吵，翟辰深深感觉到作为流量小生的压力，转头看向坐在他身边的高雨笙。

高总依旧是那副泰山崩于前而面不改色的模样，慢条斯理地看着 A4 纸打印的资料。

也不知道这孩子都经历了什么，怎么就从一个小哭包变成了万丈红尘不沾身的禅意大师了。

“网上这些东西不用在意，百分之九十都是假的。”高雨笙突然开口说了这么一句。

“嗯？”不是在看公司资料吗，怎么说起这个？翟辰正调着电视频道，听到这话狐疑地凑过去瞄了一眼。

1. 技校毕业，学的是挖掘机。
2. 美容美发班的女生为他打过群架。
3. 经常在幼儿园虐待小朋友。
4. 偷拿幼儿园的包子回家。
5. 谈过十几个女朋友。

……

这些都是网上关于翟辰的谣言，被人仔细整理归档，每一条都标明了出处和点赞数，足足三页纸，没一条重复的。

翟辰默默收回刚才的话，这哪里是世外高人，简直是混世魔王。哪有人把自家兄弟的黑料整理出来、打印装订还带标注重点的！

“我就是想知道，你这些年是怎么过的。”面对哥哥即将打人的目光，高雨笙面不改色地说。

“放屁，你就是想看我笑话！”翟辰这次可不会被骗了，想知道可以问他，看这种东西干什么？于是他伸手用拳头钻高雨笙的头顶，“说，是不是准备以后拿来笑我！”

“没有……”高雨笙挣扎几下，忍不住笑起来。

“无论狂风，无论大雨，我在原地等着你，我在路口候着你。”

正闹着，电视里突然响起熟悉的煽情音乐，翟辰眼睛一亮。刚才他查了高雨笙那期《风里雨里候佳音》的播出时间，专门调到了这个台，本来想逗逗高雨笙的，这可好，干脆罚他跟自己一起看。高雨笙看到这画面，顿时红了耳朵，挣扎着要起来，却被一只铁臂牢牢固定住。转头，就见翟辰优哉游哉地吸了口氧：“既然你不工作，咱俩一起看电视。”

“……”并不想看自己节目的高总，被迫看完了全程。

录播的节目，在现场看和在电视上看差别很大。原本那些尴尬的场景都经过了剪辑，加上后期配乐和光影效果，竟然意外地有些感人。

镜头里的高雨笙，穿着面料高级的衬衫西装，身姿挺拔，气势不凡，一看便是出身极好的贵公子。用这样一张平静的俊脸，讲述过去那些苦难的日子，让人陡生一种共情的愤怒感。

毁掉一件普通瓷器和毁掉一件绝世珍品，给人的感觉是不一样的。把一个小王子扔到泥沼里践踏，比拐卖这件事本身更让人难过。

“很长一段时间里，哥哥就是我的全部。我一直在找他，可怎么也找不到，甚至有时候自己都有点怀疑……”电视里的高雨笙，说到这里突然顿了一下，没再说下去，后期把他没说完的话打了出来——

有时候自己都有点怀疑，真的存在这样一个人，这么疼我吗？

画面转换到崇山峻岭间，苍凉的埙声响起，惹得电视机前的观众潸然泪下。

翟辰脸上的嬉笑渐渐消失：“你回高家之后，他们对你不好吗？”

“你不都看见了。”

换个人，高雨笙是决计不会聊这些的，但对方是翟辰。

翟辰心疼地皱眉，揉了揉高雨笙的头发。

这一期节目播出去之后，高雨笙的公众形象骤然从富二代霸道总裁，变成了受苦受难浴火重生的小王子。一众嚷嚷着“老公”的颜粉，突然变了画风。

——天哪，我们笙笙竟然还遭遇过这种事！

——呜呜，太可怜了，快到妈妈怀里来。

因为节目最后念了广告，标点地图按照原计划在节目播出之后立时投放广告，宣传标点地图的“寻人寻物”功能。网上正在热议儿童丢失案件，这条广告来得恰到好处。

官方发布的广告附带地图下载地址，瞬间转发过万。

——标点地图免费做这种项目，真的是良心地图了。

——上回听了谣言卸载了，真对不起，马上下回来。

——呜呜呜，结合刚才的节目看，真的哭死了。我们笙笙，是为了找哥哥才做的地图啊，所以才要加入寻找孩子的功能。

——这么一说心疼死了，呜哇，星星哥哥你在哪里，快来看看吧！

此刻的星星哥哥，正躺在床上，背对着高雨笙刷手机。看着这一条条的评论，忍不住回想这些日子的事。

公司里星星图案的地砖，每场必看的星空摄影展，地图取名叫标点，不顾身份参加土味寻亲节目……

一桩桩、一件件都在告诉他，这个孩子对他有多么依赖。而他，又何尝不是每天都在惦记着这个孩子，这个对他来说意义非凡的生物。

说起来，全职保镖的日子，比兼职保镖好过多了。不必在幼儿园、公司两头跑，跟着雇主上班，翟辰只要瘫坐在办公室的沙发上玩手机就可以了。

“下载量在持续增加，应用内广告收入目前估算上升了12.3%……”郝秘书一丝不苟地汇报着业绩上升状况，这都要归功于高雨笙不走寻常路的一笔。

“嗯。”高雨笙看了一眼分析报告。

“First Blood！”一旁翟辰的手机响起游戏背景音。

郑秘书斜瞥沙发上的咸鱼，郝秘书推推眼镜继续汇报：“云路公司发函过来，希望私下和解。他们B轮融资因为官司一直停滞不前。”

高雨笙：“不和解。”

“Double Kill！”调小了些的背景音，依旧热情满满。

郑秘书看不下去了，轻咳一声：“我这里有件麻烦事。节目播出之后，公司的客服邮箱已经收到117封表示自己就是星星哥哥的邮件，超过300通跟您表白的电话。”

这些来认亲的，大多数是为了骗点钱，要个来认亲用的车马费之类的。也有说得有鼻子有眼的，感天动地地要来相认的。最夸张的是让充游戏币的，就差说一句“我，星星哥哥，打钱”。

这话题果然引起了翟辰的兴趣，收起手机看过来。

“我说翟保镖，你哪怕不站岗，也不要影响总裁工作。”郑秘书终于可以说话了。

“我说郑秘书，同样是秘书，你每天操心的东西怎么跟人家郝秘书差那么多？”翟辰站起身，活动了一下手脚。活动方法是左手握右拳“嘎嘣”一声，再右手握左拳“嘎嘣”一声。

见识过翟辰拎着遮阳伞横扫千军的郑秘书，下意识地后退一步：“各司其职，怎么了？”

“没怎么，”翟辰单手插进裤兜，在郑秘书惊恐的目光中重新掏出了手机，“你紧张什么？”

郝秘书丝毫不理会同僚的求助目光，收起签好字的文件直接转身出去。郑秘书也赶紧跟着跑了。

翟辰撇嘴，走到高雨笙桌前，单指敲敲桌子。

“怎么了？”高总抬头看他。

“我，星星哥哥，给我耳机。”翟恶霸摆出收保护费的嘴脸。比对邮件里那些动辄要几十万、上百万的家伙，他只要一副耳机真的是很朴素了。

高雨笙眨眨眼，从抽屉里拿出一副耳机给他。

刚刚离开的郑秘书突然探头进来：“翟保镖，我还是要说，你打游戏能不能戴个……耳机？”

这边，翟保镖已经把总裁给的耳机戴上了一只，眉梢微挑，那边郑秘书迅速缩头关门，假装无事发生。

“你这个秘书，跟别人风格不大一样啊。”翟辰忍不住说了一句。据他观察，标点地图整个公司的人，基本保持高雨笙“少说话、多做事”的风格，只有这个郑经格格不入。

“根据管理学理论，公司气氛太严肃会给员工造成心理压力，所以需要雇用一个调节气氛的人。”高雨笙解释了一句。

郑经主要负责高雨笙的私事，买个东西、订个酒店之类的，还有一些郝秘书不管的鸡零狗碎。他几乎跟公司里每个人都混得熟，可以在高雨笙太凶的时候调节气氛，同时让大家认为自己有向总裁告状的渠道。

“……”

翟辰在公司前台找到正跟前台小妹聊天的郑经，圈着他的脖子将人拽出来：“郑秘书，跟你打听个事。”

“什么？”郑经警惕地看着他。

“你什么学历？”

“G 大本科。”郑秘书说起自己的学校，忍不住挺起了胸膛。

翟辰同情地拍拍他的肩膀：“其实，你当初不如读我们学校。不耽误胜任这个岗位，还能学一门技术。”

“翟保镖，你这就过分了。”郑经不高兴地道。

叮咚！门铃响了，玻璃门外站着一个身穿黑色西装、戴银边眼镜的斯文男士。

“您好，有什么事？”前台开口询问。

“我想见见你们 CEO 高雨笙。”男人彬彬有礼，看起来是个体面人。

“请问您有预约吗？”前台把人放进来，热情地接待。

“没有，麻烦将这个转交给他。”男人递过来一张折叠式的小卡片，打开，里面只写着六个字：

天赐，哥哥来了。

第九章

翟辰看了一眼立时合上，没有给郑秘书瞧见总裁小名的机会，笑着看向这位斯文男士：“先生怎么称呼？我好跟总裁说一声。”

“我姓白，叫白睿，是一名律师。”男人很是坦然。

“等着。”翟辰捏起那张卡片，转身离开前台。

郑秘书追上来，小声问：“他是谁呀？”

“来认亲的。”翟辰晃晃手里的卡片，在郑秘书试图伸手拿的时候快速躲开。

“这人胆儿够肥的啊，”作为公司内除两位当事人之外，唯一知道星星哥哥是谁的郑秘书，惊讶地回头又看看那位等在前台的白先生，“他哪里来的信心？”

那些个骗子，都只敢发个邮件、打个电话什么的，这人竟然敢直接找来，还好死不死让翟辰直接撞上。李鬼遇见李逵，下场可想而知。

“大概是，抗揍吧。”翟辰摸摸下巴。

“……”

高雨笙刚忙完一阵子，起来倒水喝。从壁橱里拿出一盒干薄荷叶，放两片冲泡。干瘪的薄荷叶在清透的水中逐渐舒展，青是青、白是白的，让人心情愉悦。

“有个自称哥哥的人在门口，要见你。”翟辰走进来，把卡片递给他。

“嗯？”高雨笙接过来瞧了一眼，“你怎么没把他……”话说一半，眼中的笑意骤然消失。

“你这小名，还跟别人透露过吗？”翟辰见他脸色不对，收起了调笑。

“叫他进来，看看他说什么。”高雨笙眸色冰冷地抿了一口薄荷水。

这位白律师似乎是见过大场面的人，步履沉稳，神色泰然。翟辰看得好笑，把人带进办公室，发现高雨笙已经换了一副模样。不复方才的凶光四射，他此刻坐在沙发上慢条斯理地喝水，周身弥漫着温和平静的气息。

“坐吧。”翟辰拽了个凳子过来扔到沙发对面，自己坐到高雨笙身边，审视对面的律师先生，决定一会儿从哪里打起。

“你写这个是什么意思？”高雨笙将卡片摊开摆在桌上。

白睿看了一眼坐在高雨笙身边的翟辰，欲言又止。

“我是保镖，一步也不能离开的，您二位随便聊，不用管我。”翟辰没骨头似的窝进沙发里，单手搭在高雨笙身后的靠背上，这大概是市面上最嚣张的保镖了。

“我就是你要找的星星哥哥。”白睿深吸一口气，直接说了出来。

“噗……”

翟辰忍不住笑出声，赶紧捂住嘴表示抱歉，请白先生继续。刚才他还想着，也许是高雨笙流落在外的哪个亲哥哥，好嘛，真的是来冒充他的。

“我看你，不大像。”高雨笙端起玻璃杯，面色冷淡地喝了一口薄荷水。

“你还在喝薄荷水，”白睿仿佛没听到这句质疑，很是感慨地叹了口气，取下眼镜擦了擦，似乎是为了遮掩眼中的泪光，“山里人都喝泉水、井水，没有咖啡、茶叶，只能采一把薄荷扔进去，消暑解渴。你小时候，很喜欢喝的。”

翟辰一愣，他都没有注意到这一点。从他见到高雨笙开始，这家伙就没怎么喝过咖啡、茶水，平时喝的都是薄荷水。

山里的确有很多薄荷，村里人时常拿来当药材用，去火止痒的。翟辰有一回跟隔壁二狗拍卡片，赢了个漂亮的玻璃瓶子，就学着村头麻子爷往瓶子里装薄荷叶冲水。

冲的是凉水，泡不出什么滋味，哄天赐玩的。他竟惦记了这么多年吗?

高雨笙没有接茬儿，垂目看着卡片上的“天赐”二字：“你这些年，去哪里了？”

“我是个孤儿，父母都不在了，警察送我回去没找到人，我就又回了福利院。”白睿不愧是做律师的，说话头头是道，语速快且稳，将人不自觉地带入自己的语境里。

“咱们山下那个镇子，叫南碑镇，因为镇上有个南朝时候立的石碑。村子叫坡上村，因为在陡坡上面。”

这些东西都是可查的，倒不稀奇，稀奇的是，这人竟然能说出小时候的一些细节。

“你记不记得咱们养的鸡？”白睿像是回忆起了什么美好的事，眼中满是温柔。他长得还算英俊，因为常年做律师打扮得比较严肃刻板，突然笑起来仿佛铁板上开花，好看是好看，就是浮于表面，有些不真实。

翟辰听着听着就走了神。

那时候，翟辰跟着的那户人家，不像高雨笙那个驼背养父那么变态，是一对比较朴素老实的夫妻，十分勤劳。春天的时候赶集买来一筐小鸡，用软篱笆圈在院子里，让翟辰看顾。

毛茸茸的小黄鸡很是有趣，挤成一堆啾啾啾叫个不停，充满了活力。翟辰没见过这么稀奇的东西，立时叫了小天赐来一起看。

天赐也没见过这个，好奇地伸出一根手指，想摸摸小鸡崽。那小鸡突然回头要啄他，吓得他立时缩回了手。

“不咬人的。”翟辰抓起一只小鸡塞到天赐手里。

小天赐被吓了一跳，但哥哥给的东西又怕摔坏了，就坚持着没有扔。发现它真的不咬人之后，又高兴起来："小鸡，我是天赐，你叫什么名字？"

"这个长大了，就会变成大鸡。"翟辰坐在地上，拿着蘸了颜料的小树枝给小鸡屁股上画圈，这是那便宜爹妈去地里之前交代他的，画上标志防丢。

"变成大鸡做什么？"天赐捧着小鸡给哥哥画圈。

"吃啊，等它们长大了，就宰了烤着吃。"翟辰信誓旦旦地说。

"可是，家里的鸡是不能随便吃的。"天赐低头看着嫩黄的小鸡，很是难过。驼背家里也有几只鸡，只有逢年过节才会杀一只，平时要么拿去卖，要么拿去走亲戚了。

这个道理翟辰当然知道，家里的鸡都是有数的，丢一只就要挨打："小鸡丢了不要紧，咱俩偷偷养两只。"

天赐眼睛一亮。

两个小朋友各揣着一只小鸡，跑到他俩经常玩耍的林子里，用树杈做了个篱笆，铺些干草把小鸡放进去。

"快点长大吧，长大我们就有烤鸡吃了。"小天赐扒着篱笆吸口水。

结果第二天，两只小鸡就被野猫叼走了。养鸡不成丢了鸡的翟辰，因为隔壁二狗告状，挨了一巴掌。

"哥哥……"小天赐看着他被打红的胳膊，眼里泛起水光。

"没事，"翟辰搓搓胳膊，指着二狗家站在房顶上趾高气扬的大公鸡，"回头咱们偷一只现成的。"

房顶上的大公鸡似有所感，脚下一滑差点摔下来，扑棱着翅膀冲这两个不怀好意的小孩喔喔地叫。

"哥哥，等我回家，请你吃炸鸡。炸鸡店里的炸鸡可好吃……"话没说完，就被翟辰捂住了嘴巴。

扛着锄头的驼背慢吞吞地路过："娃子，回家。"

"驼背叔，叫他跟我再玩会儿，我带他吃饭。"翟辰抱着天赐站起来，不肯还给驼背。

"那你们玩吧。"驼背瞥了他俩一眼，慢吞吞地回家去。

翟辰拍拍怀里紧绷的小身体，想把他放下来，不料却被他抱得更紧。

"哥哥，等我自己有家了，就养鸡给你吃。"天赐小声说。小小的孩子，知道不能说"回家"，被驼背听到就要挨打，只能换了个说法，宛如清朝时候躲避文字狱的可怜秀才。

“行，那说好了，等出去了请我吃炸鸡。”

……

“我看到电视上的消息就来找你了。之前看到你的节目，我其实是有点怀疑的，但又不敢相信。毕竟你以前不叫雨笙……我这些年一直惦记着你。”白睿那连珠炮一样喋喋不休的声音，把翟辰从回忆里拉了出来。

比起这个假哥哥，自己好像很不称职的样子。看到这张脸也没想起是天赐，能认出来完全靠的直觉，跟野兽似的，简直不是人。

“我很高兴，”高雨笙抬眼看向白睿，身体却往后靠，直接靠在了翟辰的胳膊上，“谢谢你还记得我。”

翟辰觉得这姿势有点太不商务了，试图把胳膊抽回来，捏了捏高总的后颈肉。

“留个名片吧，”高雨笙面不改色地任由某人捏他，就是不肯挪动，“今天太忙，改日请你吃饭。”

白睿对他的冷淡似乎有些意外，愣了一下从口袋里掏出一张烫金名片。

“问完了，可以揍了吗？”翟辰小声问高雨笙。

高雨笙没理他，继续压着他的手臂。

白睿以为他说“可以走了吗”，忙说有事的话先去忙，不着急叙旧。高雨笙也就顺水推舟地送客了。

等人走后，高雨笙把名片交给郑秘书：“打听一下，有没有这个人。”

名片上写着的是一家颇为有名的律师事务所，很容易查。既然让郑秘书打听，当然不仅仅是为了求证白睿的律师身份。郑秘书心领神会地去了，留下屋里相顾无言的两人。

高雨笙瞪着他，不说话。

“呃，那什么，我不知道那个镇叫什么。不过我知道那个村叫簸上村，因为山像簸箕，这是村头的麻子爷说的。”觉得高雨笙眼神不大对，翟辰赶紧积极证明自己的真品身份。

高雨笙哼了一声，抓住他被压麻了的那只手，直接拖着出了办公室。

“哎哎！”翟辰没吸氧，被他拽得一个踉跄，单手拎起包甩到肩上，“上哪儿去？”

标点公司里的人都在低头忙碌，等两人出了公司大门，那些埋进土里的笋尖脑袋纷纷从隔板后冒了出来。

“Boss 这是怎么了？”

“脸色看起来好差，保镖惹他生气了？”

翟辰被高雨笙一路拉着下了楼，拐去了公司大楼旁边的炸鸡店。

这会儿正是上班时间，店里没多少人。高雨笙点了一桌子的各色炸鸡，递给翟辰一只鸡腿，自己也拿起一只，沉默地吃了起来。

“你怎么想起一出是一出的。”翟辰拿着炸鸡哭笑不得。

高雨笙不说话，恶狠狠地撕扯着鸡肉。

翟辰终于察觉出这孩子有点不正常，拦住他捏着鸡腿的手：“你这是吃鸡呢，还是寻仇呢？”

“那个人说的那些话，是我跟高家人说过的。”高雨笙指尖发白，捏断了手里炸酥了的鸡骨头。

第十章

妈妈不在了之后，高雨笙像魔怔了一样，天天念叨着要找星星哥哥。

“他们以为我不记得了，以为我那时候得了自闭症不记得说过了什么。”高雨笙像是气极了，说话声音都有些哑。明知道星星哥哥对他来说意味着什么，这些人竟然敢、竟然敢！

“你得过自闭症？”翟辰听到了重点。叶阿姨死的时候，高雨笙 8 岁，那个年纪的孩子已经懂了“死”是什么意思。如果家里没有人安慰他，还冷冰冰地不盼着他好，出现精神上的问题是很容易的。

高雨笙回过神来，扔了手中的碎骨，拿起一张纸巾慢慢擦手：“没有，我只是不想说话。”

“……”

翟辰无言以对的同时也舒了口气，没有出问题就好。想想高雨笙平时不爱理人的样子，要是小时候就这样寡言少语、刻板无趣，还真有点像自闭。

如果高家人认为他精神出过问题，现在找人冒充星星哥哥是什么意思？对好不容易康复的人来说，这个执念就像是唤醒催眠的口令，一个不慎很可能导致他再次崩溃。

翟辰都能想到这事被拆穿以后，背后的那位高家人会说什么，“我都是为了雨笙”“看他找得辛苦，想哄他开心”。

这是什么家人啊！

翟辰咬了一口脆皮鸡翅，发现很好吃，拿了一块递到发呆的高雨笙嘴边：“乖，不想了，多大点事，哥给你出气，嗯？”

高雨笙抬眼看他，被那一句“乖”给震蒙了，自己都多大了，这人哄他的话竟然一个字都不带变的。刚张嘴要说话，就被那鸡翅给塞住了。

成功投喂，翟辰美滋滋地擦了一下手，点开手机给方初阳打电话。五金街扛把子辰哥，说了要替兄弟出气，那是一秒都不会耽搁的。

“喂，他大舅，求你个事。”翟辰摆出有事相求的好弟弟嘴脸。

“有屁快放。”

“有个叫白睿的，在高新区博睿律师事务所工作，你帮我查查这个人是不是孤儿，以前在哪个孤儿院，有没有犯罪前科……”翟辰噼里啪啦地说了一长串，还没说完，就被方大舅的一声“滚”给打断了。

“因为你，我都快忙死了，还叫我违规给你查人口信息，哪儿凉快哪儿待着去。”方初阳仿佛吃了枪药，每句话都要把人撑上天。

“哎，你这锅甩得可真有水准，关我什么事？”翟辰被他吵出了火气。为了支持人民警察的工作，他可是兢兢业业地带孩子，尽可能地不给方初阳找麻烦。现在连他自己都住到高雨笙家里了，根本碍不着方初阳的事，怎么还能怪到他头上？

“儿童失踪的案子，又让市刑警队协助了！”方初阳暴躁不已，这种事情本来应该是辖区派出所管的，跨省办案他们也是有能力的，偏偏网上的议论引起了重大舆情，又转到了他们头上。

“……”翟辰心虚地摸摸鼻子。

“你是柯南吗？走哪儿哪儿出事。你能不能待在你们天赐身边别出来作妖了！”

“哎，你这话我就不爱听了，是诅咒我们雨笙出事吗？”

咔嗒，嘟嘟嘟……

方初阳直接挂了电话。

“那个，副队，”陈照辉小心地叫了一声满头冒火的方副队，“带走王子剑的那辆面包车，在R县附近消失了。”

"什么叫消失了？"方初阳瞪向描述不清楚的小陈。

"就是，"陈照辉吞吞口水，"沿路后续的摄像头都没有再拍到它了。"

拐走小胖的那辆车，出了城上国道，一路往东走。国道没有高速那样封闭、严格的管理，只能依靠沿途十字路口的摄像头。但国道通常会穿过很多村镇，正规的十字路口并不多，最后一个镜头还是临时设点的测速雷达照相拍到的。

"那辆车在下塘镇路段超速了，被测速雷达探测到，下一个摄像头是十公里之外了。图像分析那边看了 24 小时的，都没有影子，应该是拐到别的地方了。"

村落中间有很多小路，那些小路有的是村里自己修的，通向别的大道。下塘镇附近村庄众多，道路四通八达，这套牌车还是夜里走的。农村夜里家家闭户早睡，路上没人，连目击者都不好找。

"关注交警那边查套牌车的消息，不管是不是这个牌号，只要是面包车都记下来。"方初阳头疼地揉了揉额角。套牌车的牌照是假的，有的人甚至做了好几个牌子，随时更换。

"好。"陈照辉点点头，想到什么欲言又止。

"有屁快放。"方初阳坐在桌子上，抬脚就能踢到小陈的屁股。

"我就是想不明白，小胖子为什么乖乖上了这辆车？"陈照辉挠头，按理说这么大的孩子应该有一定警惕心了。

"太小了，而且还贪吃，估计对方拿了什么好吃的骗他。"小马插话道。

老实的小陈不说话了，一边的小张不同意道："现在的小孩子，又不缺吃的，怎么可能被别人骗走。孩子平时好不好骗，问问大人不就知道了？"

"哎，对，辰哥不是他的老师吗？副队，你问问辰哥，那小胖子平时好不好拐。"小马怂恿道。

如果不好骗，小胖却如此顺从地上了车，就可以怀疑是熟人作案了。

给翟辰那个刚被他挂了电话的浑蛋打？方初阳盯着屏幕看了半晌，活像是跟手机有仇一样，半晌才咬牙切齿地打过去："我问你……"

"我今天不回去。"翟辰特别自觉地回答。

"你爱回不回，最好永远也别回来！"方初阳抬手就要挂电话，对上小陈、小马、小张渴望的眼神，又生生忍住了，"等一下，谁问你回不回了！我问你，那个小胖子平时会跟陌生人走吗？"

这点其实翟辰也觉得蹊跷，当时跟派出所的警察说了，但可能对方没听进去："小胖其实都 5 岁了，他家给他户口报得小。人可精着呢，轻易骗不走。"

“为什么改小年龄？”方初阳一时嘴欠，多问了一句。

“他奶奶说，算命的算出来小胖以后是当大官的料，年龄改小一点方便提干。”有些机关里提拔干部，是有年龄限制的，超过年纪就会失去升职机会。

“……”这都什么跟什么。

“所以说，”翟辰话锋一转，又绕回到自家兄弟身上，十分诚恳地建议道，“你就应该把年龄改小，当我弟弟，这样方便以后提干当局长啊。”

嘟嘟嘟……

方初阳又把电话挂了。

“嘿，真没礼貌。”翟辰撇嘴。

旁边听了全部对话的高雨笙，忍不住抿唇笑起来。

“这才对，小朋友就应该开心点，有哥哥在呢。”翟辰乐呵呵地揽住小天赐的肩膀，这里是财富大厦前的广场，那么多人看着呢。高雨笙一言难尽地躲开他的手，快步往大楼里走去。

翟辰哈哈笑着追他，进了大楼忽然敛了笑，感觉到周围有许多视线在打量他。进了电梯，这种感觉就更加明显了。

电梯里除了他俩还有三个人，目光从电梯的镜面上反射过来，被翟辰捉了个正着，顺着看回去：“哥们儿，看什么呢？幼儿园老师没教过你盯着陌生人看是不礼貌的吗？”

大楼里工作的都是体面人，鲜少有说话这么直接的，被说的年轻男子顿时涨红了脸。旁边他的同事帮他解围，问翟辰：“你是不是之前网上传的那个幼儿园老师？”

高雨笙冷眼看过去，对方立时缩了一下脖子。

刚好到了 23 层，翟辰按着开门键让高雨笙先出去，单手从口袋里掏出墨镜戴上：“你觉得私人保镖会做幼儿园老师吗？”

私人保镖！原来是标点老板的保镖啊，那必然不是幼儿园老师，这两个职业差别太大了。

电梯一关合，趾高气扬走出电梯的翟保镖就被垃圾桶绊了一下，忙把墨镜取了。看来尽管网上的照片被屏蔽了，还是有不少人记住了他的长相。

“私下里保存的肯定不少。”高雨笙最是清楚，网络上的东西一旦发布就永远不可能清理干净，所以这件事还得尽快辟谣。

“肯定了，哥长得这么帅。”翟辰很同意他的观点。

“……”

“我估计要被人上门泼油漆、送花圈了。”

网上关于小胖失踪和幼儿园老师失职的讨论还在继续，那家人根本没有出来辟谣的意思，不管翟辰怎么打电话，就是装死。

“郑秘书，借你的手机用一下。”翟辰拦住刚进屋的郑经，要来手机给王子剑的妈妈打电话，这次终于接通了。

听到是翟辰，还没说完，对方就尖叫起来：“现在都什么时候了，我的儿子都丢了，你还在乎这点名声！我有指名道姓吗？我有把你的手机号、家庭住址发上去吗？”

说到一半，手机被小胖爸爸抢过去：“你不帮着我们找孩子就算了，别再给我们添麻烦。我们全家都已经崩溃了，没时间跟你扯这些没用的！”

“呦，合着您几位造谣害我丢工作，还有理了，”翟辰被气笑了，“行吧，你们先找孩子。等孩子找到了，咱们再算账。”后半段森然的语气，与堂口扛把子别无二致。

郑秘书在一边听得肝颤，怀疑翟保镖在用自己的手机搞违法犯罪活动。

“看我干什么？高总跟你说话呢。”翟辰挂了电话，冲郑秘书抬抬下巴。

“啊？”郑秘书转过头来，正对上自家老板平静无波的目光，赶紧回归正题，“我去查了，这个白睿确实是博睿律师事务所的人，是个大律师，很有能力。最拿手的是经济类的，擅长保险赔付、遗产纠纷。他有固定的合作对象，给两家企业做咨询，也做私人律师。”

至于给谁做私人律师，这就不好查了。同样拥有私人律师的高雨笙，知道这东西的私密性。

“要不要我找人跟踪他？我认识一个私家侦探，做这个特别在行。”郑秘书积极为老板排忧解难。

高雨笙垂眼：“郑秘书。”

“是。”郑经做出随时待命的姿势。

“你可以出去了。”高雨笙把白睿那张名片扔进名片盒里，拒绝继续讨论。

高家除了他那个混吃等死的弟弟，其他几人都可能有私人律师。这种细枝末节的事，他爸不会干，高震泽要逼他回家有的是办法。后妈和姐姐倒是都有可能，但不管是谁，他已经没兴趣知道了。

“哎，别扔呀，”翟辰坐到高雨笙的桌上，把那张名片抢过来，“不要了给我。”

“你干什么？”高雨笙抬眼看他。

“约他。”翟辰把名片上的手机号记到自己手机上。

刚走到门口的郑秘书一个踉跄差点滑倒。

“别闹，”高雨笙试图抢回名片，被翟辰抬手躲开，就没有继续争抢，只是仰头看着他，“你，约他做什么？”

深邃的眼睛里依旧沉静无波，只是从翟辰的角度看，那双黑白分明的眸子亮晶晶的，隐隐透着几分期待。

“约他谈谈人生理想、诗词歌赋，”翟辰一本正经地说着，突然收拢拳头将名片捏成了废纸，低头冲高雨笙挤挤眼，“好让他明白，花儿为什么这样红。”

第十一章

临下班的时候，高雨笙他爸打电话过来，要跟他吃饭，理由是简单粗暴的“有事商量”。虽然跟家里关系一般，父亲叫他陪吃饭却不能不去，高雨笙叫翟辰先回去接檬檬。

自从知道高家都是些什么玩意儿，翟辰就不放心高雨笙跟他们独处，亲爹也不行。小区那个幼儿园是可以留孩子到晚上 9 点的，不碍事。

“保镖的话，只能站在门外。”高雨笙不大想让他去受这份委屈，老头身边也有保镖，不会有什么危险的。

“我本来就是保镖，站门外怎么了，你是看不起我的职业吗？”翟辰不懂这家伙在矫情什么。

高雨笙没话说了，只能带着翟辰去了翠竹居。

翠竹居是一家高级私房菜馆，只有四个雅间，需要提前一周预订。以高震泽那有事才想起儿子的尿性，不大可能是专门为了见高雨笙预订的。估计是约的客人放了鸽子，想着放着也是浪费就叫儿子来吃了。

翠竹居是个小四合院，装潢得古色古香。院子里种了郁郁葱葱的竹子，参差错落的玻璃顶在有竹子的地方都会空出一块，下雨的时候雨水可以直接浇到竹子上，又不会弄湿院中的木板小路。

因为独特的视觉设计，四个雅间彼此看不到，私密性极强。

雅间门外守着两名黑衣保镖。两位壮汉身穿黑色西装，剃了标准的板寸头，除了酷炫的墨镜，一侧耳朵上还戴着弹簧线耳机。配件只有一副墨镜且戴上就瞎的翟辰顿觉跌份。

“里边请。”门口的保镖看到高雨笙，便要伸手开门，被翟辰抢先一步。翟辰伸手推开门，迈出一步先行进去，挡住会自动关合的门请高雨笙进来，目光将屋里的状况快速扫一遍。

屋里有两个人，除了上回见过的高家老爹高震泽，左手边还有一个穿着时尚的年轻女子。

高雨笙脚步一顿，蹙眉看向坐在高震泽身边的陌生女人。

呦，果然是重要的事。翟辰想吹个口哨，奈何场景不合适，生生忍住了。

“雨笙，这是公司董事朱伯伯的女儿，朱琳娜。今天刚好遇见，就把她也带过来了。她刚从国外留学回来，跟你应该有共同语言。”高震泽介绍了一句，指了指女孩旁边的位置，示意高雨笙坐过去。

高雨笙站着没动。

翟辰忍着笑对他抖抖眉毛，慢慢关上门，站到门外去了。

高雨笙一言不发地坐到父亲右手边，跟人远远隔开，礼节性地点了一下头：“高雨笙。”

开场有些冷，朱琳娜倒是不介意，两片性感红唇始终笑得愉悦：“你可以叫我Lena，听说你是M大毕业的，有没有见过九逸的技术支持方？他们好神秘的，我一直想见都没有见到。”

九逸汽车制造的核心技术，据说是国外那边给的。但九逸大部分的高层，都没有见过技术支持方。九逸虽然是国产车，但是机械性能上丝毫不输进口车，甚至还有一些独特的小功能，是其他品牌车都没有的。

“没有，”高雨笙冷淡地应了一声，接过服务生递上来的热毛巾擦了擦手，看向叼着雪茄的高父，“叫我来有什么事？”

高震泽把嘴里没剪开的雪茄拿开：“你这是什么话，没事就不能叫你陪老子吃饭了？”

“您自己说‘有事商量’，没说单纯叫我来吃饭。”高雨笙直视父亲，一板一眼地重复他的原话。

老高先生半晌没说话。

“这个房间是我之前订的，听叔叔说要见你，就自作主张来这里了，”朱琳娜尴尬地笑了一下，示意服务员可以开始了，“上菜吧。”

气氛稍有缓和，当着外人的面不好发作，高震泽也只能老实回答过于认真的儿子："这周末九逸跑车发布会，你跟琳娜一起去剪彩。"

九逸早年走高端路线被戳穿之后，就一直摘不掉"土味国产车"的标签。这回是九逸要发布第一款跑车，要进军年轻市场，董事会那些满脸橘皮的老家伙去剪彩有些不合适。

当然，这里面还有别的意思。高震泽做九逸的实际掌权者这么多年，外界一直在猜测他会把家业交给谁，这个时候让高雨笙出席，就比较微妙了。

朱琳娜目露了然，对高雨笙又热情了几分："我是第一次参加这种活动，不是很懂，还得雨笙哥带着。"

"我不去。"高雨笙对这种事不感兴趣，这周末跟翟辰说好出去玩的。

屋里气氛冰冷，屋外却热火朝天，当然，是翟辰自己热火朝天。门外的走廊上有复古的廊凳，他就随意坐在上面，拿着一盘这里免费提供的小零食嚼得嘎嘣嘎嘣的，把警戒的工作交给那两尊门神。

两个黑衣保镖很是看不惯他那德行，对视一眼，秉承着职业规范继续保持冷酷状态。直到翟辰吃完了零食，试图叫一盘小龙虾来的时候，才忍无可忍："你哪个公司的？"

这样太不正规了，短短三十分钟里违反了多少条职业规范？

翟辰听说这里没有小龙虾，也就作罢，又拿了一盘零食："我？海豹特种。"他们那个公司，后缀是"家政"，说出来不好听，就只报了个名。

"海豹特种部队？"

两个保镖惊了一下，海豹特种部队可是海军陆战队，里面个个都是精英。这混混一样的家伙是退役特种兵？怎么看怎么不像。

看到两人这么误解，翟辰丝毫没有解释的意思，大言不惭地应了一声"嗯"。

"那你怎么沦落到当保镖了，不应该去保护总统什么的吗？"两人被他镇定自若的态度蒙到了，想想高雨笙以前在国外上学，还真没准。

"瞎扯，又不是中情局，每年军队里多少人退伍，哪就轮得到我保护总统了？"翟辰眼都不眨地胡咧咧，"况且我在战争中受了伤，视力没有以前好了，以前'十步杀一人，千里不留行'。现在都不能用枪了，废物一个，只能当个小保镖。"

说着这话嗑妙脆角的翟辰，颇有一种隐世高手坐看世事浮沉的沧桑感。

两个正规保镖顿生敬佩之情。

正瞎聊着，屋里的朱琳娜出来透气，估计是那父子俩有话要说，她就很有眼色地离开片刻。细高跟鞋踩在水墨大理石地面上，发出清脆的咔嗒声，两尊门神不由自主地站直了身体。

“你是高雨笙的助理吗？”朱琳娜打开做工精致的小挎包，从里面拿出个三折钱包来。

“保镖。”翟辰掏出墨镜戴上，证明自己的身份。

“保镖？”朱小姐上下打量他，再看看门口那两位，做了个典型的夸张表情——睁大眼睛点点头，从钱包里掏出两张钱给翟辰，“好吧，保镖先生，跟你打听个事，高雨笙有没有女朋友？”

翟辰没接那点钱，抱着手臂倚在廊柱上：“小姐，这是雇主隐私，无可奉告。”

终于有点职业保镖的样子了，两个门神很欣慰，不愧是“海豹”出身的前辈！

朱琳娜又拿了一沓出来。

翟辰接过来：“据我所知，没有。”

门神保镖兄弟：“……”

“那有没有喜欢的人？”朱小姐又问。

“不知道。”仔细想了想，这段时间确实没听高雨笙提起哪个女孩子。倒是喜欢他的人不少，甚至有人疯魔到要找邪教杀了他。

问了等于没问，但朱琳娜似乎对翟辰的回答很满意，笑着回屋去了。

翟辰把钱揣进兜里，毫无愧色地继续吃零食。

两个保镖被他这个行为惊呆了，虽然朱小姐只打听了点无关痛痒的东西，真实目的也只是想通过翟辰向高雨笙传达好感。但对于保镖本身而言，是绝对不能收别人钱的。只要收了，就说不清了。谁会把命交给一个收受贿赂的保镖来保护呢？

吃完饭回家，翟辰在路上把那一沓钱交给了高雨笙：“那位朱小姐跟我打听你有没有女朋友，我觉得这消息挺值钱，就多要了点。”

高雨笙没理他，任由他把钱塞进自己的口袋。

“那姑娘气质不错，就是嘴大了点，容易吓着小孩。”翟辰拉下副驾驶遮光板中的小镜子，学着朱小姐的夸张表情，瞪眼睛张嘴，愣是把自己逗笑了。

“嗯。”高雨笙总算回了一句。

“嘿，怎么能这么说人家女孩子呢？”翟辰恶人先告状，看着高雨笙斜眼瞪他，哈哈笑，“她不问，我还没意识到，你已经到了可以谈女朋友的年纪了。怎么不找个女朋友？”

往常在翟辰眼里，比他小的人都是小朋友。知道高雨笙就是小天赐之后，这层滤镜更是加厚了不止十倍，都要忘记高雨笙是个成年人了。

高雨笙听到这话，莫名有些烦躁：“你怎么不找？”

“我找什么呀？我是个什么玩意儿你又不是不知道，可别祸害人了。”翟辰靠在椅背上，看着城市夜晚的灯火。万家明灯与天上的星辰连成一片，置身于这黑暗中，不由得生出几分独在异乡、孑然一身的凄凉感。

“你是个什么玩意儿？”高雨笙蹙眉，不喜欢他这么说。

“……”

翟辰差点被口水呛到，刚升起的几点伤感都被这句话给捣散了：“怪物啊，翟建国都不敢给我测基因，怕被实验室看出来。”

“你不是怪物，”高雨笙一字一顿，说得极为认真，“是超人。”

是从天而降，拯救了银河系的超人。

“超人，哈哈哈……”翟辰忍不住笑起来，他的小天赐怎么这么可爱。

把已经在幼儿园等睡着的翟檬檬扛回家，老师说他已经吃过晚饭了，就直接洗洗塞被窝里，省去了哄睡的麻烦。

翟辰心情颇好地躺在沙发上给白律师发短信，诚挚地邀请他出来见面，白律师还没回复，他倒是先收到了“海豹特种家政”老板的消息。

周大胖：你最近出门注意点，有人要弄死你。

哟嗬！翟辰已经多少年没听过这句话了，兴致勃勃地问怎么了。

周大胖：自己去网上看看，那家人又作妖了，说你欺负弱势群体。

翟辰打开社交网站，随便一刷，好嘛，小胖他妈又更新了。继上回的“震惊！幼儿园老师不负责任竟把孩子交给陌生人”之后，又出了震撼续集“荒唐！有后台的幼儿园老师竟威胁受害者家属”。

小胖妈妈也知道自己理亏，没再强调翟辰弄丢孩子的事，而是放出了翟辰跟她打电话的录音片段。前面的都没有，只有后半段关于算账的事。

本来这事的热度就要过去了，这一发可不得了，网民又炸了锅。

——人家孩子都丢了，还来雪上加霜，是不是人啊！

——没天理了，做错事的还敢反过来威胁受害者？这人是谁啊，这么嚣张！

——据说家里是教育局的，后台硬着呢，这幼儿园就是靠他的人脉才拿到的执照。

——我怎么听说他家有人是公安局的。

——不是说是幼儿园园长的姘头吗？后台这么硬，用得着睡老女人？

底下说得越来越难听，群情激奋，先前暂时按捺不打算人肉翟辰的人，这次真的要动手人肉他了。然而翟辰的真实信息并没有被查出来多少，一则他没有买过房，不容易被无良中介出卖；二则他从小被翟建国教育，习惯严格保护自己的信息。查来查去，只查到了几张照片，一发出就很快被网站屏蔽。

闹了半天，事情愈演愈烈，已经有不少人报警了，要求警察严惩这个胆敢威胁小胖一家的流氓。

然而片区警察知道是怎么回事，被小胖这一家烦得要死，直接派了两名民警去医院，劝诫小胖妈妈别作妖了。

“到底是谁弄丢的，您自己清楚，人家翟老师不跟你们计较还帮着找孩子。你们不跟人家道歉就算了，还闹，热度炒个没完了是吧？想当网红是怎的？”年轻的小警察看不过眼，说话就难听了些。

小胖奶奶在床上哼哼一声：“我被人敲了头失忆了，又不是故意冤枉他，是他自己记不清楚。现在我们全家都变成什么样子了，他还来威胁我儿媳。”

“妈，这不怪你。”小胖妈妈神奇地原谅了婆婆弄丢儿子的行为，婆媳两个抱头痛哭。

警察：“……行吧，你们爱怎么想就怎么想，我只劝你们收敛点。现在这个案子已经移交市局，市局是有社交平台账号的，回头公布案情你们可不好看。”

叫不醒装睡的人，只能把后果告知。

一旁默不作声的小姑悄悄走出病房，用自己的社交账号发了一条消息。

gys是我老公：大家好，我是失踪儿童小胖王子剑的姑姑，对于我嫂子之前发的这条微博我要说明一下。公安局已经查清楚，是小胖奶奶半路晕倒失忆，忘了自己接过孩子，才会冤枉了幼儿园老师。这件事跟老师没关系，刚才警察来调解过，请大家不要再骂了。

下午才发的，到晚上就有了反转，吃瓜群众忙马不停蹄地赶过来继续看热闹。

——竟然是奶奶弄丢的，这反转也太大了！

——我就说，如果是幼儿园老师弄丢的，怎么可能现在还没告他，就在网上骂来骂去。

——就算是这样，这个老师也不是什么好东西。他其实是为了照顾自己的儿子才来上班的。听说他儿子也在那个幼儿园，他基本上就是看着儿子，其他小朋友磕了碰了，他根本不管。

后面附图，是一个孩子额头流血大哭的照片。

——我觉得这条消息真假有待考察，这账号没有认证。

——人贩子老师自己来洗白的吧，看到有人要去打他，怂了，跑来胡说八道。

——哎哟哎哟，晕倒，失忆，这么狗血你以为写偶像剧呢？人家都家破人亡了，还在这里吃人血馒头，呸！

最后又吵了起来。

网络上的信息都来自他人的语言，当这些语言难辨真假，人们就开始只相信自己愿意相信的，至于事情的真相，早已不重要了。

翟辰看得脑壳疼，找了半天没找到传说中要来打他的人，只找到一个发照片的——

私信发幼儿园老师照片，多张清晰图。

他的照片都被网站屏蔽了，人们就私下里存了互相发，按理说就那一张，这人怎么还有多张图片呢？出于好奇，翟辰注册个小号私信过去，对方回了一个聊天工具号，让他添加。

翟辰觉得有点不对，但还是加了一下，对方发来一条神秘兮兮的消息：

您好，请发一元红包，我先给您发一个试看，满意了再发后续。

这怎么还卖上了？翟辰被气笑了，发了一块钱过去，对方立时回复了一张模糊的图，点开看，那竟然是个视频。

一位穿着清凉的女士，躺在白色大床上，面色痛苦地推拒一个巨丑无比的男人："不要，啊，我要死了！"

手机没静音，这位女士的叫声还特别大，翟辰手忙脚乱地给关了，左右看看，怕被家里的小朋友听见，一扭头正对上了给他递水果的高雨笙。

一时间相顾无言。

这种东西，跟好哥们儿一起看也没什么，只是被高雨笙抓包，莫名生出一股羞耻感。大概是一种带坏小朋友的良心不安？翟辰自欺欺人地想着，接过水果咧嘴笑："啊哈哈，要不要一起看？"

高雨笙红了耳朵，起身回卧室："你自己看吧。"

翟辰抓抓头，抱着靠垫在沙发上打了个滚，尴尬得想把头戳进后院的鸡笼里。在客厅待到半夜，假装自己在激情阅片儿，估摸着差不多的时候才敢回到主卧室。

累了一天的高雨笙已经睡着了，床头放着一本厚厚的英文书，看不懂写的是什么。翟辰轻轻叹了口气，抬手关上了灯。

高雨笙感觉到屋里多了一个人，原本浅浅的睡眠瞬间跌入了更深层的意识中，安心地融入"黑甜乡"。

柔软的白色大床一望无际，似乎怎么也走不到边。他深一脚浅一脚地前行，忽然瞧见了父亲。梦中看不清人的脸，但他知道那就是高震泽，那人拎着一个红裙女人塞到他怀里，瓮声瓮气地说："你也不小了，该找个对象成家立业了！我看朱琳娜就挺合适的，她是独生女，娶了她，她爸爸那点股份也都是你的了。"

高雨笙迟钝地低头看向怀里的人，红裙女人笑着缠上他："雨笙，我以后就是你的妈妈了。不许哭，不许找妈妈，我才是你妈妈！"模糊的脸仿佛扣了个惨白的面具，揭开之后赫然变成了后妈的脸。

“啊！”他狠狠丢开怀里的人，可惜这里的地面太柔软，根本没有摔疼她，她还在笑着嘲讽自己。满心的戾气无处发泄，只能抓起那个女人扔得远远的，转身快步往远处跑。

地面太柔软，用尽力气也跑不快，一脚陷下去，他瞬间摔倒，掉入氤氲的雾气中。

高雨笙瞬间惊醒，阳光透过窗帘的缝隙照进来，驱散了那无所适从的梦境。旁边床上的人睡得毫无形象，像那种睡姿奇葩的大猫，脑袋乱放，四仰八叉。

高雨笙抬起一只手遮住眼睛：“真是……”

第十二章

翟辰听到浴室里传来淋浴的哗哗声才渐渐醒来，他放松精神，抓抓脑袋打了个哈欠。

高雨笙洗完澡出来，发现翟辰正在换衣服。

“今天装防弹玻璃的要过来，我把你送去公司就回家看着安玻璃，中午就不陪你吃饭了。”翟辰穿好衣服，看了一眼手机上白睿的回复，笑着转身望向发呆的高总。

高雨笙淡淡地道：“好。”

把小朋友和大朋友分别送去幼儿园和公司，翟辰又回到家里等安装玻璃的上门。这房子为了采光好，除了必要的承重墙和柱子，其他地方几乎都是落地窗。

一块一块安装下来，等翟辰忙完，已经是下午 3 点了。手机上有白律师发来的两条消息：

——我已经到了。

——你还在忙吗？没关系，哥哥等你。

翟辰嗤笑一声，拎起背包去了白睿挑选的火锅店。

已经这个时间，火锅店里却是客流不减，白睿坐在一张靠窗的桌子前，用随身带的笔记本处理工作。看起来确实是个忙人，也不知道这种已经成名的律师来骗高雨笙这个小可怜为的是什么。

认个干弟弟就能得到霸道总裁的亿万资产了？翟辰想想自己被某人一再压低的工资，否认了这一猜测，大步走到桌前坐下。

白睿从工作中抬起头，脸上带着笑，看到是高雨笙的保镖，表情有一瞬间的凝固："怎么是你？雨笙呢？"

"高总没时间，让我替他来，"翟辰把包甩在卡座上，"昨天咱们见过的，我是他保镖，免贵姓李。"

"他什么意思？"白睿似乎有些生气，但还在尽力克制，单指扶了一下眼镜，合上电脑，"约了我出来吃饭，自己却不来，把我当什么人了。"

这演技，如果翟辰不是被假扮的那个人，简直就要信了。

"既然他没什么要与我相认的意思，那就打扰了。"白睿把电脑装进公文包里，起身要走。

"哎，别呀，"翟辰拉住他，轻轻一甩又把人扔回座位上，"咱再聊会儿。"

白睿被摔得有些蒙，没明白翟辰是怎么把他一个大男人像抓小鸡崽一样轻松推回来的："聊什么？"

服务员送了几盘免费小零食过来，收走桌上点好的菜单。

"你也别见怪，这不是最近好多人都来认亲，老板确实有点看花眼了，"翟辰往嘴里扔了一颗炒黄豆，开始满嘴蹦豆子噼啪乱喷，"除了你，还有个人来找过，说辞跟你差不离。"

白睿眸色微闪："怎么可能呢？"

"怎么不可能，你说的那些又不是只有你自己知道。"翟辰意有所指地说。

"不会的，那些除了我和天赐，没有人知道！"白睿信誓旦旦地说。

"但是，你说的跟我们老板记得的有些出入啊，"翟辰往嘴里扔了一把豆子，嘎嘣嘎嘣地嚼着，"你记得你爹姓什么吗？"

"我爹？"

"嗯，就是收养你的那户村里人。"翟辰低头玩手机，点开了录音功能。

这一点，白睿还真不知道："这我不能告诉你，让雨笙自己来问我。"

"啧，不知道了吧？"翟辰用看赝品的鄙夷目光看他，摆足了地主恶霸的狗腿打手派头，"我告诉你，你爹姓翟，叫翟辰。所以给你取名叫星星，翟星星，摘星星，农村人难得浪漫一回。"

"我当然知道，"白律师脸色有些难看，"没想到他连这个都告诉你了。"

"嗯，那可不。"翟辰按下结束键，打算晚上拿这个哄高小朋友开心。拿出氧气瓶吸了两口，准备趁着菜还没上，约白律师去洗手间来个友好交流。眼角余光瞥到服务生端着汤盆上来，忽然觉得一侧汗毛倒竖。

服务生端着一个铜质辣锅，快步往这边走。通常汤盆在端上来的时候都是冷的，要开火煮沸，但这盆汤在两步开外就让人感受到了热气。火锅店的地面是防滑的糙面砖，那服务生却像是踩了香蕉皮一样，突然身子一歪。

沉重的铜盆连带着滚烫的热汤，直朝翟辰飞过来。

“哎哎哎！”

“啊——”

目睹了这一幕的其他食客禁不住尖叫起来，不过就叫了一声便戛然而止。翟辰单手稳稳捏住了汤盆边缘，向上一掂，准确无误地用盆将泼洒出来的汤水接住。

二十斤重的铜盆，在他手中宛如塑料做的。

翟辰怕人多看，立时做了个太极四两拨千斤的动作，将汤盆放到桌子凹槽内。店里沉默了片刻，突然有人鼓起了掌，还有小姑娘兴奋地对着翟辰拍照。

服务生忙不迭地道歉，说自己脚滑了。

翟辰看了一眼干爽的地面，再看看那不同寻常的滚烫汤水：“脚滑了呀，那你说说，这火锅汤为什么是热的？”

“火锅汤当然是热的……啊！”服务生突然被翟辰攥住衣领，吓得叫了一声。

“你再说一遍，”翟辰单指掏掏耳朵，拎着服务生转个身，点点周围的火锅，“看看别的桌，哪个上来就是滚烫的？你端着一锅沸汤假摔往我身上倒，白律师，这叫什么来着？”

“啊？”突然被点名的白睿有一瞬间的慌乱。

“啊对，谋杀！你这是谋杀，我现在就报警。”翟辰一只手拎着服务员，另一只手打电话。

“不，不是，是这位先生点名要的滚汤，”服务生瞬间白了脸，慌不择言地指向白睿，“不信，你可以看机打菜单。”

翟辰看向白睿，原本只是微微冒头的小火轰的一下烧大发了。原来如此，就说这些人明知道这些信息并不完全，不见得能骗到高雨笙，为什么还这么厚脸皮。原来是在这里等着！

如果今天来的是高雨笙，这一锅热汤下去，不毁容也得受重伤。这样一来，他就没法参加周末的跑车发布会了。

翟辰扔开服务生，拿起背包，哥儿俩好似的拽住白睿："白律师，你衬衫溅上油了，咱去厕所洗洗。"

"不用了，我有事要先走。"白睿脸色很是难看，推拒着要走，然而抓着他的那只手像铁钳子一样，挣脱不开分毫。

翟辰拽着他一路进了男厕所，咚的一声扔进隔间，随手插上门。

"你干什么？！"白睿坐在马桶上强装镇定。这种中学男生堵厕所打人的场景吓不到见过大风大浪的社会人律师。

"谁让你干的？"翟辰单脚踩在垃圾桶盖上，低头盯着他。

"我不知道你在说什么。"白睿试图推开他，突然就挨了一拳，闷哼一声撞到隔板上，又被重新拉回来。

"你爹叫翟辰，星星的爹叫李大海。"

"你……"

"别装了，热火锅泼人，嗯？亏你们想得出来！"

隔间里传出叮叮咣咣的声响，伴随着男人的痛叫声。外面的人听着不大对，过来敲门："怎么回事？"

翟辰单手拍拍被卷筒纸堵住嘴的白律师："哦，宝贝儿，别叫那么大声，别人都听到了。"

"你们恶不恶心！"外面的哥们儿踹了一脚门，骂骂咧咧地走了。

十分钟后，翟辰神清气爽地走出来，吸了口氧补充消耗的体力。刚出火锅店，发现门口聚集了七八个人，一看到他就跟水蛭看到大腿一样，瞬间涌了过来。

"就是他！"一个学生打扮的女孩子指着翟辰。

有人拿着手机里的照片跟他对比："没错，他就是那个幼儿园老师！"

"各位这是干什么呢？"翟辰挡住试图拍他的镜头，顺手将手机抢过来，看一眼没拍到又扔回去，不想理他们，转身就要走。

"人渣！不配当老师！"一名手里拿着甜筒的年轻女孩，说着就把吃了一半的冰激凌往翟辰脸上扔。

翟辰手疾眼快地接住，奶油沾了满手，本来就不甚美好的心情顿时跌到了谷底。用干净的那只手一把抓住那女孩的手腕，在女孩的尖叫声中用她挡住了旁边男生泼来的奶茶。

浓郁带珍珠的伯爵红奶茶，将女孩的白色连衣裙染成了咖啡色。

“啊啊啊！”女孩尖叫起来。

“哎哟，哥们儿，你这可不对！怎么能拿奶茶泼女孩子呢？”翟辰拍拍目瞪口呆的男生，把手上脆皮完整的甜筒结结实实按到他肩膀上。

“你！”男生反应过来，立时推了翟辰一把。

“太没素质了！”

“打他！”

“怎么，就许你们泼我，自己被泼就生气了。”翟辰顺势跳开，冲群情激奋的几人嘲讽了一句，头也不回地跑了。

反应过来的“热心群众”立时追上去，然而吸了氧的翟辰不是他们能追上的，一转眼就不见了踪影。

翟辰在拐角处喘息，拿出氧气瓶吸了几口才缓过来。先前他对那些网络暴力没多大感觉，隔着屏幕的咒骂不痛不痒，他没做过亏心事，骂的反正不是他。现在网络暴力竟然演变成了现实暴力，这就不能不重视了。

竟然还真有人因为网络上真真假假的传言来打人！

拦了辆车去市公安局，翟辰扔下背包往大厅里一坐，开始鬼哭狼嚎：“这么多天了，你们官方还不辟谣，我马上就要被网络暴民打死了！”

方初阳跑进来的时候，翟辰正拉着管宣传的同志诉苦，一副受欺负的小白菜模样，就差鼻涕一把泪一把了。

“你们得为人民做主，我的生活已经受到了严重影响，名誉受到侵害，气得要靠吸氧度日……”

话没说完，就被方初阳圈着脖子拖出去了。

当天晚上 8 点整，社交平台上网高峰时段，市公安局的社交账号发布了一条消息。说明小胖是奶奶弄丢的，跟幼儿园老师无关，公开征集线索，希望大家注意一下在 R 镇附近失去消息的那辆面包车。

附图两张，一张是那辆车，一张是小胖奶奶带着小胖买烤肠的监控截图。

第十三章

方初阳被翟辰的丢人行径给惊住了，很想装作不认识他。然而宣传科的同事是认识翟辰的，一边听一边努力憋笑，再不把这家伙领走，方初阳以后在单位就没法混了。

“你有事不会给我打电话吗？跑到大厅号什么丧！”

“跟你说有用吗？你这有原则的人民警察，肯定不会为了受苦受难的兄弟滥用职权的。”翟辰撇嘴，一脸的不相信。

“呦，我都不知道我在你心中的形象这么伟大。”

“那可不。”

方初阳被他逗笑了：“那我不保持刚正不阿还真对不起这份信任了，本来还想跟你透露一下肖瑶的事呢。”

“哎哎，”翟辰拽住转身欲走的方初阳，“刚才骗你的，你在我心中永远都是偷鸡摸狗被你爸打哭的那个形象。你可不是什么好东西，放到古代就是媚上欺下、满嘴漏风的衙门捕快……”

“闭嘴！”方初阳被他气得直发晕，哪天壮烈牺牲了准是因为被翟辰逼得脑出血。

翟辰做了个嘴巴拉拉链的动作，洗耳恭听。

“肖瑶那个案子，跟王子剑的案子基本不相干。小胖子是典型的熟人拐卖，肖瑶那个就比较棘手了。之所以转到市局并不全是因为舆论，而是因为在别的区的商场也出现了儿童忽然失踪的事。”方初阳从口袋里摸了盒烟出来，递给翟辰一根，看来是最近没少抽。

兄弟俩蹲在台阶上，沉默地吸了会儿烟。

“凭空失踪，查不到影像，总不会是跟我一样有超能力吧？”翟辰叼着烟异想天开。

“你那算哪门子超能力，你只是肌肉构造跟常人不同，”方初阳翻了个白眼，“第二个商场倒不是查不到影像，而是压根儿没影像，那家商场的监控坏了。”

接连有孩子在商场丢失，这种事过于恐怖，怕引起民众惊慌，所以没有对外公布。刑警们加班加点地查，在各大商场蹲点，只希望能尽快破案。方初阳也没指望翟辰给他分析出什么来，只是压力太大跟他念叨念叨。

“丢的也是个女孩子吗？”翟辰把烟抽完，在地上按灭。

“嗯。”方初阳低声应了一句，烟卷明灭的火光映着他连续熬夜有些发青的眼底，莫名多了几分沉重感。

一根抽完，又点了一根。

“先前想着也许跟小胖的案子有关，昨天还在加紧调查，怕泄露了消息。”如今确定跟小胖子无关，不是普通的贩卖人口，而是专挑漂亮的小女孩。

“您这是在跟我解释没有及时辟谣的原因？”常年缺乏兄弟友爱的翟辰，十分擅长给自己脸上贴金。

“谁给你解释了！”方初阳蹿天猴一样地蹦起来，踢他屁股，“滚滚滚，没事别来烦我。”

翟辰拍拍屁股，麻溜地滚了。

晚上回家，先带着高雨笙欣赏一圈防弹玻璃。那厚实的触感，着实令人心安，小型枪械都是可以防住的。

“特别结实，再有射钉枪就不用怕了。”翟辰对雇主的有钱程度感到很满意，以前请他们这些“野”保镖的，都不是特别有钱的人，根本没机会做设备升级。现在这屋子装了防弹玻璃，外面几个拐角都有监控，安全等级上了一个台阶，终于让他有了几分专业保镖的体面。

“嗯。”高雨笙应得有些心不在焉。

“不过，你那个画室真的不装吗？”翟辰指了指那间锁着的小屋子。

“不用，”高雨笙摇摇头，忽然想起什么，蹙眉看他，“你今天被人围攻了？”

“嚯，这么快就发网上了？”翟辰坐到沙发上，看网上的状况。起初是火锅店里一个食客认出了他，把消息发到网上，引来了一群凑热闹的——

路上遇见无良幼儿园老师，看我上去教训他！

拿奶茶泼他那哥们儿，竟然是个发短视频的小网红。连发了几个视频，都是聚集人来打翟辰的前期工作。但是具体的过程没录上，主要是被翟辰的神奇操作震到，没来得及拍。最后一个视频是展示他身上的甜筒——

老铁们，这孙子跑了，还给我戳一肩膀冰激凌。

很多人点赞打赏，纷纷叫嚷打得好，还有不少人要求下次也叫上自己。网络暴民进化成了现实暴民，无脑草履虫一样跟着应激反应式狂欢。然而再往下看，已经有大批热心群众来骂他了。

——警方已经辟谣了，跟这位老师无关！

——围着打人你们还有理了？就许你打人家，不许人家还手啊。

——真没素质，怎么没人报警呢？什么垃圾社会渣滓，举报举报。

警方的官方账号发布了消息，还有图片做证据，无可辩驳。昨天晚上因为小胖姑姑的发言已经开始动摇的大众，又开始一边倒地支持翟辰了，纷纷冲去小胖妈妈的主页开始辱骂。

“这些人能不能有点创意？”翟辰笑倒在沙发上，这些网友可真有意思，把当初骂他的话改个称呼就直接粘贴到了小胖妈妈那里。

“禽兽老师，不配为人”改成了“禽兽一家，不配为人”。

高雨笙凑过来看了一眼，跟着抿唇轻笑。

“你说说他们，怎么反水这么快？”翟辰看得叹为观止，这一边倒毫无异议的样子，让人看着毛毛的。

“网络上掐架的人，目的并不在于分辨是非，而是在于赢，”严谨的高总给出了标准答案，“对他们来说，赢比什么都重要。而官方就是‘绝对不会输’的代名词，只要跟着官方走，最后一定能赢。只要不是关乎切实利益的事情，人们倒戈反水的速度必然很快，因为谁都不想输。”

“哇，世风日下，人心不古。”翟辰摇头晃脑地感慨。

高雨笙看着他，眸色复杂。现在谣言被澄清，被人肉找上门的风险也随之消失，翟辰是不是就要回家住了？回去也好，让自己冷静几天想清楚。

今天下班前，一个人在办公室的高雨笙陷入无限纠结中：“郑秘书，你有没有做过那种梦？”

刚好进来晃悠的郑经，再次被老板抓住问奇怪的问题。

“哪种？”郑秘书愣了一下，看到老板微微发红的耳朵，瞬间了悟，“你说那个啊，当然了。到现在还经常梦见苍老师、小泽老师什么的。”男人在这方面总有些莫名的虚荣心，明明是精力旺盛的年轻人才容易做的梦，奔三的郑经还是闭着眼睛胡吹。

“那如果对象是现实里认识的人呢？”

“那你就是看上人家了呗，”郑秘书露出个猥琐的笑来，笑着笑着突然僵住，“不对啊，您这是梦见谁了？”

高雨笙慢慢抬头瞪他一眼，冷着脸道：“你不认识。”

哦，不认识？不认识！

郑经吧唧一下捂住嘴，作为有眼力见儿的秘书，他一直装作什么都不知道的。

“……”

直到翟辰接他回家，高雨笙都没缓过神来。

“哇，果然没叫我失望，终于有撞了南墙也不回头的人来给我乐呵了。”脑子里嗡嗡的，偏翟辰还要来烦他，举着手机给他看一个大V用户的“铁血”言论。这个大V是最早带节奏传播谣言的人之一，特别坚定地同情小胖一家。

铁头哥V：从没见过哪个警方通报案情，还顺道给个人辟谣的。这个神通广大的老师后台很硬，我只能说到这里了。

“后台很硬，哈哈哈，”翟辰用脑袋碰碰高雨笙的肩膀，“后台高总，我看看你有多硬。”

高雨笙呼吸一滞，忽地站起身来：“你玩吧，我先睡了。”

“嗯？累了吗？”翟辰抬头看他。

高雨笙没说话，快步回了主卧。坐在床上，他随手翻开了一本今天刚买的心理学书籍《虚假爱情》，却还是盯着腿上的被面发呆。

“发什么呆呢？”翟辰突然蹿过来，嘿嘿笑道，“忘了给你礼物，先别睡，听听这个。”

高雨笙缓缓叹了口气。

翟辰点开录音，放出了白睿顺着应下他是爹的那段对话，自己都听乐了：“这孙子，认爹认得可真利索。我这爹不能白当，就把他拖到厕所里仔细教给他做人的道理。”

高雨笙眨眨眼，努力压住想要上翘的嘴角：“其实没必要……”

“很有必要，他跟火锅店串通，打算用滚水烫你。”翟辰觉得这事得让他知道。

“你受伤了吗？”高雨笙面色一紧，拉着他就要看看。

“你哥哥是谁啊，怎么可能受伤。倒是你家那些人，也太狠了，这事必须得查清楚。我不打女人，但是出这种主意的已经不是人了。”言下之意，就算是后妈或者姐姐，翟辰也是要揍的。

不分青红皂白的偏心。

毫无原则地袒护。

高雨笙愣怔半晌，骤然红了眼眶。

第十四章

因为短时间内出现多起儿童失踪案件，全市展开了商场监控安全检查。要求所有商场的监控保持开启，坏掉的迅速更换。警方发布了一条隐晦的提示，告诫家长们在看似安全的商场内也要看好小孩子。

不过这种提示年年有，并没有引起多少重视。

翟辰窝在 CEO 办公室的沙发上，一遍一遍地看上回偷偷在派出所录的监控画面，研究瑶瑶到底是怎么丢的。昨天方初阳告诉他的消息让人很不安。专门抓漂亮小女孩的组织，可比普通人贩子要骇人得多，这些孩子被抓去会遭受什么，简直不敢想。

画面里一群小孩子在来回跑，似乎在玩什么游戏，大家跑的方向都是一致的。瑶瑶也跟着跑，而且跑在前面。青春期之前的小女孩，体力往往是比小男孩要好的，一阵风似的从镜头前飞过。

以前在幼儿园，别的小朋友要欺负翟檬檬，都是瑶瑶护着他。虽然瑶瑶喜欢哭鼻子，但遇到与翟檬檬相关的事就会变得异常凶。而自家小孩，大概也是因为这个才闹着要跟人家结婚的。

想起昨天晚上檬檬又问他瑶瑶找到了没有，翟辰就更苦恼了。

高雨笙工作一会儿，抬眼看他。平时不注意，如今翟辰陷入纯黑色的沙发里，显得他格外白。

那时候在村里，觉得他白得发光，一直以为是因为那地方色调太过暗沉。现在看来，好像不是的。翟辰这个夏天都在外面跑来跑去，也没见他晒黑一点点，大概是天生晒不黑……

咚！一个纸团飞过来，准确无误地砸到高雨笙脑门上。

“好好做作业，发什么呆。”翟老师又团了一个继续丢他。

高雨笙抬手接住：“你在看什么？”

“瑶瑶丢失时的视频，”翟辰犹豫了一下，把又丢失了一个小女孩的事告诉了高雨笙，“要是拐去山里卖了还好，当孩子养起码不会出大危险，这种就不好说了。”

他很想去那个商场里看看，总觉得有什么细节被忽略了，但又不放心高雨笙一个人待着，既然那群孙子连火锅烫人这种贱招都敢用，指不定还会使什么下作手段。他现在连公厕都不敢让高雨笙自己去。

“明天我要去万茗买一条领带，你顺道去看看吧。”高雨笙收回目光，继续工作。

“你明天不是要去跑车发布会吗？”翟辰看了一眼时间，明天是周六没错。

高雨笙歪歪头：“不去。”

翟辰：“……”

这可是有人泼火锅也要阻止他去的活动，说不去就不去，太不尊重认真与他做豪门斗争的人了。

高大少爷一言九鼎，说不去就不去。到了周六这天，穿上休闲装，跟翟辰一起去商场。

“我说，你怎么会买两套一模一样的衣服？”翟辰看看身上跟高雨笙相差无几的休闲套装，很是纳闷。

“不一样的，”高雨笙用手指碰了一下翟辰的领口，“领子的设计不同。”

翟辰看看这个再看看那个，区别只在于外翻领的边边是尖角还是圆角，这么细微的差别，谁能看得出来啊！

“这是情侣装吗？”耿直的翟檬檬问。

“不懂就别瞎说，这叫兄弟装。”翟辰弹他脑袋。

翟檬檬捂住脑袋躲到高雨笙身后：“穿一条裤子的叫兄弟，穿两条裤子的叫情侣，这可是你说的。”

“嘿，你个小崽子，那你就躲着吧，让高叔叔抱你。”翟辰企图用高雨笙的冷脸吓唬小孩。

“唔……”翟檬檬顿时尿了，他自己走不了太多的路，但又不太敢让高雨笙抱。

高雨笙弯腰把小家伙抱起来：“万茗三楼的章鱼烧很好吃，旁边还有一家有名的厚吐司工坊，要吃吗？”

“要吃！”翟檬檬顿时高兴起来，抱着高雨笙不撒手。

翟辰看着那小没良心的被一盒还没到手的章鱼烧拐走，只能再次感慨世风日下，人心不古。四年多的养育之恩敌不过资本主义的糖衣炮弹，说叛变就叛变。

周六的中心区道路拥挤，翟辰开着车缓缓前进。临近商场区的地段，有一片宽阔的广场，几栋纯玻璃构造的房子坐落其中，都是汽车品牌的高端展示店，包括九逸的旗舰店。

玻璃房子前的广场，是几家共用的地，有新品发布都会在这里举行。

三辆颜色各异的跑车摆在广场上，每辆车旁都站着身着同色系衣裙的车模。另有一队打扮清凉的嫩模在中间走秀，从各种角度吸引观众欣赏新车。举着“长枪短炮”的媒体早就蹲好了点，看那兴奋的架势不像是来报道新车的，倒像是来抢娱乐八卦的。

“有人放出风声，说这次参加新品发布的，就是高震泽属意的接班人。”高雨笙隔着玻璃看过去，言语中没有任何的嘲讽，只是陈述一个事实。

翟辰嗤笑一声，索性打了个方向靠边停车，他倒是要看看今天谁来参加。

“欢迎各位来到九逸汽车新品发布会。”一名穿着时尚的年轻男子从玻璃房中走出来，带着少年气的声音被扩音器传遍全场。他长得很是英俊，跟高雨笙有三分相像，但身体单薄瘦弱，一看就还是个少年人。而眉梢眼角略显轻佻，比不得高雨笙的深邃沉稳，正是高雨笙同父异母的弟弟——高牧笛。

媒体记者们顿时来了精神，开始对着他疯狂拍照。

高牧笛微微低头，露出个略带嘲讽的笑来：“我是九逸集团创始人高震泽的小儿子高牧笛，今天的发布会由我来主持。各位别忙着拍我，多关注一下我们的新品吧。”

高家弟弟年纪小，这种玩世不恭的笑挂在脸上，竟意外的俊俏，惹得周围不少年轻女孩子兴奋尖叫。

“你弟弟怎么看着跟个小流氓似的。”这样坏坏的帅，丝毫不能触动鉴流氓十级的翟辰，反倒觉得这孩子不学好，跟班房里那群“杀马特”青年没两样。

“你不也这么笑吗？”

“呸，哥是这么笑的？”翟辰拽住高小朋友的耳朵，强迫他看着自己，勾起一边唇角，“看清楚，这才叫痞帅，那叫流氓。”

被那微凉的指尖捏着的耳朵，瞬间红了。

高牧笛是个纨绔子弟，懂得不多，不过介绍跑车这种事他确实很在行。没办法，玩得多了，想不懂都难。高小少爷完全接过了产品经理的工作，详细介绍这款跑车的各项参数，如数家珍。不得不说，这项任务还真适合他。

不过，紧跟在他身后一路当背景板、半句话也插不上的朱小姐，脸色就不怎么好看了。好在朱琳娜是有教养的，依旧保持着微笑。

看了一会儿，没什么意思，高雨笙便催促翟辰离开。

“这么说的话，这事是你后妈做的？”翟辰慢慢把车开回路上，重新往万茗商场走去。

毕竟最后的好处是弟弟得了。高雨笙小时候说的话，比他还小 4 岁的高牧笛不可能记得。白睿知道的那些，只能是后妈转述的。

高雨笙垂目，不说话。

翟辰看着他这个样子，有点心疼：“你回高家的时候，后妈已经进门了吗？”

“嗯。”

“那你……”

“我不是私生子。”高雨笙突兀地说了这么一句，又陷入了沉默。

“谁说你是私生子？”翟辰蹙眉。

“没谁。”

就算是互相不怎么待见的家人，这种会让孩子自我怀疑的话也不该说出来。翟辰又忍不住开始冒火：“别听他们瞎说，你妈妈跟你爸爸是合法夫妻。那时候因为你丢了，他俩吵架，你妈妈才搬出去住的。”

这些小天赐可能不记得了，但翟辰那时候已经 11 岁，还是记得很清楚的。

高雨笙垂着眼，却听得很认真，半晌轻轻吸了口气：“是不是私生子都无所谓，我早就不在意了，我宁愿像你一样没有来处。”

没有来处，就无所谓牵绊，不必为了这些虚情假意的亲情劳心劳力。

“瞎说，没有牵绊，活着有什么意思？”翟辰及时纠正小朋友不正确的思想。孑然一身，独活于世，那太苦了。有了牵绊，和这个世界就有了联系，才不至于在偌大的星球上迷失了自己。

万茗商场热闹依旧，并没有受到儿童丢失案的影响。先随便逛逛，高雨笙给翟辰买了个新背包，把他那个磨损严重的旧包换下来。正面开锁的拉链设计，更方便取用氧气瓶。

而后又去三楼吃章鱼烧和厚吐司，翟檬檬特别开心，被两个糙汉子舅舅带大的他，没体会过这种一家三口在商场里逛街吃小吃的生活。

吐司店正对着一小片空地，正是瑶瑶丢失的那块地方。十多个孩子在那里跑来跑去，有工作人员装扮的玩偶熊跟孩子们互动。

胖胖的玩偶熊，从头到脚都圆滚滚的，摇晃着毛茸茸的身体，任由路过的小朋友拍打。

“洋娃娃和小熊跳舞，跳呀跳呀一二一。它们跳着圆圈舞呀，跳呀跳呀一二一。”

小熊的身上突然响起了音乐，似乎把它自己也吓了一跳，惹得孩子们哈哈笑。玩偶熊假装慌乱了一下，马上挥舞小短手开始跳舞。

翟檬檬听见这个曲子，跟着摇摆举着吐司叉子的手。叉子上还有一小块花生酱吐司，这么一甩，香甜的花生酱就顺着流到了手臂上。小翟先生赶紧缩回手舔胳膊，结果那举着的吐司就要往脑袋上掉，好在被高雨笙伸过来的纸巾稳稳接住了。

“哎哟，您这可真是吃糖饼烫后脑勺，邋不邋遢啊！”翟辰无情地嘲笑他。

“我这是条件反射。”翟檬檬不服气。

高雨笙：“什么条件反射？”

“这个儿童歌是很多幼儿园用来做课间操的，这货整天不做操，看人家做，就跟着举两下手。”翟辰笑着跟他解释，转头看着那些跟小熊一起做操的小孩子。

“小熊小熊点点头呀，点点头呀一二一。”玩偶熊费力地点头，脖子太短点不下去，遭到孩子们的嘲笑，假装哭泣，捂着脸跑走。小孩子们就开始追着它在空地上来回跑，欢声笑语不绝于耳。

翟辰起初看得津津有味，看久了总觉得哪里不对。

“舅舅，吃个丸子。”翟檬檬叫他吃章鱼烧。

翟辰张口吃了一个，这家确实好吃，一会儿打包一盒给可怜的方警官送去。

叮咚！高雨笙放在桌面上的手机突然收到一条推送。

标点地图：附近有孩子走失，需要您的帮助！

“怎么了？”翟辰见高雨笙脸色不对，忙问他。

“有孩子丢了。”

“在哪里？”

高雨笙缓缓抬头：“这个商场里。”

第十五章

翟辰猛然回头，看向那还在跟孩子们玩耍的玩偶熊。那熊不再跑动，而是站在原地继续带着大家做操。

那段反复观看的录像，骤然在脑海中显现。朝着一个方向奔跑的孩子，当时的关注重点都在孩子们身上，却忽略了，在镜头中一闪而过的那个毛茸茸的熊掌。瑶瑶丢失的时候，也有这么一头……

“熊！”翟辰霍然起身。

“什么？”高雨笙仰头看他。

翟辰指着刚才孩子们跑去的那个方向，那里有几间没有租出去的店铺，犄角旮旯位置不好，尽头就是安全门。从这里看去有一个拐角，看不见安全门的模样。“监控死角，瞬间消失，那边是安全梯，却没有出现在任何一层的安全梯出口监控中。还会藏在哪儿，还能藏在哪儿？”

这话说得没头没尾，但高雨笙瞬间就听懂了，同样看向了那只憨态可掬的玩偶熊。

翟辰直接抬脚走过去，拉住那只挥动着小短手的熊：“把你的头摘下来给我看看。”

玩偶熊礼貌地摇摇手，表示摘不掉。

“不能摘，是个整体！”旁边的小朋友指着玩偶熊的脖子，表示它的头和身子是用布连起来的。

“那把拉链拉开。”翟辰不依不饶，伸手要脱熊的衣服。

玩偶熊立时捂住屁股后面的拉链，摇晃着笨拙的身体跑两步。小朋友们哈哈笑，旁边的大人却是看不惯：“你这人怎么这样，人家工作人员辛辛苦苦哄孩子呢，别捣乱。”

正说着，商场广播响起：

“张梦诗小朋友，你的妈妈在找你，请你听到广播速到广播室来。”

一位着急的妈妈快步跑过来，问空地上的小朋友："你们有没有看到一个穿黄裙子的小女孩，扎了两个辫子的。"

"我看见了，"一名小男孩举手，左右瞅瞅，"刚才还在这里的。"

玩具熊慢吞吞地转身，似乎准备去工作间休息，被翟辰一把抓住，刺啦一下拽开了背后的拉链，露出里面工作人员穿着的大裤衩。

"哈哈哈，熊露屁股了。"小孩子们指着出丑的熊大笑。

熊意识到自己拉链开了，立时手背在身后捂住屁股，颠着沉重的身体往前跑，模样十分滑稽，连旁边的大人也跟着笑。而眼尖的人，在熊跑动的过程中瞧见了一抹明艳的黄色。

"等一下！"翟辰大声喝止，那熊却跑得更快了。这一跑，颠得里面的东西乱晃，从背后的开口处骤然伸出来一只纤细的小手。

"呀——"这一幕仿佛恐怖片中的场景，将周围的人吓得尖叫出声。

翟辰趁乱拿出氧气瓶快速吸了两口，一个箭步冲上去，抓着那人直接给拽了出来。

玩偶里面闷热，穿这种演出服的人通常穿得都很少，这人也不例外。里面是个贼眉鼠目的年轻男人，穿着波点花裤衩和白色"工"字背心，被翟辰拽得摔趴在地上，发出响亮的啪叽声。而被藏在玩偶里的小女孩，也掉出来半个身子。

孩子似乎出现了短暂的昏迷，摔出来得到新鲜空气便有了苏醒的迹象。一身鹅黄色的公主裙，梳着两个可爱的羊角辫，正是刚才那位妈妈说的孩子。

"诗诗！"孩子妈妈立时扑过去。

穿着裤衩的人贩子反应更快，拽住小女孩迅速靠到了玻璃栏杆边："都别过来！"

大商场中间是空的，从一楼直达顶棚，这是惯常的设计，每层边缘安装有1.2 米高的玻璃围栏。人贩子把小女孩拎起来，放到栏杆上，女孩的妈妈顿时崩溃跪地："别伤害她，求求你，你要什么我都给你。"

小女孩彻底清醒了，看到眼前的场景，顿时吓哭了："妈妈！"

翟辰喘不过气来，掏出氧气瓶连着吸了几口，眼睛始终盯着人贩子的动作。

"你现在放了孩子，算是拐卖未遂，取得家属谅解可以判无罪。"高雨笙抱着翟檬檬走过来，用他那说服力极强的语调慢慢悠悠地说。

"你把孩子还给我，我谅解你，也不会报警的。"孩子妈妈忙不迭地说。

“就是啊，年轻人，别冲动。”一位年纪稍长的男士也开口劝解。

瘦小的人贩子剧烈喘息，似乎有些动摇。

“呜呜呜……”小女孩吓得发抖，也不敢大声哭，咬着嘴唇呜咽，眼泪大颗大颗地往下落。

“快快！”一楼大堂，穿制服的保安脚步整齐地跑进来。

人贩子听到响动，快速回头看了一眼，也不知是不是被穿制服的保安吓破了胆，突然一把将小女孩推下去，自己疯了般地朝安全梯方向冲去。

“啊啊啊啊！”孩子妈妈尖叫着去抓。

翟辰扔下氧气瓶，一跃而起，抓住从顶棚垂下来的广告条幅，蹬着栏杆加速往下跳。当初在酒店空中接住高雨笙，用的就是这招，靠着发力赢过自由落体的速度。

在人群此起彼伏的尖叫中，翟辰在二楼的空中一把将小女孩捞进怀里，同时收紧手里抓着的布条。

这种广告条幅是用细绳系在顶棚的不锈钢支架上的，长长的布一直垂到地面。翟辰抓紧了布，勉强止住身体下落，将两人吊在了空中。

“啊——”人群中发出一阵惊呼，大家都不敢出声了，看着两人像荡秋千一样在空中摇晃。

翟辰单手攥着布，待稳定了才能往下滑。怀里的小女孩已经吓呆了，无意识地挣扎。

“宝贝儿，抱紧叔叔，别怕，”翟辰安抚了一下怀里的孩子，试着往下滑，“你看咱们离地面就几米了，摔不死。”

话音刚落，顶棚上的细绳铮的一声崩断了。艳红色的广告条幅，像失了控制的风筝，无力地飘落。

“啊啊啊！”围观群众又大叫起来，底层是大理石地面，如今离地还有三四米，结结实实摔下去也是能摔死人的。

翟辰把怀里的孩子护结实了，靠着自身的力量生生在空中翻了个身，一把抓住了底层还未建好的展示台架子。那架子是塑料的，咔嚓一声就断了，但好歹给了个缓冲。翟辰把自己当肉垫咚的一声磕在地上，抱着孩子翻滚几圈才停下来。

周围的人迅速围过来，包括疯狂跑下楼的孩子妈妈。

翟辰被摔得浑身发麻，半晌起不来。

“诗诗！”孩子妈妈一把将孩子抱过去，慌张地查看，“摔着没有。”

诗诗还在发抖，僵硬地摇摇头，转而看向翟辰：“叔叔。”

“小哥，谢谢你啊！”诗诗妈妈跪坐在地上，大哭着向翟辰道谢。

“没事……”翟辰张口，一缕鲜血顺着嘴角就流了下来。

“啊啊啊，他吐血了！”

“天哪，一定是内脏出血，快打 120！”

“都别碰他！”

现场的热心群众七嘴八舌地说着，高雨笙抱着翟檬檬快步走过来，放下孩子，单膝跪在地上：“哥哥。”他的脸色煞白，声音带着几分微不可察的颤抖。

“扶我起来。”翟辰向他伸出手。

高雨笙让他靠在自己身上：“别怕，救护车马上就来了。”

“舅舅！”翟檬檬也吓哭了，拽着翟辰的袖子不敢说话。

周围的人不敢上前，只是拿出手机拍下这见义勇为的英雄。

翟辰用手背擦擦嘴角，愣怔半晌，小声对高雨笙说：“那什么，我就是嘴角磕破了。”

英勇救人的英雄，面对感动得泪眼汪汪的围观群众，这会儿表明自己只是咬到嘴了，会不会有点不合适？

第十六章

高雨笙果断地给自己熟悉的私立医院打电话，让他们派救护车过来。

“熊呢？”翟辰小声问。自家天赐不让动，他就只能躺着装死。

声音沿着骨头传到大脑，附带着喷在衬衫上的热气。高雨笙被震得四肢酥麻，顿了一下才低头回答：“放心，跑不了。”

那人的确是跑不了，翟辰刚跳下去，试图趁乱逃跑的人贩子就被热心群众给按住了。本来大家的确都被掉下去的孩子吸引了注意力，还是檬檬嚷了一声：“他想跑。”

离得最近的大哥迅速反应过来，伸腿就是利索地一绊。

原本看热闹的人，义愤填膺地冲过去，七手八脚地将人牢牢按在地上。有上了年纪的大妈甩着布兜揍他：“坏了良心了！浑蛋！”

那边翟辰落地，楼上的群众放了心，开始甩开膀子揍人贩子。

“打死他！”

“拐小孩还想杀人。”

“把孩子扔下楼，畜生都不如！”

男女老少齐上阵，揍得叮咣响，要不是警察及时赶到，这人都要被围观群众给打死了。

“别打了，别打了！”附近派出所的警察迅速赶来，挡开抡着凳子要砸人的商户，把被打趴在地的瘦弱青年拎起来。

“呜呜呜，你们可算来了！”这犯罪嫌疑人原本一双绿豆老鼠眼，生生被打出了烟熏妆，看着倒是大了不少。鼻血横流，夹杂着鼻涕眼泪糊了一脸，看着着实凄惨。

“警察同志，他这是杀人，枪毙他！”

“浑蛋！”

人们气愤不已，说着说着就又要上手打，警察拦都拦不住。警察只能尽力拉着他躲避，提醒群众：“别打头，别打了！”

好不容易押着人下了一楼，警察给他脑袋上套了个黑布罩子，防止再激起一楼群众打人的冲动。

有警察来关心翟辰：“这不是翟老师吗？怎么样啊？”

附近派出所的警察，翟辰上次陪瑶瑶妈妈看监控的时候是见过的。警察对这位帮助单身母亲的幼儿园老师印象很深。

“已经叫了救护车，你们忙吧，我照顾他。”高雨笙按住翟辰想扭过来打招呼的脑袋，不管警察说什么，也不管旁边小女孩的妈妈如何哭，都不许翟辰说一句话。

不多时，救护车来了。最先来的是公立医院的救护车，高雨笙让那对母女先上去：“孩子要紧。”

“那怎么行呢？小哥都吐血了，不能耽误啊！”诗诗妈妈坚决不同意，“这是市里最好的医院，你们快去，下一辆救护车就是别的医院了。”

正说着，下一辆救护车就来了，五名医护人员抬着担架跑进来。那担架看起来就十分高级，自动展开，还带支架的。而医护人员身上的工作服更是充满了“有钱”的气息。

“万鹤医院的啊。”刚才还劝着高雨笙带翟辰上救护车的人，顿时不说话了。

万鹤医院是市里最有名的私立医院，中外合资的，条件自不必说，医术也是极高的。除了贵，没一点毛病。

旁边的医护人员把翟辰抱上担架，又盖了一条跟担架同色系的医用薄毯，快速抬着往外走。

高雨笙抱起檬檬，跟着上了救护车。

有热心群众自觉挡开那些试图拍照和看热闹的人："快让开，这救人呢！拍什么拍！"

上了救护车，翟辰躺在舒适的救护车医用床上，左右看看。医生给他做检查，问他哪儿疼。

"呃，背疼，手也疼。"翟辰举起被展示台架子划伤的虎口给医生看。

护士给他伤口消毒，医生在他身上各处按按："这里疼吗？这里呢？"

"哎哟，哈哈哈，您别按那里，痒，哈哈！"翟辰避开医生按在他小腹上的手，差点从床上弹起来。

检查半天，好像还真没什么内伤。医生表示暂时看不出来，给翟辰罩了个氧气罩，说吸氧可以缓解疼痛。

翟辰对此毫无异议，开心地戴上氧气罩，吸起了氧。刚刚耗费的体力迅速恢复，整个人充满了力量，手欠去捏高雨笙的手玩，被躲开了。

"一会儿你没事，我手骨断了。"高雨笙冷漠地看着他。

"瞎，瞎说。"翟辰隔着罩子瓮声瓮气地说，表示自己会轻拿轻放。

然而高总不吃这一套，用手罩住他的眼睛："睡一会儿吧，其他的事我来处理。"

吸着氧气睡觉，对翟辰来说是难得的享受。小时候在山村里，他就喜欢在树上睡午觉，因为中午的林子里氧气充足。虽然没有纯氧那么有用，但浓度高一些的氧气就能让他舒服点。如今吸着纯氧，就像躺在柔软的沙滩上听海浪，浑身的毛孔都舒展开，一会儿就忍不住睡着了。

等翟辰再醒来，天已经黑了，他身处一间布置得像高级酒店的病房里。大概是吸氧吸多了，这会儿头脑异常清晰，今天发生的所有事过电影一般地在脑海中呼啸而过。

"醒了？"坐在沙发上看书的高雨笙抬头，"觉得哪里不舒服吗？"

"舒服极了。"翟辰跳下床，四处看看。这是一个标间，屋里两张床，一张病床，一张陪护床。陪护床跟酒店的床没什么两样，翟檬檬正在上面呼呼大睡。

这屋子比酒店的标间要宽敞许多，有电视，有冰箱，那边还有个小厨房。

门是高级木门，开了一个 15 厘米宽的长条小窗，供医护人员查房用。

“担心记者会来，就没订套房。”高雨笙从冰箱里拿出一罐饮料递给他。

“这地方很贵吧，住这里干什么？”翟辰看了一圈，只觉得到处都充满了“钱”的符号，他这一个月工资可不够住几天的。

“公立医院可不会把嘴角出血说成内脏损伤。”高雨笙把手机递给他，让他自己看网上的舆论。

叮咚！房间门铃响了，翟辰透过长条玻璃看见一条胳膊，迅速跳上床盖起被子假装睡着。

高雨笙刚开门，气势汹汹的方初阳就冲了进来。看到双目紧闭的翟辰先是一愣，到了嘴边的话立时吞了下去，低声问高雨笙：“不是说没事吗，他怎么还没醒？”

高雨笙：“……”

“哇！”翟辰突然掀开被子，诈尸一般地坐起来，把对方吓得一趔趄，“方初阳，你这是在关心我呢？雨笙，快去窗边看看，太阳是不是打西边出来了。”

“滚！”方初阳涨红了脸，狠狠推了他一把，“谁关心你了，少往自己脸上贴金！”

翟辰咚的一声倒回床上，拉起被子蒙住头。

方初阳隔着被子揍他：“你长能耐了是吧，又跳楼救人，是想拍好莱坞大片吗？要不是人家高总机智，给你送私立医院来，我看你怎么收场。”

“怎么不能，成龙就可以，我说自己从小练武术就行了。”翟辰不以为然，顺着条幅滑下来，只要是经过锻炼的人都能做到。

“你练个屁，全国人民都知道你是开挖掘机的。”

“那怎么了，高手在民间，没人规定开挖掘机的不能是绝世高手吧。”翟辰蹦下床，看看早就被吵醒、两眼大睁的翟檬檬。

方初阳翻了个白眼，懒得理他。夺走翟辰手里刚喝了一口的饮料，自己喝了。

高雨笙看着他的动作，眸色微暗。

“大舅，瑶瑶找到了吗？”翟檬檬扒着舅舅爬起来，眼巴巴地问方初阳。

方初阳捏扁了手中的易拉罐，摇头。

警方审问了那个熊男，他承认自己想偷孩子，但不承认瑶瑶也是他偷的，根据商场换班登记来看，瑶瑶丢那天确实不是他值班。

“肯定是他，这么熟练的手法，绝对不是第一次干。”翟辰皱眉，如果是第一次偷孩子，肯定会慌乱。就像瑶瑶丢的时候那样，玩偶熊后来基本上没有出现在摄像头范围内，这也是一直以来被警方忽略的原因之一。但这次不一样，偷了孩子之后，那只熊还淡定地站在原地点头招手。

“我们当然不会信，所以去查了他们的换班记录。”方初阳冷笑。

这些玩偶熊的扮演者都是商场的员工。一共两张熊皮，六个人轮班，不存在雇用临时工的状况。今天被抓住的那个人叫李超，瑶瑶出事那天确实不是他值班，名册上登记的另有其人。但警方并不会就此打住，而是直接把名册上那人传唤过来。

那个人说是跟李超换了班，今天也是换班。所以两次出事，上面写的都是别人的名字，而且各不相同。

证据摆在眼前，李超才认了，说是自己做的。

“一个孩子可以卖一万块钱，只要漂亮的小女孩……”李超坐在审问室里，不停地问警察那孩子死了没有，“我真的是第一次干这个，太害怕了，当时脑子一片空白，才把孩子扔下去的。真的不是想杀人，真的！”

小马敲敲桌子，示意他安静：“如果你老实交代，帮助警方找到丢失的孩子，我们可以向上级汇报，减轻你的刑罚。前提是，得找到孩子。”

“你的接头人是谁？”

“我不知道她叫什么名字，大家都叫她霞姐，是个三四十岁的女人。”李超捂住被打成猪头的脸。

虽然成交过生意，但李超还是不知道霞姐的联系方式。每次霞姐联系他都是用的固定电话，而且每次交货的地点都不一样。

规定时间内如果李超不出现，接货的人就会离开。

“我们去到这次的交货地点时，已经过了交货时间。”方初阳叹了口气。

第十七章

熊偶外套商场不管洗，发了干洗卡由员工拿去自行清洁。所以李超带着熊偶外套离开商场，并不会惹人怀疑。

当初警察看遍了事发时的监控，每个出口都没有可疑人员出现，那是因为犯罪者根本就没有走。他依旧伪装成熊，带着孩子回到休息室，连熊带孩子捆到摩托车上。熊外壳是硬的，孩子装在里面带着出去，没人看得出来。

就这么躲过了监控，一路堂而皇之地离开。

这次霞姐指定的交货地是海潮广场后街的小巷，那边鱼龙混杂，也没有监控，警方赶过去毫不意外地扑了空。而今天的事闹得这么大，也不可能把李超当诱饵引蛇出洞了。

“不过好在已经有了线索，抓住那些浑蛋是早晚的事。”方初阳摸摸为“小女朋友”担心不已的翟檬檬。

“你说，他们抓那些小女孩到底要干什么，你们有没有查那种……”当着孩子的面，不好说太黑暗污浊的东西，翟辰皱着眉头，给了方初阳一个“你懂的”眼神。

“这就不是你该操心的了，翟柯南先生，”方初阳斜瞥他，警方很清楚该怎么查，“我们准备给你发个见义勇为奖章，如果你今年高考的话，可以加分。”

“我一开挖掘机的高什么考，高家入门考试吗？”翟辰坐到沙发上，用手肘戳戳旁边的高雨笙。

“你要考进高家，我给你加一百分。”高雨笙从书中抬起头，一本正经地说。

“哈哈哈，你看看人家天赐，多会说话，”翟辰揽住高总的肩膀，指着自家兄弟，“你再看看你，啧啧。”

“还有几千块钱见义勇为奖金，你不要算了。”方初阳把易拉罐扔进垃圾桶，拍拍手准备走。

“要，那必须要！国家给的荣誉，我怎么可能不要呢？什么时候给我，我一定去领奖。”听到有钱拿，翟辰立时端正了态度，表示自己就是那让梨的孔融、砸缸的司马光、千古难遇的道德标兵，不领这个奖天理难容。

“……”方初阳听不下去了，拍拍高雨笙示意他跟着出去，留翟辰自己对着翟檬檬瞎胡吹。

医院的走廊贴着粉色与蓝色交织的墙纸，地面都是塑胶的，防摔伤，病人一高兴，在走廊里跑步锻炼也是可以的。门口放着长椅，彩色树脂材料，光滑圆润。不过走廊里并没有人长坐，很是安静。

方初阳静静地审视高雨笙片刻，低声问道：“他的身体状况你也知道，打算怎么应付媒体？”

“这家医院嘴很严，任何病情都不会透露，随我怎么说。”高雨笙有些意外方初阳会跟自己谈这个。

如果有官方媒体采访，公立医院一般会照实说。但私立医院不一样，一切以顾客为先，哪怕你只是感冒，别人来问，医生也不会透露半个字，什么媒体的面子都不会给。

“他不适合暴露在人前，这次没有露馅，下次就不好说了。”说起这个，方初阳就来气，警告过翟辰多少回别去强出头，就是不听，还一次比一次闹得大。

“嗯。”

“谢谢你帮忙，也请你务必保守秘密，不要拿他炒作。”

翟辰本身就是个惹祸精，以前没有引起媒体注意还好，自从遇见高雨笙这个公众人物，就总是在媒体镜头下晃悠，这让方初阳很是不安。这次的事说来跟高雨笙没什么关系，怪不到人家头上。

“我明白你的意思。”高雨笙垂眼，薄唇抿成一条直线。被方初阳以翟辰更亲之人的身份警告，让他有些不高兴。明明是他先捡到的星星，却在别人家待了十五年。

“你明白就好，别让医生给他做太多检查，”方初阳冷眼盯着这位年轻的富二代，想要看穿他有没有拿翟辰做人体实验的险恶用心，言语中满是威胁，“也别对他的身体有什么好奇。”

“好奇什么？”高雨笙抬眼，眸色有些冷，在方初阳发脾气之前直视他的眼睛，“我很小的时候就跟他相依为命，所有的感情都寄托在他身上。”

这话让方初阳始料未及，本来只是敲打一下这个小年轻，没想到换来这样的剖白。噎了半晌，更多的狠话却是说不出口了。

送走方初阳，高雨笙回到病房，就瞧见翟辰还保持着他出去时的姿势，窝在沙发里刷手机。翟檬檬已经自觉地打开了电视找动画片看了，并没有跟舅舅一起玩耍的意思。

甥舅两人各玩各的，谁也不打扰谁。

高雨笙不动声色地坐回翟辰身边，看着他不说话。

“方初阳跟你说什么，别往心里去，”翟辰眼睛没有离开手机，一边刷一边跟高雨笙说话，“他这人就是说话难听点。”

“他怕我对你的身体产生好奇。”高雨笙原话转述。

翟辰顿了一下，转头看他：“这是什么话，怎么听着这么别扭！”

“他就是这么说的，”高雨笙无辜回望，“我懂他的意思。”

越说越奇怪，接不下去。翟辰轻咳一声，低头继续看手机：“你看网上的消息了吗？”

“怎么了？”高雨笙凑过去看。

“闹得真大，不怪方初阳生气。”翟辰苦笑。

商场里拐卖小孩，还把孩子从高空扔下，这么丧心病狂的事当时就被传到网上去了，说震惊全国也不为过。

堪比好莱坞电影的救人过程，太过惊心动魄，一度有人怀疑是在拍电影不小心被路人拍到了。然而有太多在现场的人出来证明，不同的人从不同角度录下了翟辰救孩子的一幕，还有诗诗妈妈在医院接受的短暂采访，事实无可辩驳。而他摔在地上口吐鲜血的清晰照片更是转得到处都是。

翟辰也算是个“名人”了，那些对他真情实感恨过的网友一眼就认出了他。

——这不是那个幼儿园老师吗?

——哇，不是吧。那人是个武力值为零的幼儿园老师，这位英雄分明是个武林高手啊!

——绝对是他，不信看对比图。

那些被网友私下珍藏的翟辰照片，又发了出来，这次倒是没有再被网站吞掉。前些天还陷入不负责任风波的老师，今天就舍身救了别人家的孩子。这翻转的前后差别，堪比从马里亚纳海沟飞到喜马拉雅山顶，太令人难以置信了。

——这是同一个人没错了，怎么会有这么玄幻的事?

——呜呜呜，明明是个善良勇敢的人，之前却被这么污蔑。那些骂他的人脸疼不疼?

——那几个大V不出来道歉吗?官方都辟谣了，他们还一直死不承认，不遗余力地黑人家。有本事让大V去跳楼救个孩子啊!

很多曾经带节奏骂翟辰的大V纷纷闭嘴，不敢说话。只有那位“铁头哥”打算“杠”到底。

铁头哥V：一个幼儿园老师有这身手?他要是有这本事，还当什么幼儿园老师，当保镖好了！摆拍炒作，懂?不信走着瞧，过几天这小白脸就C位出道。

——我看你是想C位出殡了，除了喷粪你还会说什么？

——官方辟谣不信，上千路人证明也不信，就你睿智，就你聪明，行了吧。

——举报举报，还跟他废什么话。最开始就是他带头造谣的。

但这种能混到如此多粉丝的人，都是有一定本事的。他提出的观点也不无道理，翟辰这个职业和他所表现出的身手实在有些不符。但很快就有人告诉他，翟辰还真就是个保镖。

终于有人注意到了照片中的总裁先生。

——他俩怎么会混在一起？

——小声说一句，这个人还真是高总的保镖，我在办公大楼电梯里见过他俩。

——咦？

——咦咦？

——咦咦咦？

最开始办公楼里的人也拿不准，但有人找出了翟辰第一次在派出所跟小胖家起冲突的视频。当时这个视频很快被删掉，但有人保存了，找出了当时的一张截图。截图里，高雨笙当真就在翟辰身边。

而商场里的照片就更清晰了，就是高雨笙，跑不了。

开挖掘机的幼儿园老师保镖，网友们都蒙了。

翟辰看着这一波三折的消息，自己都替那些看热闹的累："这会儿要是告诉他们我是外星人，没准他们都信。"

高雨笙抬手把手机抢过来，锁了屏幕："别在网上乱发言，真的会有人信的。"

第十八章

方初阳回家眯了一会儿，就又匆匆去了刑警队。这会儿还没到上班时间，大门是锁着的，市局门口站了好几个人。

“这位同志，你是警察吧？能不能放我们进去，我们想问问刑警队，孩子找到了没有。”

原来是孩子家长。昨天那事全国都知道了，这些时刻关注消息的家长当然更知道。而且出事的地方，就是第一个孩子肖瑶丢失的商场。想来他们昨天已经去片区派出所问过了，派出所只能说案件已经移交市局，于是家长们就找来了。

方初阳绕去了侧面的小门，直接刷卡进去，咣当一下关上了门，径直去了刑警队办公室，拍拍正在啃烧饼的陈照辉：“陈小黑，你去跟外面那些家长解释一下。”

“哦。”老实的小陈立时放下烧饼跑出去。

“小同志，那个人贩子是不是抓住了呀？”

“我们家孩子有消息吗？”

“他把孩子藏到哪里了？”

抱着“万一是一个犯罪集团”的心理，除了在两个商场丢失孩子的家长，还有在其他地方丢失孩子的家长来询问。

五花八门的问题把小陈给问蒙了：“那个，你们安静一下，听我说。”

“怎么安静啊，我们都快急死了。”一个妈妈哭道。

“嘘，先听听警察怎么说，吵吵嚷嚷的，别知道消息了。”倒是一位上了年纪的明事理，让大家都安静。

“昨天商场里那个人，已经抓获了。案件正在侦查中，目前我们不能透露任何消息。”陈照辉按照平时队长们应付媒体、受害者家属的套路，认真回答。

“为什么不能透露，告诉我孩子被藏在哪里了，我们去找啊！”家长们又吵吵起来。

“小同志，我就是在万茗商场丢失的孩子肖瑶的妈妈，你让我见见那个人贩子，我就想知道他把我女儿卖到哪里去了。”瑶瑶妈妈扒着铁栏杆，说话带着颤抖。

“抱歉。”陈照辉应付不过来，但还是努力地向他们解释。

小马在屋里看着难受：“哎，听着真揪心。”

“揪心也没办法。不能因为可怜就把办案进度告诉他们，那些家长肯定会往外说，指不定就传到人贩子耳朵里。”小张叹了口气。

“没错，而且我们没法分辨哪些人是受害者家属，哪些人是犯罪嫌疑人假扮的。”范队长站在门口，用经验丰富的目光扫视那群吵闹的家长。

好不容易打发了家长们，陈照辉灰头土脸地回来，烧饼都凉了。拿起来准备继续吃，方初阳扔过来一个纸袋，小陈下意识地接住，是热乎乎的肉夹馍："嘿嘿，谢谢副队。"

小马看着小陈吃得香，很是嫉妒："副队也太偏心了，就给小陈一个人吃。"

"你去对付那群家长，也给你吃。"方初阳斜瞥他。

"啊哈哈，小陈辛苦，是该吃点好的。"小马立时改口。

笑闹了两句，言归正传，方初阳跟范队长商量了一下，开始分配任务。目前李超的供词可用信息不多，无法直接找到拐卖交易的上线，需要铺开来调查。

"小马和小陈去一趟金鑫商贸城，把事发当天扮演人偶的都找出来。"金鑫商贸城就是丢失小孩的另一个商场，那边管理不如万茗，比较混乱，也没有监控可查，只能一个一个地去问。

"是！"

"小张查霞姐两个电话的具体所属地，查到了马上去询问，我跟你一起。"方初阳年纪轻，精力旺盛，一般都是他带着队员们出外勤，范队长负责坐镇。

"好的。"小张昨天晚上就已经查出了两个固定电话的具体登记地址，立时拿出来给方初阳看。

"我去请模拟画像的同事来，让李超拼个霞姐的照片出来。"范队长给自己分配了任务。

方初阳看着小张给出的地址，在地图上找到了大致的位置。两个固定电话，都在城南的一个大型城中村附近。两人立时出发，开着车去了这个名叫"周寨"的地方。

这几年城市发展飞快，大多数城中村像蔡庄那样消失了。只有开发比较晚的南城还有几个城中村没有拆。周寨是其中最大的一个，里面住着数以万计来大城市讨生活的打工仔。

车子走到村口就进不去了，里面的道路狭窄，最多容三轮车通过。方初阳下了车跟小张走路进去，他们穿着便衣，并没有引起里面人的注意。

上午的周寨就已经很热闹了，这里住着的人口多，就形成了相应的生态圈。纵横交错的小巷，布满了各种小店。

"听说这里在外地还挺有名的。"小张笑着闲聊两句。

"嗯，周寨的夜市很有名，翟辰还拽着我来吃过小吃。"方初阳对这里也不算陌生，毕竟有翟辰那个又嘴馋又眼盲的家伙在，任何夜市都得他陪着去。

“副队跟辰哥关系真好，我也很想有个兄弟啊。”小张感慨着，找到了第一个电话的所在，那是一台挂在墙上的老式公用电话。

两人围着电话公司提供的房子地址绕了一圈，才在西面的墙壁上找到。夹在两个菜摊中间，上面有个简陋的顶棚挡雨，金属质的按键已经锈迹斑斑。

“那让翟辰给你当兄弟，保证你一天想打他三回。”方初阳拿起听筒试了一下，电话可以正常使用，用的是那种常人以为已经淘汰了的密码电话卡。就是不记名买一张卡，打电话的时候输入卡号和密码就可以用的那种。无从查找使用者。

“阿嚏！”翟辰在病房里打了个喷嚏。

高雨笙不许他出院，让他今天务必在病房里待着哪里也不许去，翟辰只能窝在沙发里打游戏。

“舅舅，你感冒了？”讲义气陪舅舅住院的翟檬檬关切地问。

“没，肯定是哪个浑蛋说我坏话了。”翟辰单指揉揉鼻子，而这个浑蛋大概就是方初阳。

刚找到第二台电话的方初阳，突然打了个喷嚏。

“8 月 13 日下午，有没有一个三四十岁的女人来打电话？”小张正在问电话的主人——小卖部老板。

这台电话就放在小卖部的玻璃柜台上，一分钟五毛钱。

“这里每天都有很多人打电话，我哪记得。”老板是个打赤膊的中年男人，正盯着里面墙上的小电视看电视剧。

方初阳买了一包荷兰豆，付钱的时候顺道给老板看了一眼警官证：“这事涉及一个重大刑事案件，如果你说不清楚那个电话是谁打的，你也要被列入侦查范围。”

老板不懂“侦查范围”是什么，还以为自己也要变成犯罪嫌疑人，忙不迭地关了电视。这时候恰好有个年轻人进来要打电话，扔了个五毛钢镚在柜台上，拿起来就打，说了没几句就挂了。

自始至终，没跟老板有任何交流。神奇的是，这年轻人手里还拿着一部智能手机。

“警察同志，你也看到了，这我怎么记得住呀。”老板愁眉苦脸。

“他有手机，为什么还要用你的电话？”小张很是好奇。

“这村里住的大部分是打工仔，没什么钱。租的房子里有无线网，他们就用那个上网，舍不得交电话费，甚至手机里都没有电话卡，给家里打电话就用这个打。”老板道。

每天来打电话的不下二十个人，大多是这种没有什么交流，自己扔了钱就走的。沉迷电视剧的老板，有时候都没注意是谁在打电话。而整个周寨，还有八个这种带电话的小卖部。

方初阳这边又陷入了困局，翟辰那边也不好过。

万鹤医院门口围了大批的记者，都想采访一夜间红遍全国的英雄翟辰。多亏了高雨笙思虑周全，让他住到这安保措施一流的私立医院。这要是公立医院，病房分分钟就要被人挤爆。

翟辰跟檬檬双双趴在窗口看外面的情形：“你舅舅我也成明星了。”

“那我就是明星的外甥了。”檬檬很是捧场。

丁零零——床头的内线电话响起柔和的音乐声，翟辰接起来，是前台护士打来的。

“有一位姓肖的女士想要见病人，只有她一个人。”护士轻声细语地询问，言语间也没有透露接电话的是翟辰本人还是陪护。

“我是瑶瑶的妈妈，让我见见翟老师吧。”那边的肖女士主动说。

“放她一个人进来吧。”翟辰叹了口气，昨天晚上瑶瑶妈妈给他发了好几条短信，高雨笙不让他回。但看着她心急如焚的样子，怪不落忍的。

瑶瑶妈妈推开门，就见翟辰无力地躺在病床上，鼻子上还插着氧气管，周围的仪器嘀嗒作响，看起来马上就要挂的样子。

“翟老师，你怎么成这样子了？”瑶瑶妈妈看到他这副模样，当时眼泪就下来了。

“阿姨好。”翟檬檬坐在另一张床上，乖巧地问好。

“檬檬也在啊。”瑶瑶妈妈擦擦眼泪，把带来的水果和零食放下，掰了一根香蕉下来递给檬檬吃。

“瑶瑶妈妈。”翟辰虚弱地打了个招呼。

“哎，是我，”瑶瑶妈妈坐到床边的凳子上，“怎么没个陪护的人呢？”

“刚出去，”翟辰瞎回答，“又出什么事了吗？”

“没，没有，”本来是想问问翟辰知不知道点内情，但看着他伤成这样，瑶瑶妈妈也不好意思多说了，“我是来看你的。谢谢你翟老师，真的谢谢你，你是为了找瑶瑶才去那个商场的吧？”

翟辰笑笑，没说话。

瑶瑶妈妈哭起来，再次谢了翟辰，又责怪自己当时怎么就没注意那头熊："瑶瑶当时就在熊里，听着妈妈在外面说话该有多绝望、多害怕呀。"

看现场人拍的照片，玩偶衣服里面黑洞洞的，十分闷热。那么娇嫩的孩子，被塞进逼仄漆黑的空间里，妈妈就在外面，却怎么也听不到自己的声音。光是想想就不寒而栗，更别说后续被装进熊里运走。

昨天晚上瑶瑶妈妈一夜都没合眼，闭上眼就是那张熊的图片，难受得喘不上气来。

翟辰想安慰一下这位伤心的母亲，想了半天说："那个人贩子应该是有麻药之类的东西，孩子进去很快就晕了。"

"……"

他想说晕过去就没那么恐怖了，然而瑶瑶妈妈的脸色却更难看了，显然并没有得到什么安慰。

翟檬檬看着一点都不会讨好女生的舅舅，顿觉找舅妈这件事任重而道远。

第十九章

方初阳这边忙活了半天，没什么收获。现在还没有画出霞姐的画像，不能明目张胆地找，以免打草惊蛇让人跑了，只得先离开周寨。

"咱们去哪儿？"小张开着车，问副队。

"去金鑫商贸城，看看小马他们。"方初阳看了一眼时间。

小张打了个方向，往金鑫商贸城那边开去。

这个商场跟万茗那种高档商场不一样，金鑫主要做廉价服装和小商品生意，店铺众多且都是个体户小商贩，管理远不如万茗规范。

陈照辉和马天行两人在狭窄的走廊中穿梭，一会儿就迷失了方向。小马只能不停地跟人打听位置，左拐右拐，满头大汗。

"我的天哪，也不知道女人们怎么在这种地方逛街，不会迷路吗？"小马苦不堪言，眼花缭乱的时装堆叠在一起，映在眼里就是一片片的彩色马赛克，那效果堪比催眠术。

然而这还不是最困难的，等他们调查清楚这里的卡通玩偶状况，两人更是头大。金鑫混乱的不仅是店铺规划，还包括玩偶管理。这里没有固定的玩偶表演人员，有的是商场做活动雇的，有的是商户自己请的。

据案发现场附近的商户说，那天有手机卖场的玩偶、楼下洋快餐店的玩偶、发传单的玩偶。很多都是流动人员，甚至隔壁商场偶尔也会有发传单的跑到这边来。

小马满脸绝望，小陈却是认认真真一家一家地去调查。

“刑侦工作本来就是复杂烦琐的，再麻烦也要去做，受害者还等着我们呢。”陈照辉安慰身边被晃晕了的同伴。

小马惊奇地上下看看他：“可以啊陈老实，你这都会说哲理了。”

方初阳整天叫他陈小黑，其他伙计就爱叫他陈老实，因为不管副队让他干什么，他都老老实实去干，像头沉默寡言的老黄牛。

“这是副队说的。”小陈不好意思地挠挠头。

“副队副队，你是把副队说的话都记下来了吗？”小马无语地看着他。

“没有啊，副队说重要的我才记。”陈照辉一脸老实地说。

“……”

等方初阳找到他俩的时候，两个年轻人已经累趴下了，蹲在商场进门处的风口喝矿泉水。

“副队！”陈照辉看到方初阳，立时站起来。

“怎么样了？”方初阳看他俩热得可怜，就请他们去洋快餐店喝饮料。

“这商场里一共有三种玩偶，分别是手机店、快餐店和发宣传单的。手机店的吉祥物是充气的那种，薄薄的一层皮，表演完就会放气，不可能带着孩子跑。快餐店就是这家，他们的玩偶都是卡通人物，最近一个月用的都是小黄人……”小马咕嘟咕嘟喝了大半杯冰可乐，总算是缓过一口气来，竹筒倒豆子一般把刚调查到的事情汇报出来。

小黄人玩偶很矮，需要表演人员蹲着走，里面装不下另一个孩子。排除这两种，只剩下发宣传单的比较可疑。但那些都是外来的，很难找。

“找出那天发的所有宣传单，询问宣传单上的商家。”方初阳给他们捋了一下思路。

“对啊，刚才给我热糊涂了。”小马一拍桌子，差点把小陈的饮料打翻。刚才这商场停了一会儿电，险些把他俩闷熟。

“一定要尽快找到这个人，但找到了先不要抓，试试能不能跟着他找到霞姐。”方初阳叹了口气。

怎么翟辰逛个街就能遇见案发现场，他们费劲巴拉地找一天也没什么进展。

“辰哥肯定是柯南转世。”小马对此很赞同，想当初他盯了王竞航几天都没有发现，辰哥冲上去揍一顿就揍出个手机来。

“什么柯南转世，人家柯南还在动画片里活得好好的。我觉得，辰哥就是解密游戏里那个提示灯泡，点一下就能出线索。”小张也跟着凑热闹。

方初阳翻了个白眼，抬手一人一个脑瓜崩：“学什么不好，学翟辰，那你们也去把李超打一顿，兴许就有新线索。”

正说着，范队长打来了电话：“初阳，你那边完事了吗？回来一趟，李超供出了新线索。”

“你打他了？”方初阳脱口而出。

范队长：“？”

眼看着太阳快要落山，翟柯南先生住的医院外面，依旧有很多记者。记者们散了一拨又来一拨，当真是门庭若市。

高雨笙刚下车，就被记者围住了。好在医院的保安快速跑过来，帮他挡开了过于热情的媒体。

“高总，请问您来是看翟老师的吗？”

“高总，翟老师现在身体状况怎么样？”

“高总，我是电视台的，咱们上次合作过，能带我进去见见翟老师吗？”

高雨笙走上台阶，顿下脚步回头。

记者们瞬间安静了一下，觉得有谱，立时蜂拥而上，被保安人墙隔在高雨笙一步开外。

“他需要治疗静养，还请你们不要打扰他。”高雨笙不紧不慢地回答了一句。

“有人说他是武林高手，还有人说他有特异功能，您怎么看？”

高雨笙面不改色，语速也没有变化：“他是学过些功夫，也经常锻炼身体。不过昨天更多的是靠运气，非常危险，希望大家不要模仿。”

“那请问您跟他是什么关系？有人说他是你的保镖，是真的吗？”

电视台的那位记者思维则更发散：“他是你要找的星星哥哥吗？”

高雨笙没有回答，直接转头走了，不再理会那些哀号吵嚷的记者，示意保安把人请走。接过郑秘书手里提着的食物，独自往病房走去。

住在病房里哪里也去不了的哥哥，等着他投喂的哥哥。他的脚步不由得快了些许，正要推门，忽然顿住。

透过窄窄的玻璃探视窗，清晰地看到病床边坐了一个女人。长发披肩、纤弱可怜的女人，正一抖一抖地哭泣。翟辰半躺在床上，温柔地给她递纸巾。

这样的场景，骤然刺痛了高雨笙的眼睛，让他差点拿不稳手里的东西。

高雨笙深吸一口气，缓缓展开紧握的拳头，按在门把手上，轻轻推开了门。屋内的声音瞬间灌进了耳朵里。

“瑶瑶最喜欢你了，每天回家都要跟我说翟老师。”瑶瑶妈妈说话带着浓浓的鼻音，时不时抽噎一下。当着前夫和老人的面，她都不哭，一直憋着，只能跟翟辰说说。

翟辰还在装重病号，只能虚弱地笑笑。明明是个吸着氧气的哥斯拉，偏要装成小白兔，莫名的滑稽，又说不出地勾人。

“他伤得很重，不能说太多话。”高雨笙黑着脸走进来，把吃的放到桌上，眸色冰冷地瞪着瑶瑶妈妈。

“对不起啊，我一时激动，拉着翟老师说太久了。”瑶瑶妈妈赶紧站起来。不得不说，她是个挺漂亮的女人，虽然已经是孩子妈妈了，但身形纤弱，宛如少女。

“抱歉，会客时间过了。”高雨笙看了一眼腕上的手表。

“那我先走了。”瑶瑶妈妈尴尬地拿起自己的包，跟檬檬再见，快步离开了。

翟辰拽掉氧气管坐起来，想批评高雨笙没礼貌。但看他那臭臭的脸色，意识到自己违反约定见了外人，顿时心虚起来：“你下班了，累不累？来，哥哥给你削个苹果。”

伸手从瑶瑶妈妈送的水果篮里拿了个苹果，咔嚓一声就给捏碎了。

翟辰：“……”

翟檬檬惨不忍睹地捂住眼睛。

“哥哥是要给我榨苹果汁吗？”高雨笙站在床尾面无表情地看他。

“哎呀，忘了刚才吸氧了。”翟辰跳下床去洗手，被高雨笙一把拉住。

“为什么让她进来？”

“我什么都没说，”翟辰试图解释，“她太可怜了，孩子丢了，多着急啊，外面那大太阳……”

“要是小胖奶奶来了，你让她进来吗？”高雨笙一针见血地问。

“呃……”翟辰一时语塞。

高雨笙冷哼一声，也不等翟辰再说什么，直接走出病房甩门而去。

“高叔叔好像生气了。”翟檬檬吸了一口酸奶。

“这是怎么了？”翟辰一头雾水。

怎么了？其实连高雨笙自己也不知道，闷着头走到走廊尽头，跟另一边走过来的季羡鱼撞了个正着。

上次地图新品发布会出了事之后，两人有些日子没见面了。

“高总，这么巧。”季羡鱼还是穿得一身花里胡哨，笑呵呵地跟高雨笙握手。

“季总怎么在这里？”高雨笙抬头，刚才从病房里带出来的情绪已经消失无踪，变成了无懈可击的社会精英模式。

“一个哥们儿住院了，过来看看。”季羡鱼随意向身后指了指远处的病房。

高雨笙随口一句：“严重吗？”

“嗐，”季羡鱼揽住高雨笙的肩膀一脸嫌弃地小声说，“在酒吧喝多了，为了个女人争风吃醋打起来，让人给打住院了。”

“……”高雨笙不是很理解这种为了陌生女人打架的行为。

“男人嘛，就是这样，醋劲上来了六亲不认。”季羡鱼挤眉弄眼地背后揶揄自己的哥们儿。

高雨笙忽然愣了一下，自己刚才的行为，真的是因为翟辰不听话见别人了吗？不是的，他又不是看到翟辰做出格的事就炸的方初阳。只是因为那个被他放进来的是被翟檬檬瞎胡扯过的“舅妈”人选。

“难得遇见你，咱俩去喝一杯？上回还欠你顿饭呢。”季羡鱼没发现高总在发呆，自顾自地搂着他一起往楼下走。

高雨笙拎着季羡鱼的一根手指把那只爪子扔下去，在季羡鱼以为他要拒绝的时候说了声：“好。”

左右他现在也不想回病房。

太阳西沉，热闹了一天的城市，终于安静了下来，等待着更加热闹的夜生活开启。

刑警队办公室里亮起了灯，小马他们也回来了，各自汇报今天的成果。

金鑫商贸城的人偶已经有了方向，隶属于一个闲散的传单派发组织，陈照辉已经要来了那个组织的联系电话，约好了明天见面。

范队长点点头，把打印出来的模拟画像递给方初阳：“这个图片不一定准确，暂时做个参考吧。”

让李超用电脑选五官、轮廓拼凑霞姐的样貌，他只能说个大概。因为他俩一共就见过两次面，还都是在黑灯瞎火的地方，看不大真切。

“厚嘴唇，耷拉眼，烫卷头，”方初阳圈出这几个特征，“这些都是准确的吧？”

“烫卷头肯定是准的，但耷拉眼李超不确定，也可能是霞姐看人的表情问题。”旁边模拟画像科的同事解释道。

“人他都认不准，他俩是怎么联系上的？”思维活跃的小马立时发现了盲点。

“这就是今天问出的新内容。”范队长赞赏地拍了一下小马的脑袋。

李超是外地人，来这里打工的，之所以突然干起了这种拐卖人口的勾当，都是因为他有个赌博的恶习。半年前在地下小赌场输了几万块钱，向赌场老板借了高利贷。

“老板有时候会介绍一些赚钱快的工作给我。”李超支支吾吾地说。这些工作，要么是高危作业，要么是违法犯罪的。不过违法犯罪的事，老板不会直接找他，而是会把他的联系方式告诉雇主。

“兴许，霞姐就是这么知道我的吧。”李超也不是很确定。

“赌场在什么地方？”方初阳问。

“周寨。”

“呲——”小张倒吸一口气，“这个周寨，违法犯罪一条龙吗？”

“明天去踩点，确认之后，先抄了这个赌窝！”方初阳在“赌场”两个字上，打了个叉。

走出警局，方初阳对着路灯长长地呼了口气，准备回家，才想起来家里冷冰冰的没有一个人。

翟辰正跟檬檬大口吃着高雨笙放在桌上的饭菜，就接到了方初阳的电话：“你下班了？”

“嗯，你俩吃晚饭了吗？”方初阳还是不放心高雨笙那个大少爷。

“正吃着呢，天赐给我们订了五星级酒店的豪华餐，你听。”翟辰说着，故意发出嚼东西的吧唧声。

“……当我没问你。”方初阳直接挂了电话。

另一边。

高雨笙跟季羡鱼碰杯，抿了一口红酒，同样看着窗外的路灯轻轻叹了口气。

“昨天那个发布会，你怎么没去啊？”季羡鱼往嘴里塞了块牛排。

“没兴趣。”高雨笙放下酒杯，看了一眼倒扣在桌面上的手机。

“哈哈哈，有魄力，我就喜欢你这样的。”季羡鱼大笑起来。

高雨笙斜瞥他，知道这位季先生是个浪荡会玩的人，并不想承担这一句“喜欢”，冷淡地开口：“季总不跟家里要钱，不也是如此。”

“嗐，见笑了。我那个爸爸啊，最近给我找的小妈比我都小，回家就是尴尬，还不如不回。”季羡鱼是个极会社交的人，适当出卖一些自己的私事，可以快速拉近彼此的关系。

高雨笙只是跟他碰了下杯，没接话。

“说起来，你那个弟弟，零用钱很可观啊。”季羡鱼意味深长地说。

这话高雨笙一听就明白了，肯定是高牧笛跟咸鱼创投有了来往。咸鱼做私募基金，目标客户就是高牧笛这种手里宽裕的公子哥。

高雨笙笑笑：“那是季总会做生意。”

两人默契一笑，举杯饮尽。

喝完酒走出去，天已经黑透了。这家西餐厅没有车库，客人的车都停在路边的临时停车位上，长长地排了老远。

“这里！”一道清脆的女声传来，高雨笙看过去，就见一位很漂亮的姑娘正拿着车钥匙向他们招手。

两人互相看看。

“借过。”背后一位男士拨开他俩，径直走向那女孩，抱着接了个吻。

季羡鱼看得泛酸：“咱们两个‘单身狗’，也没女朋友接，还是找个代驾吧。”

高雨笙低头看手机，私人号上没有一个未接电话，也没有一条问他在哪里的信息。不知道是不是喝了酒的缘故，脑子里各种场景乱飞，忽然就想起了小时候。小学放学，别的小朋友都有人接，只有他没有。

“高雨笙，你怎么没人接呀？”被家长牵着手的同学问他。

“我哥哥在那边路口等我呢。”小小的他就指着远处的拐角，骄傲地描绘那个不可能在等着他的人。

手机上显示代驾马上到，高雨笙作别了季羡鱼，往车的方向走去。他俩来得晚，车停得比较远。季羡鱼的在另一头，他的则拐到了旁边的小路上。

转过拐角，忽然发现车边靠着一个人。那人戴着口罩，单手插在兜里，懒洋洋地靠在车门处，低头玩着手机。

“哥。”高雨笙愣愣地看着他。

翟辰收起手机，抬头看他，取下口罩来露出个灿烂的笑：“吃饱了吗？”

“你怎么找到我的？”

“咱俩的标点地图有亲密共享啊，傻了，”翟辰看不大清，挥空了一下才捶到他的肩膀，忽然道，“你喝酒了，叫代驾没？”

“叫了。”高雨笙哑声道。

在初秋微凉的夜风中，高雨笙忽然间明白了，得到了执念的关爱，并不会填平心里的空缺，只会让人索取更多。

独占，偏执，渴望，欲念，这一切的疯狂与不安，还有一个名字，叫作喜欢。

第二十章

少量的酒助眠，高雨笙这一夜睡得特别踏实。早上手机闹钟响起，没等伸手去拿，就被一旁的人给按了。

翟辰按了闹铃，伸手捏住一只从被窝里露出来的耳朵，轻轻揉搓。

这是翟辰多年照顾小孩子练出来的温柔叫醒方式。翟檬檬心脏不好，不能像小时候叫醒方初阳那样掀被子、扯耳朵鬼叫，只能慢慢来。

“起床了，嘿，别睡了。”翟辰揉揉捏捏，直把那只耳朵捏红了也没叫醒，只能往外拽了拽。

高雨笙慢慢睁开眼，捂住发红的耳朵。

“醒了，头疼不疼？”年轻时抽烟、喝酒、打架的不良青年翟辰，很懂宿醉的痛苦。

“不疼。”昨天喝的是红酒，又只喝了两杯，没什么大碍。高雨笙深吸一口气，起身准备去上班。

“不疼就行，疼的话我给你揉揉。”翟辰单手支在脑袋后面，笑着看他。

应该说疼的。高总有点后悔，但过了这村就没这店，现在再说，就要挨揍了，只能耷拉着脑袋去洗漱。

“我跟你一起去上班。”翟辰跳下床，跟着挤进了洗手间。

高雨笙正刷牙，没法说话，只是拿眼睛看他。

“反正这医院也不会透露我出没出院，这么贵的地方待着打游戏太浪费了。”翟辰倒是没这个顾虑，满嘴泡沫还能顺利说话。

高雨笙吐掉泡沫，漱了漱口：“今天不去公司，要去外面做活动。”

“那我更得跟着了！”翟辰一激动，喷了两滴泡沫到高雨笙脸上，刚刚洗干净的俊脸顿时多了两颗白麻子。

“那我岂不是要去上幼儿园了。”翟檬檬趴在卫生间门口，满脸不情愿地说。

“怎么，你还挺想住院的？”翟辰弹他脑袋。

“是啊，我这伤势未愈，应该再住几天的。”翟檬檬捂着心口，躺回床上。

“呦，您老人家又受什么伤了？”翟辰戳戳他的小肚子。

“心伤。”翟檬檬煞有介事地说，瑶瑶还没找到，出师未捷就没了“老婆”的小翟先生，心灵受到了很大的创伤，需要多吃零食，多看动画片才能治疗。

“我看你是想屁股疼了！”翟舅舅捋起了袖子。

继续住院的理由不成立，心伤未愈的小翟先生被舅舅拎着强行出院，送进了幼儿园。而狠心的无良舅舅，则开开心心地跟着高总去做户外活动了。

公司今天的集体活动是慰问市区里三家儿童福利院。这个活动是早就计划好的，但因为最近的事，标点地图受到了极高的关注，便提前进行了。

高雨笙没有拿翟辰救人这事做宣传，甚至还偷偷花钱给他降热度。但当时在商场里的很多人都收到了地图上的求助，有些人认为，那只熊之所以没有跑掉，与群众收到警报第一时间赶过去有关系。反正，就这么给做了一次免费广告。

标点地图寻找孩子的功能广受好评，还立功救了一个孩子，随着事件热度被推到了风口浪尖上。高雨笙推掉了所有媒体的采访，准备带着员工们干点实事，堵住外界那些蠢蠢欲动准备挑刺的嘴。

今天的活动，除了离不开岗位的技术人员，其他员工都要参加，分三组到福利院去做六个小时的义工。

翟辰戴着口罩，保证兢兢业业做一天安静的保镖，跟着高雨笙辗转于几个福利院之间捐赠物资。物资大部分是合作商赞助的，并不需要花多少钱，只是需要 CEO 亲自出面举行简单的捐赠仪式。

中心区福利院，是三家福利院中条件最好的。院子宽敞，房间明亮，还有运动场地和图书馆，孩子们精神面貌也很不错，不过大多数有残疾。

“没有残疾的孤儿，很快就会被领养，留下来的大多是有残缺的孩子。”院长是个和蔼的老太太，陪着高雨笙参观。

翟辰跟在后面，优哉游哉地到处看。

“院长奶奶！”一名戴着帽子的小孩跑过来跟院长打招呼，因为跑得太急，颠掉了帽子，露出了凹下去将近一半的脑壳。

院长怕吓着客人，连忙弯腰帮孩子把帽子戴上。

翟辰拱了拱高雨笙，小声跟他说：“我也在这里住过。”

高雨笙回头看他，眸色微动：“对不起。”

“对不起什么啊？”翟辰拍他一巴掌，当初叶阿姨把他送回来，又不是天赐的错，“我只住了一天，翟建国就来把我带走了，所以也没多大印象，现在看着还挺稀奇的。”

“嗯。”听到这话，高雨笙也没高兴多少。说到底，还是当年的自己太没用，护不住他。

“哎，院长，那边几个孩子看着好好的啊，怎么没人领养？”瞧见新鲜，翟辰瞬间就把安静做保镖这件事给忘了。

那边有三个小孩，两个玩游戏，一个躲在单杠后面静静地看着。完整无缺，长得也都不错。

院长抬头看看，无奈地叹了口气：“那些不是孤儿，没法领养的。”

“不是孤儿，怎么会在福利院里？”一边正在干活的标点人事经理听到这话忍不住凑过来。

“去年专项打拐，解救出来一大批孩子。家长报过案的都回家了，他们就是剩下那些找不到父母的。”院长说得很含蓄，但在场的人都明白了，这几个孩子都是被亲生父母主动卖掉的。

父母主动卖孩子，自然不可能报警。没有线索，无法送回，又因为父母健在，不是孤儿，不能被领养，就只能放在这里。

当时翟辰就是这么个状况，不能确认父母死亡，只能按照至亲主动卖的孩子来处理。无法被收养，但可以寄养在高雨笙家里。

正说着，一名中年妇女提着大兜的零食走过去，冲躲在单杠后面的孩子招招手。刚才还一脸沮丧的孩子顿时高兴起来，快步奔到女人怀里。

“妈妈给你带了好多零食，还有你喜欢的酸奶。”女人打开塑料袋给孩子看，满兜的食物，还有一辆玩具小汽车。

孩子却丝毫不感兴趣，只是沉默地看着她。

女人面对着这样的目光，顿时掉下眼泪来："妈妈在想办法了，很快就接你回家。"

福利院的老师立时跑过去，把孩子拉开，劝说女人快些回去。

"那是买孩子的人家。"院长给翟辰他们解释。按照规定，解救的孩子绝对不允许再送回买家手里，就算要寄养也不能寄养在买方家。

"这样规定是没错，不然这解救算什么呢？只是孩子太可怜。"人事经理摇头叹气。

高雨笙看着那默默掉眼泪的孩子，突然凑到翟辰耳边小声问："哥哥你会想念李大海一家吗？"

李大海就是翟辰在山村里的那个爹。其实李大海对翟辰还不错，除了总强迫他干活这一点不大好，平日里好吃好喝，很少打骂，偶尔还会带着他去镇上卖山货。比高雨笙那个驼背爹强得多。

翟辰摇了摇头："他看我的眼神，跟看个物件没什么区别。"

感情是相互的。虽然感激李家把他捡回去，给他饭吃，但那家人并没有真把他当儿子，只把他当个传承香火的东西。以至于当他第一次看到小天赐，那灵动、鲜活、带着喜爱与依赖的眼神，才觉得自己与这个世界有了联系，才知道什么叫感情。

高雨笙听了这话，眸色微亮。

翟辰推推他："走吧，还要去下一个福利院呢。"

而此刻的南城，刑警们正在便衣调查周寨的小赌场。

一方面，让周寨所属的派出所协助，以查暂住证的名义，挨家挨户筛查周寨的流动人员，暗中寻找画像上的霞姐；另一方面，让小马扮成社会青年，想办法混进小赌场。

小马生了一张马脸，看起来远不如方初阳正派。现在穿着五颜六色的短袖衫，蹲在麻辣烫摊子上抽烟，完美融入了周围的环境中，没多久就跟同桌吃麻辣烫的小青年搭上了话。

"今儿没活干，想找个地方耍去，有没有可以打牌的地方啊？"小马请小青年喝一块钱一瓶的小汽水。

"你想打什么牌？"小青年挤眉弄眼地问。

小马用下巴点点不远处的一栋民居："那边你去过没，我听楼上的哥说那里面好玩，就是没去过。”

不多时，两人就勾肩搭背地往那栋民居走去，那里正是李超所说的小赌场。

昨天问过小卖店、怕暴露的方初阳，和太老实容易露馅的陈照辉，都不能参加密探赌场的任务。两人就蹲在村口的石阶上，协助望风，装作无所事事的样子。

通常临街或者拐角处的房子，周围都有个半米高的踢脚，防车子撞击的。两人就蹲在那里抽烟，跟其他游手好闲蹲着聊天的寨中懒汉保持一致。

周寨旁边有个老旧的孤儿院，名叫“南城区高远福利院”。蹲在村口这个位置，刚好能看见。

“以前不叫这个名字，叫高远孤儿院。”陈照辉看着那个牌匾，突然开口道。

“你怎么知道？”方初阳吸了口烟。

“我住过。”小陈骄傲地说。

方初阳头回听说，有些惊讶。他知道陈照辉父母都不在了，却不知道他竟然住过孤儿院：“你不是在村里长大的吗？”

陈照辉是个话少的人，平时只会闷头干活，从来没有说起过这个，只偶尔提过小时候在村里摘枣吃的事。

“小时候是在村里。”小陈解释说，那时候父母出去打工，很久都没有回来。后来听说是矿上出事了，他就跟着邻居家叔叔一起来城里。再后来叔叔也不知道去了哪里，他就被送进了这个福利院。

方初阳回头看一眼那边的民居，暂时没什么动静。站起来活动活动蹲麻了的腿，带着小陈去福利院周围晃晃。

“这个福利院条件不是很好，但院长人很好，”语言匮乏的小陈，指着捐款公示给方初阳看，这个月的捐款人里还有陈照辉的名字，“开矿那个老板跑了，至今也没找到。我就想当警察，抓住那些坏人。”

方初阳看了半晌，拍拍小陈的肩膀：“你很争气。”

陈照辉挠挠头，有些不好意思。

“坎坷的童年，有时候会毁了一个人，有时候也会造就一个人，”方初阳摆出队长架势，准备勉励一下后辈，忽然听到有人叫他，僵硬地回头，“当然，某些人除外。”

“嗯？”小陈傻愣愣地回头，顺着队长的目光看过去。

路边的豪华轿车旁，站着个戴口罩的男人，正朝方初阳挥手：“他二舅，你怎么在这里？”

方初阳转身就走。

办案期间，远离不吉利的翟柯南。

第二十一章

翟辰见方初阳不理自己，便识时务地没有追上去。

“在办案吧。”高雨笙走过来，小声说。

“不管他。”翟辰摆摆手，转身去后备厢里拿东西。大批的物资都在后面跟着的货车里，贵重的小东西则在高雨笙的车中。

翟辰吸了口氧，轻松抱起两台一体机电脑，仿佛抱着两个纸壳子。

“哎哟哎哟，快给我一个。”郑秘书赶紧跑过来帮忙。别人没注意戴着口罩的翟辰，他可是一眼就认出来了，这是高总那开挖掘机的保镖哥哥。

“不用，你抱不住。”翟辰瞥了一眼西装革履的郑秘书，大步越过他，把电脑放在福利院门口准备好的捐赠桌上。桌上铺着蓝色绒布，只是有些陈旧了，有些地方没了绒。

打眼望过去，这家福利院明显比中心区和新城区的那两家要破败许多。

院子不大，铁栅栏围着，地面还是坑坑洼洼的水泥地，缝隙里长着草。西边一个玩耍用的沙坑，沙子也不是很满；东边全是晾衣绳，有的是铁丝，有的是布条。标点公司的志愿者已经在这里干了大半天了，晾衣绳上挂满了小孩子的衣服、鞋袜、被褥，杂草也清理出一堆。

高雨笙站在门口，静静看着铁门上面锈迹斑斑的“高远福利院”几个字，看了很久。

“雨笙，你来看这个。”翟辰在外面不叫他小名，又怕别人认出他是见义勇为的小保镖，所以也没喊高总。

高雨笙听到他叫自己，脸上的冷厉顿时化开，抬脚走过去。

铁栅栏外面挂着公示牌。但凡要被领养的孩子，都要连带照片和各种信息公示，公示期过了才能办理手续。

这公示牌上的孩子，跟中心区公示牌上的差别也很大。中心区那个牌子上的孩子，基本没有大毛病，有些还挺漂亮。这家的却基本上是歪瓜裂枣，有做过手术还是明显五官不对称的，有嘴歪眼斜智力有障碍的，还有一个标注有严重疾病的。

“这福利院之间条件有差别可以理解，孩子质量也有差别吗？”翟辰单手搭在高雨笙肩膀上，小声说。

“嗯，条件差的福利院，被送来的孩子少，得到相对健康的孩子的机会就小。”高雨笙认真给他分析了一下市场概率问题。

翟辰笑着捏捏他肩膀：“我就是随口吐槽一下，你不用回答得这么认真的。”

“你问的，我都会认真回答。”高雨笙转头看他。

偏西的太阳照在那五官立体的俊脸上，落入漂亮的眼睛里泛起细碎的光。翟辰突然不知道说什么好，抬起一根手指挠挠脸：“喀……”

“欢迎欢迎，不好意思，刚才有孩子突然发病了，出来迎接晚了，”一名40多岁、穿着旧西装的中年男子，慌里慌张地从院子里跑出来，跟高雨笙握手，“这位就是高总吧，我是路长华，高远孤儿院的院长。”

“我看院长介绍栏里，写的不是你啊。”翟辰指着公示栏旁边的宣传栏，那里照片上的院长是个白发苍苍的老人。

“啊，那个是我父亲，他前几年过世了。我本来是做别的行业的，父亲不放心这个孤儿院，我就替他经营下去了。”路长华苦涩一笑，拘谨地踊了踊穿着开胶皮鞋的脚，转头叫里面的老师带孩子们出来。

现在高远福利院里，能自己走路的孩子有十几个，其余要么太小，要么有严重疾病下不了床。孩子、护工和院长，跟标点地图的员工们一起站在捐赠桌前合影。本来路院长的意思是拉个横幅写上“感谢标点地图捐赠”之类的，被高雨笙拒绝了。

“我们是来帮忙的，不是来添麻烦的。”高雨笙让拉货的工人帮着把物资搬进去。

路院长很是感激，带着他们去参观。

“这里跟中心区那边，怎么差这么多？”翟辰摸摸幼儿教室里掉漆的黑板，忍不住问。

“哎，这就小孩没娘，说来话长了，”路长华搬了几个凳子请他们坐，“中心区那是市直属的，当然资金充裕。我们属于南城区，这个区什么样子你们也知道，更何况还是半路捡来的，根本不受重视。”

“怎么叫半路捡来的？”郑秘书好奇地道。

“这个孤儿院，早年是个国企办的，算是半公立半私立。后来那个企业倒闭了，这儿就被区里收走，变成现在这个名字。”路院长拿出过去的相册给他们看。

最早这里是叫“高远孤儿院”，大门基本没变。只是以前是院墙，后来响应城市“透绿”，才换成了铁栅栏。路长华的父亲老院长是个慈眉善目的老头，每年都跟孩子们在大门口合影。

一年一年翻看过去，老院长肉眼可见地越来越消瘦，最后一张形销骨立还是笑得一脸慈祥。

“父亲是得癌症去世的，临死还不放心，就让我接手。其实我是父亲收养的孩子，所以我也姓路，路边捡来的嘛。”路长华笑着道。

这个孤儿院的孩子，除了那些本身有名有姓的，其他的都姓路。

“老先生真是个有爱心的人。”郑秘书感动不已。

“我可以拍张照吗？”高雨笙指着相册上的照片，问路院长。

“当然可以。”路长华不介意地摆手，请高雨笙随便拍。

翟辰看着他一张一张认真地用手机拍下来，有些惊讶：“你什么时候对这种老照片感兴趣了？”

“我对摄影、绘画一直都很有兴趣。”高雨笙拍完把相册还给院长。

“啊，对。”翟辰想起上回那个星空摄影展，还有那间一直锁着的画室。

“我们高总很喜欢艺术，尤其喜欢星空，”郑秘书笑着跟路院长攀谈，面前突然递过来一杯水，他连忙接了抬头看过去，“谢……啊！”

一句谢谢没说完，就变成了惊叫。

倒水的是一名十三四岁的少年，脸上有很严重的烧伤疤，看着有些可怖。见吓到了郑秘书，急忙弯腰鞠躬，嘴里发出嗬嗬的声响。

“不好意思啊，他小时候被烧坏了嗓子，不会说话。”路院长赶紧解释。这孩子是很小的时候被烧伤的，家人给简单治了治就扔到了孤儿院门口。

“哎呀，这有什么好道歉的。”郑秘书很不好意思。

烧伤少年低着头，又给翟辰他们倒水。翟辰一点也不怕那张脸，笑呵呵地说：“男人有疤才帅气，我十几岁在街上混的时候，一直想给脸上文个刀疤。”说着还用手演示，从额头穿过眼睛一直劈到鼻梁。

少年抬眼看他，似乎头一次听人这么说，眼中满是惊奇。

高雨笙自始至终面无表情，由着他瞎胡扯。

“他其实算好的了，这里的孩子还有不少重度残疾的。”路院长叹了口气，带着他们去看那些不能自理的孩子。

这些孩子大多数是有智力障碍的，还有一些天生残疾的。

“不得不说，这里的孩子是真……没一个健康的。”郑秘书把那个“丑”字吞下去，但也确实如此，按常理来说，残疾的孩子也有长得好看的，但这里连个五官端正的都找不来。

“正常的都有人抢着要领养，我们这领养排号都不知道排到多少号去了。只是残疾儿童多，正常孩子少，没有人愿意领养重度残疾的孩子。”路院长抱起一个满地乱爬的智障儿童，给他放回围栏小床上。

“太惨了，路院长真是个好人。”郑秘书看得心酸，当场捐了一千块钱。

离开高远孤儿院的时候，已经是黄昏。这是今天的最后一站，员工们原地解散，郑秘书低头跟高雨笙说了两句，等他点头后立时对大家说：“累了一天，咱们去聚餐吧，高总说给报销！”

“噢耶！”员工们顿时欢呼起来，跟着郑秘书热热闹闹地跑了。

“你怎么不去？”翟辰捏捏发呆的高雨笙。

“我去也是破坏气氛。”高雨笙被他捏得痒痒，忍不住动了动身体。

“嗯，那正好，哥哥带你去吃好吃的。”翟辰两条眉毛一挑，很像动画片里献殷勤的汤姆猫。

“呃，呃！”背后传来那烧伤少年的声音，翟辰回头，手里被塞了一本画册。这是高远福利院自己出的宣传册，刚才给每个志愿者都发了的。

“谢谢啊。”翟辰把画册装包里，跟少年挥手告别。

高雨笙把自己那本也塞进哥哥的包里，拉住他在空中挥的手：“吃什么？”

“你看看这是哪里？”翟辰指着逐渐热闹起来的城中村，这里是周寨，有名的夜市。

小时候答应要带天赐吃遍这城里所有的小吃，翟辰把能尝的都尝过了。这种夜市对他这种夜盲眼很不友好，就强行拖着方初阳给他带路。这个周寨夜市，东西很便宜，看着也非常廉价脏乱，但也有隐藏的极品美食。

高雨笙看看那昏暗的街道，索性没有放开他的手，拖着进了巷弄交错的城中村夜市。

说是夜市，倒也没有什么统一的规划，就是每到晚上就会有很多小吃摊推着车过来，随便找个地方一扎就开卖。

穿着清凉的年轻姑娘，坐在简陋的麻辣烫摊前一把一把地吃着串。卖卷饼的大妈，一边手速飞快地往面皮里夹菜一边大声吆喝。烤鸡的摊子更是热闹，整只的烤鸡串在铁叉子上自动翻转，老板在旁边炸着鸡柳。

刚下工回来的年轻人，在烧饼摊上买一个白烧饼，从中间劈开，再买两块钱的鸡柳夹进去，拜托老板多挤点番茄酱。

“就买两块钱的，还贪我这么多酱，这天天地净赔钱了！”老板骂骂咧咧的，还是给多挤了点酱。

年轻人开心地举着烧饼挤出来，差点撞上翟辰。

高雨笙立时拽了翟辰一把，他对于这种人山人海的地方有些抵触，也不愿意让别人碰到翟辰，便如走在刺林里的老农一般左支右绌。

“没事，我看得见，”这些小摊为了抢生意，灯泡一个比一个亮，在摊子旁边还是看得清的，“再往前走点就没这么挤了。”

带着高雨笙转到另一条街上，这边就相对安静一些，大部分是临街的铺面。翟辰买了好几样东西，跟高雨笙坐在一家冰品店的外设桌上慢慢吃。

翟辰买的都是他吃过觉得好吃的，味道自然不差，就是不知道高雨笙娇生惯养了这么多年的口味能不能适应。好在高雨笙并不挑食，吃得津津有味。

“你小时候最喜欢吃镇上的炒凉粉，可惜半年才能去一回。”翟辰舀了一勺炒凉粉，递给高雨笙，等他张口吃的时候拐回来自己吃掉。

高雨笙眨眨眼，无辜地看着他。

翟辰哈哈笑，勺子塞给他让他自己吃。

那时候在山里，高雨笙逃跑过几回，信誉度很低，驼背从不让他离开村，只有翟辰带着，他才能稍稍走远点。每次翟辰那个爹李大海去镇上卖山货，翟辰都会把高雨笙带上，有大人看着，驼背才会勉强同意。

那镇上没什么好吃的，全是坑外地游客的劣质小吃，只有一家炒凉粉做得好。翟辰帮李大海卖鸡蛋，会偷偷抬高一点价格，多出来的钱就给天赐买凉粉吃。他的算术是跟村口麻子爷学的，应付李大海不成问题。

“你都记得。”高雨笙吃了一口，并不如当年的那么好吃，但因为是这个人给他买的，便又好吃了起来。

“当然记得。”翟辰除了认脸，其他方面的记忆都非常好。

“你以前怎么来夜市的？”高雨笙比较在意这个。

“跟方初阳一起啊……”翟辰这才想起自家兄弟来，下午在孤儿院门口瞧见他，应该就在这附近查案吧。低头看看手机，没有方初阳的消息，也不敢随便给他打，“跟他吃饭，我气都气饱了，要不是没得选……”

话没说完，街对面突然响起了警报声，七八辆闪着蓝灯的警用摩托车开进来，停在一户民居门前。不多时，从里面押出来一堆人，通通抱头蹲在墙根。

“哎哟，茶馆被查了。”冰品店的老板娘伸着脑袋看热闹。

“那是个牌场啊？”翟辰随口跟老板娘闲聊。

“可不。”老板娘见翟辰是个懂行的，冲他笑笑。

高雨笙突然捏住他的手，把哥哥的注意力重新吸引过来：“那个，好像是下午的黑脸。”

小陈？那边灯光暗，翟辰看不清，既然高雨笙看到了陈照辉，那说明方初阳也在。

“警官，我就是打个牌，玩的是五毛钱一局的，真不是赌博。”

“警官，我就是个看牌的。”

蹲在门口的人七嘴八舌地说话，被勒令安静。周围的路人都在笑嘻嘻地看热闹，气氛并不怎么紧张。正在这时，民居里突然火光冲天，砰的一声巨响，屋里的玻璃瞬间被炸碎飞射而出。

“啊——”围观的人们顿时大叫着跑开，那些被抓的赌徒纷纷抱头鼠窜。

不知谁喊了一句“煤气罐爆炸了”，院墙便轰然倒下半边。陈照辉抬脚就要往里冲，被其他同事拦住，他急得大喊：“副队还在里面！”

方初阳！

翟辰听到这句，二话不说拿出氧气瓶。

“氧气带进去会爆炸。”高雨笙握住他的手腕。

翟辰不说话，猛吸几口将瓶子塞给高雨笙，抬脚就翻进了院子。

第二十二章

城中村里的自建房，通常没什么规划，想怎么建就怎么建。这家是个天井院，本来就不怎么透光，索性在二层那里封了个顶，彻底做成个密封盒子。有了顶棚，院子里也可以支牌场了，充分利用有限的空间。

如今，煤气罐爆炸的巨大威力将这质量不怎么好的顶棚给炸碎了。空心水泥板一块块砸下来，封死了屋里人出来的路。火光冲天，时不时还有爆炸声。其他人在逃出去的时候，一定是看到了这个场景。

没有专业工具，人力挪不开水泥板，还有可能会葬身火海，只能等消防队。可是如今这个情形，等消防队来，方初阳都烧成灰了。

翟辰借着火光透过水泥板的缝隙往里看，什么也没看到。屋中没有脚步声也没有求救声，安静得可怕。

“方初阳！”翟辰大声喊着，徒手搬起一块水泥板扔开，扒拉着爬进去。

十几年前，他被翟建国领回家，方初阳就住在他家隔壁。那时候在老小区，两家都是一楼，有个自建的小院子。两家人关系好，中间就隔了一堵薄薄的砖头墙，都没有拿水泥砌，只是那么堆着的。

他那时候刚到翟家，翟建国进屋跟家里人商量，他就站在院子里满心茫然。听到隔壁有男孩子的笑声，一时好奇扒着墙头看过去。在山里翻墙头翻习惯了，哪知道这墙如此不结实，哗啦一下就倒了，把他埋在了砖头堆里。

“你没事吧？”穿着姜黄色衣裳的小少年，三两下挪开砖头，蹲着看他。那时候已经 12 岁的方初阳，打篮球晒得黝黑，笑起来就显得牙特别白。

“辰辰不知道自己的生日吗？”

“辰辰跟阳阳差不多大，不如就定同一天生日好了。”

“那我是大哥！”

“不对，我是大哥！”

……

噼啪！

骤然充足的氧气，诱得屋里的火焰突然升高，火舌猛蹿而出，差点舔到翟辰的头发。

翟辰就地一滚，躲开了那一截明火，突然看到了被压在半块水泥板下的方初阳。他似乎是被砸晕了，趴在客厅门口的位置一动不动，屋里不断蔓延的火焰马上就要烧到他的腿。

“方初阳！”翟辰大声喊他，三两下搬开水泥板，把人从地上捞起来。

院子大门被水泥板堵住，外面的警察也跟着翻墙进来，刚刚进来两个，就见翟辰已经找到人了。

“快出去！”翟辰背起方初阳，一边跑一边冲那两个小警察大喊。那两人还不明所以，要过来帮忙。

轰——屋里突然冲出滔天烈焰，也不知那厨房里藏了多少煤气罐，竟然二次爆炸，巨大的冲击波直把翟辰二人往对面墙上甩去。而刚过墙头的小警察，直接给掀翻了下去。

翟辰在空中迅速翻身，双脚抵墙，靠着此刻尚且好用的肌肉，生生减缓了撞击的速度，避免了头破血流的下场。但已经来不及再调整动作，直接跪到了水泥板和碎钢筋上，疼得龇牙咧嘴。

而方初阳趴在他背上，避免了身体着地的悲剧，依旧昏得人事不省。

临时吸的两口氧气，效用告罄。火马上就会烧过来，翟辰不敢耽搁，扛起方初阳连滚带爬地往墙边跑。

“辰哥，这边！”陈照辉骑在墙头接应他。

“呼呼……”翟辰呼吸越来越粗重，咬牙把方初阳背到墙边，把自己的手递过去，“拉我一把！”

瘦弱的小陈靠着自己的腰力，是无法把昏迷的成年男子拉上去的，翟辰必须靠自己的力量背方初阳出去。

陈照辉听话地拉住他，使劲往上拽。

咔嚓！不知道什么家具燃烧着从上面掉下来，明亮的火光带着死神的威胁，直直往他们脑袋上砸。

翟辰拼尽全力，一跃而上，连带着方初阳一起，冲出了院子。

轰轰轰！成堆的杨木家具烧起来，整个院子变成了一片火海。

“呼……方初阳……”翟辰趴在地上，像中暑的狗一样急速喘息，手里还紧紧攥着方初阳的衣领，哑着声音叫他。

方初阳脸上都是血，双目紧闭，看起来情况不太好。

高雨笙一把将翟辰拉了起来，不容分辩地将氧气罩子扣在他脸上，持续按压便携氧气管的压嘴。翟辰的身体明显已经到了极限，开始微微地抽搐，惹得他的心脏也跟着开始抽疼。

“别说话，吸气，”高雨笙低声道，“哥哥，别睡，大口吸气，马上就好了。”

翟辰身体里的力量，需要用高浓度氧气唤醒。但在氧气不足的时候，他也可以靠着肌肉里储存的那点能量爆发一下，但这之后会陷入严重的缺氧反应中。

小时候在山里，翟辰因为长得快，看起来像个小少年，便时常要做一些农活。有时候强行用了蛮力，就会出现这种状况。

那时候，小小的高雨笙不知道怎么办，只能泪眼汪汪地给他顺气。

大口大口的氧气入肺，一阵阵的晕眩、眼花、耳鸣都逐渐好转，身体也渐渐恢复了力气。翟辰拿开了氧气罩："我没事了，快给方初阳吸两口，他是不是没气了？"

"咯咯……"方初阳呛得咳了两声，睁开眼，"你才没气了呢。"

"我去，你醒着啊，还装死让我背，要不要脸！"翟辰拿着氧气瓶按到方初阳口鼻处，及时堵上他回骂的嘴。

方初阳这会儿没力气挣扎，只能用眼睛瞪他。

原本热闹祥和的夜市，被这爆炸惊扰，在火光与议论声中，提早散场。

赌场老板被炸死了，他老婆一问三不知地哭得昏天黑地。赌场里的赌徒，大部分是住在周寨的人，也有从别的地方慕名而来的。鱼龙混杂，没有什么特别有用的信息。

"不过，赌场里的欠债名单倒是找到了，里面确实有李超的名字。"陈照辉站在方初阳的病床前，汇报连夜审问的情况。

方初阳受的都是皮外伤，脸上那么多血看着吓人，其实只是脑袋上被划了个口子。不过昨天那出生入死的，医生也不敢让他直接回家，留院观察了一晚上。

"事故原因查出来了吗？"方初阳头上包着纱布，脸上还有几道擦伤，嘴角还破了，说话的时候有些别扭。

"消防说，是厨房里的液化气罐爆炸。那个厨房里有三个液化气罐，楼上还有两个，所以才会二次爆炸。"

方初阳仔细回忆在赌场里的最后一幕，赌徒们都有次序地跟着往外走，赌场老板偷偷往回缩，似乎是想从卧室跳窗出去。他就过去追那个老板，就在这时候，突然爆炸了。

这绝对不是意外。

"发宣传单那个小子已经锁定了，今天就去抓他。"范队长笑眯眯地走进来，手里提着包子豆浆。

小马哈欠连天地跟在后面，显然又是一个通宵。

"你们怎么过来了？"方初阳抬头，接过队长手里的包子。

"我们出来吃早饭，顺道看看副队，一会儿回家眯一下。"小马说着，已经倒在旁边的空病床上睡了起来。

昨天会发展成那样，是所有人始料未及的。本来只是打算借着查赌场的由头，把赌场老板抓来盘问，好让他指认霞姐。谁知道现场会爆炸，证人没了，案件还瞬间升级成了疑似命案。

刑警队里的人都累得够呛，只有永远精力旺盛的陈照辉没什么两样。但也有可能是因为他脸太黑，看不出黑眼圈。

“根据发宣传单那家的雇佣员工名册，和赌场老板手里的名册交叉对比，已经确认金鑫商贸城的那个发传单的人，叫作孙大壮。”小陈尽职尽责地给副队解释了一下范队长的意思。

方初阳微微蹙眉：“今天就抓吗？现在关于霞姐的线索又断了，不如留着他，看会不会有联系。”

“现在就抓，不必等了。既然赌场被炸，肯定是惊动了利益集团。”范队长斩钉截铁地说。言下之意，那个霞姐不可能再联系孙大壮，而且可能已经在逃了。

“一个人贩子，不可能这么拼命。人贩子只要钱，不杀人。”方初阳不以为然，“制造爆炸案的一定另有其人。”现在看来，霞姐拐卖人口的生意，并不是赌场老板介绍的最危险的生意，这后面肯定还牵扯着什么更大的案子。

“杀人灭口，这是招惹了亡命徒啊。”小马翻了个身，嘟嘟囔囔地说了一句，又睡了过去。

“这些都只是猜测，如果他们拐卖孩子做什么丧尽天良的事，也是要被枪毙的。”范队长坚持认为，对于已知的犯罪嫌疑人，能抓一个是一个。

今天抓捕孙大壮已经势在必行。

“你今天就休息一天，不用去队里了。”范队长直接给方初阳放了假。

“可是……”方初阳还想说什么，被范队长制止了，似乎是听到有人靠近。

“呦，都在啊，”翟辰提着饭盒进来，吓了一跳，“来来来，一起吃饭。”

“不了，我们还得回去办案呢，”范队长拍拍翟辰的肩膀，“辰辰昨天又立功了，得给你开个表彰大会才行。”

“可别，您是不知道我现在有多红，开表彰会那粉丝能把门头给挤破了，容易出事故。”翟辰煞有介事地说，仿佛自己已经是当红“小鲜肉”。

“辰哥，给我签个名。”小马挣扎着从床上爬起来，扒着翟辰要签名。

“成，等你睡醒了。”

打发走了一众刑警队的兄弟，翟辰拉开病床上的小桌板，把饭盒里的东西都摆上去。这是高雨笙让广东早茶店打包的点心，个个都精致无比。

“这是我们家天赐给你买的，看看，多贴心。”

翟辰忍不住显摆，却见方初阳还是臭着脸，便伸手推他一下。

“干什么？”方初阳瞪他，语气很是不好。

“哎，我说，你就这么对待把你从火场救出来的兄弟？”翟辰瞪回去。

“我求你救了吗？”方初阳毫不领情，拿起筷子开始吃。

“哎哎哎！”翟辰佯装生气，抬手要抢筷子不给他吃，被方初阳熟练地躲过去。

方初阳气鼓鼓地吃了两个叉烧包：“上次邪教的事，就是队长一意孤行要抄了那个窝点，才导致其他几个窝点的线索中断。要不是高雨笙帮忙，那个事就要完蛋了，这次又这样！”

翟辰不知道发生了什么，听着像是范队长和方初阳发生了分歧，不过后半句倒是很明白：“对啊，我们家雨笙是很厉害，但这次的事跟他没关系，也不能指望他再帮什么忙。”

方初阳一口叉烧噎到嗓子眼里，十分后悔跟翟辰说这个。

上午还要换一次药，暂时不能出院，翟辰就在旁边陪着方初阳。但这公立医院没有 Wi-Fi，手机信号又很差，打不了游戏。翟辰百无聊赖地坐在椅子上，在自己包里翻出本书来看。

“呦，你还看起书了？”方初阳觉得稀奇。

“嗯。”翟辰颇为高傲地应了一声，捧着书看得津津有味，等方初阳凑过来看，就迅速背过身去，不给他看。

作为一个习惯性追根究底的刑警，方初阳立时被吊起了胃口，追着要看是什么。偏翟辰就是不给他看，一边躲一边还念叨：“啊，真好看，哈哈哈，太有意思了。”

方初阳用手肘圈住他脖子，将人拽倒在病床上，才看到了翟辰手里的书——《高远福利院宣传手册》。

“……”

方警官认真思索了一下，关于刑警砍死自己户口本上的兄弟是否可以减刑的问题。

“啧啧，你要看就说嘛，我还有一本呢。”翟辰闷笑着从包里又掏出来一本扔给方初阳。这是高雨笙那本，昨天一起塞他包里了。

方初阳本来不感兴趣，靠在床头思考案情。忽然想起昨天陈照辉说的，忍不住又拿起了宣传册。这册子是彩页的，里面印着福利院里的照片，有介绍志愿者的，有介绍捐款人的，更多的则是孩子。

并没有什么稀奇的，但翟辰就是看得津津有味。

“我说，你看正常小孩就行了，看残障小孩也这么开心？”方初阳对于自家兄弟的审美很不理解。这家伙总喜欢照顾小孩子，连比他小几岁的成年人也当小孩子逗，他有时候都怀疑翟辰是得了什么心理疾病。

“健康的小猫可爱，残障的小猫就不可爱了吗？你这是歧视。”翟辰说完还不忘损他一句。

“我要是歧视残障人士，早把你扫地出门了。”方初阳轻车熟路地跟他拌嘴。

“这个三角是什么意思？”说话间翟辰已经翻到了最后一页，那是孤儿院的地形图，在建筑物内的一角有个黑色的三角标志。

方初阳翻到最后一页：“哪有三角？说你残障，你这就演上了。”

“你眼瘸吧，这么大颗的三角看不见？”翟辰拿着自己的书给他瞧。

“我这里没有啊。”方初阳指着自己那一页。

两人放在一起对比，方初阳那张图干干净净，翟辰那张图就突兀地多了个实心黑三角。工工整整的等边三角形，看起来像是印上的一样。

“估计是哪个孩子调皮画上去的吧。”翟辰猜测。

方初阳出于刑警的直觉，多问了一句：“这是什么地方？”三角标出的位置，在大楼后面的边角处。而平时搜查案发现场的经验告诉方初阳，这种犄角旮旯最容易出事。

“这边我们没去参观。”翟辰摇头，福利院又不是观光景区，人家不可能带着他们连食堂、锅炉房什么的也看一遍。

“……”

高雨笙在办公室忙碌，工作告一段落抬头看过去，沙发上空无一人。看看手机，一个上午过去了，没有一条短信，更没有一个电话。

“Siri，我的手机运行正常吗？”

手机屏幕闪了闪，人工智能的小话筒标志出现——

您的手机一切正常。

“那为什么没有收到短信？”

Siri 似乎愣怔了一下，心电图一样的光标来回动了动——

今天上午，您收到了 3 条银行账户变动信息，5 条运营商的推送，11 条垃圾广告。

“……”高雨笙不说话了。

恰在此时，翟辰咣的一声推门进来：“呦，这是怎么了，谁欺负你了？”从他的角度看过去，坐在办公桌后的高雨笙眼中满是委屈，跟小时候被二狗抢了枣子的模样相差无几。

“怎么回来了？”高雨笙眨了一下眼，刚才的情绪就如遇见阳光的秋霜，瞬间不见了踪影。

翟辰走过来看看他，发现什么也没有，料想是自己看错了：“方初阳刚换了药，就跟屁股长草一样跑去查案了。”

那个在金鑫商贸城发传单的孙大壮，竟然已经离开本市回老家了。范队长要组织人去跨省抓捕，刑警队没人坐镇，方初阳缠好纱布就去了。

“哥……”高雨笙突然叫了他一声。

“嗯？”正给他倒水的翟辰回头看他。

“你……中午想吃什么？”本想问的话到嘴边又觉得太唐突，高雨笙默默把前半句给咽了下去。

“随便，你要是忙的话，我出去给你买。”翟辰灌了口薄荷水，顺手给高雨笙的杯子添满。

高雨笙表示不忙，可以出去吃，接过翟辰给他倒的薄荷水喝了一口。看着那人坐回沙发上打游戏，对方感觉到他的视线就抬头冲他抬抬下巴：“发什么呆呢，好好写作业。”

翟辰看着他的眼神，说到底，跟看翟檬檬其实没多少区别。

这样的认知让高雨笙感觉到一股清醒的疼痛。

第二十三章

叮咚！

就在这时，高雨笙的手机行程提醒突然跳出来一条提示——

您的朋友阿奇伯德将于今天下午3点抵达，请准时前往机场接机。

机场国际到达厅，等待接机的人们摩肩接踵。广播在空旷的大厅里回响，顺序播报着到达的航班。

“他叫阿奇伯德，我平时叫他阿奇，在国外认识的朋友。”高雨笙趁着人还没到，跟翟辰解释他的来历。

“大学同学吗？”翟辰对这个阿奇先生很感兴趣，重逢这么久，这还是第一次在高雨笙嘴里听到“朋友”这个称呼，他一直担心自家天赐这么自闭会没有朋友。

“不是，他比我大几岁，是个做机械产品的商人。”高雨笙摇头。

“嗨，高！”出口那边传来带着洋腔调的喊声。

翟辰回头看过去，那是个金发碧眼的白人男子，颇为英俊，正伸着长臂使劲挥手。

“阿奇，好久不见。”高雨笙说了句英文。

“是的，好久不见了，我很想念你。”阿奇松开拉杆箱，给了高雨笙一个热情的拥抱，说的却是带着外国口音的普通话。

高雨笙似乎有些意外：“中文说得不错。”

“是吧，我特意学的！”阿奇很是骄傲，左右看看高雨笙，忍不住叹息，“你还是这么好看，比我见过的任何亚裔男孩都美丽。”

这话听着有些怪，翟辰微微皱起眉头，抬手挡开阿奇搭在高雨笙肩膀上的手：“阿奇先生，箱子我来拿吧。”

“这位是？”阿奇看向翟辰，眼睛微微亮了一下。

“我是高先生的保镖。”翟辰摆出职业微笑，拉住阿奇的箱子，将两人稍稍隔开。

高雨笙看着翟辰的动作，笑而不语。

等那外国人去厕所，翟辰摆出社会大哥的模样：“跟他保持距离。”

高雨笙脸色一白：“你不喜欢他？”

“没。”翟辰觉得这话有点说不清楚，不过高雨笙理解能力一流，肯定能明白他在说什么。

整个下午，翟姓家长都看那位“搔首弄姿”的白人先生很不爽。高雨笙对这个朋友却很是重视，晚上还要请阿奇吃饭。

在酒店稍作休整的阿奇先生容光焕发，用半吊子中文说个不停。

“并不是商务上的事情，是私事。”阿奇神神秘秘地说，等着高雨笙问他。

然而高雨笙对别人的私事毫不感兴趣：“如果有需要帮忙的地方，记得告诉我。”

“那倒不用，中介可以搞定一切，”阿奇憋不住自己说了出来，“其实，我是来领养孩子的。”

“嗯？”这下倒是引起了高雨笙的注意。

阿奇说手续基本已经办齐了，这次来是看看孩子，能带走的话就直接带走。

福利院一直是支持外国人来领养的，毕竟外国人不像国内人这么挑剔，那些轻微残疾或是有疾病的孩子都可能被领养。但即便是外国人，也要遵守本国法律，要已婚且有一定经济实力的外国人才可以。

“是哪个福利院？我认识几个福利院的人，也许能帮上忙？”翟辰突然插嘴。因为高雨笙介绍翟辰是他的家人兼保镖，所以三人是同桌吃饭的。

高雨笙看了翟辰一眼，没有打断他的话。

“嗯，我看看，”阿奇作为一个外国人，对于中文的名字还是记不太住，低头看一眼手机，“高远福利院。”

“那边的孩子都是有残疾的，你真有爱心。”翟辰想想外面宣传栏里挂着的孩子照片，心中对这个臊气的阿奇先生有了改观，确实是个不错的人。

“No no no，”阿奇摇了摇手指，“有很漂亮的孩子呢，不过都是女孩子。你们中国人真奇怪，福利院里只有女孩子。”

翟辰一惊，转头跟高雨笙对视一眼。如果是其他福利院都好说，但是高远？

高远，并没有漂亮的孩子！

“你明天就要去吗？那边治安比较乱，昨天晚上刚刚发生了爆炸案。”翟辰一脸担忧地说。

阿奇很是惊讶：“真的吗？”

高雨笙看看翟辰，坚定地说：“是的。”

“那边是黑色街区，懂吗？”翟辰把高雨笙手里的酒杯拿过来，自己喝了一口。

“那就糟糕了，我没有带保镖来，”阿奇不了解中国的治安环境，听翟辰这么说就有些恐慌，“高，可以把你的保镖借给我用一天吗？”

高雨笙沉默片刻，应了声“好”。

“你想干什么？”回到家中，高雨笙才开口问翟辰。故意吓唬阿奇，就是想让对方向他讨要保镖，好趁机去一趟高远。

“你看这个。”翟辰把两本宣传册递给高雨笙。

神秘的三角形，方初阳所说的案件高发角落，突然冒出来的漂亮女孩……这一切，都透着诡异。

“你是怀疑，高远跟拐卖孩子那件事有关？”高雨笙盯着那个黑色三角所标记的区域仔细看，回忆起昨天看到的楼层结构。

“方初阳他们现在正在调查那个儿童失踪案，昨天他们在周寨。南城区的小赌场不归他们市局管，他在那边肯定不是抓赌博的。”早上送饭的时候，方初阳还在为提前抓捕人贩子的事生气。

“那你应该告诉方初阳。”高雨笙不大愿意让翟辰掺和其中。

“这不都是猜测吗，我就算要告诉他，也得先确定真假。万一是中介忽悠外国佬呢？你那个朋友，一看就很好骗。”翟辰对阿奇的智商表示怀疑，白种人对黄种人有着天然的脸盲，分不清美丑，被中介拿修过的照片忽悠也不是不可能。

“可是，孤儿院的人都见过你。”高雨笙看看他，这么有辨识度的一张脸，人家肯定一眼就能认出来。前天刚卖了惨，今天就给他看到漂亮小孩，那福利院不是自打脸吗？

“没事。”翟辰倒是不怕，昨天他可是全程戴着口罩的，明天扣个假发，换身衣裳就好了。

第二天早上，高雨笙从卧室出来，看到客厅里的黄毛怪，吓了一跳。

“怎么样，好看吧？”翟辰得意扬扬地撩了一下头发，半长的金色假发直戳进脖子里，被翟辰捞出来扎了个小揪揪。脸上戴副蓝色镜片的平光眼镜，看起来非常社会，就差条大金链子了。

高雨笙张了张嘴，想想又把话咽了下去，转身去更衣室拿出个纸袋子递给翟辰。

“这是什么？”翟辰接过来，掏出里面的东西看，竟然是一件质地上好的衬衫，看起来就非常贵。

“送你的，虽然你穿这件二十块钱的网络爆款很帅，但我还是要送你这件迪奥新款。”高雨笙努力夸赞他。

“呦，今天是什么日子？员工福利吗？”翟辰看了一眼日历，不逢年不过节的，只能解释为老板高兴发福利了。

“不是，”高雨笙一脸认真地说，“这是‘氪金’。”

“‘氪金’？哥是游戏吗？”翟辰被逗乐了，“我是王者英雄，还是阴阳师式神。”

“给哥哥花钱，才不算……”直觉那个词说出来要挨揍，高雨笙顿了一下，“才有资格叫你哥哥。”

“啊？”翟辰不知道这小孩抽什么风，来了一句：“行，知道孝顺了。”

第二十四章

阿奇见到翟辰这身打扮，围着他看了半天：“哦，翟，你怎么打扮成这样？”

“为了跟你保持风格一致啊，”翟辰撸了一把头上的黄毛，“黄头发老板，当然要雇黄头发保镖。”

阿奇不懂这是什么讲究，但听起来很有道理：“还有什么要注意的吗？”

“唔，给我取个英文名，别叫我真名。”

“叫什么好呢？”阿奇认真思考了一下。

“就叫汤姆吧。”翟辰坐到了驾驶位，开车载着阿奇一路往南城奔去。据说中介已经在那里等着了，因为阿奇拒绝了中介的接送服务，那边就提前派人去做准备。

“是因为汤姆·克鲁斯吗，你喜欢他？”阿奇试图跟翟辰找点共同话题。

“不，因为汤姆猫。”翟辰低头从眼镜上面看他，动了动眉毛。

“哈哈哈，你真可爱。”阿奇大笑起来。

高远福利院还是先前那个样子，不过今天福利院的大铁门是锁着的，挂了“今日不开放”的牌子。门前这条路没什么树木绿化，过往车辆带起翻涌的尘土，给前天刚擦过一遍的公示牌蒙上了厚厚的灰。

老院长的黑白照片和背后寥落破败的孤儿院，构成了一幅陈旧孤寂的铅笔画，仿佛一片被世界遗忘的区域，独立于热闹的周寨之外，周围的生人活物都与之无关。

翟辰下车给阿奇开门，锁好车带他走到门前，按下门铃。摸了摸左耳上的蓝牙耳机，做出一副职业保镖的架势。

“今天不接受参观。”一名护工慢吞吞地走过来，隔着铁门跟他们说了一句。

“我们先生是来看孩子的。”翟辰用带着点洋腔调的话说着，将阿奇给的一张彩色打印纸递过去。把四个声调的普通话念得只有两个声调，用词僵硬死板，比阿奇更像外国人。

对方接过去看了半晌：“阿奇伯德先生可以进来，其他人留在外面。”

“不行，我是先生的保镖，一步也不能离开。你们知道他的资产数量，也知道这一带的治安环境有多差。如果强行将我驱逐，这笔生意也就不要谈了。”翟辰十分强硬地说，吓得旁边的阿奇偷偷戳他。

阿奇很想要这个孩子，生怕谈崩了，紧张地看着那名护工。

护工用浑浊的眼睛盯了翟辰几秒，打开了铁门：“进来吧。”

等他俩进去，铁门立刻咣当一声合上，还在里面上了一把大铁锁。院子里玩耍的残疾孩子都不见了踪影，空荡荡的。东边的晾衣绳上倒是搭了很多衣物，看起来一切如常。

护工把两人领进大楼里就走了。不多时，院长路长华和一名穿着西装、抹着红唇的女人走过来。红唇女笑着用英文跟阿奇交流，看来就是那个中介了。

中介女人跟阿奇介绍了一下路院长，又说了些客套话。大意是一切安排妥当，今天可以看一下孩子，但还带不走。然后又问起了黄毛翟辰的身份。

翟辰两脚分开，双手背后，腰杆挺直，下巴微抬，整个人的肢体语言与前天完全不同。加上昂贵的名品衬衫和扎眼的黄毛小辫子，路院长的视线在翟辰身上扫了一遍，愣是什么也没看出来。

“这是我的保镖汤姆。”阿奇用中文跟他们介绍。

“伯德先生竟然会说中文啊，那太好了。以后孩子跟着你，也好交流。”路长华的注意力立时被吸引了过去，很是高兴地跟阿奇握手。

“我为了收养孩子，特意学的。”不得不说，这位阿奇先生的诚意确实是十成十的足了，一定会是一位很好的领养人。

旁边的教室里，传来了琅琅的读书声。路院长大方地带他们看，那些有残缺但能活动的孩子，都在那间教室里。有的孩子学得很认真，有的则东倒西歪并不认真听，还有一个智力有障碍的正满地打滚。

“我的孩子也在里面吗？”阿奇皱着眉头，有些担心。

“不，您和您的孩子马上就可以见面了。”中介用英文说着，带阿奇往大楼深处走。

翟辰扶了一下脸上的眼镜，跟着往里走。浅蓝色的镜片并不影响他的视力，但这老式建筑内部七拐八拐的，设计不太合理，楼道内部很多地方是阳光照不到的，十分昏暗。

好在路院长给了外宾足够的礼遇，一路走一路打开楼道灯，拯救了翟辰这个夜盲眼。

路院长带着他们来到一间办公室门口，停下脚步："伯德先生，因为现在还没有确定领养关系，孩子只能给你一个人看。所以，保镖和中介都不能进来，希望你能理解。"

"孩子比较胆小，人多了容易吓到。"中介也帮着解释，这是正常的程序，为了最大限度地保护孩子。

"汤姆？"阿奇询问地看向翟辰。

翟辰用英文说了一句："我在外面等您，先生。有任何问题，马上叫我。"发音非常标准，把阿奇都惊了一下。

阿奇跟着路长华进去，办公室门骤然关上，并在内部反锁。作为中介的红唇女人跟他一起站在门口，笑眯眯地看他："之前没有听先生说会带保镖来。"

翟辰瞥了她一眼，保持双手背后、下巴微抬的高傲姿态，并不理会。红唇女自讨了个没趣，转身去大厅里的长椅上坐着了。

走道里只剩下翟辰一人，静静地站了一分钟，他转身离开，走到红唇女身边，用英文问她厕所在哪里。

"我也不太熟悉，好像是在那边，"红唇女指了一条走道，"不要乱走，这里也不允许拍照。如果有违规的行为，你们先生将会失去领养资格。"

"嗯。"保镖汤姆·翟高冷地应了一声，往她指的那条路走去。一边走一边回想，那个黑三角在什么地方。当时在地图上看，应该在这栋大楼的东北角，但是……哪是东北？

本来就不熟悉的大楼，又建成这副模样，在内部很容易分不清东南西北。

"呃……"翟辰凭直觉走到了走廊尽头，这里有一道锁着的玻璃门，外面荒草一片，什么都没有。

"退回刚才的位置，往左手边那条路走。"蓝牙耳机里突然传来了高雨笙的声音。

翟辰二话不说，照着办了。

早上临出门的时候，高雨笙给了他这个耳机，在进大门的瞬间，两人就保持了通话状态。刚才那几句英文，也是高雨笙念给他，他照着说出来的。

他对语言有超强的学习天赋，当年在山村里短时间内学会普通话跟高雨笙交流，靠的就是这个。

高雨笙在办公室里，将宣传册上的内部结构图扫描进电脑，又找出卫星地图上的高远福利院，将两者合二为一，迅速建了一个三维立体模拟图。利用自己与翟辰的地图亲密共享，实时掌控翟辰的位置。

那个黑三角所在的区域，的确很难找。需要从其中一个通道那里穿过去，绕到大楼后面，才能看到一个从大楼凸出去的两层建筑。

这个两层建筑跟大楼相连，外围能看出来本来有窗户，但被砖头给封死了，只在靠近房顶的位置开了细长条的通气窗。要进去，需要从大楼内部的一个封闭的连廊过去，直通二楼。

翟辰小声给高雨笙描述了一下这个建筑的结构，高雨笙迅速在模型上添加，指挥他上二楼去。

二楼是宿舍，住着大孩子和员工。此刻走廊里空无一人，有些房间里传出说话声，估计今天被院长交代了不许出来，他们都在屋里待着。这倒是方便了翟辰，他一路畅通无阻地往连廊走去。

黑洞洞的连廊，没有窗也没有灯，像个漆黑的老鼠洞。

“应该就是这里。”翟辰深吸一口气。

“你已经离开了七分钟，阿奇那边可能要结束了，确定位置就先离开吧。”高雨笙不建议翟辰继续往里走，毕竟他是个夜盲，今天为了伪装也没有带氧气瓶，非常危险。

“我就看一眼。”翟辰打开手机的手电筒，往里照了照，一眼看过去大概也就十米远，尽头是一道黑色的棉门帘。

“那你尽快，我给阿奇打个电话。”高雨笙用办公室座机打给阿奇，拖延时间。

翟辰快步走进去，几步跑到了棉门帘处，关了手机灯。深处漆黑的走廊，让没有带氧气瓶的他陡生紧张，手心出了一层薄汗。缓缓掀开一点棉门帘，不甚明亮的光透出来，正对着门的是一堵隔板墙，标了个向左的箭头。

“呜呜呜……我要妈妈……”小女孩稚嫩的哭声从里面突兀地传出，而后迅速被哗哗的水声掩盖。

翟辰骤然攥紧了拳头，那个声音好像是……瑶瑶！想也不想地直接冲了进去，哗啦一把掀开了隔板墙尽头的塑料帘子，熏人的蒸汽瞬间扑面而来。

“呀——”屋里响起了此起彼伏的尖叫声，许多光着身子或围着浴巾的女人，齐齐背过身去慌乱地躲藏。有残疾的少女，还有大婶大妈。

这里，竟是个女澡堂！

第二十五章

“干什么的！干什么的！”一名戴着蓝色工作帽的大妈冲过来，一把将翟辰推出去。

翟辰处在震惊状态没站稳，顿时被大妈推了个踉跄，咣当一声撞在了隔板墙上。

“Sorry, sorry!”翟辰踉跄着站稳，举起双手不停地说对不起，假装自己是个无辜的外国人。

“院长那边听到动静了，不要再硬闯。”高雨笙那边挂了阿奇的电话，对翟辰说。

翟辰低下头，慢慢松开拳头，这会儿再怎么仔细听都听不到小孩子的哭声了。

又来了两个匆匆穿上衣服的大妈，对着翟辰破口大骂，推推搡搡地把他轰出浴室，回到了二楼走廊上。住在二楼宿舍的人出来看热闹，被大妈们轰走：“看什么看，都回去！”

“嗬……”

听到一个嘶哑的声音，翟辰抬头看过去，在看热闹的人堆里瞧见了那个脸上带着烧伤疤的哑巴少年。少年看了他一眼，便转头跟其他人回宿舍去了。

路院长带着阿奇匆匆跑上来，听那几个大妈七嘴八舌地说了半天，脸色很是难看：“伯德先生，你的保镖闯进了女浴室，这是怎么回事？”

阿奇一头雾水，震惊地看向翟辰：“什么！为什么？”

“不好意思，我来找厕所。那个红色的女人，指的这条路。”翟辰保持着两个声调，颠三倒四地说话。

红色的女人？路长华愣了一下才明白说的是抹着红唇的中介，那边中介也匆匆跑过来，满头大汗，气得直跺脚：“哎呀，我给你指那边，谁让你上楼了。”

路长华看看一脸无辜的翟辰，再看看更加无辜的阿奇，脸色稍微好看了些。

那个戴蓝色工作帽的大妈却一直跳脚，不依不饶地要打翟辰："我看他就是故意的，哪有找厕所找到二楼的。找到二楼就算了，走到门口听不见水声吗？这一看就不是厕所，还往里闯！"

"厕所也有水声，"翟辰梗着脖子理直气壮，"你这里没有标志！"

这里的确没有任何标志，黑黢黢的一个走道，还有水声，被误认为厕所也不奇怪。而商场通常一楼没有厕所，汤姆这个外国人在一楼没找到，跑到二楼也说得过去。

"那你盯着姑娘看什么看？看得眼都直了，你个色洋鬼子！"理由说通了，那大妈却还在不停地蹦。翟辰这才看清楚，这位并不算是大妈，瞧着也就三四十岁的样子。只是穿着一身土黄色的衣服，戴个蓝色工帽，显得老些。一双丰厚的嘴唇，上下磕碰非常快，跟机关枪似的突突个没完。

路长华好说歹说才安抚了大妈，带着阿奇和翟辰回到一楼，重新进了刚才那间办公室。孩子已经被带走了，屋里空空的，只有一组色调温馨的沙发和一个茶几。

"孩子呢？"阿奇刚刚还没跟孩子聊完，左看右看地找孩子。

路长华冷着脸，将桌上的孩子资料收起来放进文件夹里，重新合上："孩子已经回宿舍了，今天的会面到此结束。"

"可是，我的礼物还没有给她。"阿奇掏出包里的小礼盒，刚才见到小朋友太高兴，只顾着聊天，忘了把礼物给人家了。

"不必了，"路长华将礼物盒子推回去，"伯德先生，你的保镖趁我们不注意，闯进了有女孩子的浴室。这个行为也许可以解释为意外，但是不可原谅。"

"对不起，我真的很抱歉，汤姆他不是故意的。况且他只是我的保镖，这跟我领养孩子并没有什么关系。"阿奇见他这个表现，顿时紧张了起来。

中介也帮着说好话，解释说这都是自己的错，给外国友人指错了路。

"你的私人保镖，从侧面可以反映出你的为人处世。偷窥女浴室，这属于道德败坏，我们不会把孩子交给品德有问题的人，特别是这方面的品德。"路长华铁了心地不给孩子了，直接送客。

之前来开门的护工黑着脸赶他们走。阿奇不死心，想要再跟院长商量商量，被护工和那位大妈直接推出去了，连同阿奇带来的小礼物和红唇中介都扔出了门。

"这么暴脾气。"翟辰啧啧称奇。

“你怎么回事！不是说在外面等我吗，为什么要乱跑？”阿奇忍不住责问翟辰。

他刚刚见到了即将属于自己的孩子，那是个像花一样美好的小女孩。白白嫩嫩的，怯生生地看着他，说话声音细细小小的，直叫人心都化了。刚刚挖到了大颗钻石，转眼就被同伴弄丢，这叫人怎么不生气！

“我很抱歉，先生。”翟辰用英语跟他道歉，保持着职业保镖的人设。

旁边的中介也是捶胸顿足，又不愿丢了这单生意，便劝解道：“伯德先生，你先别着急，我再想想办法。不过今天路院长在气头上，这事估计不好办，再等两天，等我消息，好不好？”

除此之外，别无他法了。

阿奇只能点点头，不舍地再看一眼福利院大楼，低声跟中介交谈后续的事。

翟辰却是顾不上阿奇的情绪了，快速跑回车里，给方初阳打了个电话。

“喂，”方初阳那边比较吵，似乎在候问室外面，拿警棍敲了一下铁栏杆，“安静！”

背景音瞬间消失了。

“方初阳，有个十分紧急的事，”翟辰盯着不远处破旧的孤儿院大楼，眼中冒火，“我这会儿刚从高远孤儿院出来，昨天咱俩看见的那个三角，是个女澡堂子。我在澡堂子外面，听到了瑶瑶的哭声。”

方初阳呼吸一滞：“你确定？”

“我确定，你快点带人来，在他们转移孩子之前！”那边阿奇正朝这里走来，翟辰不得不加快了语速，“他们拐了孩子卖给外国人，中间的详情我回头再跟你解释。你现在快点来，我叫雨笙把电子地图发给你。”

“我知道了。”方初阳冷静地应了一声，这边翟辰便挂断了电话。

翟辰重新打了高雨笙的电话：“那个……”

“我把地图发给他二舅了，”不等翟辰说，高雨笙便已经把事情做好了，“不用担心，我会再给方初阳打个电话。专心开车，别让阿奇看出什么来，你先带他回酒店，我随后就过去。”

“好。”翟辰心中顿时安稳了下来，利落地应了一声挂断电话。

阿奇苦着脸走进来，闷闷不乐地坐到后座上，不愿意跟翟辰说话。

“很抱歉，阿奇先生，”翟辰认真地向他表示歉意，“给你添麻烦了。”

“他们肯定不会同意给我孩子了，你知不知道那个孩子有多漂亮。她的眼睛像水晶葡萄一样，我以后恐怕再也找不到这么好的了。”阿奇已经伤心到开始说英文了，各种辞藻华丽的赞美都用在了那个只见了一面的孩子身上，长吁短叹。

然而，只有技校学历的翟辰，虽然凭着过人天赋懂一些英文，但这么复杂的词汇根本没听过，到了耳中就成了叽里咕噜的鸟语。

“这中国有句古话，旧的不去，新的不来，错过了这个还有别的。”翟辰一点也不觉得可惜，那漂亮的孩子多半是拐卖来的，便又开始胡说八道。

阿奇气得鼓起了眼珠子，差点跟翟辰打起来。

刑警队里，刚刚跨省连夜把孙大壮抓回来的队员们，又被副队召集起来，出紧急任务。

“接到线人举报，高远福利院有可能藏匿了被拐卖的孩子，”方初阳很想直接下命令，但范队长也在，不能越级，“队长，我们现在必须马上过去，并通知那边派出所协助搜查。”

“高远福利院？”陈照辉不可思议地抬头，“副队……”

“现在吗？”小马一夜没睡，这会儿眼窝都是青的。

“对，现在。”方初阳快速整理好装备。

范队长沉默片刻：“好，小张通知派出所，等我们过去再行动。记得，以抓捕逃犯为理由。”

方初阳立时明白了队长的意思，通常解救被拐卖的孩子，都会以别的理由接近，以防对方转移或是狗急跳墙地伤害孩子。他点头应下，带着队员们开车快速往南城区奔去。

周寨派出所的人已经就位，早早占住了福利院周围的几个点，防止有人出逃。等方初阳过来，小声跟他汇报了一下情况。

这一会儿的工夫，高远福利院里没有任何人进出，大门一直都是关着的。这个福利院只有一个门，前后都有院子，后院的墙根也有人守着。

在周寨常年跟小偷小摸的混混们打交道的派出所民警们，对这种事轻车熟路。方初阳赞赏地拍拍对方领队的肩膀，冲身手利落的小马打了个手势。

小马做了个苦瓜脸，去后墙那边找了个没人的地方翻进去，其他警察这才冒出头来。

“陈小黑，走了。”方初阳叫了一声发呆的陈照辉。

“啊，哦，”陈照辉快步跟上，小声跟方初阳说，“副队，会不会弄错了。高远不可能拐卖孩子的。”

“是不是弄错了，看看就知道。”方初阳冷着脸，敲响了福利院的大门。

护工慢吞吞地走过来：“今天谢绝参观。”

“警察，我们正在抓捕犯罪嫌疑人，有目击者称他刚刚进了你们福利院。”方初阳拿出警官证给他看。

“我们大门都没开过，哪里有什么逃犯。”护工嘟嘟囔囔，但看到后面熟悉的派出所民警，还是老老实实地开了门。

方初阳迅速分工：“你们几个去看后院，你们搜三楼，小张和那边几个跟我搜二楼，小陈带剩下的人搜一楼。”

“是！”众人迅速分散，另有人看着大门，防止有人出逃。

方初阳快步冲上二楼，让派出所民警去各个宿舍查看，自己带着小张直奔澡堂子而去。澡堂子门口有大妈拦着，说里面都是女孩子在洗澡。

“让里面的人半分钟内穿好衣服！”方初阳黑着脸，大声命令道。

“正洗澡呢，怎么可能半分钟就穿好，起码也得三分钟。”戴着蓝色工帽的女人叉着腰拦住他们。

那边两个民警听到争吵跑过来帮忙：“说半分钟就半分钟，我们到点就进去。再拦着算你妨碍公务，带回所里拘留。”

女人听到这话不敢吭声了，不多时里面的人都匆忙穿了衣服走出来。方初阳快步走进去，澡堂子里一览无余，一半更衣室一半浴室，空荡荡藏不住人。更衣室那边有一道铁门，牢牢锁着。

“这里面是什么？”方初阳问看澡堂子的女人。

“那是往一楼去的，一楼是个旧仓库，没有窗户，逃犯进不去的……”

方初阳抬手制止她继续啰唆：“打开。”

第二十六章

“哎呀，里面什么都没有。”女人无奈地说着，找了钥匙来打开了门锁。

黑咕隆咚的楼梯直通一楼，打开的瞬间扑面而来一股潮湿发霉的味道。沿路开了灯，下面果然是个仓库，放着许多陈旧的双层床。铁质的床架子上面铺着木板，没有任何被褥。周遭胡乱堆着各种旧东西，过期的公示板、坏掉的桌椅、破得不能再破的体育器材，更多的是成捆的旧衣服。

“每年冬天的时候，就会有人寄旧衣服过来。有的能用，但大部分是把家里穿不成的破衣烂衫寄过来。孩子们没法穿，又不能退回去，就只能堆着了。”戴蓝色工帽的女人指着那堆旧衣服，喋喋不休。

方初阳不听她的，带着小张翻动那堆衣裳。成山的旧衣服里也是能藏人的，两个民警过来帮忙翻找。除却这堆衣服，这个仓库可谓一眼就能望到边，再没有能藏人的地方。

难道是翟辰听错了？

方初阳蹙眉，忽然在旧衣堆的缝隙里，瞧见一抹与众不同的鲜艳颜色。手疾眼快地抓进手中，咬牙：“好了，这里没有，我们出去看看。”

众人重新上楼，其中一名派出所民警在楼梯上拉住方初阳，在他耳边说了句话。

方初阳瞳孔骤缩，离开楼梯到了光亮的地方，隐晦地看了一眼那个戴蓝色工帽的女人：“你确定吗？”

“百分之八十。”民警小声说，摸向腰间的手铐。

方初阳一把按住他，做了个不要打草惊蛇的手势。小民警点点头，重新站好。

那边，搜索三楼的工作也结束了，后院传来一阵嘈杂的声音。方初阳等人奔过去看，就见灰头土脸的小马已经被陈照辉按倒在地，利索地扣上了手铐。

路长华很是惊讶，其他几个护工也吓了一跳。看着被按在地上还不断挣扎的小马，那憔悴的脸色、凌乱的头发，当真是疲于奔命的逃犯。

“给你们添麻烦了。”方初阳脸色冷得简直要起冰碴，说话声音也非常生硬，好像随时要咬人。其他警察都不敢出声，尤其是出手“抓捕”小马的陈照辉，生怕自己抓早了影响副队办案。

“不麻烦，不麻烦，你们抓住坏人，我们才安全。几位同志，喝杯茶再走吧。”路院长很是感激，热情地邀请他们去前面喝茶。

“不了。”

出了福利院大门，众人装模作样地把小马推进车里，方初阳回头看向这家福利院，攥紧了拳头。他的手心里，是一枚粉红色的蝴蝶结发卡，只有小指长。在指缝里看一眼，虽然沾了些旧衣服堆里的灰尘，但颜色鲜艳明亮，是个新发卡。

小马被铐着手铐扔在后座上，舒舒服服地躺着睡着了。一行人回到刑警队，都有些垂头丧气，只有饱饱睡了一觉的小马精神振奋。

“查到什么了吗？”范队长刚从孙大壮的审问室出来，关切地问。

方初阳垂着头不说话，小张摇了摇头：“什么也没查到，那个浴室下面是个旧仓库，很久没住人了。”

“打起精神，不要气馁，孙大壮这里有新的线索。那个霞姐说话很快，是个连珠炮，她与这个孙大壮一年前就合作过。这次霞姐对孩子的需求量很大，要得也很急，价钱比过去高了一倍。”范队长把新消息给他们看。

以前孙大壮不是干这个的，靠别的方法拐孩子。这次他接发广告的活，给了霞姐灵感，这才找了好几个玩偶扮演者。当翟辰在商场抓住人贩子的新闻出来之后，孙大壮知道事情败露，早晚要查到自己头上，就跑回了老家。从那之后再没联系过霞姐，霞姐也没有再找他。

“那还是得在周寨一个一个地查，这要查到什么时候啊。”小马哀号。

方初阳接过笔录看了看，脸色还是没有好转，掏出手机给翟辰打了个电话。

那边翟辰满心期待，小心地问他：“怎么样啊？”

“还能怎么样，那个孤儿院没有问题！翟小辰，你能不能不一惊一乍的？天天说话跟放屁似的，报假警犯法的知不知道，你是不是又想来蹲号子！”方初阳越说越生气，干脆站起来大声吼他，吓得周围的人瞬间安静下来。没等翟辰回嘴，他直接挂了电话。

“副队，别生气。辰哥这不也是热心提供线索嘛。”和事佬小张赶紧劝他。

“他提供的什么线索？整天不务正业，满嘴跑火车。已经够忙了，还给我添乱。”方初阳摸摸缠着纱布的脑袋，只觉得伤口又突突地疼起来。

“行了，今天就到这里吧，你们先回家休息。”范队长大手一挥，刚过了中午就让大家下班了。

小马是跟着跨省抓捕熬了通宵的，小张和小陈连夜审问也没闲着，方初阳更是带伤值班了一天一夜，都已经到了极限。这样的状态下，脾气暴躁也属正常。左右现在也没有紧急的事，先休息一下才是正事。

方初阳站起身，拎起外套就出了警队，出了大门，单手插在口袋里，捏了捏那个蝴蝶结发卡，抬脚坚定地离去。

翟辰莫名其妙地挨了顿骂，刚冒出火气就被挂了电话。想拨回去继续吵，刚滑开手机又关上了，心里憋屈又低落。孩子竟然没找到，难道是自己幻听了？

不可能的，一定是哪里出了问题。

翟辰皱着眉头窝在沙发上，仔细回忆整件事情。他确定这个孤儿院有问题，而且高雨笙也明确地告诉了方初阳，外国人在孤儿院里可以领养到漂亮的小女孩。就算没有找到瑶瑶，全院搜索，阿奇看到的那个小女孩总能找到吧？

方初阳就算没找到什么，也该再仔细问问他。虽然他俩总是拌嘴吵架，但彼此之间是非常信任对方的。这么疾风骤雨地大声骂他有些不合常理。

套房的内室传来高雨笙跟阿奇的交谈声，隔着门板瓮声瓮气的，听不大清楚。

“你的保镖怎么可以做出这种事呢？本来是保护我的，现在把我的事情都搞砸了。”阿奇坐在卧室的沙发椅上，郁闷地倒了杯杜松子酒来喝。

“他并不知道那是浴室。”高雨笙从冰箱里拿出冰桶，给阿奇加了两块冰。

“他不是在那一块混得很熟吗？不是社会大哥吗？”阿奇对此表示怀疑。

“混得熟并不代表他对建筑结构熟悉，事实上，他是个路痴，”高雨笙夸张地说着翟辰认路上的缺点，“有一次我们两个从山里出来，他背着我跑错了路，差点进了原始森林被野猪拱个对穿。”

“哈哈哈，真的吗？”阿奇被逗笑了，笑完又觉得不合适，自己是在兴师问罪，不能被这只东方狐狸带走了思路，“可是我失去了领养那个孩子的资格，你不知道那个孩子有多漂亮。”

“这件事我很抱歉，你让中介再跟对方商量。加钱，加到他们愿意为止，多出来的部分我来承担。”高雨笙干脆利落地承担了这件事的后果。

两人剑拔弩张地进屋，相谈甚欢地出来。阿奇在路上跟翟辰闹得不是很愉快，想着要说句话跟他和好，抬眼就瞧见翟辰面带煞气地靠在沙发上，很不好惹的样子。那件昂贵的新衬衫因为他不端正的坐姿崩开了顶端的扣子，整个人像一只慵懒的豹子。

阿奇看呆了，笑道：“果然，美丽的男人没有什么是不可原谅的。”

“嗯？”翟辰从怎么把黑心孤儿院掀个底朝天的思绪中抽出来，抬头看向他们。

高雨笙黑了脸，把翟辰拉到一边。

“怎么了？”翟辰不明所以。

“阿奇很生气，不愿意跟我合作了。”

本来那孤儿院的孩子来路不正，翟辰又操心着方初阳那边的状况，没有考虑阿奇的领养问题，有些愧疚：“那怎么办？”

高雨笙垂目：“我说你是我失散多年的亲兄弟，小时候摔到头，智商有点问题。他才谅解。”

“啊？”

“所以，你要配合我。”

怎，怎么配合？翟辰嘴角抽搐，这是让他装傻子？抬头瞪了这胡说八道的小子一眼，转头看向阿奇，露出个憨憨傻傻的笑。

阿奇顿时噎住了。

第二十七章

“臭小子，耍我是不是？”两人回家的路上，翟辰才反应过来，这高雨笙分明是在整他。

“哥你闯了祸，本来就该付出代价，”高雨笙理直气壮、问心无愧地说，“小时候我犯了错，你替我解决之后不也让我扭秧歌给你看吗？”

翟辰：“……”好有道理，竟无法反驳。

“方警官没有找到孩子吗？”高雨笙感觉到不停往自己身上瞟的目光，悄悄握紧了方向盘，不动声色地转移翟辰的注意力。

“没有。”说起这个，翟辰又忍不住皱眉。

恰在此时，方初阳打了电话过来：“你这会儿方便说话吗？”他的声音很低，背景里有电视节目的声音，应该是在家里客厅。

翟辰左右看看，整个车里只有他和高雨笙，当然是方便的：“你说。”

“晚上出来一趟，带上氧气瓶，咱俩再去一次那个澡堂子。”方初阳抽了口烟，强行提起精神。

“你发现什么了？”翟辰眼睛一亮，既然要再探澡堂，说明方初阳已经确认孩子在那里了，只是白天没救出来，“哎，那你下午骂我那么起劲干什么？这会儿知道错了来找哥帮忙，好歹先认个错吧。”

“认个屁！”方初阳把烟头按灭，躺在沙发上抹了把脸，“警局里有内鬼。”

翟辰听着自家兄弟带着几分颓唐的声音，眼角一跳：“这种事，犯得着有内鬼？”

高雨笙转头看他一眼，调转方向把车开上了绕城高速，方便他打电话。

“我也不知道为什么，但肯定有人通风报信。”方初阳眯起眼睛，今天他接到翟辰的电话立刻就让人通知了周寨派出所。派出所到孤儿院的距离，步行只要二十分钟，就算出警各种安排耽搁了一会儿，在半个小时内足以到达。

在这么短的时间内将孩子转移出孤儿院，绝对是第一时间就得到了消息。而第一时间知道消息的人，只有刑警队办公室里的那几个。

被昔日并肩作战的伙伴背叛的滋味并不好受，方初阳半晌才换了一口气："所以晚上，咱们悄悄去一趟。"

"好，"翟辰不再多言，直接应下了，"你先睡一觉，听你的声音，感觉你马上就要猝死了，晚上我去接你。"

"你看得见路吗？"方初阳被他这别出心裁的关心方式气得直翻白眼，"在玉棠湾待着，我去接你。"说完就挂了电话，嚣张得不得了。

"嘿？"翟辰龇牙，叫他一个编外人员帮着查案，不给工资就算了，还这么拽。

"晚上要出去？"高雨笙淡淡地问，在最近的路口下了高速。

"嗯。"翟辰这才发现他们在绕城高速上狂奔，对于自家天赐的细心程度很是钦佩。谁要是跟高雨笙结婚肯定很幸福，就是别出轨，出轨分分钟就会被发现。而且他不仅会发现，还会监控你的手机，随时定位你的动向……

这么一想，翟辰蓦地把自己逗乐了。

"笑什么？"高雨笙斜瞥他。

"没，我就是想着，以后谁嫁给你，那可真是赚了。"翟辰把双手垫在脑后，看着天边染上余晖的云彩，这话说出口，自己心里却变得空落落起来。

高雨笙抿唇："我谁都不要。"

"这是什么话？"翟辰蹙眉，哪有人不要媳妇的。

"除了哥哥，"高总叹了口气，一字一顿背出了最佳台词："人间不值得，哥哥值得。"

"？"

翟辰抬手摸摸高雨笙的头，这也没发烧啊，怎么开始说胡话了！

晚上方初阳来找他的时候，高雨笙还没有睡。因为整个白天都在为翟辰的事忙碌，工作只能推到了晚上。

翟辰看着心疼，嘱咐他早点睡。得到高雨笙乖乖点头之后，他美滋滋地甩上背包出门。还是天赐可爱，比方初阳那个炸药桶可爱一万倍。

炸药桶方初阳借了辆小车，开着双闪停在小区门口。翟辰上车，发现车里还坐着个人，只是脸太黑几乎与车外的夜色融为一体。

“哎哟，陈小黑啊，你这大半夜的可真吓人。”翟辰戳戳他。

“辰哥，”陈照辉不好意思地挠头，小声问开车的方初阳，“副队，咱们这是要去哪儿？”

陈照辉是睡梦中突然被叫出来的，一头雾水地上了方初阳的车。这会儿外面黑黢黢的，也不知道自己身在何处，又来了个翟辰就让他更加摸不着头脑了。

“执行一个秘密任务，危险系数很高，你敢不敢做？”方初阳的声音在万籁俱寂的夜里显得异常冰冷肃穆。

“敢！”陈照辉毫不犹豫地说，还条件反射地挺起了胸膛。

“那好。”方初阳还是没说到底要做什么，只是踩下油门，平稳地蹿了出去。调查取证，需要两个以上的警察在场，想来想去只能带了陈老实。

心中忐忑的小陈看向翟辰，翟辰优哉游哉地掏出片口香糖来嚼，见他看过来就给他一片。

“辰哥，你知道咱们要干什么去吗？”

“知道，”翟辰嚼着口香糖，在倒车镜里跟方初阳对视一眼，咧嘴笑，冲老实孩子勾勾手指头让他凑近，“咱们呀，去盗墓。”

“啊？”

“你不知道吧，这敲寡妇门、挖绝户坟，你们副队打小就爱干。他拉上谁，是跟谁亲近。”翟辰用手背拍拍小陈胸口，一副“领导很器重你，年轻人好好干”的样子。

“……啊？”

车子关了大灯，悄无声息地停在一个小巷里。方初阳示意两人下车：“手机都静音放里面口袋，不许露出光，一切听我指挥。”

翟辰把手搭在方初阳肩上：“指挥官，照顾一下盲人呗。”

“你终于承认自己是个盲人了。”方初阳确认了一下方位，带着两人从一条近路横穿过去，不过二十米远就到了福利院的后墙外。

“我要是不瞎，能找你做兄弟吗？”翟辰还在跟他互损，被方初阳捏住嘴巴噤声。

翟辰看不见，陈照辉是能看见的，很是惊讶，用气声悄悄说：“副队，这里是福利院？”

“嗯，”方初阳寻了个白天看好的位置，拉着翟辰靠近，“虽然这货说话像放屁，又臭又空，但我信他，他说听见就一定是听见了。”

没等翟辰抬手揍他，方初阳又从口袋里掏出那个粉色发卡。

小陈惊呆了，半晌没说话。方初阳叫他，他才像是被打了一棍子般踉跄着跟上。

已经是后半夜了，周寨的夜市已经收摊，福利院中漆黑一片。三人蹑手蹑脚地翻过围墙，因为白天刚来过，所以对后院的地形都很熟悉。找了个掩体蹲了片刻，确定院子里没人，这才继续行动。

翟辰一路摸黑被方初阳带到澡堂子的后方。这栋房子有两层楼高，一楼原本的窗户被砖头给封死了，不过砌得简单粗暴且参差不齐，外层并没有糊水泥。

方初阳叫陈照辉去拐角处望风，自己拿出一把小锉刀，对着砖缝狠狠戳进去。

翟辰摸出氧气瓶，慢悠悠地吸氧气，等方初阳抠出个缝之后接过手来，切豆腐一样把砖缝尽数切开。两个人快速将砖头拿下来，轻手轻脚地放地上，露出里面的铁窗框。

窗户早就没了，只剩下几根监狱式的铁栏杆。那是十几年前的装修风格，窗户框上装防护栏。屋里漆黑一片，比外面还要黑，什么也看不见。

翟辰一手抓住一根铁撑子，缓缓向外掰，轻松造出了个能容一人通过的口子。从包里摸出手电筒，塞给方初阳，让他看一眼屋里的情况。

方初阳叫了小陈过来，三人依次通过，进了充满潮湿气息的仓库里。随手扯过一块废弃的宣传板挡住拆开的窗户，这才打开了手电筒。

白天空荡荡的双层床，如今竟都铺上了被褥，只是床上没有人。伸手不见五指的屋子里，这束光实在是太过耀眼，连方初阳和陈照辉都忍不住眯了一下眼睛，只有翟辰眼都不眨地盯着看。

匆匆看了一圈，什么都没发现。白天被翻乱的旧衣服还保持着原样，通向二楼的铁门也紧紧锁着，除了床上多了几床被褥，再没有别的。莫不是又来晚了？

就在方初阳准备去开大灯的时候，翟辰突然一把抢过手电筒，照向房间的一角。

三个人都禁不住呼吸一滞。

在接近楼梯口的角落里，挤着三个小女孩，像淋了雨的鹌鹑一样互相捂着嘴巴不停地发抖，却丝毫不敢出声。

第二十八章

确认这屋里除了孩子没别人，陈照辉按住那块遮光的板子充当人工窗帘，方初阳啪嗒一声打开了屋里的灯。几个孩子条件反射地闭上眼，陈照辉看清她们的样子差点拿不稳泡沫板，真的就是失踪的小孩！

三个孩子穿得还算整齐，大概是刚刚在睡觉，听到动静才躲到角落里去。脸上白白净净的并没有伤痕，一眼就能认出——瑶瑶和在金鑫商贸城丢失的那个孩子。另一个小女孩他们并不认识，但估计也是被拐来的。

翟辰快步跑过去安抚小孩：“嘘，不要怕，我们不是坏人。”即便是经验丰富的幼儿园老师，也无法短时间内安抚受惊过度的孩子，不过温和轻柔的声音至少能保证她们不受二次惊吓。

孩子们缓缓睁开眼，怯怯地看过来。瑶瑶呆愣了一下，不可思议地揉揉眼睛：“翟老师？”

“是我，别怕。”翟辰蹲下来向瑶瑶伸出手。

“翟老师！哇……”瑶瑶一头扎进翟辰怀里，毫无预兆地大哭起来。大概是受了太久的惊吓，骤然见到熟悉又信赖的大人，瞬间崩溃了。

“嘘——”翟辰赶紧捂住她的嘴巴，然而已经来不及。

楼上传来女人骂骂咧咧的声音：“大半夜的，哭什么哭？”

紧接着便是下楼的脚步声，塑料拖鞋呱嗒呱嗒，像是催命的诅咒，怀里的孩子顿时发起抖来，不敢哭了。翟辰把瑶瑶放回另外两个孩子身边，示意她们别说话，隔空将手电筒扔给方初阳。

方初阳默契十足地单手接住，顺手就关了大灯。

翟辰贴在楼梯口的墙边，听着那越来越近的脚步声，快速吸了口氧气。钥匙插进门锁，哗啦哗啦转动两圈，吱呀一声打开了铁门。

提着充电应急灯的女人走下来，对着床板照了照，还没等开口，突然被蹿出来的黑影捏住了脖子，毫无声息地软倒下来。翟辰一把接住，放在地上，重新关上了防盗门。

方初阳重新打开灯，快步跑过来查看：“你悠着点，别弄死了。”

“不会。”翟辰这招用过无数回，分寸把握得恰到好处。

地上的女人戴着蓝色工帽，脖子后面有一道红痕，那是翟辰用手指敲出来的，此刻已经失去了意识。

方初阳拽掉那顶帽子，露出一头大卷发。

“就是她，那个霞姐。”这几天一直反复看资料的陈照辉，对霞姐和受害者的长相、穿戴全都烂熟于心，一眼就认出了这个厚嘴唇、下垂眼的女人。

“没错。”方初阳冷着脸，找块布塞住了女人的嘴，防止她突然醒来叫喊。

白天那名派出所民警已经认出了她，当时在方初阳耳边说的是：“方队，那个戴蓝色帽子的女人，好像就是霞姐。”

这些日子，地毯式排查犯罪嫌疑人，这些派出所的民警每天在周寨挨家挨户找霞姐。霞姐的画像存在于每个人的手机里，那熟悉程度几乎可以跟女朋友相媲美了，绝对错不了。

但白天那个时候不能抓人，抓了，孩子们就再难找到了。

“宝贝们，我是瑶瑶的老师，那两个是警察叔叔。我们是来接你们回家的，但是现在还很危险，咱们一会儿都不能出声，知道了吗？”翟辰小声跟三个孩子沟通。

瑶瑶和在金鑫丢失的女孩齐齐点头，另一个女孩子迟疑了一下，也同意了。

“副队，那霞姐要带走吗？”陈照辉指着地上的女人。

“先把孩子抱出去，一会儿我来扛她。”翟辰踢踢地上反剪双手戴着手铐、堵着嘴的霞姐，一把抱起三个孩子运到窗口。

方初阳关了灯，小陈率先翻出去，一个一个地把孩子接出窗子。翟辰拿着手电筒返回，照了照地上的人，顿时吓了一跳。

可能是他下手太轻，霞姐已经醒过来，大睁两眼惊恐地瞪着他。翟辰一个手刀敲过去，重新把人敲晕，这女人长得又不美，瞪着俩眼珠子怪吓人的。翟辰重新吸了口氧气，一把将人扛到肩上，扔麻袋一样扔出去。

“我站墙这边，把她抛过去，你俩接着。”窗户好出，院墙不好过，翟辰比画了半晌，出了这么个馊主意。

“那扔过去还能活吗？”老实人小陈举手提问。

“显然不能。”方初阳黑着脸转头看了一圈，找到了一个废旧的体育器材，可以垫脚。

小陈先翻过墙，方初阳坐在墙头，三人像老鼠搬家那样一个递一个接地把孩子弄出去。好在三个孩子都很懂事，没有出声，只是小声地抽泣。孩子全都抱出去，三个大人齐齐松了口气。

就在这时，那边澡堂子里传来一道中气十足的大妈声音："大霞，干啥呢还不上来？欸，怎么还锁上了？"

说完，便是防盗门重新打开的吱呀声。

糟糕！

翟辰吸着氧气将霞姐扛上肩头，向墙上的方初阳打了个手势。方初阳瞬间打开手电筒，照着垫脚物。

仓库里的大灯啪嚓一声亮起来，明亮的光瞬间从挖开的窗口透出来，里面响起了大妈的尖叫声。

翟辰后退两步猛地冲向围墙，一脚跃上垫脚的器材，那边手电筒的光瞬间照向墙头，他单手扒住借力而起。

"谁！"窗口的大妈伸出头，失声大喊。

翟辰被这一声狮子吼震得差点摔下去，在空中翻身，拎着霞姐落地，一个没抓稳还是让霞姐小小地摔了一下，发出嘭的一声闷响。

"快走。"方初阳抱起瑶瑶，小陈抱着另外两个孩子，翟辰扛着霞姐，一溜烟往巷子那头奔去。那边福利院已经警铃大作，惊得街坊四邻都纷纷亮起了灯。

孩子们都塞到后座上，霞姐没那么好的待遇，直接进后备厢。为了安抚孩子让翟辰坐后面，方初阳开车，小陈坐副驾驶。

"什么人？"旁边的民居里有人伸头看热闹，发现这几个鬼鬼祟祟的身影，顿时大吼一声。

"汪汪汪！"住家户养的看门狗顿时叫起来。城中村里很多人养狗看门，这一叫不得了，惹得左右邻居的狗都跟着叫。越来越多的人家亮起灯，甚至有人不明所以地喊起了抓贼。

方初阳立时踩下油门，嗡的一声蹿出去，逃命似的钻出小巷。那边福利院大门打开，有几个壮汉护工冲了出来，方初阳猛打方向盘，掉头就跑。

"呜呜呜……"瑶瑶紧紧抱着翟辰的胳膊，瑟瑟发抖。

翟辰轻轻拍拍她的背："没事了，我们已经逃出来了……方初阳，你开稳点。"

方警官的急转弯差点把孩子甩出去。好在翟辰的氧气还没耗尽，长臂一伸充当人形安全带，把孩子牢牢扣在座椅上，才避免了孩子刚救出来就被撞伤的悲剧。

"你们明明是警察，怎么跟犯罪嫌疑人逃命一样。"翟辰开口嘲笑。

“闭上你的乌鸦嘴。”方初阳咬牙骂他，话音刚落，后面突然被一辆车撞了一下。

“不是吧，亡命徒啊！”翟辰一惊，回头看后面的车，却发现是一辆速度极快的私家车，撞了之后还在紧追不舍地跟着他们。

“我下去引开他们，你们快走。”小陈刚才一直沉默着，这会儿突然开口，大义凛然，一副要去赴死的模样。

“你会不会开车。”翟辰伸出头去大声叫骂，拿着手电筒照了照那辆车，发现车中除了司机并无他人。

司机伸出头来，醉醺醺地骂了一声：“敢跟老子飙车？撞死你！”

“……”

原来是个醉鬼。

虚惊一场，方初阳按下把醉驾的人抓去蹲号子的冲动，调转方向离开那醉鬼，直奔市局而去。

第二十九章

“翟老师，我是不是做梦呢？”瑶瑶仰着头问翟辰。

翟辰听得心酸：“不是做梦，咱们马上就到警局了。前面那个叔叔你见过的，那是檬檬的二舅，方叔叔。”

瑶瑶乖巧地点点头：“可是檬檬说那是大舅。”

翟辰：“……”

翟檬檬这个臭小子，竟然背叛组织。

“叔叔，能给我妈妈打个电话吗？”在金鑫商贸城丢的那个女孩轻轻拉了一下翟辰的袖子，怯生生地说。

“当然可以，”翟辰掏出怀里一直静音的手机，拍了一下驾驶座的靠背，“方初阳，我给她们家长打电话了啊。”

“打吧。”方初阳直接答应了。本来应该先把孩子带回警局，问清楚之后由警方通知家长过来的。但这几个孩子都太小了，越早见到家长越好，也就不管什么办事流程了。

等一行人到达刑警队的时候，其他人也都赶来了。哈欠连天的小马看到翟辰从车上抱下来的孩子，打了一半的哈欠就卡在了喉咙里："我的天哪，辰哥，你简直是柯南再世！"

"说过多少回了，柯南还活着，"翟辰没好气地瞪他，转头对黑着脸的方初阳说，"还有事吗？没事我先走了。"

家里有两个小朋友，实在让人不放心。走之前高雨笙还在熬夜工作，也不知道有没有乖乖睡觉。

"翟老师别走。"瑶瑶紧紧抓住翟辰的手，泪眼汪汪地请求着。另外两个孩子也往他身边缩，并不肯让穿便服的刑警们靠近。

"辰哥，你看这孩子们离不开你，劳驾你再坐会儿。"小马笑嘻嘻地说着，请翟辰坐在了办公室唯一的沙发上，还殷勤地给他倒了杯茶。

"无事献殷勤，小马同志你想打老百姓什么主意？"翟辰接过热茶，自己拿了三个一次性杯子，分成三杯给小朋友们喝。

"没，没，我就是不会哄小孩。"小马连忙摆手。

话没说两句，瑶瑶妈妈已经赶来了。原本一直体面讲究的女人，如今随意穿了件衣裳也没化妆，进门就四处张望。看到沙发上乖乖坐在翟辰身边的孩子，不可置信地哑着嗓子叫她："瑶瑶？"

瑶瑶正在啃小马给的面包，听到妈妈的声音，顿时把面包给扔了，咧开嘴哭了起来："妈妈，哇……"

瑶瑶妈妈抱着孩子，一边哭一边检查她有没有受伤。身上的衣服还是丢失那天穿的，已经弄得皱巴巴、脏兮兮了，头上的小辫子歪歪扭扭，邋遢又狼狈。好在孩子除了受了点惊吓，也没什么别的伤。

"你怎么回来的？"

"翟老师和两个警察叔叔带我回来的，"瑶瑶抽抽噎噎地指向站在旁边的小陈和远处正在打电话的方初阳，"他们翻墙进去把我们偷出来的。"

原本就蹲在地上的瑶瑶妈妈，顺势跪了下来，向他们道谢："谢谢你们，警察同志，谢谢翟老师，呜呜呜……"

小陈赶紧蹲下去扶，自己也掉眼泪："您别这样，我已经很惭愧了。"

"别，别这么激动。"翟辰过来帮忙把瑶瑶妈妈拉起来，让她抱着孩子坐到沙发上去。这边刚扶起来，那边在金鑫商贸城丢孩子的家长也来了。

爸爸、妈妈、爷爷、奶奶，一家四口激动不已，年迈的奶奶还要给方初阳磕头，被他一把扶住了："老人家，别客气，这是我们应该做的。"

这边刚扶起来，那边爷爷又要给翟辰下跪。翟辰可受不起这个大礼，直接把人按在了沙发上，让他们少安毋躁先哄哄孩子。

翟辰抹了把汗，转头看向最后一个小女孩。她自始至终坐在角落里，默默吃着面包，不吵不闹也不着急联系家长，便凑过去低声问她："你叫什么名字？"

小女孩抬头："我叫思思。"

"思思，你知道家里的电话号码吗？我给你妈妈打个电话吧。"别的孩子都有父母了，搞定了这个孩子，翟辰就可以回家了。

思思摇了摇头："我没有家，我本来就住在孤儿院。"

"啊？"翟辰很是惊讶，看向方初阳。

方初阳也有些意外，旁边的小马更是惊呆了："本来就是孤儿院的？那怎么跟拐卖的孩子放在一起？！"

思思答不上来，低着头不说话。

陈照辉用手背抹了一下眼睛，转身出去了，跟一边走一边打电话走进来的范队长擦肩而过。

"你们怎么回事？"范队长一把捉住小陈，挂了电话把人推到方初阳身边，"怎么不提前商量就擅自行动了！方初阳，你这个行为有多危险你知道吗？半夜翻墙凿壁，做贼呢？是要连小陈的命一起搭进去吗？"

方初阳对批评无动于衷，看了一眼那边热热闹闹的孩子和家长："我要是提前商量，这孩子恐怕就救不出来了。"

"什么意思？"范队长皱起眉头。

"方初阳，说什么呢。"翟辰上前拉了他一把。

"如果这个警队还值得信任，我为什么要拿我俩的命去赌？"方初阳的声音并不高，那边吵闹的家长听不见，但他周围的小张、小马、小陈和队长都听得一清二楚，"这里，有人给对方通风报信。"

众人齐齐倒吸一口凉气。

翟辰头皮发麻，哪有卧底还没抓住就揭发的？自家兄弟这脑子真是跟高雨笙差了十个聪明机智的翟老师！无奈叹气，不过这样也好，明着说出来，接下来的行动起码不会受到阻碍。

"瑶瑶说，白天她们突然被转移到村上的一户人家里，到晚上才挪回来的。短短半个小时，如果没有人提前通知，福利院怎么会知道警察要去？"方初阳冷着脸，目光在所有人面上扫了一遍。

“会不会是派出所的人？他们常年跟周寨的人打交道，认识福利院的人也很正常。”小张冷静地分析道。

小马茫然地挠头，小陈低头不语。

范队长的眉头皱得能夹死苍蝇，沉默了片刻才道：“这个事稍后再说，现在，立刻出动，先把福利院的关键犯罪嫌疑人控制住。直接抓捕孤儿院的院长、澡堂子几个大妈、知情的护工。其他人要处于监管状态，不许外出。”

他在从家来的路上已经在跟各部门联系了，配合行动的人手很快就位。

情况紧急，再不去抓恐怕路长华他们就要逃跑了。众人只能暂时放下心中疑虑，分工合作。

醒来的霞姐被扔进了候问室。瑶瑶邀请思思去自己家里过夜，被思思拒绝了，只能由留下坐镇的小张暂时看着。翟辰看看没啥事，就准备回家，抬头瞧见范队长把方初阳拉了出去。

“就算你觉得队里有内鬼。你把孩子救出来了，第一时间通知队里即刻来抓人，总不会出错吧！”范队长烦躁地撸起袖子，耽误这一会儿时间，说不定孤儿院那边已经销毁了部分证据。

“如果那个内鬼是你呢？”方初阳忽然抬头，瞪着眼睛看他，“谁知道调度来的是人是鬼。”

范队长被气得一口气差点没上来：“方初阳，你什么意思？”

“没什么意思。”方初阳从口袋里摸出一根烟，叼在嘴里。

叮咚！正偷听的翟辰，手机突然响了一下，引得两人齐齐看过来，场面瞬间变得十分尴尬。翟辰干笑两声，打开手机，发现竟然是檬檬给他发的语音。

檬檬有个儿童手机，专门给两个舅舅打电话的。这个时间发过来，不由得让人心头一紧。翟辰也顾不得什么了，直接按开，听到檬檬说：“舅舅，你快回来，家里进坏人了。”

家里，坏人！

翟辰脑袋里嗡的一下。安保一流的玉棠湾，三更半夜跑到高雨笙的房子里的能是什么坏人？早不来晚不来，偏偏在他这个保镖不在的时候来，还能是什么人？

杀手！

那个在高架桥上想要用射钉枪取他性命的职业杀手！

高雨笙处理完工作，揉揉被防辐射眼镜压出凹坑的鼻梁，起身回卧室睡觉。闭上眼，种种琐事如走马灯在脑子里回放。

前两天父亲打电话来大发脾气，质问他为什么没有参加新车发布会，要他周末回家解释，还要他做一个九逸的企划案将功折罪。他就当没这事，今天依旧为了哥哥而奔忙。不过有意思的是，晚饭前他那个弟弟竟然打电话过来，问他有没有做好企划案。

这是要两个儿子比能力，看谁优秀谁就能继承皇位了？

还真是十年如一日的无聊。

高雨笙翻了个身，睁着眼睛睡不着。照这个清醒程度，恐怕暂时也没法睡了。

“哥哥是神仙吗……”左右睡不着，不如背稿子。

刚背到“哥哥下凡辛苦了”，他突然听到客厅里有极其微小的脚步声。

客厅里灯没有开，那个人却走得平平稳稳，不是翟辰！

迅速翻身下床，高雨笙侧身躲在墙后，看向不远处的黑影。抓起桌上的手表快速扣好，单指轻点，星辰表盘刹那间变换形态。缓缓抬起左臂，不紧不慢地瞄准，右手划过墙壁上的智能开关。

啪啪啪！客厅里的几个大灯瞬间亮起，将黑暗中那个鬼鬼祟祟的身影照得无所遁形。

微调手臂，骤然握拳。

嗖！细如风筝线的金属丝，被一枚花生大小的箭头带着，瞬间洞穿了那人的肩膀，直接钉进了墙中。

第三十章

“啊！”那人本来就被突然打开的灯吓了一跳，发现自己的肩膀被穿了个透心凉，顿时大叫起来。

睡在客房的翟檬檬被吵醒，迷迷糊糊地爬起来看。

高雨笙一把拉住客房的门，隔着门板低声交代：“别出来。”而后又迅速关了客厅的灯，自己就地一滚，在吧台桌腿上绕了一圈，躲到了酒柜后面。

“啊啊啊，这是什么东西！”那人号叫着想要把胸口的金属线拽出来，但是线的一头牢牢钉在墙上，另一头缠着桌腿。吧台的桌腿是镶嵌在地上的，非常牢固，金属线绷得笔直，根本拉扯不动。

“我劝你别动，”高雨笙用读说明书的语气，机械而冰冷地警告对方，“这线非常锋利，而且已经绷紧。你要是敢挪动一步，半边胳膊就没了。”

不紧不慢地解说，仿佛电影里某些变态杀人狂，加上漆黑的环境，更增加了恐怖氛围。

“我，我不动，我不动，”对方明显被吓到了，说话都带着颤音，“我在流血啊啊啊，我要死了。”

高雨笙蹙眉，这么㞞的话可不像是冷血杀手会说的：“想活命就说实话，是谁让你来杀我的？”

“杀，杀你？没没没，我就是来偷东西的呀！呜呜呜……”一个大男人毫无骨气可言地哭了起来，“大哥，求求你放了我吧，再流血我就要死了。”

高雨笙：“……”

翟辰接到翟檬檬的语音，便心急如焚地要回去。方初阳掏出兜里的车钥匙：“我送你。”

今晚这车是跟朋友借的，不是警队的公车，可以随时开走。

“孤儿院行动你不去了？”范队长厉声叫住他，“方初阳！”

“不去。”方初阳拎起外套，头也不回地走了。

翟辰两指点了一下额角，行了个简单的礼：“不好意思范队，我们那边也是大案，借方初阳用一会儿啊。”好歹替方初阳解释一下，说罢就快步上了车。

小车在黑暗中蹿了出去，直接拐上高架，朝着玉棠湾的方向狂奔。已经将近 4 点了，长夜里最黑的时候。车子闯进一片浓郁的夜，仿佛钻进了墨汁里，把手伸出车窗都要被吞进去瞧不见踪迹了。

“得亏你送我，不然这车都不好打。”翟辰先夸方初阳一句再催促他开快点。没法给檬檬发消息，小朋友不认字，发语音要出声，说不定会引起歹徒的注意。只能先给小区保安打电话，通知他们马上过去。然后报警，请附近的派出所前来支援。最后，给高雨笙发了一条消息，意料之中地没有得到回复。

方初阳一言不发地提了速。

翟辰做完一切能做的事，干着急也没有用，打开车窗呼了口气，这才想起关心一下自家兄弟：“你怀疑范队？”

“赌场的案子，他不让我参与。”方初阳拿了根烟叼在嘴里，声音有些冷。

周寨那个爆炸的赌场，明显是有大问题的。亡命徒也不是谁都杀的，只有涉及命案或是贩毒之类足以枪毙的事，才会这么狗急跳墙地杀人灭口。

“眦，这老范可是翟建国带出来的。”翟辰搓搓脸。他爸爸翟建国，早前跟方初阳他爸是搭档，后来方爸爸去世了，翟建国调到了市局。那时候范队长还是个小年轻，是翟建国非常信任的下属。

“那又如何？”方初阳调转方向，下了高架桥。

“老翟同志吧，虽然是榆木脑袋，但他看人还是挺准的。”翟辰放下车窗，快速跟保安说明身份，着急要进去。

“啊，你家进贼了，快回去看看。”保安认识翟辰，赶紧告诉他现在的情况。警察已经过来了，歹徒也被制服了，请他不要着急。

“制服了？”翟辰一怔，拍着方初阳让他快点。

“我又不认识路！你倒是说往哪儿走啊！”方初阳开口骂他。

车开到路尽头，翟辰直接下车奔过去，一边吸氧一边往房子那边跑。门也不开了，单手撑着栏杆就跳进去，三两步跑进门。

房子里灯火通明，歹徒一动不动地站在墙边，泪流满面地不停嚷嚷：“快打120啊，我的胳膊要废了。我就是个小偷，你们不能看着我死啊。”

两个小区保安束手无策地站在一边。高雨笙抬着左手，不停地握拳又张开，穿透了小偷身体的金属线却纹丝不动：“坏了。”

“这什么东西？”翟辰快步走到高雨笙身边，查看他的状况。

高雨笙见他回来，下意识地把手背到了身后，惹得那小偷又一阵鬼哭狼嚎。其实金属丝已经松下来，并不会因为高雨笙的动作而割伤他，奈何那人不知刚才在黑暗中经历了什么，明显已经被吓破了胆。

“手拿出来。”翟辰看到他这动作，以为他伤到胳膊了，一把抓过来看。却看到了他手背上精致的护腕钢甲，还有那诡异的金属细丝，依稀能辨别出来星空腕表的原形。

“我觉得你更应该担心一下这位犯罪嫌疑人。”方初阳走进来，无语地看着翟辰像关心小宝宝一样关心高雨笙的样子，随手拿起餐桌上的水果刀，走到墙边在金属头周围使劲挖了两下。奈何那金属头虽小，在钉进墙之后竟然迅速延展出了一圈的长刺，将本体牢牢固定在墙体深处，根本挖不出来。

高雨笙偷瞄了一眼翟辰的脸色，破罐子破摔地点了一下表盘，护腕瞬间变回了腕表，但那根金属丝依旧挂在空中，没有收回：“出现了机械故障，储藏室里有工具箱，麻烦你们帮忙拿一下。”

后面一句是对保安说的，翟辰回过神来，带着保安去拿了工具，叮叮咣咣凿开了墙面，将那个张牙舞爪的金属箭头给取了出来。还是合不上，只能剪断了金属丝。

小偷虚脱地倒在地上，其实没流多少血，主要是被吓的。方初阳从腰间掏出个手铐把人铐住，抬眼看向高雨笙："上回已经警告过你，不要对着人使用。"

"他半夜闯进我家里，试图杀我，我这是正当防卫，"高雨笙有理有据地说着，慢慢把断掉的长线收回来，"如果这在国外，他已经被我击毙了。"

"这里不是国外。"方初阳皱起眉头。

"什么上回？"翟辰捕捉到了关键信息。

没等高雨笙开口解释，外面就响起了警笛声，是附近派出所的民警赶来了。夜里值班的民警不多，就来了两个人，看到方初阳，赶紧打招呼："方队长，您怎么在这里？"

"我弟弟住这里。"方初阳收敛了情绪，跟两个民警简单说了一下情况。地上的人认错认得飞快，说自己就是来偷东西的。

"我是做智能锁的，会开密码锁。有人给我钱，让我来偷一份企划案。"小偷哆哆嗦嗦地从口袋里掏出一个 U 盘，里面装着他准备植入高雨笙电脑的木马程序。三两句把自己的犯罪经过和目的交代得一清二楚，求警察先把他送去医院，不然就要流血而亡了。

警察只好先把哭爹喊娘的小偷送去医院，说盗窃案不着急，白天再来调查也是一样。小偷被警察带走，保安连连道歉之后找了个老式挂锁让高雨笙先凑合着用。

屋里只剩下他们三个了。

翟辰进屋看了一眼翟檬檬，大概是平时被舅舅锻炼出来的胆量起了效果，没有要犯心脏病的意思。

方初阳捡起地上的金属箭头，弹了一下那锋利的爪子。

高雨笙拿了个盒子过来，请他把东西放进去，以免割伤。

"这个，属于杀伤性武器，你不能再持有。"方初阳捏着金属箭头，不肯给他。

"管制刀具列表里，并没有这个，"高雨笙保持着端盒子的动作，眼睛一眨不眨地盯着方初阳，"这个金属箭头价值二十万美元，如果方警官要直接没收的话，恐怕不合适。"

翟辰哄好了孩子走出来，看看剑拔弩张的两人，坐在沙发上单指敲敲茶儿："二位大爷，是不是该给我这个蒙在鼓里的人，解释解释？"

高雨笙脸色一白，乖乖坐到了翟辰身边。

"你不知道？"方初阳惊诧，"上回高架桥……"

上次在高架桥上遇袭，翟辰无法解释他们是怎么从车里逃生的，按照高雨笙的意思推到神通广大的高总身上。而高雨笙说服了交警和刑警，使得这事不了了之，就是用的这只手表。

这手表是高雨笙特制的，是一个罕见的变形武器。可以瞬间激射出带倒钩的金属箭头，并具有强大的收缩功能，能将吊在半空的人瞬间拉回去。但管制武器列表里是没有这种东西的，要说它是个逃生工具也可以。因为它价钱太过昂贵，警察就没有没收这只表，只是登记了一下。

"这么牛的吗？"翟辰从方初阳手里抢走那个金属箭头，上下看了看。锋利的爪钩带着可伸缩倒刺，相当于在墙中扎根，确实可以承受住不小的重量，粗略估计挂着他和高雨笙两个人不成问题。

"这本来是个玩具，关键时刻可以救命。"高雨笙小声解释。

"重点是这个吗？"翟辰把金属箭头放进小高总手中的盒子里，缓缓抬眼看着这不老实的熊孩子，"上回被那群邪教徒扔下去，你是不是算好了这个能救你？"讲故事一般的语气不徐不疾，听不出喜怒。

高雨笙不敢说话。

"嗬，可真能耐啊你。"翟辰咬牙，上回还说没想到会被扔下去，其实早就算计好了。就因为这么个可能失灵的破玩意儿，有恃无恐，敢冒那种风险玩极限挑战。

"我不是因为这个东西才不怕的，是因为哥哥在身边我才敢这么干。"高雨笙垂下眼睛，把手里的盒子盖上，拇指轻摩着布面的盒身。

"那你可真高估他了，他可不是超人，弄不好你俩都得摔死。"方初阳听不下去了，这什么熊孩子。

高雨笙听到方初阳也插嘴来数落他，脸色顿时变得难看起来，捏着盒子的手渐渐握紧，色泽健康的拇指压出了一片青白。

"方初阳，别说了。"翟辰烦躁地说了自家兄弟一句，天赐只能他来教育，别的人谁也不准说，就算是方初阳也不行。

"如果我不引那些人出来，他们迟早会杀了我，"高雨笙缓缓吸了口气，取下垂着金属丝的手表，也放进盒子里，"这只是我用来自保的最后手段。"

翟辰听着心里不是滋味，生活在这个安全系数很高的国家里，还要做这种东西来保护自己，这孩子是生活在龙潭虎穴里吗？

“8 岁的时候，家里的楼梯抹了油，下楼磕得我头破血流。10 岁的时候遇见绑架，差点死在郊外的龙草湖里。去国外读书，莫名得罪了学校里的小霸王，要找人打我……如果我没有自保的能力，早就废了，”高雨笙不知道受了什么刺激，越说越激动，抬起微微发红的眼睛看向翟辰，“而哥哥答应保护我一辈子的，却在保护别人家的孩子。”

这个“别人家的孩子”指的自然就是得了便宜还卖乖，竟敢开口说风凉话的方初阳。

翟辰顿时说不出话了，心疼且词穷，原本是在教育孩子，不知道为何突然就理亏了。

高雨笙说服人的能力不是“盖的”，说着说着自己都信了，越发觉得委屈。他找了哥哥十五年，哥哥却从没有找过他！

第三十一章

莫名被卷进去的方初阳满头问号，张嘴想替翟辰分辩两句，就被自家兄弟瞪了回来。

瞪完方初阳，回头面对着委屈巴巴的高雨笙，翟辰也不知道要说什么，只能生硬地转移话题：“那什么，这都凌晨 4 点了，你是不是到现在都没睡？”

高雨笙“嗯”了一声。

“快睡快睡，一会儿就得上班去了。方初阳你去跟檬檬睡吧，这会儿再回家也来不及，”翟辰大手一挥把所有人都安排了，说完才想起来这是高雨笙的家，讪讪地问他，“可以吗？”

高雨笙点点头，拿着小盒子自己回主卧了。穿着丝质睡衣的背影看起来孤孤单单，很是可怜。

翟辰在客厅转悠一圈，确认没被歹徒趁机安装窃听器、针孔摄像机、定时炸弹之类的物件，便颠颠地追着去主卧哄人了。留方初阳自己在客厅里，纳闷地看着空空如也的双手，本来是要没收那个武器来着，武器呢？

主卧连地灯都没开，漆黑一片，这可苦了夜盲眼。翟辰估摸着距离走过去。

高雨笙直挺挺地躺着，显然还在闹别扭，也不知是气得还是因为什么别的，哑着声音道：“不是让我睡觉吗？”

“我检查一下你睡着没有。”

“……孤儿院的事解决了？”

翟辰索性蹬了拖鞋，侧身趴到一旁，单手支着头跟他说话：“我们把瑶瑶救出来了，那个孤儿院真的藏了拐卖的孩子。阿奇的那个孩子，估计也在里面，他这领养怕是要泡汤了。”

“是吗，”高雨笙对阿奇能不能领养到孩子并不感兴趣，“那瑶瑶妈妈有没有当面感谢你？”

“嗐，别提了。见面就跪，差点折了我的寿。”

“很好。”没有以身相许什么的，高总很是欣慰。

“好什么？”

“传统礼节，值得弘扬。”高总答得极为顺口，这油腔滑调让翟辰差点以为这句是自己说的。

“……快睡吧，这都开始说胡话了。”翟辰咂咂嘴，好歹是把人哄好了，抬手捂住他的眼睛，强迫高雨笙闭上眼，掌下的人带着些许笑意乖乖地合上了眼睛。

第二天，高雨笙先去了趟派出所。

那个小偷坚持认为自己受了重伤，待在医院不肯走。但医生判断他只是相当于被细铁丝扎穿了肩膀，血在到医院的时候就已经自行止住了，打一针破伤风就可以了。

于是，警察又把他带回了派出所，扔到候问室里。告诉他候问室里有监控，比医院看护得更周全，如果真的出现他自己说的“从肩膀上炸开烟花”，警察会第一时间发现的。

“雇用他偷盗的人，给他转了两万块钱，这是银行账号和名称。”警察把调查结果给高雨笙看，那转账的账户名赫然写着高牧笛的大名。

翟辰凑过去看一眼，很是无语：“你这个弟弟，智商过 80 了吗？”

“也许吧。”高雨笙抿唇，去候问室外看了一眼那个小偷，仔细分辨那双眼睛，确认是不是高架桥上的杀手。

小偷见到高雨笙先是条件反射地瑟缩了一下，而后意识到自己处在安全的环境中，立时嚣张起来：“我已经申请伤情鉴定了，你这是故意伤害。”

竟然是个懂法的小偷，翟辰欣赏地点点头，伸手从高雨笙口袋里掏出那个装着手表的小盒子："你知道，昨天为了救你，弄坏的这个东西值多少钱吗？如果这维修费算在你盗窃的金额上，你猜会判几年？"

"维修费怎么能算盗窃金额！"

"这你就不懂了吧，"翟辰高深莫测地挤挤眼，"如果你敢告他故意伤害，我就敢告你损毁价值百万的手表，你信不信？"

万恶的有钱人！小偷目眦欲裂，气得差点晕过去。

"你怀疑上回的杀手是你弟弟雇的？"出了派出所，听到高雨笙看小偷的目的，翟辰有些诧异。

"他不见得有这个胆子。"高雨笙把从警方那里得来的材料收好，准备周末拿去送给父亲当礼物。虽然高牧笛又屃又愣，但他最近表现得如此积极，也确实值得怀疑。

"你们家这是有皇位要继承吗？"翟辰皱起眉头，这又是杀手又是木马的，上回还雇了白睿那浑蛋设圈套，比得上九龙夺嫡的激烈程度了。

高雨笙垂目，掩去眸中一闪而过的阴冷："他们觉得是皇位吧，我还不稀得要。"

"接下来去哪儿？"翟辰抬手扣好安全带将车开出去。

"去把这个修一下。"高雨笙晃了晃手中的小盒子，将地图导航位置定在了阿奇住的酒店。

第三十二章

"阿奇？"翟辰再三确认了地点，"这东西是他做的？"

忽然想起先前高雨笙说过，阿奇伯德是个卖机械产品的，没想到竟然是这种机械产品！

"嗯，只有他会修。"

找到阿奇的时候，这人正在酒店一楼的露天咖啡厅吃早餐，神情很是忧郁。

"阿奇，你这是怎么了？"翟辰努力克制脸上幸灾乐祸的表情，跟着高雨笙坐下来。

"我联系不上那个中介了，邮件不回，电话也打不通，"阿奇两口把三明治吃完，喝了一大口黑咖啡，嘴里苦，心里更苦，皱起两条金黄色的眉毛问高雨笙，“她是不是带着我的订金跑了？”

“不要着急，我马上找人打听，很快就会有消息。在这之前，先帮我修一下这个。”诚恳的高总童叟无欺。

听到高雨笙肯帮忙，阿奇顿时高兴了些，接过盒子打开看了一眼。

“你把我的宝贝儿带来了！快让我看看……嗷，”看到那乱七八糟缠成一团的金属丝，阿奇痛心疾首，“怎么会断掉？这个宽度的X金属丝，吊起一辆车也不成问题啊！”

阿奇一惊一乍的，引得周围吃早餐的人侧目，他连忙压低了声音，难过地捧着手里缠着线的机械表。

“剪断的。”高雨笙把昨天的事简单说了一下。

“你没必要剪断，可以叫我去帮你拆啊！”阿奇对这种暴殄天物的行为很是愤慨。

“警察可等不及，”翟辰帮高雨笙解释了一句，“而且是这东西自己卡了，收不回来。你做这东西……”

本来想开口嘲笑一下阿奇的破手艺，高雨笙十分自然地凑过来跟他咬耳朵：“别笑他，手艺人的自尊心都很强，外行挑刺他很可能会耍脾气不修了。”后半句就卡在翟辰喉咙里出不来了。

“卡顿好修，不过我得拆开看一下是哪里出了问题，但这个就……”阿奇仔细看了看金属丝的断口，示意高雨笙看，却看到两人还在说话，便吹了声口哨，“你们不要这个样子嘛。”

高雨笙虽然很想跟他聊聊自己跟哥哥的故事，不过显然不是时候：“你刚才说这个怎么了？”

“这个就不好办了，需要先熔化再使用模具。”话题拉了回来，阿奇又开始心疼那剪断的金属丝。

“有专业工作室给你用。”高雨笙拒绝了他带回国外修理的提议，要求他这两天就得修好。

“好吧，看在你愿意帮忙的分上，”阿奇耸耸肩，再次抚摩那颗金属箭头，仿佛在摸着什么稀世珍宝，“这个要是能量产该有多好，你还能弄到这种金属吗？”

“国外航天局有这个，你如果能谈成，可以试试。那些航天飞机不是报废了吗，你去买下来拆了用。”高雨笙诚恳地给他指了条明路。

“我如果能跟航天局说上话，那我还是阿奇伯德吗？可以改名叫阿奇盖茨了。”阿奇对这个毫无建设性的意见回以白眼，将坏掉的手表收起来，眼巴巴地看向高雨笙。

高雨笙装模作样地打电话给郑秘书，让他问问高远孤儿院那边的情况。过了一会儿，郑秘书打电话过来，高雨笙索性开了免提给阿奇听。

“那个孤儿院出事了，据说昨天晚上有大批警车过去，把院长和管事的都抓走了，只剩几个照顾残疾孩子的老师。”郑经打听得还挺清楚，因为之前在孤儿院做活动，这位非常擅长社交的秘书不仅留了孤儿院的联系方式，还留了周边小卖部老板的电话。

这种市井做小生意的人，消息最是灵通。那人还向他透露，可能是涉及违法买卖儿童的事。

“竟然是孤儿院出事了，那孩子呢？”阿奇一惊。如果涉及违法犯罪的事，中介不肯联系他实属正常，说不定还在怀疑他是警方的眼线呢。

翟辰同情地拍拍阿奇：“你昨天见的孩子，叫什么名字？我兄弟在警察局，可以帮你问问。”

“思思。”说起这个名字，阿奇的眼神都柔和了下来。

竟然是思思——那个坐在角落里一言不发的女孩，她说自己本来就是孤儿院的人，不是被拐卖的。如果真的是正规的孤儿，说不定阿奇还有机会领养这个孩子，翟辰就给方初阳打了个电话。

“思思还在你们办公室吗？”

“嗯。”方初阳的声音有些低，不知道是不是昨晚睡眠时间太短的缘故，今天早上起来的时候，鼻子不是鼻子、眼睛不是眼睛的。这会儿脾气没那么大了，只是听起来还是不大高兴。

“有个外国人，之前跟中介商量好了要领养思思。这人跟我认识，说不定他能提供点线索，要不我带他过去？”翟辰就坡下驴，提出带阿奇过去，顺道看一眼思思。

方初阳伸头看了一眼在沙发上盖着衣服睡觉的思思。从昨晚到现在，这孩子除了翟辰在的那会儿说了几句话，其他时候都是抗拒状态。她不知道家在哪里，也不愿意详细说孤儿院的事，只问了一句“我还能被那个外国叔叔收养吗？”

“你带他过来吧，”方初阳松了口，“刚好有件事要问你。”

阿奇听说思思在警局里待了一夜，很是气愤，而后得知自己可以去看思思，感激不已地握住翟辰的手：“你果然厉害，连高级警署的警察都认识。”幸好那天没有得理不饶人地把翟辰得罪了。

“嗬，黑白两道就没有你辰哥搞不定的。”翟辰不屑地嗤笑，表示这只是小事一桩。

高雨笙看着他吹牛皮不打草稿的模样，配合地点点头：“哥哥是神仙。”

“别别，这太夸张了。”翟辰用手肘杵他，孩子还是年轻，不知道吹牛要有个度。

“不夸张，哥哥就是神仙，下凡来拯救我的。”高雨笙握住那只杵自己的胳膊，满眼真诚地用他那悦耳动人的声音进行现场诗朗诵，情真意切，感人肺腑。

要不是阿奇着急见孩子，都要给他鼓掌放礼炮了。

翟辰：“……你这又是打哪儿学来的？”

青春期的孩子总是异常迷恋语调优美的诗词、散文。翟辰记得自己上中学那时候，班里总有几个文艺男女，没事喜欢念叨两句抑扬顿挫的“疼痛忧伤”。像高雨笙这么认真的人，肯定会把喜欢的句子抄在歌词本上，默写并背诵。

难道是叛逆期？

幼儿园老师翟辰有些愁。

他自己情况特殊，没有青春期这种东西。方初阳那时候日子太过惨烈，直接人为跳过了少年时期。他能参考的只有巷子里跟着他混的小流氓，然而那些人跟乖孩子天赐完全没有共性，他实在不知道怎么应对高雨笙这迟来的青春期。

翟老师觉得自己也有必要查查资料了。

刑警队里繁忙依旧，凌晨3点多被叫出来上班干活到现在，只有方初阳忙里偷闲在玉棠湾睡了会儿，按理说应该充满了低气压。然而大家的精神状态竟都异常好，个个斗志昂扬的。

翟辰进来的时候，跟抱着一沓资料的小张撞了个正着。叠罗汉的资料盒，本在小张玩杂耍一样的动作中摇摇欲坠，被这么一撞，呼啦啦地飞了出去。

翟辰一把捞住最先飞出去的那盒，抬脚将即将落地的轻松挑起，三两下物归原位。

“谢谢辰哥。”小张从小山一样的资料后面冒出头，用下巴按住顶端的那一盒，冲翟辰咧嘴一笑。

“这么高兴，加班加出幻觉了？”翟辰拍了一下参差不齐的资料盒，原本摆积木一样的微妙平衡又被打破了，刚站定的小张被迫再次开始了左右挪动的杂耍动作。

“辰哥！”小张顿时苦了脸，晃晃悠悠地往资料室走去。

“翟辰，别在那儿捣乱。”方初阳刚从审讯室出来，就瞧见翟辰在毒害他的队员，黑着脸把人叫过来。

阿奇第一次来警察局，好奇地左看右看，问跟着进来的高雨笙：“我可以拍照吗？”

“不可以，”小马刚从审讯室出来，胡乱揉着脑袋上的乱毛，骂骂咧咧的，听见这黄毛外国人说要拍照，直接开口拒绝，“你们是干什么的？”

“他是个知情人，我是翻译。”高雨笙面不改色地回答。

“高总啊。”小马倒是认识他，搓了搓自己的大长脸，转头看见方初阳招呼他们过去，便不再多问，转身去给自己倒水喝。路过沙发区，多嘴问了躺在那里睁着眼的小孩一句“喝不喝水”。

“不喝。”思思坐起身来，小声回答。

“思思！”阿奇看到了思思，立时跑了过去。

“伯德先生？”思思瞪大了眼睛，有些蒙地左右看看，这里还是警察局没错，这位准领养人为什么会出现在这里？

阿奇想蹲下来跟她说话，却被小马一把拉开：“干什么呢，别吓着她。”

“哦，抱歉！”阿奇立时举起双手，“我只是想关心一下这个孩子的状况。”

方初阳把翟辰一行人叫到询问室里了解情况。思思眼睁睁地看着，过了一会儿竟然跳下沙发跟着跑到询问室门口，扒着玻璃门往里看。

阿奇听了目前的状况，很是震惊：“拐卖人口？我不知道这个情况，当时那个中介……我还以为他们是，呃，那个词怎么说？”他说了一个复杂的单词，又叽里咕噜说了一长串的英文。

高雨笙不紧不慢地给他翻译：“阿奇以为，高远孤儿院有特殊政策扶持。当然他也清楚，这中介有什么非常的手段，可以缩短手续办理时间，在半年之内就能得到小孩。”

按照常理，外国人领养小孩，从预约到得到孩子，需要两到三年的时间。包括双方考察、公示、各种手续办理，半年就领走孩子显然是不合规的。

“你给中介多少钱？”方初阳示意小陈记下来。

“加上预付款，总共三万美元，”阿奇一五一十地交代，意识到这件事触犯了法律，有些慌乱，“这个，他们是有正规合同的，很厚的资料，就在那个有粉红色沙发的房间里。”

“我靠，三万美元！”想歇会儿的小马跟着进来凑热闹，听到这话忍不住骂出声。按照规定，外国人领养小孩，是要缴纳三千美元左右的手续费的，这是正常收费。高远竟然要三万美元。

这么高的利润，也难怪这些人光天化日就去偷孩子。

阿奇没听懂，问高雨笙：“‘我靠’是什么意思？”

高雨笙：“……”

“就是那啥……”翟辰扒着高雨笙的肩膀，替自家脸皮薄的正经孩子说，还坏心眼地捏捏他，“我说得对吧？”

高雨笙的耳朵顿时红了。

“我只是要领养孩子，绝对不是什么不好的目的！多出来的钱是他们说加急办理的费用，真的，我发誓！”阿奇激动地跳起来，连连解释，因为动作太大，眼角的余光看到了门口的思思，顿时一惊。

其他人也看到了，翟辰过去开门把孩子放进来：“思思，你怎么跑来了？”

“伯德先生没有做坏事，不要抓他。”思思泪眼汪汪地小声说。

第三十三章

正闹着，玻璃门被敲了两下，拿着一张 A4 纸的小张探头进来：“没有打扰你们吧？”

“什么事？”方初阳拍了翟辰一下，让他安静。

小张看了一眼泪眼汪汪的思思，斟酌道：“孩子的身份，查到了。”

昨天晚上思思说她本来就是孤儿院的，今天早上孤儿院被查封之后，小张就查了高远的内部资料。近几年的资料记载得十分混乱，可以用一团乱麻来形容，姓名和档案对不上号，照片粘贴得乱七八糟。

好在小张机灵，采集了思思的指纹，在警方的数据库里对比之后发现，这个孩子竟然是前年专项打拐行动解救的小孩。登记的名字叫王佳佳，接收单位就是南城区高远福利院，亲生父母到现在也没有找到。

“这就难办了。”翟辰皱起眉头。

正低头看资料的方初阳吓了一跳，转头发现翟辰竟然越过他肩膀偷看，立时将 A4 纸卷起来打他脑袋："看什么看！"

翟辰歪头精准地躲过，没让他打到，转头看看远处已经坐在沙发上聊天的阿奇和思思："如果思思是这种情况，阿奇没法领养她了。"

就像中心福利院那几个健康漂亮却无法被领养的小孩一样，这种找不到亲生父母的孩子，多半是被家里卖掉的。亲生父母健在，不能算是孤儿，按照规定就不能被领养，要一直等待公安机关确认。

"我是被我妈妈卖掉的。"思思细声细气地跟阿奇说话。因为阿奇不愿意错过孩子的任何一句，高雨笙就被迫在一边充当翻译。

"她说，被自己妈妈卖掉，我没理解错吧？"阿奇跟高雨笙确认一遍。

"没错，这种状况是真实存在的。一些经济条件不好的家庭，会选择把女孩送给别人或者卖掉。"高雨笙详细地给他解释了一下。

"我的天，"阿奇怜悯地看向思思，"你那么小还记得？"

"我不记得，是买我的那家告诉我的。"思思比瑶瑶她们要大一些，记的东西也多，说话的时候，一直偷瞄大人的表情。原本应该纯净无瑕的大眼睛，早早地学会了察言观色。

"买她的人家，是要她做童养媳的。"小张低声说着自己查到的资料。

偏远地区，不仅存在买儿子的事，还会买媳妇。但是成年的媳妇非常贵，就有一些人家会从小养一个小女孩，长大了给儿子当媳妇。这个在旧社会是很常见的，没想到现在竟然还有。

"童养媳？这都什么年代了。"翟辰很是惊讶，就连他小时候住的那个小山村都没有这东西的。这样的童年真是糟糕，还不如他和天赐在山沟里玩泥巴来得好。

颠沛流离的过去，注定了思思很想要一个稳定的家，所以见到阿奇这个愿意收养她的人，才会那么珍惜。敏感的孩子，能在第一时间感知到善意和恶意，分得清谁对她好。

"那这么说的话，这些年打拐解救出来的孩子，都被路长华给卖了？"翟辰忽然想到。

"这个还有待核实，大概是的，"小张看看脸色铁青的方初阳，"我查到最近五年送到福利院的这种孩子，一共有八个，资料显示她们目前都在寄养家庭里，真实情况就不清楚了。"

“这可怜的洋鬼子，白跑一趟了。”翟辰一条胳膊在方初阳肩膀上支着，同情地看着远处的阿奇。

方初阳挪开肩膀，让翟辰支了个空。

“副队，那是不是先把孩子送回福利院？”小张提议，这么小的孩子一直待在公安局也不合适。既然思思本身就属于福利院，也只能把她送回去了。

“先不忙，福利院那边一会儿来人，让他们一起带回去，”方初阳把思思的资料还给小张，拉着翟辰到刚才的房间里，“我有事要问你，上回那个黑三角册子，是谁给你的？”

翟辰顿了一下，收起脸上的不正经：“一个脸上带烧伤疤的哑巴少年。你们都抓了那么多人了，有什么问不出来的？没必要再去打扰那个孩子。”

就算孤儿院的高层都进去了，孤儿院还在。以后这少年还得在那里生活，被人知道是他告密的总归不好。更何况，路长华到现在还没抓到。

“我有分寸。”方初阳摆摆手，示意他可以跪安了。

“你叫我来，就为了问这一句话？”翟辰很是不爽，抓着方初阳的后领不让他走，“我也有个问题。”

方初阳拍开那只爪子，示意他问。

“我昨天晚上跟你忙活了大半夜，有加班费给我吗？”

“没有。”斩钉截铁，毫不犹豫。

“哇，好歹给个见义勇为奖金吧？”翟辰不干了，他可是劳心劳力一整晚，还害得真正的雇主遇袭，就这么白干了。

“你见过超人领工资吗？”方初阳拍拍他的肩膀，在特殊状况下选择性承认了自家兄弟是超人这回事。

两人推推搡搡地出去，听到院子里有停车的声音。负责去孤儿院接大孩子过来的同事回来了，带着五个残疾的孩子进来，其中就包括哑巴少年。方初阳示意小张安排一下，给几个少年编号，一个一个到询问室回答问题。

“副队，那个叫小松的孩子是个哑巴，咱们不懂哑语啊。”小张苦着脸说。

方初阳看向沙发区的几个闲人：“你们谁会哑语？”

众人一致看向高雨笙，期待着万能的高总能掏出个哑语翻译软件什么的。高雨笙莫名其妙，翟辰挡住这些人异想天开的视线：“看他做什么，他又不是哆啦A梦，你们看我啊。”

“你会？”方初阳斜瞥他。

“凑合吧。”翟辰高深莫测地说。

小张崇拜地看向翟辰：“辰哥，深藏不露啊。”

翟辰嗤笑，跟着方初阳他们进了询问室：“混江湖的雕虫小技，值当你们大惊小怪的？”

名叫小松的哑巴少年被安排在第一个。他脊背挺直地坐在小木桌后面，垂目看着桌上的纹路，不出声也不动。

“别紧张，我们就问你几个问题，绝对保密，不会让人知道你说过什么。”脾气好的小张负责问话以免吓到孩子，方初阳抱着手臂站在一边等着看翟辰表演。

哑巴点点头，比画了几个手势。

两名警察看向翟辰。

翟辰神色平静地走到桌前，给了他一张纸、一支笔：“会写字吧？写下来，哥哥们不懂哑语。”

哑巴再次点点头，接过纸笔开始写。

小张：“……”

方初阳：“……”

方初阳冲过去要揍翟辰，被小张一把拉住：“副队副队，冷静，一会儿吓到别的孩子了。”

外面还有四名少年等着，这会儿让“哑语翻译”出去不大合适，显得警察们太不严谨了。方初阳只能狠狠地瞪了翟辰几眼，让他一边儿待着去。

有些问题，是霞姐那些犯罪嫌疑人供述过的，跟小松写的差不多。这家孤儿院，原本是很正常的，外国人领养孩子的政策很早就有，老院长在的时候都是按标准流程走的。直到路长华接手，才有了变化。

最开始是把思思这样的可怜孩子给外国人养。打拐救回来却不符合被领养条件，只能待在孤儿院里长大。就像中心区福利院的那些一样，要么整日哭泣，要么呆呆望天，没有再进入一个家庭的资格。路长华就想出了个办法，借用别的残疾孩子来办。

“所以，门外面的公示牌，都是假的？”翟辰忍不住插嘴。

难怪那些公示牌上，都是有残疾或者有重大疾病的孩子。这是借用残疾孩子的身份来办手续，之后再偷天换日。

哑巴点点头，继续在纸上写：

因为手续不好办，收费比较高。

接下来的事，不用问也能猜出来。因为收费高，起初这些孩子并不好找领养人，某一天路院长突然有了一个“灵感”。

头脑灵活才是发家致富的关键，一旦放宽了领养人条件，孩子顿时变得供不应求起来，价钱也就变得越来越高。但健康正常的孩子本来就少，打拐解救回来的也不是年年都有，被钱财迷了眼睛的高层们，就走上了拐卖儿童的道路。

“他们一年拐卖多少个，你知道吗？”方初阳拿起霞姐那些人的笔录看了一眼。都是分开审的，有说就这一回的，有说一年一个的，口径都不统一。但按照这次一个月内作案三起的频率，警察无法相信他们一年就拐一个。

拐卖小孩的生意一年也就做一两次，不敢多干。

“不可能。”方初阳皱眉。

“怎么不可能，不是还有你们警方解救送去的，或者一些轻度残疾的吗？只要他们放宽条件卖给阿奇这种手续不齐全的人，都能卖高价。”翟辰替他分析。

哑巴点点头，迟疑了一下又在纸上写：

今年不一样，有一个外国富商，一口气要十个孩子，还要漂亮的小女孩。每个给五万美元。

“嗞——”小张倒吸一口凉气，“十个孩子，五十万美元！”

阿奇那个冤大头，明显是被中介坑钱了，最后也就给了三万美元。但这位直接给五万，难怪逼得他们疯了起来，开始拼命拐卖孩子。

“你以前就知道吗？”方初阳低声问。

哑巴沉默半晌，缓缓地点了点头。

“那个三角是你画的吗？”方初阳的声音更低了，低到连几步开外的小张都听不清。他想知道，这少年是不是第一次求救，如果是第一次，为什么选择了翟辰。他每天都为自家乱暴露能力的没脑子兄弟操碎了心。

哑巴转头看向翟辰，翟辰没听到他俩说的啥：“怎么了？”

是我。

“第一次求助吗？”

第一次。

“以前为什么沉默？”
哑巴深吸了一口气，在纸上写了一大段——

路长华说，这些孩子，在国内生活得也不好，小女孩过得很艰难的。不如送去国外。而且，这赚来的钱，还可以养活更多残疾的孩子，多好。

他从有记忆开始就生活在高远孤儿院，被路长华接手的时候年纪也不大，常年被这么灌输，自然也就相信了。

“孤儿院的日子很苦，对他而言‘过上好生活’才是最重要的，并不能理解哭闹着找妈妈这种行为。”翟辰轻声说。

当年他刚刚见到天赐，也不懂他“要妈妈”是为了什么，但他可以感觉到那幼小生物的难过，就想给他安慰。直到他跟小天赐分开，才明白这种心情，离开了最亲最爱的人，就跟整个世界失去了联系。

“那你怎么意识到这事有问题的？”小张很是好奇。从小接受这种观念，是很难意识到问题本身的。

因为小燕。

小燕跟思思一样，都是打拐救回来的孩子，这样的孩子平时是跟哑巴他们一起生活的。只有快要被送走的时候，才会在浴室那边躲一段时间，假装被寄养家庭领走了。

“小松哥，路爸爸说，已经给我找到领养人了，我就要有家了。”小燕穿着准领养人寄来的礼物——带波点的绿色裙子，快乐得像一只刚出巢的燕子。

哑巴问是哪个国家。

小燕也不知道：“等我到了新家，会给你打电话的。”

哑巴找来一张纸，在上面写下一个电子邮箱地址：“可以发邮件给我。”

“你会上网啊？”小燕接过字条，很是惊奇。整个孤儿院，只有院长办公室那台电脑可以上网，寻常是不让人进的，也就小松偶尔能进去。

哑巴笑了笑，做了个噤声的动作，意思是自己是偷偷玩的，不要让院长知道。

“小松哥，等我有钱了，就给你治脸上的疤。我们小松哥，是最帅的哥哥，当明星都可以。”小燕当场就把字条上简单的邮箱地址背了下来，拉着哑巴的手畅想未来。

国外的家一定是漂亮的花园洋房，爸爸妈妈大概都是胖乎乎、笑眯眯的，说着她虽然听不懂但很温柔的外国话。可以去窗明几净的学校上课，读完大学在繁华的大都市工作，赚很多很多的钱。然后就可以接小松哥过去，说不定外国还能治好他的嗓子，到时候就可以当个大明星拍电影。

天马行空、不着边际的幻想，让两个孩子的嘴角都久久放不下。

然而，这一切美好的梦，都被上个月的一封邮件打碎了。

小燕结婚了，嫁给了那个领养她的人。那个国家的女人9岁就可以结婚，她成了“养父”的第四个妻子。

哑巴写下这段话，一字一顿，力透纸背，最后一笔将稿纸刺啦一声划烂。

“我靠！”翟辰直接骂了出来，转身快步走到候问室外，一脚踹在铁栅栏上，把正在往里关人的小马吓了一跳。

“怎么了辰哥？”

“小马，把我跟他们关一起，快点。辰哥要用爱感化他们。”翟辰咬着牙，盯着那几个瑟瑟发抖的浑蛋。

方初阳倒还比较克制，只是默默走出询问室，撑在自己办公桌上冷静片刻，一拳砸在桌子上。

“副队……”旁边整理资料的陈照辉关切地看他。

方初阳喘着粗气，冲那边吵闹的翟辰大吼一声：“翟辰，给我回来！”

“吵什么呢？”范队长从外面风尘仆仆地回来，就见刑警队里热闹得仿佛菜市场。

“人抓到了吗？”方初阳快步走过来问。

孤儿院能抓的人都抓来了，但院长路长华昨晚不在孤儿院。范队长一大早就带人去找了，这会儿才回来。

范队长抓起搪瓷缸灌了几口凉水，疲惫地摇了摇头：“找遍了他名下的所有房产，也查了酒店入住信息，没找到。”

方初阳毫不意外，脸上满是讥讽：“你当然找不到了。”

“什么叫我当然找不到？方初阳，你把话说清楚。”三番五次被方初阳这般顶撞，范队长也起了火。

“这里有人通风报信，能抓到路长华才有鬼了！你知不知道那是个什么恶魔，把他放走了你良心过得去吗？”方初阳夺过旁边小刑警手里的房产资料，摇得哗哗响，“一栋洋房、一栋别墅，这都是用女孩子的血肉换的！”

“我知道你着急，你冲我吼什么吼！”范队长把手里的搪瓷缸重重磕在桌上。

“我不是针对你，我针对的是内鬼！”方初阳将手里的一本资料狠狠掼在地上，毫不畏惧地瞪回去。

小马不知所措地拽着翟辰，被翟辰嫌弃地推开。翟辰单手撑着桌子翻过去，抬手要劝架，不料那边陈照辉突然哇的一声哭了起来。

一米八几的黑皮大小伙子，就这么在办公室里号啕大哭，把范队长和方初阳都哭蒙了。

翟辰咂咂嘴：“你看看，吓着孩子了吧。”

陈照辉哭着走过来，把警官证和手铐都拿出来，放在两个队长面前的桌子上。

第三十四章

“队长，是我……”小陈说了一半，突然被范队长打断。

范队长捏起那张警官证，抬抬下巴跟方初阳使了个眼色，转身去了一间单独的屋子。方初阳一把抓住小陈的衣领，拎着跟上去，哐当一声关上了门。

翟辰好奇地伸着脑袋看，跃跃欲试想去偷听，被高雨笙一把拉住，拽出去透气了。

“说吧，怎么回事？”范队长把小陈的警官证扔到桌上，抱着手臂问他。

方初阳放开陈照辉的衣领，死死盯着他。

陈照辉用手背狠狠抹了把眼睛，吸了吸鼻子道："是我泄露了行动，才导致第一次搜查孤儿院失败的。"

"为什么？"低哑压抑的声音，从方初阳喉咙里憋出来，被紧紧咬着的牙齿嚼得支离破碎。

"我是被老院长养大的，对这个孤儿院感情很深。"陈照辉低头，一滴眼泪砸在了脚面上。这个前提，方初阳是知道的，上回他俩在周寨执行任务，小陈还特别骄傲地给他看捐赠名单。原以为他这么坦荡，是最不可能成为内鬼的人。

路长华接手孤儿院的时候，已经成年的陈照辉早就脱离了孤儿院的照料，自己一边打工一边读书，跟路长华只是因为老院长的关系而认识。他工作之后，常常给孤儿院捐钱，才又熟悉了起来。

"孤儿院基本的吃穿是不成问题的，捐款主要是定点资助，帮孩子买一些公用物资之外的东西。可以具体买一种物品，或者单独资助一个人。我资助过一个喜欢跳舞的小女孩……"陈老实平时很少说这么多话，这些从不曾对人言的事情，说出来也没什么起伏，就是平铺直叙，简单真切。

那个小女孩很健康，却没有人领养，因为她是被专项行动救回来的被拐儿童，被自己亲生父母卖掉的。父母尚在，无法被收养，只能在孤儿院里耗着。她总是扒着铁栅栏看外面，问陈照辉什么时候才有人把她领回家。

突然有一天，小女孩被一对外国夫妇领养了，特别开心。路长华悄悄告诉他，是用了一些非常规的途径办的手续："这事是违规的，你也知道。但是孩子太可怜了，家庭才是最好的成长环境。"

起初陈照辉很生气，作为一名正直的小警察，他听不得任何违规违法的事情，要求路长华停止这种行为。可对上小女孩祈求的眼神，他又不知道该怎么办了。

"小陈哥，求求你别举报路爸爸。那对夫妇是芭蕾舞演员，跟着他们，我就可以跳一辈子的芭蕾了。"

父母的爱、优渥的世家环境，并不是小警察捐的一双舞鞋可以替代的。刚刚踏入社会的陈照辉犹豫了，一个永远不可能回到亲生父母身边的孩子，自己真的有资格断送她得到养父母的机会吗？

这件事是违规的，但是对孩子来说是莫大的幸运。

陈照辉选择了沉默。

“那天要突击检查，我以为是线人弄错了，把这样的孩子当成了被拐卖的孩子，就提前告诉了路长华。”小陈慢慢蹲下，用双手捂住脸。

方初阳后怕地撸了把脑袋，当时他以为小陈是最靠谱的，才会带着他去救人：“那我们翻院墙进去，你为什么不示警？”

不但没有示警，他还认认真真地救了孩子，甚至被醉汉撞车的时候还要下去拼命以争取时间。

“因为副队给我看了发卡，”小陈抬起头来，双目通红，“那个发卡是瑶瑶的！”为了找寻丢失的孩子，他每天都盯着家长提供的照片研究，把每个细节都记得牢牢的，就是希望如果在大街上遇见，能一眼把孩子认出来。

陈照辉掏出手机，翻出一张瑶瑶妈妈提供的照片，上面的粉色蝴蝶结发卡跟方初阳捡到的那个一模一样。这张照片，不是寻人启事上的那张，而是瑶瑶妈妈单独提供给警方的二十几张生活照的其中之一。

屋里一时间陷入了沉默。

“你就通风报信这一回？”方初阳冷声问。

“就这一回，我发誓。”陈照辉站起来，三指朝天。

“以前就算孤儿院出事，也不归咱市局管。”范队长淡淡地说了一句，算是间接证明了小陈以前没有通风报信，毕竟也没啥机会。

“那今天上午呢？”方初阳盯着他的眼睛。

陈照辉被副队眼里的冰冷冻得瑟缩了一下，绝望又恼怒地大声回答：“我知道他拐卖孩子之后，还给他通风报信，那我还是人吗？”

又是一阵沉默，屋子里落针可闻。只有时断时续的呼吸声，像是从肺腔里发出的抽搐，痛极了却又无可奈何。

“我知道他还有一处房产。”陈照辉像是刚想起什么似的，突然说。

“什么房产？”范队长顿时站直了身体。

“有一栋房子，是老院长的，老院长死后就留给了路长华。那个房子是个老式公租房，产权不能转让，所以应该还是老院长的名字。”陈照辉越说越顺畅，已经快要忘掉的事骤然清晰起来。

方初阳：“在哪儿？”

“矿业局家属院，3 栋……”小陈顿了一下，仔细回忆只去过一次的那栋房子，“3 栋 4 楼西户。”

“你确定？”听到这个地址，方初阳很是吃惊。

“那个 4 楼的号码牌只有一半，所以我有印象。那天是个下午，屋里有夕阳，”小陈把回忆的细节都说出来，方便佐证，“不过已经过了这么多年，也可能会记错，但矿业局家属院是没错的。”

“马上组织抓捕，你们两个都去，”范队长立时下了决定，捏起那本警官证装进自己口袋，“至于陈照辉的问题，回来再说。”

“是！”两人齐声应道，小陈用袖子擦干净泪水，转身去做准备。

方初阳顾不得说什么，快步走出去，找到正跟高雨笙挤在外面等候椅上说悄悄话的翟辰：“你还记得天赐他们家那个房子是几栋几号吗？”

“3 栋 4 楼西户啊。”翟辰答得极为熟练。

“什么我们家？”高雨笙微微蹙眉。

方初阳把翟辰拽起来，压低声音：“你确定是3栋4楼西户，矿业局家属院，对吧？”

翟辰点头：“是啊，这我哪能记错。”

方初阳又问高雨笙：“你小时候搬走了，你妈妈那套房子给了谁？”

“房子？”高雨笙脸上有一瞬间的迷茫。

翟辰觉出些不对来，试探着问：“你，不记得了？”那套房子，就是他们从山里回来，跟叶阿姨一起住的那套房子。那时候天赐已经能记事了，连山里的事都记得，怎么会忘了那套房子呢？

高雨笙抿唇，没有回答这个问题：“房子怎么了？跟这个案子有关系吗？”

翟辰看看他，转头跟方初阳说：“那套房子之前是谁的我不知道。前些年有位老先生在那里住过，可他不认识叶阿姨，最近几年都没有人。”

方初阳缓缓吸了口气：“你知道高远孤儿院的老院长叫什么名字吗？”

翟辰愣了一下，他还真没注意。

高雨笙：“叶逢秋。”

翟辰倒吸一口凉气，看向语调平静的高雨笙，恍惚明白了什么，又求证地看向方初阳：“那房子？”

恰在这时，准备就绪的范队长带着小陈和另外两个同事走出来，示意方初阳上车。

“你想来也跟着来吧，不是跟那个院子里的人熟吗？或许能帮上忙。”方初阳来不及解释，匆匆撂下一句话就跳上了车。

图书在版编目（CIP）数据

临时保镖 / 绿野千鹤著 . -- 南京 : 江苏凤凰文艺
出版社 , 2020.10
ISBN 978-7-5594-5210-8

Ⅰ . ①临… Ⅱ . ①绿… Ⅲ . ①长篇小说 - 中国 - 当代
Ⅳ . ① I247.5

中国版本图书馆 CIP 数据核字 (2020) 第 180197 号

临时保镖

绿野千鹤 著

责任编辑　张　倩
特约编辑　慕鹤鸣　谢　演
装帧设计　吴思龙 @4666 啊
出版发行　江苏凤凰文艺出版社
　　　　　南京市中央路 165 号，邮编：210009
网　　址　http://www.jswenyi.com
印　　刷　嘉业印刷（天津）有限公司
开　　本　700mm × 980mm　1/16
印　　张　20
字　　数　329 千字
版　　次　2020 年 10 月第 1 版
印　　次　2020 年 11 月第 2 次印刷
书　　号　ISBN 978-7-5594-5210-8
定　　价　49.80 元

江苏凤凰文艺版图书凡印刷、装订错误，可向出版社调换，联系电话 025-83280257